破译蒋介石养生密码

窦应泰 编著

作家出版社

1908年蒋介石赴日求学，得进振武军校。从小出生在中国江南四明山区的蒋氏，在日期间经历的重重军旅磨难，为其日后养生健体提供了坚实的基础。

蒋介石留日时期与来自四川的张群结下良好情缘，两人无论在军校还是后来到北海道日军兵营见习，均以"美食家"自诩自乐，一个"吃"字成就了蒋、张二氏的养生秘诀。

蒋介石在广东统兵时继续坚持从日本学来的冷水浴健身之法，一生颇受其益。

蒋介石虽为一
代枭雄，但他也有
人的七情六欲。官
场背后的蒋氏亦哭
亦笑，有情有意，
怜妻爱孙，无所不
用其情。

与"宁可我负天下人，不让天下人负我"的冷峻面孔形成鲜明对照，蒋介石的普通平民形象，往往十分鲜见。

蒋介石走完漫长人生之旅，其身后留下的《遗嘱》亦耐人寻味。其在养生学方面虽独出心裁，然而政治上的腐朽却在这一纸空文之中略见端倪。

蒋氏青年时代居然有一个嗜好读书的特点，也许正因他披阅书刊之多，获得知识之广，才引导他对养生价值的深思与力行。

蒋介石在永别溪口之际，仍然不忘故乡亲情。与长辈的最后留影无不体现其军政威严之外的另一面。

1907年蒋介石在河北保定初涉军校时，对所谓"养生"之道尚且一无所知。不过少年在奉化养成的良好卫生习惯，这时已在潜移默化地影响着他的人生。

1975年4月5日，是蒋介石89岁人生的终点。如果没有阳明山车祸，也许他的阳寿不止如此。所以他虽可称得上养生高手，却与其毕生期许的长寿失之交臂。

蒋介石的宗教信仰，构成他晚年赖以生存的精神支柱。从小笃信佛教的他，进入中年以后则倾心于基督。此图背景为台湾士林的凯歌教堂。

蒋介石暮年退居海岛一隅，
纵然失去半壁江山，仍在困境中
谋求兵败之后的养生之乐。

目录

前言

何谓养生？古往今来，各有所见。关于"养生"二字，遍查书典，最早应来自《庄子》一书。其书云：所谓养生，无非就是维持生存之道。而"养"字则泛指养性、修身、调养、补养；至于"生"，则应泛指生命之道、生存之理和寿命短长之意。《庄子》的学说传延到 21 世纪，今天的"养生"已经变成了"养生学"。"养生学"甚至成为现代人提高生活质量的一个代名词。有时还把"养生"与"长寿"二字联系起来，或相提并论。

笔者曾以 20 多年时间研究中国近代史及著名女政治家宋美龄官场之外的官邸生活，并通过其衣、食、住、行等诸多生活细节，揭密性地撰写了《破译宋美龄长寿密码》一书。该书首次全面系统地揭示了这位"民国第一夫人"在"长寿"方面的一系列成熟经验，并以大量生动鲜活的生活细节，向读者介绍宋美龄长寿 106 岁的内幕密闻。至于《破译蒋介石养生密码》，则从"养生"这一全新角度，再一次以大量鲜为人知的生活细节，揭示蒋介石在大陆和台湾生活期间与"养生"相关的史实与经验。相信它会成为研究养生健体和战胜疾病的知识性作品。

蒋介石是中国近代历史上的重要人物，也是近代中国一系列重大历史事件的决策者和参与者，随着时光流逝与国共政情的嬗变，海内外近年对蒋介石的评价也开始有所改变。如何科学地、全面地、准确地评价蒋介石，不仅关系到一个历史人物一生的功过，也是推进和发展中国近代历史的重要环节。值得注意的是，1985 年纪念反法西斯胜利四十周年以后，对蒋介石在领导中国抗战方面取得的功绩曾经给予了肯定。改革开放之后，中国共产党对蒋介石也有了新的评价。1985 年国内一家有影响的党刊"海外版"曾经就一位台湾人士的来信作过答复，解答这位台湾人士提出的问题是："大陆是怎样评价蒋介石先生的？"

该刊的公开答复是："蒋介石先生是中国现代史上的一位重要人物。他在早年北伐时期和后来的抗日战争时期曾两次与中国共产党合作。抗战胜利之后，他曾与中共中央主席毛泽东谈判达成双十协定，接受中国共产党提

1

出的和平民主建国的纲领。这些都是对国家的发展有重大意义的事。可惜蒋介石先生因缺乏诚意未能善始善终,他过分地相信军事解决问题。结果使他担任'中华民国总统'的第二年,就从大陆败退到台湾,直到1975年4月5日在台北去世。蒋介石先生担任'总统'二十七个年头,台湾孤悬海外,他始终坚持一个中国的民族主义立场,台湾也始终没有落入外国人之手,这是国人有目共睹的。蒋介石先生在台湾二十多年,第一,他反对'两个中国';第二,他反对'台湾独立',这是明智的。蒋介石先生曾反复说过,有人企图制造'两个中国',这是中国人民'最大最深的隐忧,是绝对不能接受'的。"

事实上,在此之前,中国共产党就对蒋介石的评价作了明确的改变。1985年隆重纪念抗日战争胜利四十周年的时候,中国军事博物馆在重新开放的"八年抗战史实"展览时,就增加了蒋介石的三幅历史照片。蒋介石的历史照片分别是:1937年蒋在庐山召开会议阐明全面抗战立场时的演讲镜头;1938年在南岳会议上讲话的情景;1940年蒋介石与宋美龄与中国战区美军参谋长史迪威在一起的合影。引人注目的是,这三幅蒋介石的照片不仅可以出现在中国军事博物馆这样庄严的展览中,而且还一改从前对蒋介石"人民公敌"和"独夫民贼"的称谓,改称"蒋介石先生"。这种改变是新中国成立以后的首次,无疑是对蒋介石在抗战时期的作用和地位作出明确的肯定。2007年美国斯坦福大学胡佛研究院首次公布了《蒋介石日记》,其中1915~1972年长达50余年的久经尘封的日记得以公开。蒋介石的这些具有高度真实性和权威性,许多首次公开的史料,用史学家的话说:这些《蒋介石日记》较为真实地揭示许多近代历史事件的内幕,因此它"可以颠覆国共两党过去的论述",也让蒋介石从此真正走下"神坛"和"祭坛"。

由于蒋介石统治中国大陆的时间较长,1949年蒋前往台湾以后,他仍然统治中国国民党长达二十多年之久,因此建国以后有关介绍蒋介石生平的作品数量甚多。这些作品大多介绍和评价蒋介石在政治与军事上的历史。而我们在这部作品中笔墨所及的是:蒋介石在政治与军事之外的生活范畴,它所揭示和记述的是蒋介石在世时如何"养生"的新话题。这是笔者研究蒋氏家族形成历史的又一成果,它从一个侧面揭示了蒋介石的人生经历,许多与养生相关的生活细节,对于今天研究"养生学"的读者,尤其是老年读者而言,读来肯定颇有裨益。

蒋介石前半生喜读曾国藩留下的遗著,并把《曾文正公全书》视若他须臾不可离身的必读之书,因此他在"养生学"方面,亦始终恪守曾国藩的"养生五诀",即:一要眠食有恒、二要饭后散步、三要惩忿、四要节欲、五要洗脚。如此五法,虽然看来十分简单,但如认真做起来又谈何容易?

蒋介石的养生规律,多为外界所鲜知,尤其对大陆的读者,它肯定是一个全新的话题。自1975年蒋介石在台湾去世以来,有关蒋介石政治生涯史料的解禁,无疑为破解这一神秘领域洞开了方便之门。一些此前在蒋介石身边服务多年的旧部、袍泽、同僚及蒋氏身边的侍从、秘书、用人、医生、护士、司机、厨师等人,他们大多都有亲历的史料渐次面世。而这所有一切,都为我们揭密蒋介石私生活的神秘帷幕一角提供了可依之据。

卷一

蒋介石病历

蒋介石终年88岁,虽然还算不上长寿,但其毕生醉心养生,其独到之处不可忽视。如不遭遇1969年夏天的一场车祸,蒋氏也许不至于88岁寿终。蒋介石的病历,和夫人宋美龄有截然不同之处。宋美龄是迈入50岁这道门槛以后,就开始不断生病,荨麻疹、皮肤过敏症等等,而蒋介石则是1969年遭受两大意外打击(前列腺手术失败与1969年车祸)以后,才造成他体质的突然下降,延至1975年去世。

生于1887年(清光绪十三年)10月31日的蒋介石,殁于1975年4月5日。蒋介石终年88岁,虽然还算不上长寿,但其毕生痴心养生,其独到之处不可忽视。如不遭遇1969年夏天的一场猝然车祸,蒋氏也许不至于88岁寿终。蒋介石一生的政治功过,无论历史如何定论,都不在本书记述的内容之内。不过,若从养生角度研究蒋介石这一近代历史人物,对今天人们无疑仍有值得借鉴之处。

纵观蒋介石一生,他的病史记载一直非常简单。从蒋介石近年来公开面世的《日记》中,也可看出这样一个事实,尽管蒋介石外表上并不魁健,甚至从他一系列历史照片中,所见到蒋介石其人,在各个历史时期大多病容满面,消瘦而清癯,丝毫不见行伍者的魁梧雄健。因仇视蒋氏在近代政治上不断制造系列惨案并向中央苏区悍然发动"围剿",香港传记作家唐人先生曾在其大作《金陵春梦》中形容身体瘦弱的蒋介石为"稻草人"。由此可见,蒋介石在中国读者们的印象之中,始终是一个体弱多病的形象。

毋庸讳言,少年时期的蒋介石就不是一个身强体健者。在浙东四明山区那极为偏僻的溪口小镇上度过童年的蒋介石,少小时体质孱弱。即便在蒋自己亲笔撰写的《先妣王太夫人事略》中,也这样说:"中正幼多疾病,且常危笃,及愈又喜欢跳跃,几水火马枪之伤,遭害万一,以此倍增慈母之劳。及六岁就学,顽劣更甚,而先妣训迪不倦,或夏楚频施,不稍姑息。"这就更加印证,蒋介石少年时期的身体状况确实谈不上健康。蒋介石的先天基因是否有利于健康?当然不能简单以蒋氏的面貌、体型等外部形象来断定其寿命短长,但根据孟德尔定律所昭示的生物相传基因,蒋介石的遗传基因肯定是不容忽视的。

尽管蒋介石先天基因并不理想,然而蒋氏却是个极善利用自身优势,在不利条件下设法延长寿命的人。如果当你认真研究蒋介石的历史,就不难发现,尽管蒋介石体质先天不足,可在他后来多年的行伍征战生涯中,蒋不仅没有缠身的疾病,甚至还成为一个非常善于养生的人(当然,感冒、头疼之类小病,任何人在所难免)。蒋介石身边侍卫只知他多年一直在潜心研究曾国藩的著述,却不知曾国藩的养生之法同样也影响着蒋氏的一生。例如曾国藩所主张的"身体虽弱,却不宜过于爱惜。精神愈用则愈出,阳气愈提则愈盛。每日做事愈多,则夜间临睡愈快活"。蒋介石自知先天基因不比常人,于是他从少年时起就发愤习武,在私塾读完以后,蒋介石情愿放弃经商,也要前往北方投奔陆军学堂,并只身前往日本振武军校,情愿终身为兵,以南征北伐作为他向命运抗争并借以提高身体素质的条件。

但这不否认蒋介石也曾有缠绵病榻的经历。因为生老病死总是任何人也无法逃脱的。不过蒋介石的病历,和夫人宋美龄有截然不同之处。宋美龄是在迈入 50 岁这道门槛以后,就开始不断地生病,荨麻疹、皮肤过敏症等等,而蒋介石则是 1969 年前后遭受的两大意外打击(前列腺手术失败与1969 年车祸)以后,才造成他体质的突然下降,直至 1975 年去世。当然,在揭示和研究蒋介石养生规律及得失之前,仍然有必要回顾他前半生的病史简况。

1. 少年时损坏了阴囊

早在二十世纪五十年代,坊间就一度盛传蒋介石没有普通人的生育能力。这是因为他少年时在家乡浙江奉化的一次意外事故所致。不过,有关蒋介石生育能力丧失一说,蒋介石在世时严密封锁消息,在台湾甚至堪称

"禁闻"。所有关于蒋介石的历史性文件、书刊、纪实性作品,甚至记述蒋介石人生经历的报道文稿之中,凡涉及此事,几乎都成了禁区,偶然涉猎蒋氏生平秘闻者,大多到了噤若寒蝉的地步。这无疑是政治与权力的阴影掩盖了蒋介石的真正面目。

这种不正常的情况直到1997年9月23日,与蒋介石虽无血缘、却有着多年亲情关系的蒋纬国先生在台湾病逝,才发生了根本的改变。起因是蒋纬国生前曾经对台湾《联合报》一位名叫汪士淳的记者,在生命的弥留阶段有过多次病榻前的谈话。这些发自蒋纬国肺腑的倾心交谈被汪士淳先制成一盘盘录音带,蒋纬国先生作古以后,汪士淳又根据这些录音,迅速形成了蒋纬国的口述历史《千山独行》。

蒋纬国作为蒋介石没有血缘、却有亲情的次子,他死前留下的录音遗言无疑具有相当重要的史学价值。据汪士淳等人在蒋纬国病逝后公开向社会披露的一系列口述历史中可见,其中有这样一个鲜为人知的史实,和蒋介石的后天体质关系密切。蒋纬国先生生前证实:蒋介石4岁时在奉化溪口曾经有过一次意外的身体伤害:阴囊被烫伤和咬伤。

浙江省奉化溪口的冬天,也和中国北方一样,进入十冬腊月以后就经常刮起凛冽的北风。因此溪口的天气很冷,蒋介石的母亲王采玉在冬天时往往喜欢烧一小铜炉,借以烘脚。这小铜炉里往往装有燃烧着的火炭,炉上覆盖一个钻有若干细孔的炉盖。王夫人每天清晨都要把铜手炉装满炭火,然后再盖一床被子在手炉上,然后让家人,包括蒋介石用于烘热清晨起时的手脚。据蒋纬国对记者说,蒋介石4岁那年,就因为这个小铜手炉烫伤了他的屁股和阴囊。

蒋纬国的说法是:"那年我父亲(蒋介石)由于年纪还小,穿的是开裆裤,出事那天,祖老太太生起了小铜炉,那小铜炉看起来像只木头板凳,父亲不小心往上面一坐,一下子就把臀部和阴囊给烫伤了。王太夫人很心疼,乡下那个时候治疗烫伤,是把烧伤药掺和在猪油里,然后抹在被烧伤的部位上,她也是这样来为我父亲治伤的。"

可是,谁也没有想到就因为王采玉女士用猪油来为儿子治疗烫伤,居然惹来了一场更大的灾祸。蒋纬国说:"溪口是乡下,在清朝末年时一切都很简陋,家里是没有厕所的。大家也一律到野外去解便。那时候我们乡下的野狗很多,野狗什么都吃。父亲有一次涂着猪油去拉屎,野狗就在他后面等着屎吃。那狗舔着舔着,谁知就舔到他的屁股上去了。因为猪油的吸引,那狗一口咬了下去,就把父亲的阴囊给咬坏了。"

蒋纬国的最后遗言,对采访他的记者真正做到了知无不言,他甚至连蒋介石被视为隐私的历史竟也毫无保留。他告诉记者汪士淳,蒋介石被狗咬伤以后,王太夫人赶紧把蒋介石连夜送到奉化县城去求治。可是,当地县城的医生在治疗这种烫伤的时候,也往往没有特效的良方,最后终使蒋介石留下终生的遗憾。因阴囊被狗咬伤而从此没有了生育能力。蒋纬国认为,这也是蒋介石后来和姚怡诚、陈洁如及宋美龄等三位女人之间没有子嗣的重要原因。

蒋纬国还向台湾《联合报》的记者爆料说:他之所以了解这外界鲜闻的内幕,皆缘于姚怡诚夫人的口述。在蒋介石和陈洁如女士同居以后,蒋纬国一度生活在苏联,姚怡诚曾视蒋纬国为己出,所以他这番话应该有极高的可信度。姚怡诚在世时,蒋纬国曾经向其追问此事是否可靠,而姚怡诚则表示:这段痛苦的儿时往事是她亲耳听蒋介石本人亲口说的,只是姚怡诚在向蒋纬国透露此事时,是在二十世纪五十年代,当时的姚怡诚和蒋介石已经有十多年没有见面了。

然而,此事在蒋纬国病故以后公开曝光所引起的社会震荡,是《联合报》记者汪士淳在披露内幕前所没有想到的。有相当一部分了解蒋家内幕的学者,都认为蒋纬国的遗言并不可信。也就是说,他们对蒋介石因烫伤而失去生育能力的说法表示怀疑。台湾近代史学者陈在俊在《中国时报》上发文称:"媒体上说,蒋介石是在冬天里穿开裆裤,坐在火炉上烫伤了睾丸,试问,在浙江山区的冬天,也是非常寒冷的,四岁的孩子非穿棉袄棉裤不可,怎么还穿开裆裤? 何况睾丸被烫伤以后还涂着猪油疗伤的时候,当然还是风利如刀的隆冬,又怎么可以在野外大便,而更巧被野狗咬伤了呢?"但这样的质疑并没有引起人们的同情,因为更多熟悉浙江乡间生活的人,很快就驳斥了陈在俊的上述说法,仍然坚持认为蒋纬国生前遗言具有很高的可信度。

远在美国的宋美龄在获悉此事以后,当然是又气又恨,她没有想到从前在她眼里那么孝顺的次子蒋纬国,居然在生前会留有这样对蒋介石极为不利的口述资料。但这位蒋介石的未亡夫人不便公开表示态度,而是由她身边亲人、侄女、孔祥熙的长女孔令仪对纽约的华文记者发表了公开谈话。孔令仪指出:"蒋介石和宋美龄于1927年12月结婚后,宋美龄曾经怀过孕,但因意外不幸流产。之后宋美龄就不曾再怀孕。"这就说明,蒋介石生前确有生育能力。从表面上看,孔令仪此说,已经推翻了台湾传媒在那一时期喧嚣不已的说法:蒋介石早年就没有生育能力。

关于上述说法,不久就得到了进一步证实。2007 年后由美国胡佛研究院对外公布的《蒋介石日记》中,就曾经发现宋美龄 1927 年与蒋介石婚后怀孕流产的记载。由此看来,蒋介石没有生育能力一说并不准确。这也表明蒋纬国此说的初衷,难免有生前搞乱一个史实的用心,即:与他多年不睦的兄长蒋经国也同样并非蒋介石亲生。

不过,尽管如此,仍然无法否定蒋介石少年时期曾有被野狗咬伤臀部和睾丸的事实。

2. 染患梅毒的传闻

1923 年蒋介石在军界发迹之前,他曾经混迹于上海的十里洋场。1918年至 1923 年,蒋介石在上海曾有一段经营证券物品交易所的经历。有关蒋氏当年在上海与女人有染的传闻,先在唐人所著《金陵春梦》等传记中隐约可见。不过,传记毕竟不能等同历史。其中有许多演义的成分在内,往往令人当做闲书消遣。后来,台湾方面关于蒋介石历史的揭密又进一步证实,蒋介石 1918 年以后确有一段浪迹上海滩的曲折经历。1918 年蒋介石任粤军总司令部作战科长期间,确有落魄上海的生涯(蒋介石奉孙中山之命前往上海,先在沪主持证券物品交易所,后以经营棉花等物资开办商行,经商倒闭以后浪迹上海滩)。在此期间蒋介石经常出没于灯红酒绿的青楼妓院,开始过着眠花宿柳的日子。据说蒋介石染上梅毒,就在这一时期。由此可见,唐人在《金陵春梦》中所言"梅毒"一事亦并非空穴来风。

为了佐证蒋氏确有染患梅毒之事,还有人称:蒋介石喜欢女人,但又憎恨女人。后来蒋介石对女性梳披肩发和烫发所发生的强烈反感,就与他当年在上海染患梅毒的旧恨大有关系。1934 年蒋介石在南昌提议开展全国性的"新生活运动"时,曾经下令全国妇女严禁烫发和梳披肩长发。近查旧报,历史上确有此事,1935 年 1 月 17 日上海《申报》确曾刊发一则这样的新闻:《蒋委员长禁止妇女散发烫发》,内称:"中央社云:蒋委员长近以我国各城市之妇女好趋时髦、咸以散发及烫发是时尚,非但绝不美观,抑且有害健康,兹据中央社记者探悉,蒋委员长业经手谕行营,拟定禁令,禁止全国妇女散发烫发。且蒋委员长之意,以为妇女应有发髻,令全国军人以此不得与无发髻之妇女结婚。……"从上述历史陈迹中不难看出,蒋介石对妇女的头发形状产生如此浓厚兴趣,并且利用所谓"新生活运动"之机大兴"戒发"之令,也许其中内幕,并不是没有因由。至于是否因为当年蒋氏在上海有染梅毒,方才积下了如此旧恨,尚不得而知。

不过,蒋介石1918年以后浪迹上海,时有眠花宿柳的好色之嗜,确实并非反对蒋介石的文人们在胡编滥造。2007年《蒋介石日记》在美国斯坦福大学胡佛研究院公开曝光以后,更让蒋介石由从前的"神坛"与"祭坛"上回到了"人"的现实。蒋介石既不应被人"鬼化",亦不应被人"神化"。他也是一个有着七情六欲的人。值得注意的是,正因为这些《日记》的公开面世,才让蒋介石历史上确存的人格缺陷得到了充分的暴露。在《蒋介石日记》中他本人对早年在上海的"好色"行迹毫不隐讳,蒋介石一方面坦言自己"好色",一方面又极力主张"戒色"。这种矛盾心理在蒋的笔下文字中倒也记述得淋漓尽致。例如:蒋氏常常在上海的妓院里和妓女们打牌、吃酒、睡觉,都是蒋承认的事实。如"今晚出去探花"等语均跃然纸上。更有甚者,蒋介石的"好色"也表现在他的日常生活细节上,即便他行走在光天化日的大街上,一旦偶遇漂亮女人,他也会油然动心,极力注目并循踪眺望。在想入非非之余,蒋介石当晚肯定要去妓院一游。每当这时,蒋介石往往明知自己行为不当,却仍然违背主观意志坚持前往,蒋介石在是否继续堕落中作过多次痛苦的挣扎,他也曾对自己过度地贪恋女色反复自省,又多次在《日记》中进行忏悔。比如蒋说自己"见艳心动,记大过一次!"等语,其在光明与暗晦中左右迟疑的复杂心态,自此暴露得十分充分。也是这一时期,蒋介石得一宠爱的妓女,名叫介眉。介眉与蒋日久生情,并不时怂恿蒋介石与她结婚,蒋也有此意,然而蒋介石当时毕竟是一个军人,他所要求介眉的是,在与她正式结婚之前,介眉首要先写一份从此断决青楼往来的承诺信函。然而令蒋震怒的是,介眉纵然对他情谊深深,却不甘如此,并对蒋的要求断然拒绝。蒋介石因此不得不与这位名叫介眉的妓女疏远。从这则《日记》中披露出的细节,看出蒋介石虽有纵欲的劣迹,但他仍然在心底进行着不懈的抗争,有着留学日本军校经历的蒋介石,始终无法等同于普通花街柳巷中人。

蒋介石和介眉之间的关系并没有就此中断。不久,蒋介石奉孙中山之命前往福建统领兵马,行前又与介眉再次海誓山盟。蒋介石将要前往福建之初,介眉曾经苦苦要求与蒋氏同行,并表示她愿伴蒋从此征战沙场。然而蒋介石想起孙中山的严厉批评,不敢答应。蒋介石不想带介眉的另一个原因,是他考虑到军船上"船位太脏,不愿其偕至厦门"。这样介眉就要求蒋介石继续留在上海,以便多陪她几天。蒋介石顾及和介眉的私情,终于放弃马上执行军令赴闽,那几天,他一面在上海与介眉缠绵逗留,一面在自己的《日记》进行心灵忏悔,蒋介石先这样写道:"余领其情,竟与其同归香巢。"接着他又说:"情思缠绵,苦难难脱,乃此观书自谴。嗟呼,情之累人。古今一辄耳。岂独余一人哉!"由于思想反复多变,蒋介石又悔恨自责地记下这样的心态:"我真是不像话,离开家前纬儿(蒋纬国)拉着我的手不让我走,母亲重病在床,我都没多理会,但我竟然在介眉家多住了好几天。……"蒋介石到达福建以后,又想断然斩断自己与介眉之间的缠绻情丝,在他的《日记》中又写下这样矛盾的心理变化:"蝮蛇蜇手,则壮士斩腕,所以全生也! 不忘介眉,何以励志立业?"

然而,蒋介石在斩断介眉的情丝以后,"好色"之嗜仍然无法彻底绝决。在此后的《日记》中,蒋介石仍然不时写下他对妓女们的好感,如:"妓女昵客,热情冷态,随金钱为转移,明昭人觑破此点,则恋爱嚼腊矣。"又如:"其有始终如一结果美满者有几何? 噫,色即是空,空即是色,世人可以醒悟矣! ……"云云。

还有一次,蒋介石从福建前往上海公干,但所乘之船必须要经过香港。而蒋氏在他当天的《日记》中竟也流露出无法拒绝女色的忧虑。蒋介石思想始终处于矛盾之中,其主要原因,在于蒋之好色的劣迹,已多次受到孙中山的严厉批评,蒋因此在内心中也时时受到良心谴责。所以,蒋介石曾经多次要求自己克制色欲,从此做一个正正经经的军人。诚如他1919年5月25日在《日记》上写道:"欲立品,先戒色;欲进德,先戒奢;欲救民,先戒私。"等等,都表明蒋介石是有意改正"色欲"的。然而天生之禀性,怎么能够因一时之忏悔而有所改变呢? 蒋介石终于在当年11月前往上海的途中,他的"色戒"又因在香港滞留而不得不大破其戒了。他因而在《日记》中写道:"香港乃花花世界,余能否经受考验,就看今天了!"可是,果不其然,蒋介石到达香港以后,仍然故态复萌,当晚他果然又去了妓院。于是在他当天晚上的《日记》中又再次忏悔说:"我的毛病就是好色也!"

蒋介石在结发妻子毛福梅之外结识苏州女子姚怡诚(蒋氏《日记》中称姚为"阿巧"),就是1912年在上海担任沪军第五团团长期间。他在沪驻军并等待随时支援浙江方面起义活动期间,也难免沉溺于声色之中。所以,后来作为蒋介石侧室的姚怡诚,在对蒋纬国说起的蒋介石在沪期间染患梅毒等情,应该是可信的。

此外,陈洁如女士也从另一侧面证实了姚怡诚的说法:民国肇始,蒋介石为何无法生育(蒋经国是他混迹上海之前在故乡与毛福梅结婚不久所生之子,出生日期为 1910 年 3 月 18 日),是近年来史家最感兴趣的话题之一。有人说蒋介石年轻时就罹患了梅毒,是因为贪恋声色,又因性病服用药物不当才造成不育。这种说法,来自陈洁如用英文撰写的《回忆录》。

蒋介石这次到上海,"好色"的邪念有所控制。1919 年 12 月 13 日蒋介石在《日记》中称:"今日冬至节,且住上海繁华之地,而能游离尘俗,闲居适志,于我固难矣。"12 月 31 日蒋在《日记》中又发下誓言,说:"所当致力者,一体育,二自立,三齐家;所当力戒者,一求人,二妄言,三色欲。"他把戒色欲看成是三戒之一,蒋氏想摆脱婚外纵欲的雄心由此可见一斑。

不过,蒋介石发下誓言毕竟是一时之志,长久观察他亲笔记写的《日记》,好色之心仍然时时萌动,而邪念只要一萌,很快就会让蒋氏付诸行动。这就是蒋介石青年时期的行迹自供。基于这些蒋介石自撰的《日记》,有人由此推论他当年曾经在上海染有性病,也不是空穴来风之言。因为直到1922 年,蒋介石已是军旅之中的高级将领时,他仍在《日记》中这样说:"日日言远色,不特心中有妓,且使目中有妓,是果何为耶?"不过,蒋介石最后还是下了决心,就在这一年的夏天和秋天,他在《日记》中不断写有这样的警句箴言:"遇艳心不正,记过一次!""前曾默誓除恶人,远女色,非达此目的不回沪。今又入此试验场矣,试一观其成绩。"此后,蒋介石仍有许多此类的感言,一一记录在案。不过,蒋介石在"色欲"上真正彻底收心,当在 1927 年他与宋美龄结婚之后。

3. 伤寒与鼻衄

伤寒病在医药落后的旧中国是一种让医生们感到头痛的重症,蒋介石得的伤寒病尽管并不危重,但在那种医疗条件之下,蒋介石忽染伤寒病在国民革命中仍然不是一件小事,最后甚至还惊动了孙中山先生。1917 年以后,蒋介石追随孙中山南下护法并组织军政府。1919 年他始任援粤军总司令部作战科主任及第二支队司令等职。1920 年 4 月下旬,蒋介石在福建返回上海的客轮上,受了风寒,回到上海不久即染患当时可怕的疾病。经日本医生诊断确诊为伤寒病。此病在民国年间一度被医界视为"绝症",这也是蒋进入军界以来第一次染患重疾。开始时蒋并没有重视,可是到了 5 月初,他的病越来越沉重,面色萎黄,浑身瘦得已经脱了水。后来,有人把蒋患伤寒的消息报告给孙中山,孙中山才下令要蒋马上住院治疗,蒋介石这才住进上海一家日本人开设的筱崎医院诊治,因其病情较重,日本医生一度还为蒋的病情下达"病危通知书"。

5月20日,孙中山闻知蒋介石将不久于人世,于是拨冗亲自前往筱崎医院探视蒋介石,并给该医院提供一笔丰厚资金,要求日本医师不惜一切代价抢救蒋介石。此病一直延至当年5月下旬,方才有所好转。蒋介石病情刚愈,便给孙中山打电报,要求尽快安排他工作。孙中山只是电慰他安心养病,并告知蒋氏病情如有缓解,可先去浙江奉化故里休养。蒋介石在当天的《日记》上记有"患伤寒症,进筱崎医院诊治,总理临问,深为戚然"等语。

6月上旬,蒋介石的伤寒病已经在医生的治疗下基本痊愈,但他一时不想马上遵从孙中山叮嘱返回部队,希望继续以治病为由过远离战火硝烟的逍遥日子。6月15日,蒋介石起程离沪前往浙江境内的普陀山疗养。在普陀期间,蒋介石内心烦躁,于是又向孙中山报告想回浙江奉化,得孙中山电准,蒋介石遂于当年8月13日离开普陀山,辗转回到他的故乡奉化溪口,希望不理军事,静心疗养,继续过世外桃源般的日子。他在《日记》中记述回故乡以后游历山水的好心情:"到家。住雪窦寺,纬国母子随行,周览山景,留恋浃旬,入飞翠亭,倚岩际侧出松,鸟瞰千丈岩瀑布,会大雨,树杪重泉,溅珠喷雾,光色甚奇。妙高台南向突出,三面凌空,涧蜿峰环,升眺之,亭下屋舍俨然。又探隐潭,第一潭黝暗在峡谷,圆径不过丈余,而深度莫测。潭前涓流一脉,经岩骨下,经第二、第三潭而汇于大溪。由庵岭头岩下,寻长三潭,径仄蛇行,为导者所误,迷路,……"

但是好景不长,几日后蒋介石就接获孙中山要他尽快前去福建主持粤军军务的电令。至此,蒋介石一度危在旦夕的伤寒病彻底痊愈了,他也承认终于从鬼门关里逃出来了。孙中山的指示他不敢违逆,不久就前去福建督军去了。1920年蒋介石的伤寒痊愈以后,从此没有再发。他在福建气色渐好,出操行军,百病无扰,身体也始有起色。

除以上提到的伤寒病之外,中年时期的蒋介石还得过一次鼻衄。鼻衄,在民国时期也是较为严重的疾病,1925年春天,蒋介石的身体又开始出现不适的症状,浑身常有疲惫之感。

那时的蒋介石多在战场上指挥作战,征杀鏖战,让他时常动怒,而动怒则可伤肝。如此一来,鞍马劳顿造成他气血不畅,血脉滞阻才引发疾病。就在这一年的夏天,蒋介石忽然得了可怕的鼻衄。一旦发起病来,蒋就会鼻孔喷血。那时蒋身边并没有为他服务的专职医生,鼻衄发作时,他只好自己处理。有时他用纱布塞鼻孔止血,但血止后毕竟无法根治其病,因此蒋介石对此病十分恐慌。后来不得不入院治疗。当年7月10日他在《日记》上写道:"上午,衄更剧。十时,诣医院,步至门仆,不省人事扶回上床,约十分钟,医来施血针,塞鼻手术不良,熬痛不堪。晚,进院。"当时,蒋介石正在黄埔军校指挥粤军一部进行东征,因军事紧急,还在长洲设有司令部。蒋介石让孙中山感到欣慰的长处是,他那时即便有病在身,仍然日夜征战,从不因鼻衄流血而耽搁战事。医生为其诊治,断定蒋的鼻衄系因战事疲惫至极,遂染此病。最后甚至到了"人事不省"的地步,由此可见鼻衄并不是普通药到病除的微痒之疾。最后蒋介石在流血不止的情况下才入院治疗。鼻衄最严重的一次,蒋氏在医院病床上彻夜鼻血不止。入院的第二天,蒋在他的《日记》上留有这样的记载:"医取塞鼻布,不得出,痛极,至晡始下,如解倒悬。"

蒋介石的鼻衄治愈以后,牙齿接着又患病。由于战事频仍,蒋的心火也日盛不减,致使他的牙病在东征前后频繁发作。在1925年的《蒋介石日记》中,不时可见他写有"牙痛",或"晚,宴俄汤姆斯克船员,散后,回部治牙"等语。由此看来,蒋介石1936年后因吃饭不便不得不拔掉全部牙齿,并不是没有来由,皆因此前蒋的牙病已到无药可医的地步了。

4. 终身未愈的宿疾——胃病

蒋介石的胃病始于1916年春夏。那时蒋介石刚好29岁,因出任中华革命军东北军参谋长一职,于当年6月初奉命统兵前往山东省潍县驻扎。此前蒋氏曾因参与偷袭江阴要塞而几昼夜不能成眠,他的胃肠也时有呃逆等症状。蒋介石的胃病时好时坏,虽然军医医治,但毕竟是中下级军官,医疗条件十分简陋,蒋介石的胃病一旦发作起来,只能服用普通药剂,聊解眼前之急;加之那时的蒋氏正在江阴前线指挥作战,军医投药,也是头痛医头,脚痛医脚,胃病始终没有得到医治的机会。

当年6月底,初夏季节他从江阴执行军务结束,蒋介石作为东北军参谋长,随军队来到山东境地,胃病也随之严重,一天甚似一天。蒋介石不得不求助中华革命军总部医官,医官检查后发现其胃部隐痛和呃逆,告知蒋此病系在前线不控饮食所致,叮嘱蒋介石从此不得再吃生冷饭食。不久,东北军解散,蒋介石奉命调回广东。

蒋介石的胃病回到广东以后仍然时有发作,1922 年 8 月,蒋介石的胃病再发,他在 23 日的《日记》中再次记下:"到甬,即乘慈北轮往普陀,养疴天福巷。"这是蒋氏第三次来普陀,每一次来,蒋必到处游山玩水,借胃病治疗之便休养娱乐。次年,蒋介石在广州出任孙中山大元帅行营参谋长期间,他的胃病仍然如旧,时好时犯,不过并不为其重视。蒋介石始终认为行伍多年,在前线有饭吃已经不错了,一个当兵的人,战时岂能保证吃上热饭。他对医嘱置若罔闻,继续我行我素,生冷食物仍来者不拒。不料 1919 年秋天,蒋介石在广东前线再犯胃病时,情况却发生了变化。这一年蒋介石 32 岁,已出任孙中山麾下粤军第二支队司令。在一个秋雨细绵的子夜,因天寒蒋介石夜间再吃冷食,半夜里他的旧病突发,痛得蒋介石在行军床上捂肚折腾,冷汗如注,有人急请军医诊治,见蒋介石已折腾得面色萎黄,哭号不禁,军医见状亦无办法,只能注射针剂止痛。不得已,连夜把蒋介石从驻防地长泰火速送往广州,粤军总医院接治以后,以峻药控制住蒋介石愈来愈严重的胃疼症状,经军医诊断,蒋介石此次病发,仍是宿疾不除,再吃冷饭所致。军医再次郑重警告蒋介石,不可小看胃病,如果始终得不到根治,复发多次,可能致命。

蒋介石出院以后,如同再生。他经过这次折腾得险些丧命的胃痛发作,方才认识到此疾不除,后患无穷。从此蒋再不敢接触冷饭,即便在战场接连冻饿数日,蒋介石也不敢暴饮暴食,更不敢吃生冷食物。只是他的胃病断断续续医治下去,始终不见彻底好转。蒋介石身边的侍卫官孙宗宪,解放后在他的回忆录中还提到蒋介石患胃病的情况,孙宗宪说:1929 年至 1930 年蒋介石在南京军校居住期间,胃病仍然没有痊愈,他说:"蒋介石有胃病,从来不宜饱食,所以宋美龄就为他控制饭量,每餐两小碗,有时蒋还想再添,宋每劝止。蒋办公之后,宋为其整理案头文件,公余联袂散步于官邸(军校内)小花园。一次假日,宋美龄高兴地提出去野餐,蒋欣然赞同。就命准备简便炊具、餐具和必要的食物、调味品,驱车到中山陵园,搬石架锅。宋美龄亲自煮菜,因火太猛。鸡蛋烧得焦黑不堪,宋向蒋表示歉意说:'我不会烧菜,鸡蛋烧得不能吃了。'蒋说:'好吃的。'一定要她拿来吃,于是席地而坐,津津有味地吃了起来,还连说好吃,真好吃。竟然把鸡蛋一扫而光,我们在旁见了,不禁暗暗好笑。……"这时的蒋介石已经身居高位,胃病尽管没有治愈,但从侍卫的回忆中可见,他已经开始严格控制饮食。不能饱食也是保护胃口的重要途径。

但是,蒋介石的胃肠病并没有因为他地位的提高而彻底得到医治。1948年蒋介石在淮海战役前夕,胃病仍然不时发作。他身边的医生熊丸说:"由溪口到上海途中,蒋先生那段时间心情十分烦闷,我们经常有四位高级人员陪他吃饭,我发现他那时的胃口不怎么好,牙齿也经常出问题。……当时蒋先生曾誓守上海,在敌机轰炸十分猛烈时仍旧不走。好坏时他的胃肠不好,常有呕吐现象。"

蒋介石的胃病,由于有宋美龄在身旁照顾,特别是1949年蒋到台湾以后,因生活愈加有规律,又有保健医师管理他的饮食,所以蒋介石的胃病稍有转轻,不过他的胃肠病始终没有彻底治愈,成为蒋介石终身未愈的痼疾。即便到了蒋介石最后的日子,胃肠病仍然时有发作。正如熊医官所说,晚年蒋介石只要胃病发作,他的主要症状仍然还是呕吐。1973年蒋介石在台湾阳明山中兴宾馆心脏病发作之前,几次都出现了饭后呕吐的症状,只是蒋到了晚年他的胃病发作次数较少而已。

5. 生疮和呃逆怪症

1923年冬,蒋介石奉孙中山之命前往苏联访问。12月初从莫斯科起程回国,不料当月7日蒋介石乘火车抵达苏联边境城市赤塔的时候,竟然在半路上生了一场病。在苏联那种奇寒逼人的国家,蒋介石始终忧虑不要受寒,因为他从前曾经得过伤寒病,可他担心的事情还是发生了。原来蒋在赤塔一家俄罗斯旅馆里洗澡时感冒,接着高烧。幸好他急忙找了医生,打了针,不然如果因感冒再引发伤寒旧疾,蒋介石就回不到国内了。蒋介石在《日记》上记有这样的文字:"八时后至赤塔,有苏俄代表来迓。旅馆洗澡,感受风寒,拍电致谢齐来令。下午五时,登车上满洲里道。莫斯科至赤塔之时计,约差车时有半。……"

1925年当时38岁的蒋介石身为黄埔军校校长,曾经指挥东征军激战在淡水、兴宁一线。在此期间蒋介石又患伤寒。那是由于蒋介石兴兵时浑身大汗,忽然冷下来以后,再受感冒所致,当时蒋介石在《日记》中曾记下当时环境,蒋说:"晨起准备各事,发令毕,泪涔涔下,火车机坏,煤又不济,闷坐常平站久候,因感吟一绝曰:……九时开车,下午一时到唐头夏。"所幸这次感冒仍然没有变成恼人的伤寒。不过,频繁的感冒已让蒋介石防不胜防。战事频仍的年月,蒋介石频发感冒,其实也并不值得大惊小怪,不过,蒋介石从这时起认识到"感冒为万病之源"的道理,所以他将进入中年就格外注意感冒对身体的危害,用心防范,每每防患于未然。到了老年,蒋几乎从不发感冒,即便有时遭受风寒侵害,蒋介石也能泰然处之并不再染发感冒。

蒋介石在 40 岁至 60 岁是他身体状况最为良好的阶段,由于平时从不患病,就连蒋氏身边的医生也清闲起来,甚至成为形同虚设的职业。可是,蒋介石身边仍然配备专职的医生为他服务。蒋介石本人无病,医生们就有更多时间为蒋的夫人服务。宋美龄的荨麻疹和过于缠手的皮肤病等,往往就成为蒋介石医官们主要操劳诊治的对象。只是蒋介石偶尔才会与身边的医生打交道。例如蒋介石在南京一度生过疔疮,就是这一时期极为少见的一例。侍从医生熊丸曾亲自给蒋做过一次手术。他说:"替蒋先生医治疔疮是我与'御医'头衔结缘的开始。1934 年,我才进官邸服务未几,蒋先生的肛门附近便开始痛,吴大夫(前一任医生)看过以后对蒋先生说:'这是外科的病,我找熊丸来看。'蒋先生答应后,我便前去替他看病。经过诊断,我发现那疔疮已经化脓,光是擦药无效,应该把疔疮割开,将脓放出,于是便直接对蒋先生说:'报告委员长,这可能要开刀喔!'蒋先生问:'怎么开呀?'我说:'很简单,我拿个小刀就可以开了。'蒋先生当时便说:好啊,你去拿啊。于是我便带了开刀器具,消过毒,便去帮蒋先生开刀。开刀时我帮他把疔疮割开,把里面的化脓一放,蒋先生的疔疮便治好了,是一个很简单的手术。"

晚年的蒋介石身弱多病。不仅始终远离他的感冒频频困扰,而且心脏和前列腺炎等症也百医无效。尤其是在蒋介石生命的最后日子,多种疾病几乎缠蒋于一身。这期间大病可留待以后细说,先说蒋介石患染的呃逆,就足以让蒋介石大为烦恼的。本来,呃逆就是民间所说的"打嗝",这是种微不足道的小疾,如果放在别人身上,也许根本就用不着惊动医生。可是蒋介石毕竟不是普通人,特别是他在晚年,气血双亏,身体老化,甚至连行走也极为不便,每天缠绵在病床上的蒋介石,平时打嗝多了,除了难受之外,他也感到这是在消耗他仅有的体力,因此,打嗝曾让疾病缠身的蒋介石烦躁不已。为了医治蒋的呃逆症,台湾荣民总医院和蒋介石"医疗小组"曾经专门会诊研究,可是,这小小的"打嗝"怪症,居然也成为困扰蒋介石晚年的难医之病。

此病的起因是,1969 年夏天,蒋介石因阳明山车祸住进台北荣民总医院以后,就经常在病床上打嗝不止,无论医生以何种药物调治,甚至为此还惊动台湾几家陆军医院的著名医生前来诊治,但蒋介石百药尝遍,却始终不见疗效。有时他服下进口特效药,呃逆之声稍有缓解,不过只要吃饭或受些风寒,蒋的呃逆之声复起,而且还比发病之初更加严重。为此弄得蒋介石身心疲惫,而守候在身边的医疗小组成员们对此种烦人的"打嗝"也是束手无策。

就在这时候,谁也没有想到,连著名医生都无法治愈的呃逆之症,后来竟被前来荣民总医院探视蒋介石的次子蒋纬国治愈了。说来也是不可思议之事。蒋纬国少年时期跟人曾经学过一套气功之术,他这次来到蒋介石的病榻之前,竟然意外派上了用场。

在蒋纬国生前口述的《自传》中曾有真实的记述,他说:"民国六十二三年间(1973年、1974年),有一次父亲连续三天三夜打嗝,无法入睡。荣总的医生开药给他吃,又给他吸氧气,都没有治好打嗝。后来又要父亲吞砂糖,刺激喉咙,也不见效果。其实打嗝就是横膈膜痉挛所引起的。我到官邸时,看父亲打嗝不断,就问父亲:'父亲信不信得过我,我用气功试试看。'那些天父亲刚好坐在一张藤椅上,他说:'你现在还行吗?'我说:'现在我虽然已经退火很多,但是如果时间稍微久一点,也许还可以。'他听了就说:'好,你试试看。'我就把西装上衣脱下,解掉领带,把手放在父亲的横膈膜上面,过了一会儿,我问父亲有没有感受到一阵热气透进身体里面。父亲回答说有,而且还感觉到很细微的震动,我就说:'那就行了,请父亲再忍耐一段时间。'在治疗的过程中,我的右手累了就换左手,左手累了就换右手,前后进行了半个钟头的时间,父亲的打嗝就治好了。……"

6. 西安事变腰部扭伤

1936年12月12日,张学良和杨虎城在西安发动震惊中外的"西安事变",翌日黎明破拂时分,当东北军官兵奉张学良之命前往临潼华清池时,蒋介石正在卧室里做他每天清晨必做的晨课(床上静坐)。不料此时华清池外枪声大作,蒋介石情知有变,慌乱中披衣而起,内侍们火速赶来,五间厅门外也枪声骤起,蒋介石自知继续留在五间厅内生命不保,于是他慌乱中逃离五间厅。当蒋介石在堂侄蒋孝镇等侍卫人员搀扶下逃走,翻越一堵围墙的时候,蒋吓得浑身无力,慌乱中一堵矮墙竟也翻越不得,最后只好踩着蒋孝镇跳出墙外,不料一头跌进墙外深沟之内,致使蒋腰部和腿部跌伤。蒋介石对这次腰腿跌伤,曾在《西安半月记》中有这样追述:"余如能超越山巅,待至天明当无事矣。乃携侍卫官竺培基、施文彪与随从蒋孝镇出登后山。经飞虹桥至东侧后门，……乃越墙而出。此墙离地仅丈许，不难跨越。但墙外下临深沟，昏暗中不觉失足，着地后疼痛不能行。约三分钟后勉强起行，不数十步至一小庙，有卫兵守候，扶腋而登，此山东隅并无山径，而西行恐遇叛兵，故仍向东行进。山岭陡绝，攀援摸索而上，约半小时，将达山巅。择稍平坦处席地小憩，命卫兵向山巅侦察。少顷，四周枪声大作，枪弹飞掠余身周围而过，卫兵皆中弹死。余乃知此身在四面重围中。……乃只身疾行下山，及至山腹，失足陷入一岩穴中，荆棘丛生，才可容身。此时身体已察觉疲乏不堪，起而复仆者再，只得就此休息，以观其变。时天已渐明，由穴中向外瞭望，见骊山下已布满军队。……"

蒋介石在西安骊山所受的腰伤和腿伤虽不十分严重，但毕竟是经受了兵变的惊险，所以在西安半月之中，先后在高桂滋公馆等处静养，但腰和腿部的疼痛，并不见痊愈。返回南京不久，蒋介石又飞往浙江奉化故里继续疗伤，直到翌年春天伤势方有稍缓。不过，西安的腰腿之伤在蒋氏心底所留下的阴影，显然超越此伤的本身。

蒋介石1907年（清光绪三十三年）投身军界以来，一生中历经的大小战事不下百余次，其间无论蒋出任何种军职，均没有挂彩流血或身负重伤的经历。因他善于在战役之中保护自身，所以他几乎连些微小伤也不曾负过。然而蒋介石没有想到，1936年12月他居然会在侍卫的团团簇拥之下，在西安临潼华清池遭到契弟张学良及西北军将领杨虎城的兵变打击，如此心灵重创，数十年后始终让他耿耿于怀。

蒋介石在"西安事变"中所受的腰伤和腿伤，在西安幽禁期间虽有张学良派来的医师为其精心调治，腰部疼痛在蒋离陕时已经有所和缓。但蒋介石回南京以后，受到挫伤的腰部和腿部仍隐隐作痛。受腰腿隐痛的困扰，蒋介石于1937年1月经杭州回到故里——奉化县溪口镇疗伤养病。这是蒋介石身体唯一受到致命打击的一次。

宋美龄对蒋介石的腰伤极为重视。1937年1月2日蒋抵达奉化后，就住进了蒋母墓道附近的慈庵别墅疗伤静养。当时，蒋介石身边的随行医官是郑祖穆，此人是留学日本的西医师，自1930年从东京学成归来后，就始终追随在蒋介石的身边。当然，在"西安事变"之前，医术精深的郑祖穆虽然对蒋介石的身体状况、饮食起居和医疗保健等，均已做到了若指掌，精心护理。不过，"事变"前的蒋介石身体基本无病可医，即便他偶有微恙，郑祖穆也能药到病除。蒋氏在西安兵谏时趁黎明前的微光逃离五间厅的时候，翻墙跌进了深沟,从而造成他腰背剧痛和腿部的扭伤,郑祖穆没有想到,这从此就成了他最为棘手难治的痼疾顽症。

蒋介石初回溪口时,虽是旧地重游,故乡的山山水水,会让一个在兵变中受了腰腿之伤的人顿感耳目一新。然而蒋介石因伤痛难忍,每日始终郁郁寡欢,根本没有观赏山景的心情。蒋介石的伤痛虽在腰腿,可这种伤给他心理的阴影实在太重。所以,由于蒋介石心思沉重,郑祖穆医师尽管百般调治,他的腰部隐痛不但不见好转,反而日渐沉重了。

宋美龄此时也奔波在奉化、宁波和杭州之间。这位在西安为蒋介石破解重围的夫人,尽管住在杭州西湖边上的澄庐别墅里,可她几乎每天都挂牵隐居在溪口慈庵中养伤的丈夫。为让蒋介石的伤情有所好转,宋美龄在杭州不时为蒋从上海和南京请来医师,然后再派人把他们送往溪口,这些名医为蒋介石悉心治疗,不断想些治疗腰伤办法,以期蒋氏的腰腿之伤早日痊愈。

可是,"伤筋动骨一百天"。蒋介石在西安受伤时正值 49 岁,腰腿之伤极为好治,虽经各路医生百般调治,却始终不见丝毫起色。这次蒋介石离开南京回到家乡溪口,他本来想做三件事情:一是医治西安兵变之伤;二是准备为他刚从苏联回国的儿子蒋经国补办一次中国式婚礼;三是要为他在"事变"期间猝然毙命的兄长蒋介卿举行治丧活动。

蒋经国回国之前在苏联已经举行过一次婚礼,不过那是"革命化"的苏式婚礼,蒋介石觉得儿子既然已经脱离了共产国际,就该让他彻底洗心革面,成为自己的接班人。至于在家乡为他补办一次中国式婚礼,是蒋介石有意让儿子彻底告别"苏俄"的必不可少的形式,所以蒋从政治上考虑,婚礼就非办不可;他的兄长蒋介卿,是在"西安事变"发生的次日,正在溪口镇上一家酒店里饮酒,不料忽然有人闯进门来告知:"蒋家老大,你家兄弟已在西安被张学良给开枪打死了!"可怜这一贯自持胞弟蒋介石之威横行乡里的蒋介卿,蓦然听到这一爆炸性消息,如同陡然遭到晴天霹雳一般。一个跟斗就从椅子上摔倒,猛地扑跌在地上,顷刻他口眼歪斜,得了中风急症。有人为他请来医生急救,怎奈病势已深,延到第二天凌晨时分竟猝然死去。蒋介卿之死,在蒋介石看来,如果没有他在西安的不测,兄长蒋介卿就不会因惊吓死于非命。所以他一定要亲自为胞兄蒋介卿隆隆重重地大办一次丧事。

当然,以上几件事,和蒋介石归乡养病相比起来,都显得无足轻重。况且他的西安之伤,又非同一般疾病。所以,蒋介石在溪口镇上痛悔交织,苦闷异常,大有度日如年之感。尽管蒋介石身边有走马灯一般穿梭来去的医生彻夜为他巧施医术,可由于西医在治疗骨伤方面的疗法毕竟有限,西药又只能治标不能治本,蒋介石的伤情始终不见明显好转。

蒋介石刚回溪口时,他身穿钢丝马甲,这是他从西安回到南京后,宋美龄和宋子文等人请医生为蒋氏特制的坚固马甲。不过,这种为固定腰椎而特制的钢丝马甲,穿起来虽可牢固腰椎之骨,但行走却极为不便,只要蒋介石手拄藤杖直起腰来行走,他的腰背就会更加剧痛,钻心般的疼痛无法忍受。所以蒋介石回到溪口不久,即吩咐取掉南京某医院给他订制的钢丝马甲。蒋介石不断地咒骂着,他甚至错误地认为这"钢丝马甲"不仅不能治病固腰,反而是一种让他无法安眠的"刑具"。不过,尽管蒋介石的伤情始终不见好转,侍从室内务科和医务所还是想尽了各种办法,千方百计为蒋请医求药,腰伤的隐痛还是时时困扰蒋介石。

当年2月5日,蒋介石在宋美龄多次劝说之下,同意前往上海求医。此前,宋子文等人已在上海为其聘请了著名骨科医生牛惠霖先生,决定请中医骨科专家医治蒋的腰伤。牛惠霖对医治骨伤很有办法,他在上海行医数十年,因善于医治骨伤患者名声远播。不过,蒋介石的腰伤却让牛惠霖大伤脑筋,原因是他善治接骨和正骨,而蒋的腰骨虽受重创,但脊椎并没有断裂,隐痛仅是皮肉受到跌伤所致。在牛医生看来,这种腰伤隐痛,必须长时间的休息和疗养方可消除,根本不需要药物治疗,也不在他正骨和接骨的范畴之内。所以,牛惠霖为蒋介石的腰伤纵然尽心尽力,最后仍然没有获得立竿见影的疗效。当年3月初,蒋介石见上海骨科专家的医疗告一段落,于是决定从上海前往南京,出席在那里举行的国民党三中全会,并在南京官邸接见日本实业考察团。当蒋在南京、上海两地的工作都结束以后,4月4日从南京起程,再次返回了奉化溪口,准备继续在这山清水秀的雪窦山上疗伤养病。

1937年阴历3月20日,蒋介石在奉化溪口为亡故的胞兄蒋介卿举行隆重葬礼。这一天,南京军政大员林森、冯玉祥、阎锡山、居正、何应钦、朱家骅、俞飞鹏等人纷至沓来。一时小小溪口古镇高官云集,车舆如河。在这些从南京、上海赶来为蒋介卿送殡的官员之中,与冯玉祥、居正同行的还有一位身穿长袍的老先生,他就是南京有名的中医大夫。是冯玉祥在一次诊病中结识的朋友,这次听说蒋介石的腰伤沉重,数日不见痊愈,冯玉祥特意把这位专治骨伤的中医大夫请到奉化。

对从前一贯不信中医的蒋介石而言,冯玉祥远路为他请来南京的著名中医,当然从心里感谢。不过,让他服用中草药,在当时仍然还是困难的。好在那时蒋介石已知西医对他的腰伤束手无策,只好同意冯玉祥的主意,改用中医治疗腰伤。这位南京中医诊视蒋介石的腰腿伤势以后,认为蒋介石的腰伤尽管没有造成椎骨断裂,但毕竟椎骨受伤至深,并且亦已久痛入络,这当然不是普通西药可以让病情立愈的。即便中药医治,也需要旷日持久的时间,必须慢功调治,方可缓慢见效。老中医亲为蒋介石拟两张药方,都是活血化淤之剂。一:附子三钱、桂枝一钱半、杞子二钱、鹿茸角一钱、杜仲三钱、党参二钱。二:人参一钱、藏红花五分、沉香三分、降香三分、檀香三分、木香二分、郁金三分,以酒磨汁;然后再用青葱管一只、韭菜根五钱,捣汁,渗入当归二钱、怀膝尾钱半。共用陈酒二钱温煮,热敷于隐痛之处。

两张处方尽管都拟得别出心裁,蒋介石服用以后腰腿之痛也顿时有些减轻,不过腰间的隐痛仍旧无法彻底消除。这也是蒋介石最为苦恼的事情。最后,蒋介石对腰伤的治疗彻底失去了信心,一再告诉侍从室,他必须马上离开奉化。侍从室见蒋离心已决,只得开始作送蒋返回南京的准备。蒋介石自1937年1月2日回到溪口,一直到4月下旬离开故乡返回南京,其间虽在2月2日曾去杭州小住,并在西湖边上授意陈布雷为他撰写《西安半月记》,又和宋美龄搭专列前往上海,在西爱咸斯路寓所一起过春节。屈指算来,蒋介石这一次回乡在溪口滞留一百多天,是他自1907年投奔军界以来在奉化逗留时间最久的一次。

蒋介石在"西安事变"中的腰伤(腿伤早已痊愈),一直到他离开溪口时也没有治愈。1937年夏天蒋介石在江西庐山消夏,此时,他继续在"美庐"中疗养腰伤。为了让蒋的腰伤尽快痊愈,宋美龄还从上海请来一位专治腰部扭伤的美国医生汤玛斯·杰罗上山,这位美国医生为治蒋介石腰伤,曾想过许多医疗办法。杰罗下榻在距"美庐"只有一里的半山腰名人别墅区。每天上午准时经牯岭街进入戒备森严的"美庐",美国人杰罗毕竟和中国医生有所不同,他是为蒋介石特制了一个精制的"铜圈"(为腰骨正位所用),每天定时可以更换。蒋介石在溪口期间,有人主张为蒋定制"钢架",但此议为蒋所拒绝,这次因有宋美龄的极力支持,蒋介石终于同意试用美国医生杰罗的办法,采取"铜圈"固定腰肢的做法,借以改变蒋介石的腰部坐姿,防止腰背和脊梁骨发生扭曲。(此后蒋介石回到南京,仍然沿用罗杰的治疗方法)经过两个多月的"铜圈固定法"医治,蒋介石在西安跳墙而逃时扭伤的腰部剧痛,终于随着脊梁的逐步正位而痛感转轻了。蒋介石和宋美龄都为这位美国医生想出来的"铜圈固定法"医治见效大为高兴,在送杰罗返回上海之前,宋美龄还在"美庐"三楼平台刻意为这位美国医生举行过一次舞会。当然,蒋介石真正从腰伤中彻底解脱出来,是在"七七事变"后撤离南京之前。1949年蒋氏来到台湾以后,"总统府"内的专设医务所,逐渐被科室有序、设施齐全的新式医疗机构——荣民总医院所替代,尤其是1969年后因蒋猝发车祸组成"特别医疗小组"以后,蒋介石的疾病逐年加重,对蒋的医疗也不再像从前那样简单。与车祸几乎同时出现的各种并发症接连而至,蒋介石此前记载不多的《病历》上,开始出现一连串触目惊心的病情记录……

卷二

开白水与冷水浴

从以上主要病史中可见这样事实:在阳明山车祸发生之前,蒋介石的身体状况基本良好。最缠手的疾病也不外是伤寒、胃病、牙病和腰伤之类。毋庸置疑,此类常见疾病往往不会致命。统观蒋介石的历史,可以作出这样的评价:一生无大病,几乎与药无缘。一个大半生在战火兵燹及政海角逐中出没的政治强人蒋介石,尽管熬过了米寿之期,其体质为何始终没有脏器性病变? 其中一个不容忽视的奥妙,即蒋早在战争年代就学会了养生。

第一章　水的养生妙用

1. 拒饮名茶咖啡,爱上开白水

水和人的关系十分密切,蒋介石是人,因此道理亦然。一个"水"字,显然与养生的因缘极大。台湾政界有人称:"蒋介石通晓养生之术,虽逾八旬脸上仍有壮容。这与他多年喝开白水关系极大。"这就是说,"水"是蒋介石养生的秘诀之一。

有关蒋介石以"水"养生的事实甚多。蒋氏抗战之前的随身副官居亦侨就曾这样回忆说:蒋介石在日常生活中"不喝酒,不饮茶,不吸烟,只是在宴请外宾时,才勉强抿一点酒。这个习惯可能是出于某种自我节制养成的,蒋介石不喝茶,只喝开白水,一般自来水也不大喝,喝的多是矿泉水或蒸馏水。……"当年跟随在蒋氏身边的中校参谋朱永坤也证实:"他(蒋介石)从政以来力避烟酒,连茶也不喝。记得他在军校作纪念周时,讲台上只放一杯

23

白开水,我还以为这是在众人面前故意做作,进侍从室后,才知道他一直喝白开水,的确是人前人后一样。"

居亦侨的这番话,当然是蒋介石早年生活的真实写照。如果说蒋介石"不吸烟、不饮酒"的生活习惯与他多年军旅生涯有着特殊的关系,倒也并不奇怪,这完全可理解成军队过于严厉的纪律,限制了蒋介石吸烟喝酒的欲望。可是1924年以后,当蒋介石从一个名不见经传的留日士官生、普通的国民党中下级官员,一跃成为孙中山领导的陆军军官学校校长以后,蒋介石身为国民革命军高级将领,他为什么竟连名茶和咖啡也不敢进口了?蒋介石在生活上如此谨慎,就有些让人不可思议了。

蒋介石毕竟出身在旧军队之中,不可能不沾染酒色财气等不良嗜好。然而他不仅没有这些不利于健康的嗜好,甚至连起码的普通饮品也要拒而绝之,这究竟是什么原因呢?莫非早在二十年代,蒋介石就懂得养生的秘诀了吗?

回答当然是否定的。也就是说,蒋氏并不是为了养生而养生的,他不饮酒、不吸烟,甚至连咖啡、名茶也拒绝饮用,都和他的出身有直接关系。蒋介石首先是不吸烟,这是他从小在浙江奉化故乡时养成的良好习惯。由于政治的原因,数十年来蒋介石在民间纵有种种遭受非议的口实,但他侍母至孝则是所有熟悉蒋氏为人者所一致赞同的。蒋母王采玉青年守寡,少年时的蒋介石就是在这位严厉母亲的调教之下,到嵊县葛溪乡读书并到北方投军的。蒋母王采玉对少年蒋介石耳提面命的唯一要求,就是要他长大后,一不许吸烟二不得饮酒。蒋介石不仅在少时遵从母命,与烟、酒两种诱惑绝对无缘,而且他投身军旅,成为一人之下万人之上的北伐军将领时,蒋介石面对酒池肉林仍然始终牢记蒋母的训导,从不敢吸烟,更不敢放肆饮酒。诚如蒋介石身边侍卫所言,即便在他身为国民党主席要位之时,面对觥筹交错、冠盖如云的应酬场合,非饮不可之时,蒋也只是唇沾杯盏,浅尝则已。至于蒋母早年叮嘱"烟瘾不仅可以乱其大业,亦可败其自身"的教诲,则是蒋介石毕生不想沾染"恶习"的主要原因。

蒋介石既然如此苛刻要求自己,不饮酒、不饮咖啡,甚至连普通山茶也不敢进口,那么他平日究竟饮用何种用水?正如居亦侨所言,蒋介石是以开白水为主要饮品,甚至连"一般自来水不大喝"。蒋介石日常喝的多为矿泉水或蒸馏水。

说到蒋介石和水的关系,首先要了解他平时饮水的概况。在日常生活中由于蒋介石特殊的地位,肯定有各种各样高级饮品供他每天享用,比如各种名贵的山茶:龙井、香片、乌龙茶等等,他都一概拒绝饮用。蒋氏不想饮茶的主要原因,据说是因他早年在北伐途中睡眠不佳,天色一亮,马上还要行军或者参与前线的征杀,所以蒋刻意追求睡眠质量。一次,他入夜前喝了卫兵泡的一杯龙井茶后,当夜便再无睡意。一直睁眼在床上辗转反侧,天色大亮时仍无睡意。没想到次日凌晨他刚随队出发,就在前岭发生激战。蒋介石由于前夜没有睡好,所以在战事将起之时,浑身疲软,面对强兵险阵,几乎没有招架之力,激战之中,蒋介石险些遭到敌军的捕杀。幸亏他临阵脱逃,捡了一条性命。从此,蒋介石行军作战之前再也不敢饮茶了。他担心名茶好饮,但茶中却有让他神经过度兴奋的成分,所以蒋介石接受这次险些死于战场的教训,从此把饮茶视为军人不可饶恕之事。蒋介石为此还亲自对卫兵们发下话来:今后任何人、在任何时候都不得为他泡茶。如果哪个卫兵因泡茶耽搁了他的军机大事,蒋介石就要军法从事。戎马倥偬中养成的不喝茶习惯,一直延续到蒋介石的人生暮年。

至于香味醇正、诱人上瘾的咖啡,更是蒋介石历来敬而远之的饮品。毋庸置疑,蒋在战事紧张中因饮品具有强烈兴奋神经的作用而拒绝饮用,完全是为着自身安全的考虑。至于当时只有高级将领才能饮用的咖啡,在蒋介石眼中它甚至比饮茶还要误事,初饮咖啡时蒋介石也一度喜欢,但咖啡要比茶叶的诱惑力更大,作为军人的蒋介石,有过一次饮茶误事的教训,从此蒋也断然拒绝不饮用咖啡。1927年以后,蒋介石升任国民党军政首脑,每当他出席有外国宾客出席的重要交际活动时,蒋介石每每都有几分尴尬。因三十年代的南京和上海,咖啡已经代替了中国各类名茶,尤其是外国重要贵宾和他们的眷属,每当蒋介石出面招待外宾之时,咖啡几乎就成了席间不可或缺的饮品。在各位高宾贵客彼此悠闲劝饮咖啡的时候,唯有蒋介石一人以开白水替代高档饮品,他非但不觉得孤芳自赏,反而有发自内心的自豪,因他乐在其中。没有谁比蒋介石更了解以开白水替代咖啡的诸多益处。

就连蒋的侍从秘书汪日章在谈到蒋介石抗日战争前的饮食生活时,也不得不以赞许的口气表示:"蒋介石和宋美龄是1927年结婚的,起初,两人的生活习惯、志趣爱好各有不同。比如:蒋介石惯于吃中菜,宋美龄却喜西餐。吃饭时各吃各的;有时意见不合,引起争吵,因蒋介石杀害邓演达事,两个闹得最烈。宋美龄每一气之下,就驱车走上海,……蒋介石夫妇的膳食费,每天三元,包括男女佣各一、厨师也在内,有一处理私人信件的姓钱的女秘书伙食自理,招待客人时另加。菜肴之中,每天有新鸡一只,煮鸡汤吃两餐。蒋不吃点心,不吸烟、不饮酒、不吃茶和牛奶咖啡,蒋渴时只喝白开水。每晨四时起床,做体操,洗澡;晚上十一时洗澡就寝;中午睡四十分钟,睡后喝鲜奶橘水一杯。宋的生活也并不特殊,当年上海小报载她用牛奶洗澡,我们无人知道有其事。……"

蒋介石饮开白水既然已经形成习惯,那就不能不追溯其源。他究竟为什么对开白水有如此深厚的兴趣呢?

2.宋美龄建议与张静江的影响

蒋介石喜欢喝开白水,除接受战场上的教训之外,还有另一个原因。

蒋介石和宋美龄女士1927年在上海结婚。由于宋美龄从小就生活在美国,先后在皮德蒙特和波士顿两地读书多年,所以她基本上接受了美国的生活方式。当然,宋美龄也不是一开始就喜欢喝开白水,她在美国读书期间喜欢的是美国风味的咖啡,不过她那时没有太多的钱,所以一度还把喝咖啡当成学习期间的奢侈享受。1917年她从美国回到上海后,对咖啡的热情仍然有增无减。这一时期的宋美龄无论在家中还是后来到社会上就业,在社交应酬中,她仍然离不开咖啡、柠檬汁和香槟这些高级饮品。宋美龄和蒋介石结婚以后,更是频繁出现在南京、上海等高级社交圈子中,她在与外国人交流时,往往充任蒋介石和外宾沟通的桥梁,宋美龄在名目繁多的酒会、餐会和舞会上,陪同客人喝咖啡和各种高级饮品已为常事。好在宋美龄深谙养生之重要性,她在保健医生的提醒下,善于有选择地节制易于神经兴奋的咖啡。后来她又在美国友人建议下,改变了多年喜饮甜酒和高级饮品的习惯。因听从医师的劝导,宋美龄喜欢上了开白水。让宋美龄对开白水产生好感的原因,是美国营养学家认为开白水是让她美丽容颜长期保持鲜嫩白皙的最佳饮品。蒋介石当然无意以开白水养颜,但他正是从夫人那里学到有关开白水对人体健康的多种益处。而从小对酒和咖啡无缘的蒋介石,比较容易接受宋美龄饮用开白水的建议。蒋介石连茶水也不喜欢,最后只能接受开白水。

另一方面,蒋介石对开白水的好感,还和他的恩师张静江的提示有关。一次,正在上海患病的张静江见蒋介石来寓所探望,在蒋介石询问其病情时,张静江便指着几上一杯开白水说:"我现在已经早就停药了,医生说与其喝苦药,不如喝开白水。我每天都要遵照医嘱,按早午晚三次,准时饮下足量的开白水。经过以水代药的治疗,我多年的疾病居然好转了许多。"

"真没有想到开白水也可以治病?"蒋介石对此闻所未闻,张静江是蒋介石上海交易所时代的至友良师,而且他患病多年,始终行走不便。百药尝遍的张静江对开白水的赞许,让蒋介石联想到夫人宋美龄对开白水与生俱来的好感。

张静江见蒋介石询问开白水为何可以代替药品,便把一位老中医的叮嘱转告蒋介石,他说:"医生为什么要我每天必饮几杯开白水呢? 他说我的病在很大程度上是体内毒素过多,而我从前又很少喝水,甚至连饮茶也十分有限,因此医生断定我的排泄功能不足。这样,许多本来靠汗和尿排出体外的毒素,就悄悄积存在我的体内了。至于医生说开白水可以代替药品的作用,主要原因就是多喝几杯水,可以帮助我多排尿。你想,多排尿不就可以把体内的毒素排出去吗? 体内的毒少了,病也自然就减轻了!"

张静江的一番话,对蒋介石的启发极大。这让他想起宋美龄曾经建议他经常喝开白水时的意见:"在营养学研究方面,美国人当属当今世界第一流的水平。为什么这样说? 就因为他们的经济发达,只有经济发达的国家,才可能把人们的健康当一回事。正因为如此,几位美国营养学家才多次建议我一定要戒掉咖啡。他们认为咖啡不仅影响睡眠,重要的是如果咖啡成瘾以后,比烟瘾还要可怕,咖啡甚至还可以让你的心脏更加脆弱。如果一旦上了年纪,咖啡还可以让一个人过早地丧命。所以,他们建议说还是开白水好些。"

当时,蒋介石对夫人的建议还表示疑惑:"莫非开白水里有什么特殊的营养?"

宋美龄显然早有研究,她如数家珍地告诉蒋介石:"我想,开白水的益处,就在于它的醇正和没有任何有害于人体的杂质。没有杂质的饮料,当然就是最好的营养。反之,一些甜酒和饮料中虽然被人加工成为可口的饮料,有一些甚至还加入了营养剂。但是这些饮品正由于是经过加工的,所以它们都可能掺入一定数量的添加剂,这些添加剂往往对人有不可忽视的副作用。至于开白水的营养,当然是不可忽视的,尤其是矿泉水,它们的营养成分据说有许多种。特别是一些有益人体的矿物质,往往正是其他加工饮品所不具备的。"

现在,当蒋介石听张静江谈起开白水可以治病,越加感到宋美龄多次提到的开白水,实在是有益无害的最佳饮品。其中的道理,后来一些负责蒋氏保健的医师们,也做了更为详细的解释。正因为如此,蒋介石对于开白水的饮用就变得更为自觉了。在南京和重庆生活期间,蒋介石白天在办公和开会的时候,都要饮开白水,尤其是在炎热的盛夏时节,他每天上午一般都要饮三至四杯,到了下午,午睡刚刚醒来的蒋介石,还要继续喝开白水提神。蒋介石喝开白水的习惯一直坚持到他的人生暮年。

晚年的蒋介石在台湾生病时很少到户外活动,由于车祸后他长期卧床,一连多日都没有外出活动的机会。在不渴的时候如果强迫自己按时定量地饮用开白水,对于普通人也许是一件难事。但对蒋介石来说,这是一种多年形成的习惯。这可代替药物净化体内垃圾的开白水,蒋介石早已形成了愈来愈强的依赖性。即便生病卧床,蒋介石每天清晨在床上要做的第一件事,还是要喝一杯侍卫们为他准备好的开白水,然后才能在床榻上进食;早饭以后,蒋氏还要坐在床前喝一杯开白水。开白水的妙用,不仅可以加快他的排尿,而且也可以让蒋委靡的精神振作起来。下午照例是雷打不动的午睡,他醒来以后仍然不忘要喝一杯开白水。这种习惯对蒋介石而言,就好比每天必须吃饭一样重要。

台湾多雨,尽管阴天较多,可是只要太阳从云隙里露出头来,天气就会陡然变得十分酷热。这时候蒋介石一般也不多喝水,他仍然要求侍卫按正常的定量为他准备一至两杯开白水;比较难以掌握的是,如果在没有太阳的阴天,蒋介石体内根本不缺少水,然而他还要饮下侍卫定时定量为他准备的几杯开水,这在一般人眼里,确实有些勉为其难了。不过,蒋介石就有这种持之以恒的毅力,即便在没有夏日照射的阴雨天,他照例可以饮下足量的开白水,以保证体内排尿的正常。宋美龄的饮水习惯和蒋介石十分相同,真正做到了夫唱妇随,他们相互促进,数十年如一日,始终坚持不懈。

蒋介石身边的侍卫官翁元,对于进入暮年时期的蒋介石生活习惯观察得十分仔细。他往往善于从蒋氏洗漱过程中的点点滴滴,窥探出这个国民党首脑早年在日本留学时生活习惯的蛛丝马迹。这位侍卫官认为:生病之前的蒋介石,他每天清晨的洗漱过程,尽管千篇一律地重复着昨天的动作,但正因为如此,才随处可见其军旅生涯留在蒋氏身上的烙印。翁元说:蒋介石每天清早漱口时,"也有他的一套程序,我们通常会在他的洗脸台上,摆一个空杯和冷水瓶,等到要漱口时,他习惯用一些李斯德林药水,加在冷水中,然后用冲淡后的液体漱口。等他做完这些盥洗动作,我们另外再送上两杯开水,那杯子都是三百 CC 容量的,一杯是温的,一杯是烫的,他先喝温的,等那杯温的喝完,再等到他做完静坐,原来那杯热的,已经变成温开水,给他喝的开水都要保持一定的摄氏度,不能太烫也不可以太冷……"

从蒋介石晚年在台湾的饮水习惯,还可以追溯到更远的生活经历。蒋介石北伐之前的养生活动,虽然还没有形成固定的规律,但他已经开始在军医官们的指导下注意饮食和营养的关系了。1928 年蒋介石由于出任国民党主席和国民革命军总司令等要职,他身边的医官们开始更加严格地限制蒋介石的饮食起居。蒋每天的吃饭和饮水,均由值班医官每天拟定营养成分较为科学的食谱,饮水也不再是凭蒋的兴趣即兴加减。经过医生们对蒋氏体内需求的多次研究,最后确定了上午和下午的饮水量。即便是普通开白水,也要化验成分,随时抽查蒋所饮用的开白水,在力求作到万无一失的时候,才会把开白水按时定量地分送到他的办公桌前。自此,蒋介石的饮水成为一固定的习惯,他身边的侍卫们照章行事,不多也不少地准时把开白水准备好。早在日本留学及战争年代逐步养成的军人式起居,开始变成国民政府领导人雷打不动的生活规律。

在谈到蒋介石饮用开白水的时候,不能不说到他的冷水浴。这无疑也是与水有关的话题,这就要回溯到蒋介石 1908 年以后在日本开始的留学和从军生涯。

第二章　冷水与健身

3.兵营:离不开一个"冷"字

蒋介石是行伍军人出身,因此他所有生活习惯,都与曾有留美经历的夫人宋美龄截然不同。当"西安事变"让蒋介石蒙羞受辱的时候,这个国民党总裁不仅在政治上被张少帅逼进了深渊底谷,同时也暴露出蒋介石体质上外强中干的一面。事变之前,蒋介石在前半生——49 年的行伍岁月中,他虽然经历过北伐、东征、中原大战并数次与中国共产党领导的工农红军进行过生死鏖战,可是蒋介石却在这枪林弹雨之中安然无恙。当然,这并不说明蒋的身体如何强健,只能说明蒋介石善于回避战争锋芒,常常在大战面前隐身于远离硝烟的后方所致。真让蒋介石意识到体质的不堪一击,还是震惊中外的"西安事变",应该说是胆大妄为的张学良教训了他:"原来我的身体竟如此脆弱!"

西安兵谏以后,蒋介石在西安高桂滋公馆疗伤期间,曾以痛苦的心情回首往事。《西安半月记》虽是身边文胆陈布雷捉刀代笔,不过内中一些有感而发之言,也不能不看做是蒋介石伤痛过后的自悟。此前对自己身体素养始终感觉良好的蒋介石,做梦也没有想到,当华清池外响起剧烈枪声的时候,他竟然连一堵矮墙也翻越不得,从而造成他腰伤腿伤,其外表强悍与体质的脆弱恰好形成强烈的反差。

"西安事变"给予蒋介石的教训是深刻的,政治上的打击之外,对其体质上的考验与冲击也同样是巨大的。事变后的蒋介石,隐居在溪口的山陬水涯之中,他需要反思的问题很多,其中一个就是身体的创痛。蒋介石1906年(清光绪三十二年)5月第一次东渡日本。当时他只有19岁,去东京的目的就是学习军事。那时的蒋介石身体瘦弱,不料蒋当时纵有一腔热血,极想苦学日本军事,但由于蒋介石到日本以后,因其体质过弱,遂被日本教官视为"病夫",而且日方要求必须是由清政府兵部保送才可以入学,蒋几经努力,只能望着军校紧闭的大门彷徨无计,致使他无功而退。可是蒋仍然不肯回到国内,整个身心都被日本军校占有了,这样他就到东京清华学校学日语,蒋介石对健身的最初体会,就是这次在日本投军失败开始的。

当蒋介石看到弹丸之国的日本军队居然显现超乎他想象的"强大"时,他也目睹了日本军人的"强悍"。蒋介石在东京意外结识一位民国志士陈其美,他告诉蒋一个启发性的哲理:"如果你想成为让日本军人害怕的中国人,你首先要让自己的肌肉发达起来。不然,像你这手无缚鸡之力的人,岂可进入军界,又怎能成为统领军队的人呢?"

蒋介石为自己的病弱备受日本人轻视嘲笑而感到痛苦。直到这时他才意识到身体和前途往往有着密不可分的联系。1907年春他从日本扫兴而归,但他仍不甘失去问鼎军事的欲望。他在奉化溪口休养数月,想让身体壮实之后,再次离家从军。不过,这次蒋介石不敢再去日本,而是在国内寻求新出路。恰好河北保定陆军速成学堂在全国招收学员,蒋介石于是前往北方,终于考进这所学堂的炮兵科,从此他开始了从军生涯。

在保定陆军速成学堂,蒋介石发愤参加操练,希望通过军校的紧张训练,提高自己的身体素质。然而他瘦弱的体魄一度遭到日本教官吉野山田的嘲笑。一次在刺刀拼杀训练时,吉野发现蒋介石端枪时双手因紧张不断哆嗦,便上前纠正他说:"蒋介石,像你这样瘦弱的手臂,又怎能持枪到战场上去面对强敌,没想到中国学员这样弱不禁风!"

蒋介石受此轻慢,当即愠怒,想起前次在日本受到的冷遇,怒不可遏地当着吉野教官举起那只沉甸甸的步枪,把乌黑的枪口瞄向吉野教官的头部,蒋介石狠狠拉动枪栓,急推子弹上膛,大喊:"教官,我要你吃枪!"蒋介石的激怒之举,吓得刚才还趾高气扬的吉野山田大惊失色,慌忙闪躲,连声怪叫:"蒋介石,不许动枪,不许你开枪!"蒋介石见吉野被吓得脸色惨白,额头沁汗,忍不住得意地大笑起来,鄙视地说:"吉野教官,原来你也怕中国人的强悍!别看我蒋某人外表瘦弱,可是我决不受人欺辱,如果有一天真上战场,我开枪杀人决不比你们日本人逊色!"

在操场上和日本教官的这次对峙,让此前名不见经传的蒋介石在保定陆军学堂顿时名声大噪,虽然仍有人嘲笑蒋介石的体质羸弱,但一些中国教官从此转变了对蒋介石的看法,他们欣赏蒋介石不把日本人看在眼里的豪气。不仅如此,在当年冬天保定陆军学堂保送优等生前往日本军校留学的时候,此前不懂日语的蒋介石居然榜上有名。在保定陆军学堂这无疑就是一大奇迹。因当时的晚清政府凡向日本保送学生,必须是日语班的学员,而蒋介石非但没有日语班的学历,甚至连起码的日语也不懂。可由于蒋介石前次在操场上敢和日本吉野教官比试高低,所以保定陆军学堂教官们一致推举蒋介石赴日。教官们认为:"只有蒋介石这样的学生才有资格去日本,因为他不惧怕日本!"

蒋介石第二次进入日本国境时,正值天气奇寒,棉絮般大雪在铅灰色天穹间纷纷扬扬。从大连乘轮船在神户登岸后,北风呼啸,冻得蒋介石浑身打抖,从小生活在浙江温暖气候中的蒋介石,有生以来第一次体会到风雪逼人的滋味。当他和所有中国学员乘汽车来到位于东京郊外的振武军校时,蒋介石才发现到日本留学,远比从前想象的还要艰苦。日本教官对中国学员的训练完全采取武士道的强悍作风。学员操练时稍有不慎,就要遭到日本教官皮鞭的抽打。在蒋介石看来,振武军校的教官比保定陆军学堂的吉野还要凶狠,可到了日本他再也不敢像在保定军校时那样公开和教官对峙,但蒋介石仍然对教官充满敌意。他看不惯日本教官以鄙视目光打量他清瘦的身材,所以和教官的冲突频频发生。一次,因不满军校的伙食标准及教官们的苛刻,蒋介石曾领导一次"罢课"学潮,和张群等人集体罢课,躲到东京郊区的一幢民宅里,声言如校方不改善伙食,他们就坚决不回校上课。最后校方不得不屈从,蒋这才再次回校。

三年的军校生活,让蒋介石的身体变得强健起来。不过,他仍然不受日本教官的青睐,都认为蒋卖力地参加所有军操,而且在投弹、射击、跳跃、冲锋、拼杀、搏斗、爆破、行刺等训练项目中,往往都有优异的成绩,但日本教官仍然看不起蒋介石。始终认为他是个弱不禁风的"稻草人",一旦在真枪实弹的战场上,蒋介石的体质必然原形毕露,甚至不堪一击。

所以,当1910年严寒的冬季到来之时,蒋介石从振武军校毕业了。日本教官把一批听话的中国学员分派到近郊的日军联队实习,蒋介石却被军校以不听话的"士官候补生",派往日本寒冷的北海道一个叫高田的地方接受实习训练。这在振武军校第11期学员中是最为严厉的处置。而蒋将要前去的第13师团野炮兵第19联队,又是个多年在风雪严寒中坚守的部队,环境异常艰苦,那些看不起蒋介石的日本教官,甚至希望他在北海道的风雪中无法坚持,让他的留学生涯在艰苦军训中半途而废。蒋介石看透了日本教官的真意,但他紧咬牙关,仍然和张群等中国学员于12月4日乘军车离开东京,来到陌生的高田入伍。这里是远离东京的荒凉乡村,蒋介石满目所见的都是积雪和荒山。他知道依自己瘦弱的身体,将要面临的是一场灾难性的训练。隔天蒋介石在高田正式入伍,随即在日本联队里当了个实习士官。

蒋介石在北海道兵营里尝到当炮兵的艰苦滋味。所谓的二等兵,其实就是该联队最底层的士兵,蒋来北海道时正是风雪漫天的严冬,防地积雪皑皑。他每天凌晨四点必须起床,然后要来到积雪覆盖的井上打一桶冷水,他要用这盆冰水洗脸。有时候,蒋介石还要用冰冷的积雪化水洗澡。当他把雪擦在身上时,浑身顿起一片鸡皮疙瘩。正是冷水洗脸和冰雪洗澡的特殊经历,磨炼了蒋介石耐寒耐冷的性格。

蒋介石19岁离家前,习惯了南方的温暖气候。后来他只身前去保定陆军学堂,其母曾担心他能否受得塞北的寒风。而今蒋介石才感到保定的寒风和日本高田凌晨的雪中沐浴相比,简直算不了什么。蒋介石正因被迫置身在寒风呼啸的环境中,才让他的体质得到了耐寒的锻炼。刚来时总是感冒,后来因洗冰雪澡竟不再感冒了。

蒋介石在北海道当见习生期间,不仅备受雪中汲水之苦,第19联队的日本军官还要求短期见习的蒋介石等人,要在凌晨的奇寒中站岗。日本人说,他们这样训练中国学生,就是要他们习惯寒冷地带的生活环境。当时日本军队正积极筹划对中国满洲和苏联西伯利亚地区的武装进犯,第13师团的野炮兵联队,为战时需要还要求所有官兵,清晨起来一律不得吃不加温的隔夜冷饭。冰冻的面包一定要有冰碴后才可以服用。这让在中国南方长大的蒋介石难以适应。冷肚子再吃下冰冷的隔夜饭,致使蒋介石接连腹泻,他此后多年的胃病,就是因此而得的,并终身没有治愈。蒋介石在高田联队不仅吃冷饭,而且还常常吃不饱。对这段考验他身体素养的兵营生活,蒋介石在若干年后,1934年他在南京主持所谓"新生活运动"演讲时,回首当年在日本高田以冷饭充饥的生活,蒋还有更为详细的描述:在日本兵营当见习士官的时候,"有一个习惯,就是普通一般人每天都吃冷饭……这就是最基本的军事训练,他们从小在家里就养成了这刻苦耐劳的习惯,就是一切生活,早已军事化了。所以他们的兵就能够强,不然,打仗的时候,你要等水烧热以后来洗脸,又要等饭烧热再吃,敌人已经对你包围,还了得吗?……"

即便蒋介石得了胃病,可是日本军官仍不允许他改吃热饭。经过多次冷饭和腹泻的折磨,蒋介石最后终于适应高田第19联队的特殊饮食习惯。应该说这一时期在北海道军营里冷饭果腹的经历,锻炼了蒋介石此后战事中适应所有恶劣食物的体魄。

在北海道的兵营里,让蒋介石无法忍受的是吃饭定量,少得可怜的冷饭也要严格控制在十分有限的数量之内。事过多年以后蒋介石在《与隆山军事报训词》中回忆这段苦难的军旅生涯时说:"在初入伍的时候,大家都感觉吃不饱,但到一个月后,习惯成自然,就都不感觉不足了。……要粮量没有限制之前,学生患病的很多,等到实行食量限制一个月后,患病的人数反而没有了。"他又说:"从前我在敌国日本联队实习的时候,每天所吃的不但没有二十四两米,恐怕连二十两米也没有。……我们当年在日本军队里面,每人每餐规定只许吃一中碗的米饭,每星期要吃几餐麦饭,饭的上面,有时是三片腌萝卜,有时是一块咸鱼,只有星期日才能吃到一点豆腐青菜和肉片。无论你吃得饱,吃不饱,每人的饭菜,就只有限定的这一点。我在入伍的最初半月之内,这点饭实在是吃不饱,肚子里常常觉得饥饿,白天毫无办法,只有到了晚上才能到军营里的酒保——俱乐部买饼干来充饥。但是饼干也有定量限制,不能任意购买的,每天最多是两三片,而且去迟了还买不到,饼干的制料又非常粗糙,在平时我们在家里与学堂里是不要吃的,但在饥饿之余,吃起来就津津有味了。……"

蒋介石瘦弱的体质,就是在这种严酷的环境和日本军事化的严格管理下得到锻炼的。1910年蒋介石已经23岁了,有人说他成熟得像30岁的壮汉。特别是在高田联队时的冷饭和限量供饭,给蒋介石的体质造成正负两面影响。负面的影响是他因此得了严重的胃病,正面的益处是他因此身体素质得到了提高。他在结束高田的实习回国后,在北伐、东征等战事中,显现出与其瘦削身形截然不同的坚韧和强健,就足以说明问题。对于当年的艰苦,蒋氏把它当成终身受用的教益。1934年7月,蒋介石在江西发表《新生活运动之要义》时还说:在日本北海道当兵时虽然经历许多非人待遇,可是,冷水洗脸、冰水洗澡和吃冷饭、睡冰床等一系列磨难,给他留下的却是有益的收获:这"使人精神振奋,头脑清醒。不感到有丝毫的害处,以苦为乐,就是我那时养成的习惯。……"

4.冷水洗脸的教训

正因日本高田这段艰苦的从军生涯,使蒋介石毕生的生活习惯发生改变。蒋介石投军之前,在奉化溪口故里,一度是公子哥式的人物,人称"瑞元无赖"。民国年间,蒋家在溪口属富裕人家,其祖素来经营"玉泰盐铺",在小康家境中蒋介石自幼娇生惯养,如他不经此军旅的严格训练,也许蒋介石那质本瘦弱的身体根本不会发生后来的改变。纵观蒋介石后半生的养生作息习惯,也多与他1908年至1911年在日本振武军校和北海道陆军第13师团野炮兵19联队的严酷磨炼大有关系。

1911年蒋介石回到中国以后,他严格的军人化养生作息仍在紧张漫长的军旅生涯中逐步养成。所谓习惯成自然,就是这个道理。如蒋所言:"由我在日本联队一年中所过的生活和所得的经验,……一般士兵有了这种政治训练和信仰,他到了战场上,能够不惜牺牲,不怕危险,能够忠勇奋斗,达成使命。"

蒋介石在此后的军事征战之中,始终保持着在日本从军养成的习惯,甚至他连每天清晨起床的时间,也不因风雨等客观环境变化而有丝毫改变。即便蒋介石晚年到了台湾,这一丝不苟的军人生活习惯也一直持续始终。在蒋介石身边跟随多年的侍卫官翁元在《我在蒋介石父子身边的日子》中,曾经这样描述蒋介石晚年清晨起床后的作息规律,翁说:"东方大地还是一片昏暗,老先生(蒋介石)已经起身,黑暗中,老先生拿着一支钢笔手电筒,蹑手蹑脚,摸索走进盥洗室洗脸。他所以如此,一个重要的理由,就是不想吵醒还在睡梦中的宋美龄。……当老先生轻轻带动门把,轻声走出房门的那一刻,警觉的侍卫人员已经揿下一声电铃,告诉当班的贴身副官,该到老先生的官邸,一般情况下,揿一声电铃代表是老先生找人服务,如果是揿二声电铃,那是夫人传唤随从人员的讯号。……"

翁元还说:"老先生不愧是个军人,他做任何事情,乃至晨起盥洗,都是那样有条不紊、按部就班，从老先生打开洗手间电灯，到他完成洗脸的动作，我们都训练到可以算出他这一连串动作，需要多少时间。在他做盥洗动作的时候，照例我们是不发一言，完全在他身后随侍而已。但是，我站在他身后，看他盥洗这么多年，他的每一个动作，我似乎都已熟悉到可在脑海里面反复重演的地步。就以他扭毛巾的方法来说，都是千篇一律的方法，他一定是以交叉相握的方式，把毛巾的水分拧到几乎最干的程度，再一寸寸细心地擦拭他的脸孔。他是一年四季都用冷水洗，大概是从他日本当兵时代，就已经养成的习惯。洗完脸，再用干毛巾擦拭自己的脸部，据说他这样是为了保持脸部的血液循环，至于效果如何，大概可以从老先生总是红光满面看出来。老先生不但是一个非常讲究卫生习惯的人，他的卫生习惯也和他受的军事训练有密切的关系。……"蒋介石用冷水洗脸已是多年习惯。这是不争的事实。直到他人生的晚年，这以冷水洗脸的做法也一直保持始终。这究竟是怎么形成的呢？

据知情者说，蒋介石用冷水洗脸还有一段故事。1908年蒋介石刚到日本振武军校求学时，冬天里他对许多日本教官多次强调的冷水洗脸不以为然。他毕竟出生在中国的江南，从小就生活在四季无冬的环境里，在故乡的奉化溪口，即便寒冷的冬天早晨，洗脸也一定要用温水。但在大雪纷飞、奇寒逼人的日本军校，一些教官早就养成了冷水洗脸的习惯。蒋介石初来时仍然我行我素，每天宁可起床早些，也要争取去军校厨房打一些热水洗脸。久而久之，蒋介石用不惯冷水的公子哥儿作风，就传到一个叫竹下的日本教官耳中。

竹下教官看不惯蒋介石，并始终固执地认为蒋不像一个军人。一次，冬季清晨竹下教官暗中吩咐军校厨房不许蒋去打热水，可是蒋介石不知内情，那天早晨仍然前去厨房，结果遭到拒绝。他只好拎着个脸盆在厨房门外徘徊。后来，蒋介石见厨师们都惧怕竹下教官之威，不敢把门打开。他就想改用其他办法弄到热水，一定要用热水洗脸不行。忽然，厨房外弥漫着一团乳白色氤氲水雾，原来是露在墙外的排水管正滴滴答答淌水。蒋介石眼睛一亮，急忙把脸盆放在水管下面，不足半个时辰，脸盆中竟滴了半盆热水，刚好够他洗脸使用。

不料就在蒋介石把半盆热水端回宿舍准备洗脸时，外面突然响起一阵紧急集合的哨音。蒋介石被竹下教官喊到学生大队面前，他手端那盆接满热水的面盆，显得十分尴尬。竹下教官当众指斥蒋介石现身说法："你们都是从中国来的留学生,要知道你们到日本来为了什么? 难道想当公子哥大少爷吗? 蒋介石,如你想在日本学到世界最先进的军事技术,首先要学我们日本皇军坚韧不拔的武士道精神! 大家看一看,像蒋介石这样的学生,怎么能学到我们的武士道精神呢? 他每天都要温热水洗脸,这说明什么? 只能说明他没有军人的意志。畏惧冷水洗脸,就是软弱行为。像他这种连冷水都要惧怕的人,还能上前线和敌人面对面地开枪吗?"

学生队列中顿时响起阵阵欷歔和嘲笑。蒋介石手捧的一盆热水,早在严寒的北风中变冷结冰了。他脸上立刻现出无地自容的难堪,恨不得当众找个地缝钻进去。这时,竹下教官把蒋介石手中的脸盆夺了过来,当众把已经结了冰凌的水,"哗"一声泼到蒋介石脸上,他顿时受到寒气的刺激,脸色也变得冰冷苍白。竹下教官对他说:"蒋介石,一盆热水不是小事,说明你多次违犯纪律。你现在只有两条出路,一是耐得住清苦和严寒,就继续留在我们振武军校完成学业;二是你继续用热水洗脸,马上滚回中国去。我们振武军校决不容留惧怕冷水洗脸的软蛋!"

蒋介石受此无地自容的羞辱,一时暴怒,真想马上中止学业,只身返回中国,另谋其他职业;可是,当他想起一年前离开奉化老家时母亲王采玉的叮嘱,他的心忽又变得坚硬起来。母亲送他前往保定军事学堂就读时,就曾这样告诫蒋介石:"孩子,咱们蒋家从根上就是经商的,没想到到了你这辈上,就要改变蒋家的出路,所以你投奔军事学堂也许是正确的。不过,你要知道在这个世上,没有比当兵再苦的职业了。如果你真能吃得了那个苦就去,如你有一天半途而废,不如现在就断了外出当兵的念头。老老实实经营祖上的盐铺算了。"但是蒋介石仍然要去当兵。

对此,蒋经国在他的《日记》中也曾提及此事,他写道:"当父亲十四岁离家时,祖母训之曰:'出门人应随处小心谨慎,时时提防不测,先避凶险,慢言吉利。'父亲常以此示我,故余对此印象深刻。"

现在,在北海道凛冽的寒风和竹下疾颜厉色面前,蒋介石咬牙挺住了。他知道母亲是绝不允许自己的儿子吃回头草的,而摆在他面前的严峻现实是:如果继续留在振武军校,不仅每天清晨要用冷水洗脸,更重要的是,他面前还有数不清的坎坎坷坷等待他去逾越。在身无后路的严峻情势下,蒋介石最后只能选择继续当兵。就这样,在严寒冬天的清晨用冰冷的水去洗脸,就成为蒋介石铭记心中的第一课。就从那让他备感耻辱的早晨开始,蒋介石从此再也不敢去厨房打开水和在墙外水管下面接温水了。即便再寒冷的冬晨,蒋介石也要端着脸盆去打冷水,只要他再一想热水,竹下教官那双冷冰冰的鄙视眼睛就会在他的脑际闪现。从此,蒋介石开始用冰冷的水洗脸了。

有关蒋介石在日本这段从军生涯,他儿子蒋经国生前在《日记》中也有特殊的感受,蒋经国说:"父亲二十四岁时卒业于振武学校,训练严格,生活艰苦。在天气严寒,雪深尺余时,早操刷马,夕归刮靴,苦也如一新兵。父尝奋然曰:'将来战场生活之苦楚,当不止如今日而已,是属寻常,有何难耐哉?'故咬定牙根,事事争先,不觉其苦。而日本兵营,阶级之严,待下之虐,与营内之整洁,皆由此可见矣。父亲之留日,余之留苏,皆为我父子生活中受苦最大的时期,今日记此有深感焉。……"

5.冷水浴、热水浴

蒋介石用冷水洗脸之初,确实难以适应。坚持一段时间以后,蒋介石才发现冷水洗脸其实好处多多。初洗时脸面因受冷水的刺激,特别是在严寒逼人的北海道,难免有些难以忍受,有时脸尚未洗完,手上已结冰碴。可是蒋坚持下来了,就发现冷水洗过以后,不久就感受脸面在严寒之中悄悄发热。尤其是在寒冷凌晨到外面站岗的时候,呼啸的北风如同一把尖利的刀子刺在脸上,这时脸面皮肤不但不觉得寒气袭人,反而有种足以抵挡逆风的耐力。浑身也因气血的流动变得暖和起来。后来有人告诉蒋介石:"日本军人为什么要在严寒冬天故意洗冷水脸和冷水澡,就为锻炼士兵的耐寒能力。"

蒋介石在振武军校毕业后随炮兵联队前往日本最为严寒的高田地区实习,此间他不仅习惯了用冷水洗脸,还学会了像日本人那样洗冷水澡。在寒气逼人的十冬腊月,赤身裸体地站在滴水成冰的空旷洗澡间里,接受莲蓬头喷射出来的冷水沐浴,对于在中国南方出生的蒋介石而言,肯定是苦不堪言的。不过,他也由怯懦冷水渐渐转为习以为常了。1911年蒋介石结束日本的学业,终于返回了中国。这时,他已经是一个不惧严寒风雪的军人了。

蒋回国以后,他的军队仍然活动在南方。无论浙江还是福建,气候都可适应,特别是广东境内的防地,更是他所熟悉的四季常温,再不必忍受日本北海道那滴水成冰的恶劣气候了。不过,尽管环境发生了根本改变,蒋介石却没有因为环境的改变而中止在日本冷水洗脸、洗冷水澡的习惯。1914年蒋介石在上海参加中华革命党,同年参与攻打江南制造局的"第二次革命",

后来他又参加革命军讨伐袁世凯的一系列军事活动,这期间蒋介石的体质大变。张群称他:"更加成熟了。"黄俘说蒋"病弱的样子不见了,已经成为真正的军人"。所有一切都证明,在日本三年蒋介石没有虚度,当初前往日本时被东洋教官看不起的"稻草人",居然在北海道严寒的风雪中炼成了体魄强健的军人。1916年蒋介石再次从东京返回上海,并在袭击江阴要塞的战役中初露锋芒。1918年蒋成为粤军总司令部的作战科主任,不久又任粤军第二支队司令,随着蒋介石在军界的迅速崛起,他的生活环境也渐次发生改变。

不过,蒋介石军职升迁,并没有改变其在日本学来的冷水沐浴和洗脸的良好习惯。

蒋介石驻防在南方,军阶不断提升,身边开始有勤务兵照顾起居。冬日的清晨,无论如何寒冷,勤务兵总会准时为他打来温热水供他洗脸,但蒋介石偏偏不用这些可让面部舒适的温热水,仍然固执地坚持用冷水。他每天凌晨起床,以冷水洗面,与众不同的是,蒋洗脸的时间比普通军人长些,他把冷水洗脸往往当做一种享受,从不敷衍了事。冷水洗脸蒋不再惧怕,反而把它视为促进面部血液循环的养生过程。蒋介石冷水洗脸,然后再用白毛巾沿面部、额头至脖颈,反复数次地用冷水擦拭,一直擦到满面泛红,额头冒汗为止。正如身边卫兵所说:"蒋洗脸时用毛巾一寸一寸地擦拭,从不马虎了事。"

洗冷水脸,在蒋看来决不仅仅为了净面,重要的是冷水洗脸可以促进头脸部血液循环,增加皮肤的耐寒能力。蒋介石发迹以后,身居要位,每天清晨洗脸,往往回想起在高田当士兵时的苦难经历,严寒中为日本战马擦拭鬃毛和被竹下教官当众责斥的羞辱,让他自悟出其中的哲理,冷水和严寒,给他的教益胜过一切。用冷水洗脸的良好习惯,不仅从军旅生涯中保持下来,而且即便蒋权势鼎盛的暮年,在四季无冬的台湾,他仍旧一如既往保持这一习惯。

1921年蒋介石成为孙中山麾下重要的部将以后,他身边一度卫兵如云,生活舒适优裕,但仍然不改冷水洗脸的旧习,似乎把洗冷水脸当成养生之法。

在气候温暖潮湿的南方,洗冷水澡是蒋氏自20岁起渐渐习惯的,此后数十年如一日,渐成养生健体的规矩。南方夏季十分炎热,洗澡是普通人在酷热中求得解脱的唯一消夏手段。蒋介石在南方的酷热气候中征战行军,当然不会忽视这解除疲劳的最佳方式。不过,蒋介石军马倥偬中的洗浴自有他的特殊规律。

蒋介石从不喜欢洗盆浴。

1922年蒋介石参与筹划北伐战事以来,他已身负国民革命军第二军参谋长之要职。这一时期的蒋介石,再不是当年从日本刚回国时的军中下级军官,而是一个握有一定军权并在国民革命军中呼风唤雨的高级将领。蒋介石的生活条件大有改善,此时他如想洗澡,身边卫兵和副官们就可预先为他安排妥当。即便千里行军,每到一宿营地,都有较为舒适的招待所。自然在这种地方沐浴定有人提供浴缸或浴盆。如投宿大中城市,还有更为舒适的休息环境,早有人为蒋放好温度合适的洗澡水等候着他。然而,蒋介石越是行军疲惫,他回到宿营地时越是拒绝在浴缸里泡澡。而且如若洗澡,必定要求服务人员放掉浴缸中备好的热水而要求换成冷水。蒋介石为何拒绝舒服的温热水而独喜冷水浴?正如前面所说,也与他早年在日本学习军事时的经历不无关系。

在蒋氏看来,洗温水澡自然有它的益处,且卧于温水氤氲的浴缸内沐浴,更便于解除行军征战的疲惫之苦,还可尽快恢复体力。但蒋介石却始终认为,冷水浴的益处要大于热水澡。他不想利用水温自动消除疲劳,而是想通过冷水浴的不断体表擦拭来促进血液循环。他认为擦拭的次数越多,越会让浑身血液在擦拭中尽快活动起来,如若以温水或热水促进血液循环,对他永远是被动和有限的。蒋介石曾对身边的侍卫们说:"既然我想洗澡就在认真,更不能装懒汉;懒汉洗澡是永远不会舒服的。"

蒋介石的冷水洗浴也像他冷水洗脸一样,喜欢在冷水中多次擦拭。直到把皮肤擦到发红发热,大汗淋漓为止。蒋介石认为这种洗浴方式是日本式的,也是最为科学的健身活动。他在日本留学时,一位精通此道的日本教官柳野二郎曾指点其中的迷津,柳野对蒋说:"有人洗了一辈子澡,却不懂为什么洗澡。洗澡只为人体的清洁,这是洗浴的低浅目的,如果你洗澡仅仅为了清洁,那就不必放弃热水澡而选择让皮肤不舒服的冷水浴了。我想,冷水浴的重要作用,就是在清洁身体的时候又增强健身活动。水中健身和人在陆地健身的不同之处,就在于水可让人在擦拭皮肤的过程中,加强血液循环,通过汗腺排出毒素,借此提高皮肤抵抗自然界各种灾难的自卫能力。在我们日本有许多军人喜欢冬泳,就是这个道理。他们才是真正懂洗澡的人。"

蒋介石在冷水浴中锻炼了身体,所以其子蒋经国在后来的《日记》中曾以夸奖的语气评价其父蒋介石:"百余人以父亲体力强健,精神焕发,满面红光,目注如电,故皆称之为'红面将军'。"

洗冷水澡对蒋的身体益处极大。当年在日本军队里他的身体渐渐变得强壮起来,就与洗冷水澡有直接关系。回国以后,蒋介石虽在战火频仍的南征北战之中,有时还在十分恶劣的气候中风餐露宿,蒋介石仍然感谢冷水澡对他健身的益处。正因为洗冷水澡,蒋介石的体质才能抵挡住风寒的侵袭,中年以前他极少生病,甚至连感冒也不曾有过。来到台湾初期,蒋介石尽管已经年近七旬,但由于充分利用冷水浴的益体之处,他仍然很少生病。洗冷水浴在普通人眼中似乎微不足道,在蒋介石看来则是必不可少的养生手段。蒋介石始终认为,冷水浴可以锻炼人在寒冷环境中的耐寒力,同时也可加强人的免疫力。正因为蒋介石多年洗冷水澡,所以一般风寒很难击垮他,甚至连感冒也找不上门来。

50岁以前的蒋介石,始终坚持为自己搓澡的习惯。

50岁以后,蒋介石才改由贴身卫兵替代他洗澡和搓澡。当然洗澡细节的改变,并不是因为蒋氏官场地位逐步提高,而是1946年的一个冬天,蒋介石在南京黄埔路官邸里洗澡时,因地滑不慎跌了一跤。这一年蒋介石59岁,刚刚从战时陪都重庆回到南京不久,跌在浴室中的蒋介石,虽然没有跌伤腿骨,宋美龄仍然十分介意,为了安全,她不得不要侍从人员马上采取措施,从此再不让蒋一个人进浴室洗澡了。就是从南京开始,蒋介石身边的侍卫们,又多了一项重要的任务,就是侍卫官们必须轮班为蒋介石搓澡,同时扶持蒋介石从浴缸里安全回到他的卧室。在洗澡中间,蒋介石当然还坚持他自己来洗,他多年就喜欢泡澡,而且洗得很勤,如无意外情况,几乎每天必洗一次。蒋介石洗澡成为习惯以后,就不再是为了清洁,身体并不脏,也没有油腻和汗渍,但蒋介石这时已把洗浴看成他养生不可或缺的一部分。

和青年、中年时期略有不同的是,进入人生暮年的蒋介石已经不敢再洗冷水浴了,多年来始终视冷水浴为健身必需的他,再也经受不得冷水过低的温度,重要的是他一旦冷水沐浴,有时会发生感冒。保健医生因此提出,为了不让蒋发生感冒,必须坚决杜绝冷水浴。开始洗热水澡时蒋介石极不习惯,即便台湾天气如何闷热,他也只能洗热水澡或温水澡。不过,蒋介石洗澡时的固有习惯仍然难改,他主张自己泡澡,只是到擦澡的时候,才要侍卫官们协助。尤其是从浴缸出来到卧室这段路程,必须要有人搀扶不可。这样做主要防止蒋介石因浴室地面积水滑倒。蒋介石到台湾以后,身体状况虽仍保持从前状况,不过由于他年事日高,所以侍从人员对蒋的洗浴格外重视。只要蒋介石说一声洗澡,他身边的侍从官们都会立时紧张起来,唯恐在洗浴时发生任何差错。

时至多年以后,蒋介石的侍从官翁元对扶持蒋洗澡仍然心有余悸,若干年后他对台湾《联合报》记者说:"我这一辈子从来没有帮人洗过澡,更遑论替蒋老先生做洗澡的服务,开始时,真叫我精神紧张,如临深渊。帮蒋先生洗澡,学问很大,老先生是在日本当过兵的军人,对于下属的衣着,即便是我们帮他洗澡,他还是很在意我们是不是服装整齐。所以,在帮他洗澡时,允许我们可以脱去中山装上衣,上身穿着衬衫不必打领带。下身则穿着一般的长裤,天热的时候我们可以把袖子卷起来。老先生习惯泡澡,他洗澡从来不用肥皂,大概是他平日也没有什么劳动的机会,身体没流什么汗水,不会油腻,但是基本上,每天都要洗一次澡,自己洗完之后,由下正班的副官为他擦拭后背,然后再由正班的副官为他披上大毛巾,擦净身上的水渍。然后,接下来的工作就交给副班的副官,把老先生从浴室扶到他的书房,让他坐在卧榻旁的沙发上,副官则搬张矮凳子坐在老先生面前,用干毛巾为他擦拭双脚和脚趾间的水渍。"

翁元回忆说:"擦脚时,如果他觉得脚趾甲长了,就要叫专门为他修剪趾甲的吴先生来,为他做修剪服务。说起这个吴先生,在五十年代,原本是台北中华路安乐池澡堂的服务员,专门为客人修趾甲的。当时,士林官邸内务科知道这家澡堂的上海师傅手艺不错,就曾经几次专程把年轻的小吴,专车送到官邸,为老先生修剪趾甲,一段时间总要来官邸为老先生剪趾甲,后来,安全部门有了考虑,因为每次小吴来为老先生剪趾甲,总是会接触到官邸的人事地物吧,那时这位吴先生还是个年轻小伙子,要是年轻人口风不紧的话,到处去乱说官邸的所见所闻,岂不是影响官邸和老先生的安全?基于这样的因素,便为他也在安全局安插了一个雇员的空缺,要他辞去安乐池的服务员工作,每天到安全局上班,名为上班,实则是待命,只要老先生需要修剪脚趾甲了,官邸就通知安全局他本人直接过来,为老先生做服务。……"蒋介石由冷水浴改为洗温水澡后,从此再不沾冷水。一旦沾冷水,他就感到浑身发冷,这种情况晚年尤甚。由此可见,蒋介石由多年不改的冷水澡改为热水浴,说明他的体质随年龄增长正在下降,晚年蒋虽然洗热水浴,室内又没有寒气,奇怪的是蒋介石的感冒也频繁发生。1974年以后,蒋介石因心脏病缠身,甚至连热水澡也不敢洗了,只要洗澡人就会感冒,年迈体衰,老之将至,其抵抗力之减弱不以他的主观意志为转移。

卷三

饮食:简中有繁,荤素得法

蒋介石从不依赖医生和药品,他始终认为食物才是最佳的食药。他从不承认自己是"美食家",饮食也极为简单,但蒋氏在饮食中也讲究"张弛有度,宜繁宜简"。时时警惕肉类入口却又极喜家乡风味;讲究荤素搭配却又偶有偏食;所有一切,都表明蒋氏的饮食既非一成不变,亦非没有可循之章法。

第一章　牙祭与义齿

1. 高田风雪中的"牙祭"

"吃",是人的第一需要,蒋介石也不例外。

少年时蒋生活在浙东的四明山区,虽然蒋介石发迹以后,其家乡奉化县溪口镇一度成为繁华的市井,不过在民国初年的溪口,还是一个十分封闭贫穷的小镇。交通的不便与经济的萧条,让蒋介石从小在这小山村里只能吃到一些山菜,偶尔吃一次鱼肉对他来言也是难得的奢侈。不然,蒋介石就不会对溪口那些简单的腌菜和做工粗糙的食品那么感兴趣了。二十世纪二十年代末,蒋介石成为国民党主席以后,在吃吃喝喝方面已到酒池肉林、锦衣玉食的地步,他如果有兴趣,完全可以随时吃到天上千种飞禽和地上的万种走兽,山珍海味,自可不厌其多。然而,尽管有这种特殊的条件,数十年来蒋介石仍以家乡菜为贵。其中有种名叫芋乃头的东西,始终被蒋介石视若最佳菜肴。笔者曾经亲临奉化溪口,而且刚来到这群山间的小镇上,几乎随处可见叫卖芋乃头的小贩。原以为蒋氏津津乐道的芋乃头,肯定是世间极为罕见的美食,哪知道在饭店里吃上一盘炒芋乃头,竟感索然无味,充其量也不过是像北方土豆之类的粗菜,实在品不到其美味妙在何处? 由此可见蒋介石在"吃"的兴趣方面,大概也与他出生时的嗜好大有关系。

蒋介石少年时期没有更多的美味佳肴值得他津津乐道。19 岁以后他只身离开苍翠的四明山,离开那幢祖传下来的丰镐房故居。开始投身军界,这时蒋介石在吃食方面就变得更不讲究。如果说他在奉化读书时期还可在每年节日里品尝到母亲王采玉和妻子毛福梅烧的家乡菜,那么一旦到了军队,吃饭就成了蒋介石勉强果腹的手段。在保定读军校时,蒋介石吃的是大锅饭和大锅菜,那时的饭菜谈不上质量,能够吃饱肚子已经很不错了,哪里有讲究菜肴精美之可能。蒋介石 20 岁前往日本东京,进了振武军校读书,这时候每日三餐,对他来说就更是为了填饱肚皮,有时一连数月,连一块肉、一滴油也难得一见。青菜炒在锅里,放些食盐就是佐食的"美味"了,哪还敢奢求那些梦想中的家乡菜? 至于南熘北炒的江浙名肴,蒋介石更不敢奢望。

在军国主义和武士道精神控制的日本炮兵第 13 师团 19 炮兵联队,蒋介石在紧张操练中,还要起早为日本人洗马和擦拭战马,日本军人对蒋介石等前来炮兵部队见习的中国留学生们,采取的就是控制饭量的军事化手段。每顿饭都严格控制中国学员的饭量,而且饭食也粗糙不堪,更说不上吃到精美的日本寿司和锄烧了。蒋介石回国后曾经这样对人谈起他当年在日本高田联队里因吃不饱饭而遭受的磨难。蒋说:"在他们日本军队里,每人每餐规定只许吃一中碗的米饭,每星期要吃几餐麦饭,饭的上面,有时是三月腌的萝卜,有时是一片咸鱼,只有星期日才能吃到一点豆腐青菜和肉片,无论你吃得饱,吃不饱,每人的饭菜,就只有限定的这一点。"

正因为如此,蒋介石在日本高田的炮兵联队里,始终难以吃饱肚子。蒋介石那时所在的日本联队里,军粮十分紧缺,给这些从中国来的见习士兵们,每月只供应微量粮米,还都是一些日本兵们不吃的旧粮陈米,吃起来有一股难以下咽的腐烂气味。可是,即便这样的陈米,蒋介石也吃不饱,因为他每天三餐最多不得超过二斤米。蒋和许多同来的中国学生一样每日饥肠辘辘,但他没有任何办法改变困窘的现状,只好忍受饥饿的折磨。蒋介石试图反抗,可是吃不饱的情况并没有因为他和同伴们的反抗得到丝毫缓解。久而久之,蒋介石开始习惯这种限制饮食量的军事化管理,他原本消瘦的体质在限定饮食数量的日本兵营里生活得更加艰难,由于营养不足,蒋介石的身体逐渐垮了下去。

在这十分艰苦的军营里,蒋介石的所有生活习惯,都必须因地制宜,根本不敢奢求身体素质的强健。蒋介石当时希求的只是如何让自己吃饱。吃饱就是他最大的希冀。当然,并不是说那时的蒋介石就没有改善伙食的企望。"打牙祭"在高田联队里虽然只是一种奢想,不过和蒋介石一起从国内前往日本学习军事的留学生们,不甘心永远过这种每天饥肠辘辘的日子。有时,蒋介石会利用机会从兵营里偷偷跑出来,到寒风呼啸的野地寻找尚未经冬的萝卜充饥。为了解馋蒋介石还把有限的一点津帖,趁夜晚前往军队附近的日本店铺,花钱买那些尽管没有营养却可一饱口福的小零食。这些日本小食品,例如锄烧、寿司、阿芙罗等等,往往让饥寒中的蒋介石甘之如饴。还有的时候,蒋介石和他的同学们集众开会,密谋如何为改变这非人的饮食环境进行抗争。当日本人发现蒋介石的不轨行迹以后,对他多次训责,终于没有再发生在振武军校时率众远逃反抗军校的事件。不过,蒋介石并不甘心,为了改善生活,蒋和同学们把每月军队发给大家的微薄津帖,集中起来一起使用。蒋介石和张群等中国学生们共同合租一间房子,以便他们在星期天来到这小天地里聚会。这种集会往往充满着快乐,蒋介石等人利用这些集中起来的津帖,购买当时高田地区民间较为廉价的青菜和肉类,一起聚餐,称之为"打牙祭"。如果碰上他们运气好,如遇当地日本农民家里杀年猪的时候,蒋介石等人就有机会搞一次"丰盛的晚餐"。他们发现当地人在杀猪时一般不吃猪的内脏,如猪肝、猪肚、猪大肠等杂碎。蒋介石等人偏偏就喜欢用这些杂碎来烹调一碟碟酒菜。而让蒋介石等大为兴奋的是,正由于当地农民不喜欢这类猪内脏来烹饪美味,所以他们可以花最少的钱把一头整猪的内脏统统都购买回来,然后留着他们不断地集会并打"牙祭"。

蒋介石往往把同学们这类以酒相聚视若"苦难中的美餐"。从那时起,在风雪弥漫的北海道民间小屋里,经常可以飘出一股股沁人的肉香,日本清酒混杂在中国风味名肴的香气之中,让这些在日本高田见习军事的中国青年流连忘返,而江浙名菜带给蒋介石等人的不仅是难得的"口福",重要的是这一碟碟佳肴可让远在异国的中国学生找回久违的乡情。

2. 戒酒与节制肉类

1926 年 7 月 6 日,蒋介石在南京举行的国民党中央执行委员临时会议上当选为常务委员会主席。经过北伐并胜利凯旋的蒋介石,已经成为当时中国政治舞台上叱咤风云的人物。这时的蒋介石"吃"早已不是问题了。他不仅可以吃得"饱",而且也能吃得"好",政治上的特殊地位,决定蒋氏可以随心所欲选择美味,他甚至可以尽情品尝南北大菜。可是,蒋介石纵然身居要位,权倾万方,他在"吃"的问题上居然采取十分谨慎的态度。那时,蒋介石和普通中国百姓截然不同的是,他不仅不再有温饱的问题存在,而且身边已有为蒋氏饮食营养操心负责的保健医生了。民国年间在贫困惯了的中国民众之中,在"吃"的问题上往往讲不起营养,而蒋介石在饮食上已在讲食不厌精,什么营养价值高吃什么。至于饮食的"营养"成分,对百姓还十分陌生。蒋介石在这种凌驾高位的时候,就有保健医生指点他在美味珍馐面前"适可而止"了。

蒋介石饮食简单,这是军旅生涯中养成的习惯。他对饮食从不"不厌其多",更不"暴饮暴食"。尽管他从不缺少山珍美味,但蒋从不铺张。在日本连肚子都吃不饱的年月,给他留下的烙印毕竟太深了。还有,蒋介石在"吃"上采取极力节制的做法,还得益于他的夫人宋美龄。1927年蒋与宋结合后,他的饮食习惯也开始逐步改变。如果说蒋介石此前在"吃"的方面还保持军人固有的随意性,那么他饮食受到较为科学的节制,则与夫人有直接的关系。宋美龄和蒋介石截然不同的人生经历,让她在饮食习惯上有着普通人无法企及的科学性。当时蒋介石面对的是国民党旧官场十分盛行的"酒文化"风潮,几乎每天都有饮局应酬,如没有宋美龄的严格限制和规劝,那么蒋氏很可能会成为酒席宴上频频现身的人物。

宋美龄早在美国韦尔斯利女子大学读书的时候,就开了饮食营养课。深知饮食与养生知识的她始终认为:"少吃多得,多吃少得。越在可以尽情大吃大喝的时候,越要严格控制自己的食欲,因为吃得多,吃得好,往往并不是一件好事。许多疾病都是从吃上得来的。"因此,她时刻提醒蒋介石节制饮食,宁可少吃,也决不频频赴宴。宋美龄与蒋氏结婚之初,夫妻还共同商定了约束彼此饮食的"约法三章"。即:宋美龄要求蒋介石"少吃肉、不饮酒、谢绝一切不必要的应酬性交际"。而她本人也始终主张饮食西方化,饭菜越简单越好。在每一餐饭中,她主张尽量少用猪油,如果不得不加油,宋也要厨师们以菜油为主;至于肉类食品,宋美龄多次叮嘱负责蒋介石三餐的厨师们,每天她两人的菜肴中最多不要超过三两。也就是说,她们两人每餐饭中一定要以青菜为主,如果佐以肉类,每餐也不得超过一两。如此谨小慎微地控制饮食中的脂肪,在当时南京官场还属绝无仅有。

所幸蒋介石也生来不喜肉食。尤其经历过早年军旅征战的他,对肉类的向往已随着地位的升迁变得若有若无了。不过,蒋介石和宋美龄终究有所不同,他仍要不断出席一些官方应酬,尽管官场的美酒泛滥成灾,蒋介石对酒却历来无缘。关于蒋介石戒酒,说法种种,其中一种说法是:蒋介石青年时期也曾一度钟情杯中之物,特别是在日本留学期间,蒋介石还一度染上很大的酒瘾,日本清酒曾让他百饮不厌。1909年蒋介石在日本振武军校,当时他每出席学友们集会,必饮日本清酒。他每次必要豪饮,大多十饮九醉。振武军校毕业后,蒋介石到高田联队当兵,嗜酒仍然没有改变。一次蒋饮酒过量,后在风雪之夜去兵营二里外的雪野中站岗,不料,夜半时分酒劲突然发作,蒋介石支持不住,一个跟斗跌进盈尺深的积雪之中,如不是有人发现,蒋介石也许就冻死在寒风呼啸的深雪中了。经此生死磨难,蒋介石从此发誓戒酒。

另一种说法是:蒋介石从日本归国以后,对日本清酒仍然迷恋至深,这在南京政府要员之中是绝无仅有的。后来蒋介石开始厌酒,与其说他厌恶官场的酒局,不如说和宋美龄的"约法三章"有关。

当然,无论何种原因,蒋介石戒酒是确实的。蒋介石从此不贪杯中之物,无疑是他70岁以前不生大病的主要原因。而他在饮食中节制肉类,也是在宋美龄每餐必有青菜沙拉的影响下,逐步在饭食中减少肉类的。蒋介石即便早年吃肉,他喜欢吃的菜肴也并不是大荤大肉,南北菜系中的精品往往让蒋偶尔尝之。其中他对奉化家乡菜的一往情深,极令人称道,数十年始终如一,到他生命的最后时刻,也不厌奉化的菜肴,他曾说:"奉化的菜虽然比不上川鲁,在我看来却胜似川鲁。"1928年蒋介石在国民党中央政治会议上被推举为北伐军总司令后,他回故乡溪口小镇的机会就愈来愈少,但他对家乡菜的痴情仍然有增无减。他的家乡亲友也深知蒋介石这一嗜好,每当奉化溪口有人前往南京来时,总会给蒋带去一些溪口的小菜,以期让蒋介石在政务繁忙中品尝久违的风味。

蒋介石的侍从副官居亦侨在回忆抗战前后随侍蒋介石的生活状况时,就谈得非常具体,从中可见蒋介石在饮食方面的特点,居亦侨说:"蒋介石最爱吃富有溪口家乡风味的菜肴。宁波、奉化都在东南沿海,滨海水产丰富。蒋介石除一般海鲜之外,最中意的是奉化的奉蚶。这种蚶子,比宁波的还要鲜美。还有一种海鲜蛎黄,也是他很中意的食物。但此物不宜储藏太久,蒋介石的原配夫人毛福梅,知道蒋介石爱吃家乡菜,每年都及时地做好,派专人送到南京官邸。浙江有些菜肴、海鲜,在南京当地是可以买到的。但奉化溪口特产的奉蚶,还有文蛤、蛎黄和风干鳗鱼等海货,在南京都不易买到。毛福梅腌制的家乡咸菜和烤制的鸡汁芋乃头,也是蒋介石爱吃的,咸菜雪里红肉丝和大汤黄鱼,都是蒋介石爱吃的。装在瓮里,取出切成细末,加掺麻油和糖,味道鲜甜。雪里红肉汤和大汤黄鱼,都是蒋介石爱吃的。溪口的芋乃头,比别处的芋乃头软糯,入口即化。毛福梅每年总要把大量芋乃头藏在地窖里,隔一段时间送往南京,在蒋介石住地妥为储藏,以防变质。以后厨师便用鸡汁烤制鸡汁芋乃头或鸡汁芋乃头汤供蒋佐食。毛福梅还善于制霉腐乳,用冬瓜和鸡汁豆腐汤。臭冬瓜瓮里有老苋菜梗子,鲜味是苋菜梗霉变而来,又臭又鲜,无以复加。豆腐是用老黄豆自制的,小磨宁波臭豆腐,加上鸡汁,鲜不可言。霉腐乳、臭冬瓜和鸡汁豆腐汤都是日常菜肴。蒋介石尝到这类食物,心中就知道是毛氏送来的。对他的喜食家乡风味,有人还写了一首诗,其中有两句是:'纵有珍肴供满眼,每餐未许缺酸咸。'……蒋介石在溪口故乡居住时,毛福梅总要亲手为他特制家乡点心,如宁波汤团、鸡汁青菜烧冬粉和鸡汁芋乃头等。……"

居亦侨还说:"过年过节除毛福梅进献一些家乡菜肴外,蒋纬国的母亲姚怡诚夫人也要送些姑苏风味的食品,江苏吴县乡下有一小镇叫湘城,那里特制的猪油或者菜油枣泥麻饼很有名气。枣泥麻饼细软甜脆,比吴县木棱和姑苏城内稻香村做得还要好。姚怡诚有时定做百只麻饼送到南京,她还亲手做嫩青菜,菜花头干送去。嫩菜花头干切成细末,添加鸡汁烧豆腐。或切细后蒸熟,再加白糖,浇上麻油。这种嫩菜干,可与雪里红媲美。每到秋天菊黄蟹肥时,姚夫人选购阳澄湖大闸蟹派专人送去。……姚夫人还送给蒋介石一个精致的小木盒,内有小榔头、钳子、匙等。都是铜质的,蒋介石凭借这些工具帮助敲打,剥开蟹壳,那橘红色的卵块,白玉似的脂膏,连同那雪白的蟹肉一起,蘸上姜醋,真可谓是难得的美味。蒋氏夫妇离京赴外地,总要总务组把螃蟹带去,备临时食用。……糖醋鱼也是蒋介石爱食的。常在湖滨楼外楼菜馆品尝糖醋鱼和醉鲜虾。但他在杭州大多是失意的时候,1927年他第一次下野回乡,还能淡然处之,边尝鲜鱼,边谈笑风生。听说1949年1月,他下野回乡也上了楼外楼。可几乎不能尝鲜鱼,举筷下咽了。我记得蒋介石在楼外楼最兴奋的时刻,是1937年蒋经国归国的那次。当晚8时,蒋介石夫妇、蒋经国夫妇和幼孙合家欢宴,席间,宋美龄格外高兴,仔细谈了糖醋鱼的名称和做法,还告诉儿媳妇蒋方良,糖醋鱼是阿爸的一种嗜好菜,这次家宴充满欢乐气氛。蒋介石也有忌讳的饮食,他不抽烟,黄埔军校出身的将领在会见蒋介石时,若被蒋介石看到指上的烟迹,或闻出身上的烟味,他就要大发一阵脾气,斥骂起来。并断定:'吸香烟者一定会爱吸鸦片。'有的烟瘾大的人去见他前,先躲在陈布雷的办公室里抽几口,然后脱下呢军服在风口处吹吹,才敢进他的室内,蒋介石只对陈布雷大开绿灯,有时还把外宾送的香烟,亲自转送给陈布雷。……"

从这些回忆中不难看出,蒋介石和宋美龄在饮食习惯上永远不能达到真正的一致。宋美龄喜欢的美国式西餐,蒋介石一生也没有产生兴趣,当然更谈不上妻唱夫随了。蒋氏虽然听信宋美龄简化饮食,节制肉类和杜绝饮酒的忠告,但他只能在节制高脂肪食物上作出妥协,而无法从根本上完全杜绝肉类食品。譬如说他喜欢的家乡菜中,就有许多肥鱼鲜蟹,这些高脂肪和高蛋白的食物,尽管随着时间的流逝,在宋美龄的多次呵护下得到一些控制,不过,蒋毕竟不可能彻底改变他的饮食习惯。应该说,蒋介石对肉类的真正疏远,是在"西安事变"之后。因为那次事变发生后,他的身体受到较为严重的伤害,而溪口雪窦寺住持太虚法师对他的提醒和关照,才是蒋介石真正认识到肉类食用过多有害身体并从此身体力行的重要原因。

3. 为进食拔掉全部牙齿

为什么说"西安事变"让蒋介石真正改变了他的饮食习惯?

就因为张学良和杨虎城发动的这次兵谏,让蒋介石受到了严峻的精神打击,以致他数十年后只要提到这次事变,就会心有余悸,耿耿于怀。当然,并不是说"西安事变"让蒋与肉类产生什么直接的反感,而是说这次事变,让蒋介石彻底损害了牙齿。

他的牙齿早在青年时期就不好,主要原因前面已经说过,是蒋在严寒冬天里喜欢吃冰解渴。那时的奉化乡间没有什么零食,蒋介石发现水缸里在严寒中结下了冰凌,雪白而晶莹剔透,就不时以冰凌当零食,久而久之,损害了他的牙齿。还有,蒋介石少年时在家乡嗜糖也是一个损害牙齿的原因。"西安事变"发生的当日凌晨,蒋介石从华清池五间厅慌然外逃,在黎明前的昏黑之中,他翻越墙头时不慎跌进墙外一条深沟里,慌乱之际蒋介石把假牙遗落在他下榻的五间厅床上,他的牙床因受重跌而受伤。从西安返回南京以后,他的牙床肿得已经无法进食了。

1937年元月,蒋介石从南京来到故乡奉化溪口养伤,这时才发现他上下牙床均已肿痛淤血。不仅牙肉红肿,而且牙根发炎,无法进食。在溪口"慈庵"养病期间,蒋氏就因牙床的炎症多日不消,所以只能每日进一些流食,借以维持他有限的营养。当时在蒋身边相随的御医郑祖穆等人,都为蒋介石不能及时补充营养想尽种种办法,然而,药物终究还是无法替代食物的营养。蒋介石因牙痛心火迸发,气得他几次想在床上开枪自杀,以解牙痛无法进食之苦。幸被身边日夜守候的侍卫竺培基(西安兵变时挽扶蒋氏从五间厅外逃的护兵之一)等人发现,方才没有酿成可怕的结果。自此,负责为蒋介石治伤的几位医师都感到手足失措,郑祖穆不得不给在杭州的宋美龄发拍紧急电报。

宋美龄闻讯后及时从杭州赶回溪口。她没想到蒋介石的牙病竟然害得他寝食俱废,甚至还萌发了自杀的念头,于是她急召南京中央医院和上海几名著名牙医前来奉化,为蒋介石的牙病紧急会诊。最后,上海和南京的牙科医生们想出一个办法,就是把蒋介石牙床上仅存的几颗牙齿,也都全部拔掉,因为此前蒋虽有假牙,但这些假牙都分布在几颗真牙中间。平时牙床没有炎症时,假牙和真牙尚能维持咀嚼,可一旦牙床牙肉发生了炎症,真牙反而会因牙肉的发炎而无法咀嚼食物,至于假牙更是形同虚设,害得蒋介石恨不得把满口病牙随口水吐掉,当事变发生时他遗落在华清池五间厅内的假牙,现在让他见了就心中生厌。

不过,当听医生们建议把蒋介石仅有的几颗真牙统统一起拔掉时,最不能接受这一建议的就是宋美龄。此前她对蒋介石最不满意的,就是他的牙齿在青年时没有保养得体。为这有碍观瞻的假牙,当年宋美龄还以此作为拒嫁蒋氏的障碍。因从小生活在美国的宋美龄,自幼视雪白如玉的牙齿为荣耀,而蒋介石的牙齿,是他20岁后投考保定陆军速成学堂后最让她不能容忍的生理缺陷。蒋介石原本牙齿虽时有疼痛却仍然存在于牙床上,但1908年蒋介石第二次东渡日本,进入日本陆军预备学校——振武军校学习时,在严寒冬天里气温在零下40摄氏度的高田执行军务,其间蒋介石每天食不果腹,有时仍像从前在奉化乡间时那样,喜欢吃军用水桶中已经结下的雪白冰凌。他的牙齿就因在严冬里经常啃冰嚼冰,受到了致命的损害。

蒋介石对牙齿保护不利,当时并没有人提醒,他本人也不知冬天里喜欢啃咬冰块会留下病根,更没想到在大解其渴之时,牙齿正在悄悄受到致命的伤害。这在宋美龄看来就是没有卫生知识的恶果。牙齿的早亡早毁,是蒋介石年在三十以后才逐步现出病兆的。随着一颗又一颗神经过早坏死的牙齿摘除,蒋介石不得不以假牙来维持他的日常进食与咀嚼。到了40岁时,蒋介石的两侧用于咀嚼的牙齿已基本脱落摘光。如今，只有几枚门牙还可维持，然而由于"西安事变"，假牙已失去了作用。宋美龄当然不同意医生们要把蒋氏全部真牙统统拔掉的意见。

可是，牙科医生们却不得不说明蒋介石几颗真牙继续保留的害处：如保留蒋仅存的几颗真牙，假牙便无法发挥咀嚼的作用，而真牙正是酿成牙肉发炎的主因；牙医们认为，如果拔掉引起牙肉发炎的寥寥几颗真牙，不仅可以制成两套精致的假牙，既不碍观瞻和进食，也便于轮番使用。更为重要的是，两套全新的义齿还可以基本杜绝牙肉不断发炎的病况。宋美龄对蒋介石全部拔牙，从开始就持反对态度，她认为："尽管拔掉所有牙齿再镶上假牙，对吃饭有好处，不过假牙终是假牙，还是保留现有的真齿为宜。"南京的医生们见宋美龄如此坚持，此议也就只好作罢。没想到，几天之后，宋美龄先行回到上海，延请上海友人代为寻请著名的牙医卢某某。然后再派人把蒋介石悄悄接到上海，准备在卢医师这里设法为蒋补牙。蒋介石于当年5月6日拟欲起程赴沪，行前他在溪口给已经回国的儿子蒋经国写信时，也透露前去上海补牙的意思："我定今明日回沪，约住数日，待补牙完妥，即赴牯岭休息，以让身体尽早复元也。……"

但他没有想到，距此仅仅几天以后，1937年5月12日蒋介石便改变了他补牙而不拔牙的主意。他在这一天写给蒋经国的一封信中，再次提到他的牙齿时竟然又这样说："牙痛之病，不如拔掉为佳。在宁波治牙不但无正式之医师，而且其器具皆污秽不肯实行消毒，故医牙必被其医坏也。如果医镶，则一切器具必须亲见其消毒也。……"从他给蒋经国信中透露的意思，表明蒋介石终于同意拔掉他口腔中所有剩余的牙齿。而宋美龄前次在溪口力排众议地反对为蒋拔掉口腔内所有牙齿的意见，在这时竟也发生了动摇。这期间究竟发生了什么事情？

原来，经宋美龄的斡旋和张罗，上海的友人们早就为蒋介石医治病牙请到了著名的牙医卢某某，宋美龄的意思当然是希望继续保留蒋介石仅有的几颗真牙。在她看来，无论假牙如何便于咀嚼，作为国民党最高领导人的蒋介石，也不该满口假牙面对公众。可是，让她没有想到的是，蒋介石来到上海以后，经著名牙医卢某某的诊断，居然也倾向南京和宁波牙医们的意见：为让蒋氏早日安全地无痛进食，消除牙齿的痛疼，不如拔掉所剩有限的几颗真牙，然后再镶上全部假牙。这样做不仅可让蒋从此不再牙痛，牙床因不再有真牙发炎，可减少很多痛苦。如全部装上义齿，对蒋的咀嚼消化肯定大有益处。宋美龄这才不得不面对现实,她发现不仅南京和宁波的牙医见解一致,如今就连她最信任的上海牙医也全为蒋介石的咀嚼着想,至于蒋介石本人对医嘱又甚表赞同,最后宋美龄也只好违心同意了。

于是,上海的医生们开始研究如何为蒋介石拔掉几颗形同虚设的真牙。他们知道拔牙是不可一次性进行的,那样不仅会造成蒋氏本人的疼痛,同时如果弄得过于匆忙,还会发生其他问题。最后,卢某某等牙医一致决定分次进行,每次只拔一颗牙,这样,虽然进度稍慢一些,却可万无一失。就这样,蒋介石上下牙床仅存的几颗真牙,也在上海被那些宋美龄请来的牙医们全部拔掉了。

所有真牙都被拔掉以后,牙医们为蒋介石特制了两套精美坚固的义齿,配在他的牙床之上,冷眼一看,几乎看不出那晶莹闪亮的义齿是假牙。不管怎么样,蒋介石的牙床炎症总算消除了,换上新假牙以后,蒋介石再也不会受牙肉不时发炎的困扰,吃饭进食的问题总算得到了解决。

第二章 早餐三味

1936年"西安事变"前的蒋介石,饮食习惯就极为简单化。但他早餐必有三种小菜端上桌,一、一片木瓜(虽是水果,亦当菜用);二、炒蛋;三、酱瓜。士林官邸的人称之为"早餐三味"。

前面已经说过,这是宋美龄从养生学角度考虑,刻意为蒋介石饮食保健经多次调整才拟定的一套餐饮方案。三十年代蒋介石已是国民党的最高首脑,他在大陆时期就有专门机构负责其饮食起居,宋美龄拟定的饮食方案,由"总统侍从室"的内务科来具体负责执行。

蒋介石简单而对营养有益的饮食方案,1936年开始实施以后,让蒋的饮食生活更有规律。据在蒋介石身边服务多年的朱永坤(国民党军事委员会第一处二组中校参谋)回忆:"蒋介石平时的膳食也很俭朴。记得在1947年冬,南京正下大雪,他为了考虑问题,偕宋美龄到庐山去住了些日子,我们少数参谋人员和几位帮他抄写日记的老夫子随侍在旁。除夕时,他和夫人招待我们参谋人员吃年夜饭。只有江西省主席王陵基和侍卫长俞济时在座,他夫妇二人分坐两头主座,王坐在他左手,俞在右手,我们分坐在中间其他客位。那天并没有什么山珍海味、名贵菜肴,只有一只火鸡较为突出。这天是中菜西吃,宋美龄很关心蒋介石,说今天的火鸡烧得很酥,劝他多吃一点。

平时蒋介石吃饭并不讲究,不是美食家。因为一口假牙,菜要烧得烂些,那天晚上的年饭,连酒也没有备。蒋介石的私生活也很严谨,没有听说什么桃色事情,不像《金陵春梦》和《侍卫官杂记》说的那样,因为侍卫官中,我有不少同学,他们日夜不离蒋的身旁,若有桃色事件,他们不会不传谈的。"

在说到蒋介石饮食一事时,首先要说到专为他烧菜做饭的厨师。

内务科早在大陆时期就是侍从室内一个重要的机构。大约有二十人,有男有女,这些人具体负责蒋介石和宋美龄的衣食住行。同时也管理着官邸内部的大小几个厨房,蒋介石和宋美龄由于起居情况有异,蒋氏起床时,宋美龄才刚刚睡下不久,因此他们夫妻的饭食便要分别开。蒋、宋不仅吃饭的时间不同,而且口味和喜好也南辕北辙,各行其是,因此给官邸内的厨师们带来了很多操作上的困难。

根据蒋介石侍卫官翁元对台湾《联合报》记者王丰的谈话,可以见到官邸厨师的大概情况。当时具体为蒋介石和宋美龄烹饪的厨师是陈杏奎、陈宝汉和袁师傅等人。翁元说:"陈杏奎早在大陆时期,就是老夫人身边最为得宠的厨师,陪着老夫人撤退到台湾以后,成为老夫人身边最资深的人员之一。所以,老夫人把他视为最忠心的下人,每当官邸用饭时,老夫人经常会问:'哪一样菜是陈杏奎烧的啊?'只要有人说某样是陈杏奎的手艺,保管老夫人一定对陈杏奎烧的菜大加赞扬,他也因而成为老夫人心中手艺最杰出的西菜厨师。事实上,据他们对厨务特别了解的人员说,官邸有不少可口的菜肴都是出自另外一位厨师的手艺,这位师傅是陈宝汉,他在年轻时代,曾经在上海专门向法国师傅拜师学过西餐手艺。宁波菜烧得非常合老先生的口味,从南京、溪口等地,一路跟随老先生撤退到台湾来,有人说,夫人夸赞的好菜,其实有不少是陈宝汉的杰作。"

翁元还介绍说:"陈宝汉人长得矮小结实,外表也不出色,可他确是一位十分出色的厨房大师傅。这位大师傅,平时待人也十分客气,我们副官都用上海话称他小阿哥,而他则称呼我们为阿弟,大家处得很亲切,这位个子矮小的厨房师傅,还是武功高强的能人,身体十分健朗。在官邸厨房中还有一位袁师傅,是顾祝同将军介绍来的自家中菜厨师。和陈宝汉不相上下,也十分得老先生欢心。还有一位厨房助手蒋茂发,后来也是一位手艺特别受老先生和夫人喜爱的师傅。……"

由于蒋家官邸内有这么多从大陆带到台湾的高级厨师,所以蒋介石到台以后的饮食问题,尽管宋美龄刻意要求把蒋氏的食谱西洋化,越简单越好,所以归根结底仍和大陆时期不会有太大变化。因为内务科基本都是老一班人马。所以蒋介石晚年的餐饮,基本上保持着与三四十年代相同的格局,只是肉类随着宋美龄的频频干预变得少了一些。不过,蒋介石早年在南京时期的早餐,要比重庆时期复杂一些。这一时期蒋氏考虑的仅仅是当前,不可能把每天早餐与一个人的养生联系在一起。即便蒋介石身边始终有保健医生,这些医生也只能考虑眼前,不会把蒋的每餐饭精细到每样原料都具有营养成分的水平。蒋介石"七七事变"后到达重庆,他的饮食状况开始有明显的改变,不过纵有宋美龄和几位医生的指点,蒋介石的饮食仍然没有脱离蒋所喜欢的饭菜范畴。尤其是蒋介石的早餐,从表面上看来,几乎看不出有什么特色,充其量也不过是把复杂的餐点略作一些简化而已,在饮食的合理性与营养性方面,更看不出别出心裁的精心设计。不过值得一说的是,蒋介石的早餐,始终有他浙江人特有的风格,尽管夫人一直希望他西餐化,可是蒋介石与生俱来的嗜好是无法改变的。

重庆时期就负责蒋介石医疗保健的医师熊丸,在事过多年以后这样说:"重庆时代,蒋先生的身体还算不错。他每日早晨约五六点即起床,起床第一件事便是唱圣诗,是个十分虔诚的基督徒,唱完圣诗后,蒋先生开始做早操,早操过后打坐半小时,此刻不许任何人打扰。半小时后副官听到他喊'喂',便进去,拿给他一条热毛巾,一杯温开水。他平时不喝茶,也不吃咖啡,就是特别喜欢喝温开水。蒋先生早餐也不会特别要求吃些什么,多半是一片木瓜,一盘炒蛋,一片烤面包,再加上一杯牛奶或清汤。此外就是一盘酱瓜,这是他离不开的口味。他的早餐多半在室外吃,过去吃早餐前他都会先看报,看完报后再吃早餐;而后有人替他读报时,他则边听边吃。早餐时间多为一个钟头,得把报纸里的重要消息都读完才行。他很重视看报,直到他自己不能看报时,他还是会先看大标题,将想听的新闻打红钩,再请武官读给他听。蒋先生每晨除祷告、读《圣经》、静坐之外,第一件事就是阅报及聆听参谋为其阅读国内外各大报纸,以及国外著名报纸、杂志中有关我国之报道文章,尤其对《中国时报》及《联合报》社论等几乎篇篇必读,有时亲自剪下有关文章,压在书桌上。蒋先生以红笔圈点剪下之文章,尤以《中国时报》为多。开始有人为蒋先生读报是在来台以后,外面有人说蒋先生喜欢看大字,故许多报告都找人重新誊写过,还有专门为他印刷的报纸,其实根本没这回事,蒋先生和大家看的都是同样的报纸。"

4. 木瓜的妙用

医生熊丸在这里所说的几样早点,每一样都有许多学问。他说的一片木瓜,在重庆时绝对是没有的,也许是熊丸记忆有误所致。因在大陆生活时期,木瓜只有在广西、广东和云南一带才会见到,而重庆当时并不多见。他所说的木瓜,当是蒋介石到了台湾以后,才成为他每天早餐必吃的一种食物。当然,木瓜是亚热带水果,蒋介石之所以喜欢吃木瓜,是因为台湾系木瓜的主产地,初时这类水果并没有引起蒋氏的注意。木瓜的味道也不甜美,吃起来很像北方的老窝瓜,甚至黏糊糊的还让人生厌。后来,宋美龄有一天对蒋介石说:"我有一位美国友人来信说,她听说台湾盛产木瓜和杧果,可不可以给她寄一些?"蒋介石说:"木瓜在台湾是最便宜的水果,有什么值得大惊小怪? 她想要多少就可以给她弄多少,只是台湾距美国路途遥远,邮寄恐怕有些困难。我不明白,一个美国人为什么对台湾的木瓜发生了兴趣?"

宋美龄这才把美国友人米尔斯女士(宋美龄当年在美国韦尔斯利女子大学读书时的至友,宋归国以后始终保持书函联系,几十年不曾中断)的意见告诉蒋:原来,这位早年和宋美龄同在韦尔斯利女子大学结下友情的同窗,几年前在美国生了一种病。她为此请过许多医生调治,最后都没有医治痊愈。一年前,一位美国营养学家对米尔斯介绍说:中国产的一种水果叫木瓜,只有多吃一点木瓜,就可以让你胃病彻底好转。

蒋介石早在大陆时期就患有严重的胃肠疾病。到台湾以后他的胃病仍然时有发作。现在当他听说台湾的木瓜可以医治胃病时,便忽然对木瓜发生了浓厚兴趣。经他向医生请教,终于弄清木瓜的药用性能。这位精通中医的荣民总医院营养专家告诉蒋介石说:中医对木瓜的药用早有先例,早在明代李时珍就对木瓜入药做过认真的考证。中医认为木瓜具有润肺、和胃两种性能,其中对缓解胃部的疼痛极有疗效。木瓜不但可以医治胃病,而且这种亚热带水果还含有多种维生素,其含有的氨基酸和胡萝卜素甚至要强似苹果、香焦等水果的含量。如果每天坚持吃一片木瓜(蒋认为木瓜并不好吃),那么不仅可让蒋介石的胃病始终保持平和状态,而且还可让他得到丰富的营养。木瓜护肝养脾,明目健胃的功效不可忽视。蒋介石这才开始在医生的建议之下,每天清晨起吃一片木瓜。

刚开始吃木瓜时,蒋介石难免有点勉为其难,因木瓜没有水果的甘甜品味,还有一股不好闻的气味,吃到嘴里后不仅没有希望中的水果甘甜,有时还让蒋氏产生阵阵反胃。蒋介石的胃病本来就不适多吃水果,蒋介石没有想到,自他吃了木瓜以后,始终不舒服的胃部便开始变得更不舒服起来。因此他一度想放弃木瓜。可就在他坚持吃木瓜半月光景时,发生了意外的情况,每月都要发作的胃病居然没有发作。这让蒋介石大为惊奇,就连宋美龄也有些意外。她没想到平时无人问津的木瓜,居然会有如此理想的药用价值。于是她想起美国友人米尔斯在电话中所说木瓜的种种益处,它不仅可以治病,还可以用于女人的美容。于是宋美龄就尝试着用木瓜汁洗脸,没有想到,木瓜的美容养颜效果当真十分理想。

听说蒋介石和宋美龄伉俪都喜欢木瓜,所以这信息就渐渐传出士林官邸。那些渴望和蒋、宋夫妇接触的国民党各地官员们,都纷纷借此机会大施巴结之能事。台中和台南一带,尤其盛产木瓜,每年到木瓜产下的旺季,都有一批新鲜木瓜不断从台南台中等地送到台北士林官邸,专供蒋介石食用和宋美龄的美容。不过,蒋介石和宋美龄虽对木瓜产生了好感,但他们两位用量都不很大,每年有人送进官邸的木瓜往往车载斗量,运进以后又无处存放,如若放得时间过久,这些木瓜还会变质发霉。于是宋美龄就把这些无法存放的木瓜,统统分配给在官邸服务的人员。见后来仍然有人在送木瓜,蒋介石就一道命令下去:"今后任何人不得再往官邸送木瓜了,我们如果用些木瓜,也可以随时到街上去买!"

蒋介石这样做,确是一种十分得体的做法。因为木瓜虽好,他和宋美龄毕竟用量有限。如若有人以这种方式来讨他的喜欢,简直让他有些无法承受。因为木瓜在台湾十分便宜,就连普通平民百姓都可以买得起,何况他士林官邸本来就有花用不完的伙食经费。何必因此闹得沸沸扬扬,舆论四起呢?

不过,蒋介石并没有因为木瓜便宜就忽视它的养胃作用。自他首次吃木瓜并让多年不愈的胃病开始好转以后,蒋介石就渐渐喜欢上这味道独特的水果。蒋由不喜欢木瓜渐渐变得每天必食不误。但是蒋介石在吃木瓜时,也像他吃其他水果一样,每日只限清晨一片而已,其余时间从来不吃。至于宋美龄把木瓜汁作为养颜的佳品,也能做到适可而止。如此坚持下去,眨眼就是几十年。木瓜一直到蒋介石晚年,始终都是士林官邸内保存在冰箱中的水果。

5.“炒蛋”列入圆山菜谱

熊丸和一些在蒋介石身边负责饮食起居的侍从人员,在他们谈起蒋介石的早餐时,往往都要说到蒋介石喜欢吃的炒蛋。炒蛋是什么?士林官邸里的炒蛋,当然不是寻常百姓家中早餐常见的炒蛋,而是蒋介石尤为喜欢并每餐必备早点。蒋还为这种特殊的炒蛋,命名为"黄埔蛋"。

蒋介石所谓的"黄埔蛋",自然和他早年在广州受孙中山先生之命,领导的黄埔军官学校有关。1924年春天,蒋介石在国民党第一次全国代表大会上受孙中山委派,出任黄埔军官学校的筹备委员会委员长,同年5月就任该校校长。在蒋介石负责黄埔军校校务期间,他仍然坚持饮食简单的原则,基本上不贪食肉类。尽管那时的蒋介石还没有把不贪肉类当成他的养生之道,也还不懂养生与饮食的学问,但他重营养轻繁杂饮食习惯就是从黄埔时开始的。

在当时的黄埔军校里,不仅蒋介石的饮食不讲铺张,就连许多后来参加北伐战争的将军和学员们,也都一律响应黄埔军校提倡的"吃革命大锅菜"号召。就连周恩来、叶剑英和叶挺等颇有资历的将领,每餐也只是一饭一菜。所以,蒋介石在当时战争的环境中,常以晨起吃一蛋为荣就不足为怪了。

蒋介石虽然身为军校校长,也必须和普通教官吃同类大食堂。这是孙中山为军校制定的校规,要求蒋介石必须率先执行。可是,蒋介石仍然难免要利用手中职权,悄悄搞一点特殊化,那就是身边侍卫常常吩咐厨师在每天早饭时,设法为身体不好的蒋介石炒一只鸡蛋,以便增加其营养。这只鸡蛋,用料相当简单,无非就是一只普通的鸡蛋而已,在炒蛋之前再加些葱花、胡椒粉之类。再把搅匀的蛋汁放进烧热的菜油中急火炒煎而成,然后供蒋介石早餐佐食。当时那种艰苦的条件下,蒋介石每天清晨能吃上这么一只香喷喷的炒蛋,已是黄埔军校绝无仅有的特殊待遇,蒋氏本人对这只鸡蛋更是难以忘怀。因此他事后亲自命名为"黄埔蛋"。

在蒋介石成为国民党主要领导人以后,他的生活条件和饮食标准自然今非昔比,无形中经费得到明显提高。但他即便到了大鱼大肉、山珍海味应有尽有的时候,仍然不敢忘记从前在广州吃过的"黄埔蛋"。蒋介石1949年逃台以后,仍对当年广州的"黄埔蛋"时有怀念,当然是战争年代被他引为美味的早点,岂可忘记它的甜美香醇的滋味。特别是他进入人生的暮年,对"黄埔蛋"滋味的思念更为须臾不可淡忘,久而久之,"黄埔蛋"几乎成为士林官邸小厨房里每天必烧的保存"项目"之一。为蒋介石烧菜的几位师傅,几乎人人都会烧"黄埔蛋"。不过,这种炒蛋初看烧起来十分容易,但真让蒋介石品出其中与众不同的滋味也不是一件易事。这是因为蒋介石喜欢的就是"黄埔蛋"急火烹炒的火候,它的蛋黄蛋清必须要在最短时间里达到一定的焦嫩程度。火小偏嫩,火大也不行,而外焦里嫩的火候又不是每一位士林官邸厨师都可掌握的。这种"黄埔蛋",蒋介石作为多年来始终不肯或缺的传统保留菜,不仅多年作为他自己的早餐必备品,后来蒋还把他喜爱的"黄埔蛋"列入了招待外宾的佳肴之一。

二十世纪五十年代,宋美龄在台北剑潭山下,建起一幢古色古香的圆山大饭店,蒋介石夫妇从此便经常在那里举行宴会,招待从美国来的重要客人,例如尼克松任副总统时,蒋就在圆山为他设宴并以"黄埔蛋"作为重要餐点款待。此后凡有美国的重要客人到访时,在这些名目繁多的大小宴会上,蒋介石都吩咐厨师们要上一碟色泽焦黄的"黄埔蛋"。否则蒋会为没有"黄埔蛋"而不快。有时外国客人对此蛋不喜欢,蒋介石本人却吃得满嘴流油,啧啧不已。后来客人见蒋如此,也客随主便地品尝几口,所以"黄埔蛋"在圆山饭店成了"名肴"。最初这"黄埔蛋"曾难坏了圆山饭店里的高级厨师,他们虽然善于烹饪各种中西名点,即便法国大菜也从不感到手生。然而炒起蒋介石情有独钟的"黄埔蛋"来,竟然人人束手,个个不敢上前。原因在于,蒋介石第一次在圆山饭店吃他的"黄埔蛋"时,竟然面对精致瓷碟内的金黄鸡蛋,连叫:"不是味,不是味!这哪是我的'黄埔蛋',简直就是民间的炒鸡蛋!"

后来,圆山饭店小灶房所有高级厨师认真研究了此蛋的奥妙,方才发现,并非此蛋有何独特,而是蒋介石对"黄埔蛋"的特殊感情,方才显得十分珍贵。此后,每有蒋氏出席的宴会,圆山厨师都无人敢于上阵操持,不得不从士林官邸专请李杏奎厨师前来上灶,因为只有他炒的"黄埔蛋"才会让蒋介石品出滋味。

1974年秋天,蒋介石已经进入人生之旅的最后一程,这时他在台北荣民总医院第六病区治疗,每日进餐的饭量都十分有限。有时一连几天只进流食,只有在蒋偶尔心情高兴时,才需要为蒋准备早餐,每当这时候,蒋介石就会叮嘱身边人说:"来一个'黄埔蛋'就行了!"由此可见,"黄埔蛋"直到蒋氏的最后岁月,仍被他当成须臾不可缺少的看家菜!蒋对"黄埔蛋"的感情由此可见一斑。

6.一盘酱瓜

蒋介石毕生爱吃的酱瓜,也是他小时候家乡奉化溪口的小菜。

这种由溪口鲜黄瓜作为主要原料的小咸菜,是蒋介石母亲王采玉在世时亲手腌制的。蒋氏小时候因父亲早逝,家境微寒,每年春天青黄不接之时,家中的佐食之菜,主要依靠母亲在前一年秋天腌制的这类家居小菜,借以维持全家人春天的饭食。在蒋介石的记忆中,每年一到暮秋时节,母亲都会带着家人前去镇郊那些枝残叶败的菜园里,冒着寒风去捡那些被菜园主人遗落在荒枝丛中的小黄瓜仔。这些小黄瓜最多半尺长,最小的只有几寸。菜园主人一般不再注意这些即便拿到菜市场也无人问津的残瓜剩菜,而王采玉则往往把这些无人问津的小黄瓜,小心搜罗起来,装进筐里带回丰镐房素居的楼下。然后她在寂寞的秋夜里,用锅烧开盐水,再将洗净的小黄瓜放进装有盐水的瓦瓮内。一个冬天过去了,到了翌年春日,这些在秋天无人问津的小黄瓜仔,便成了腌制精脆的下饭之菜。经冬的小黄瓜依然嫩绿鲜脆,而且清香诱人。

蒋介石在南京和重庆居住时期,每到深秋时节,官邸中侍从室的内务科,就开始全体动员,到城外各农家搜罗黄瓜架下的小嫩黄瓜。当然,这时蒋介石所需要的不再是他母亲王采玉在世时的那些小黄瓜,而是要求得更高一些,小黄瓜必须是青翠鲜嫩的才可拿回去腌制。从南京或重庆郊区购买的大批小黄瓜,内务科一定要有专人再次进行拣选,过小或者经霜的黄瓜,一律筛减出去。最后选出的都是小黄瓜的精品,再由几名女工将其腌进缸中,留待蒋介石翌年春夏享用。

蒋介石来到台湾以后,这类自家腌酱瓜的做法仍然延续下来。内务科的人马仍然还是从大陆带到台湾来的,所以她们腌起酱瓜来得心应手,让蒋介石无法认同的是,台湾的秋黄瓜一般不尽如人意。因台湾四季无冬,菜园里的黄瓜也从没有过秋天"罢园"时遗落在瓜架下的小黄瓜。所以只能从架上摘取新鲜的黄瓜用于腌制,这类黄瓜如果腌成蒋介石所需要的"酱瓜",显然比他所喜欢的黄瓜要长许多。而且由于腌进缸内的黄瓜过大,盐味也不比腌小黄瓜时,难以保证质量,所以蒋介石吃起来很不是滋味。

侍从室鉴于此,就下令内务科派人在秋天到来的时候,特意出岛去为蒋介石购买秋黄瓜,以用于腌制酱瓜。蒋介石初时并不赞成出岛购买,不过酱瓜也确实是他每餐都不可或缺的佐食之品。于是蒋便同意侍从室的安排,不过他反对派人前去南洋购买,当然,香港在那时候也不行。因为香港的酱菜公司虽然可从大陆购进,蒋介石却不希望为他自己吃酱瓜过于兴师动众,甚至惊动了大陆。最后,有人建议可去日本购买小黄瓜,蒋介石终于同意了。原因在于他想起自己喜欢吃的家乡腌制酱瓜,早年他在日本军校读书期间,也时有酱菜公司出售。不过他知道日本的小黄瓜毕竟无法与家乡溪口的嫩黄瓜相比,在无法寻觅家乡瓜果的时候也只能以日本黄瓜替代了。这种情况一直延续到1975年蒋介石在台湾病死为止。他在病逝的前几年,由于饮食逐步以流食代替,即便仍然喜欢家乡的酱瓜,也因体质过于孱弱而无法下咽了。

第三章　蒋家风味菜

无论在大陆统治时期,还是来到台湾以后,蒋介石的饮食主要特点都是"先易食"而"后营养"。所谓"易食",就是好吃、耐吃。也就是说蒋介石每天吃什么,内务科的厨师们首先考虑的就是他是不是喜欢吃,然后才能考虑这些菜肴是否有益于身体健康。每餐所配菜肴和蒋介石养生学历来关系紧密,因为吃乃为人之最大所需,而蒋介石在吃的问题,首先讲的还是菜的种类。蒋介石晚年格外关注养生,在他每天食用的家乡菜中,所有菜类开始注意有无营养价值。奉化溪口虽然有诸种他所喜欢的菜肴,不过,深受蒋氏喜欢的不外如下几类:

7.咸笋与笋尖

蒋介石喜食腌咸笋,当然始于奉化故乡少年时的饮食习惯。浙东四明山区群峦叠嶂,万壑巍峨。山间丛生着碧绿如屏的毛竹。民国年间蒋母王采玉女士在丈夫蒋肇聪病逝以后,独自支撑蒋家门户,一个年轻女人靠什么来解决全家人的生计? 当然,在玉泰盐铺倒闭以后,就只能依靠王采玉的勤劳度日。不说丰镐房内的大事小情,酒席应酬,就说蒋家每年要吃的咸菜,就是一笔不小的开支。这样她就在每年竹笋成熟的季节,带着子女们进山,采摘那些鲜嫩的竹笋,然后再运回丰镐房家中,以盐水入锅加以蒸煮。再将所有煮熟的竹笋装进一只只备好的瓦罐里,准备经冬以后,到翌年春夏两季聊解佐食之需。

少年蒋介石就对家乡的鲜嫩咸笋十分喜欢。因这是他母亲王采玉辛苦采摘并腌制而成的,而且滋味醇正,鲜美异常。每当蒋军马倥偬之间,他都会油然记起儿时家乡早餐桌上的鲜嫩笋芽。蒋介石乃一行武军人，不懂诗文，可他却知道苏东坡是古来首屈一指的嗜笋美食家。蒋介石因此常常默诵苏东坡咏笋的诗句："长江绕郭知鱼美，好竹边山觉笋香。"蒋介石投身军界以后，在南征北战中品尝过各地山笋，不过在蒋氏眼里，无论哪里出产的山笋，都无法和他奉化家乡的翠嫩山笋同日而语。不过尽管如此，蒋介石在成为国民党军政要人以后，喜用家乡山笋佐食的饮食习惯始终不改。三十年代他在南京生活期间，因有结发妻子毛福梅每天春夏遣人来京送来奉化的咸笋，他可以不断重温母亲当年的咸笋旧情。1937 年全面抗战爆发，蒋介石携宋美龄入川。这时再想吃浙江奉化的山笋已经不可能了。好在四川和重庆也多山多竹，既然漫山遍野毛竹如海，蒋介石想以山笋佐食当然不会太难。所以侍从室的内务科就在每年山笋成熟的季节，每每派人前去四川山区收些上乘的鲜笋运回重庆。

这些盛产在四川境内的山笋，无论成色或鲜嫩的程度，均可与奉化四明山间的竹笋媲美。而内务科中又有几位熟悉腌制奉化咸笋的女工，经她们之手腌制的咸笋，颇有一些奉化咸笋的滋味。她们当年在南京时就曾随蒋介石去过奉化溪口，在那里侍从室有意让这些内务科的女工们多向当地百姓学习腌笋的技术。如今当她们随蒋介石进入四川境内，内务科为腌好这批鲜嫩的竹笋，曾经在侍从室的偌大院落里搭起了凉棚，然后再雇用民工进行筛选。选出最好的笋尖专门给蒋介石腌制咸笋，其余竹笋由于也是花钱购得，所以也一同腌在瓮内，供给侍从室人员食用。

蒋介石来到台湾以后，对咸笋的怀念情结更深。当然，他在台湾再不可能吃到奉化故乡的竹笋了。这时内务科仍然负担起在台湾各地采摘鲜笋的任务。台湾的台南、台中和嘉义等地群山叠连，林深茂密，山竹碧绿成海。在这些山区收购成熟的鲜竹笋也并非难事。每到山笋丰收之时，内务科就会派专人进山，为蒋介石采买一筐筐的鲜嫩竹笋，如此几年下来，内务科已成规矩，而且也有了一批专门人才，深谙腌笋的技术。每年当这些鲜竹笋从山区运回台北以后，先在士林官邸的植物园内存放，然后经精选后进行腌制。蒋介石在台湾生活几十年间，每年都有新鲜的咸笋可食。

蒋介石对台湾当地产的山笋，初时并不喜欢，因台湾的竹笋生来就有一股淡淡的苦涩之味，与浙江竹笋的甜美大相径庭。不过，久而食之，蒋氏也渐渐爱上了台湾笋的苦味。他感到台湾笋的苦味，就如同家乡的苦瓜滋味一样，久尝非但没有什么不适，而且台湾笋的苦味还有一股淡雅的清香，愈品愈觉得香醇沁人。台湾的春笋嫩绿而洁白,让蒋介石捧在手上,有些爱不释手。他品尝起春笋和夏笋来,方觉各有所长,其滋味淡雅微苦,吃后满嘴余香。蒋介石尤其喜食油焖春笋,吃起来不仅香醇弥口,而且有助于消化和排泄。到了晚年蒋介石更离不开它,因老年性便秘问题久久困扰着他,虽然每用药品导之,却总不比吃春笋更有利于通便。蒋介石感到他既吃了笋香,又深受笋益,两全其美,何乐不为?

至于台湾的冬笋,更是士林官邸中每年必藏的冬菜。冬笋一旦送进官邸,蒋介石总是把笋芽捧在手里把玩和欣赏,他发现深藏的泥土之中的笋芽,即便到了严寒多雨的季节,仍然还挺拔着嫩绿的淡白芽尖,仿佛是夏日里的笋芽在雨露中悄然绽出。

宋美龄对蒋氏的家乡祖传咸笋也情有独钟,只是她一贯喜食清淡,凡菜均不喜过重的咸味。所以宋美龄吃的咸笋总需要特腌,盐一定要尽量放得少些。而蒋介石直至晚年,每餐饭都不离家乡的咸笋,其中他尤喜味重的咸笋,既嫩又咸,也堪称一绝。只是蒋在临死之前的几年里,凡吃咸笋,总是要内务科的人为他特制,一般他晚年只能吃一些嫩鲜的笋尖,稍硬的咸笋便再不敢入口了。笋尖绿嫩而香醇,内务科每每选出新嫩的笋尖来为蒋介石炒菜下饭,蒋氏晚年喜欢笋尖炒豆腐。这两种菜加在一起,刚好可适他的假牙。还有一些笋尖素菜,也都是杭州传过来的名肴,虽然笋中不加肉丝,其味仍然亚赛肉菜,给晚年的蒋氏养生提供了必要的营养。这些笋尖往往会让台北士林官邸的小厨房里平添许多快乐,厨师们都知道如果没有这些笋尖作为新菜,蒋介石的每餐的菜谱简直就不好搭配了,因他的假牙再也没有能力咬断笋茎,这是他晚年最感到痛苦的事情。

8.种类繁多的芋头小菜

芋头白菜是蒋介石餐桌上每餐必备的一碟小菜。

前面已经说过,少年蒋介石在奉化读书时喜欢以芋头为零食。那是因为芋头在溪口小镇上随时可以买到,甚至家家户户的菜园里都可栽种芋头。蒋介石长大成人,特别是成为军人以后,他无论征战何地,总以家乡有芋头为荣,他甚至还对军旅中人不住地津津乐道,称赞芋头烧菜之美。尽管不了解芋头滋味的外地人,往往对蒋介石频频称道的芋头趋之若鹜,然而一旦品尝其味,又觉言过其实,大有盛名之下,其实难副之感。不过蒋介石对奉化的芋头始终好感在心,至死都铭记心中,蒋介石到了晚年,甚至还把芋头视若至珍,他多次叮嘱侍从室的内务科,一定要把芋头当成重要的日常菜来经营采购。

蒋介石在南京生活期间,几乎每年都有人从奉化山里为他送来一袋袋芋乃头。毛福梅在世时,还要把芋乃头做成咸菜装罐,然后再派人送到南京的黄埔路官邸,专供蒋介石享用。1937年以后,蒋介石入川,在吃饭时他仍会不时念起芋头来,可是,四川境内的芋头虽也有特色,但在蒋氏眼里总不如溪口山间的芋头滋味醇正。不过,蒋介石毕竟在战时无法得到奉化的特产,虽然是四川产的芋头,只要厨师为他端上桌来,无论炒的滋味如何,蒋介石总会因有芋头而多吃些饭。

蒋介石晚年对芋头的感情似乎更深。一是他思念阔别多年的奉化溪口,二是他年事愈高,假牙的困扰也就愈大了。直到这时他才发现当初在"西安事变"发生后,上海和南京的医生多次建议他拔掉口中所有真牙,而他又不假思索地爽然认同,显然有些欠妥。如果他当年不把所有真牙一一拔掉,到了人生的晚年,也许就不会为满口假牙所累了。

据知情者说,蒋介石晚年尤喜芋头炒菜,主要的原因是芋头入锅爆炒后,芋乃头就变得愈加松软,而蒋介石的假牙到70岁以后,几乎嚼不得任何稍硬的食物。无论炒菜的滋味如何鲜美,他大多不能咀嚼。只有芋乃头深得厚爱,吃后有软绵的感觉,入口即化,而且滋味恰好符合蒋氏心中所求。1960年以后,在蒋介石的餐桌上,无论午晚两餐,大多都有芋头类菜肴。这就苦了内务科的厨师们。因蒋介石如若每餐都要芋头上桌,就不可能每种菜都一成不变,更不能每菜都是热炒。如果这样吃法,每星期换一次,倒也无妨,但如果餐餐都给蒋介石吃芋头,而且还是同一种炒法,肯定要吃伤了蒋氏的胃口。于是,厨师们就不得不在芋乃头的烹饪方法上大动脑筋。

芋乃头既然是蒋介石喜欢的最好菜肴,那就必须利用芋头松软的特点,尽量把芋头菜做细做活。不过,芋头又不能烹炒出多种菜肴,它毕竟不是诸菜都可加用的,尤其是芋头遇热变软的特点,更不利火候较大的煎炒烹炸。所以厨师们只好把芋头炒菜中加些其他菜类,譬如芹菜、白菜、菜花、蒜苗和韭菜等等,每次炒菜还要加入少许鸡丁和猪肉丝。如果蒋介石能吃些肉类,那么芋头菜倒也好烧,问题在于蒋介石晚年已不能过多吃肉。所以芋头菜虽是蒋介石每餐必备的菜肴,可种类总是那么几样。无非是芋头鸡丁、芋头山菜、芋头白菜、芋头粉丝、芋头猪肉丝和芋头虾仁,等等。好在士林官邸里的几位厨师,都善于把简单的原料炒成花样翻新的美味,而且每种菜只要端上桌来,总会呈现色香味俱全的诱惑,蒋介石每餐见了芋头菜,总会笑逐颜开,多吃几口。蒋氏吃得最多的,就是芋头芹菜和芋头白菜。这两样热炒吃得次数多了,也难免让蒋介石感到不适。不过,芋头终究是他家乡的山菜,所以直到1975年蒋介石在台湾去世,芋头菜仍作为他的看家菜始终保留。就连圆山大饭店的"御厨房档案"里,也清楚地记载着蒋介石的这种嗜好。

9. 晚年尤喜鱼类

蒋介石喜欢吃野菜和青菜,已是人所皆知之事。

特别是晚年蒋介石把饮食与养生结合起来以后,他对青菜类菜肴更是每餐必备。在各类鲜菜之外,蒋介石也不全然拒绝肉类。有人说蒋介石晚年几乎和肉类菜肴绝缘,甚至还说蒋和宋美龄的饮食习惯逐步同化,肯定是极不准确的。事实上蒋介石和宋美龄的饮食习惯,直到1975年蒋病逝为止,始终南辕北辙,各有各的菜谱,从没改变过他们多年各自形成的饮食习惯。至于吃肉的问题,蒋介石从来就不是素食者。只是他在宋美龄影响之下,对肉类菜肴有所控制而已。蒋介石在肉类菜肴之中,对猪、牛、羊肉,确无太多兴趣,然而,蒋介石对鱼类的偏爱,倒很值得一说。

蒋介石对鱼的偏爱由来已久,早在他在日本当兵时,就极其喜欢吃鱼。那时蒋和许多从中国来日留学的友人都无法忍受饥饿,又感到久吃单调米饭伤害胃口,每个人的贪馋之欲可想而知。可在荒凉冰冷的高田地区,即便蒋介石等人手中有些微薄津帖,也买不到可口的肉食,后来,有一天有人发现兵营附近的雪白冰河,才解决了他们多日无肉可吃的困局。"河里肯定有鱼!咱们何不把冰河凿开?"既然有人提出了凿冰取鱼的捷径,蒋介石当然不再畏缩。于是他和几个中国士兵便在一个风雪弥漫的上午,用铁器凿开了冰封的河面,然后从冒着热气的冰水深处,一下子就捞到七八条白鱼。那是蒋介石、张群等人一次意外的收获,当他们把从冰河里捞来的白鱼拿回大家租住的草房里,放进铁锅煮熟后,终于闻到了一股久违的鲜鱼香味,让他们好像顿时回到了中国古老的酒楼。尽管几条白鱼烧得并不鲜美,不过在几个留学生眼里,大家亲手烹饪的鱼汤毕竟滚沸了,蒋介石等人通过凿冰取鱼,总算得到一次打牙祭的机会。

蒋介石回到中国南方后,吃鱼的机会多了起来。1914年在上海兴兵参与讨伐袁世凯的军事行动期间,蒋介石已经今非昔比,成了腰间常有零用钱的军人。这时的蒋可以不时悄悄出入酒楼,和当年在日本受尽饥饿之苦的学友们,在酒酣耳热时大快朵颐。那时蒋介石喜欢品尝的就是烧白鱼和红烧肥鲤。1925年蒋介石成为国民党黄埔军校教导团粤军一部将领后,每年他前往宁波转赴溪口故乡的途中,一定要在杭州西湖之畔作短暂滞留。从此蒋对泱泱西子湖畔的"楼外楼"格外青睐。与其说蒋氏喜欢"楼外楼"富丽堂皇的高雅格局与周到的服务,不如说他对此楼烹法独特的醋鱼情有独钟。蒋介石尤其欣赏酒楼厨师们临湖捕捞西湖白鱼,然后放在案上洗净除鳞,再用利刀将白鱼的肚子一分为二,放进锅里清蒸,之后再浇上糖醋汤汁。等那西湖醋鱼被端到蒋介石面前餐桌上时,他定会欣喜地操动筷箸,一饱口福。蒋介石从碟中丰润鲜美的西湖醋鱼,会油然联想起日本高田风雪中凿冰取鱼的往事。而北海道的白鱼无论如何也不能和西湖醋鱼的滋味相提并论。蒋介石喜欢西湖醋鱼的原因,就在"楼外楼"的厨师们临湖取鱼,那湖鱼鲜活而肉色丰美,且湖鱼系用热汤蒸煮而熟,绝非如北方食鱼者,凡鱼类入锅,无不用热油煎炸后烧汁。蒋介石喜欢菜类的清淡,而西湖醋鱼最能体现清淡两字。

蒋介石来到台湾以后,喜欢在临近湖泊的沿水之地兴建别墅行馆。其中他在桃园县大溪附近建造的慈湖行馆,就因看中那里有一泓碧水泱泱的湖泊,所以才买地并下令兴建套院幽宅。1975年蒋介石在台湾作古,临水而筑的慈湖居然成了他的暂厝之地。

毋庸讳言,凡有湖泊之地,肯定会有鱼类。而湖中鲜鱼的味道也肯定清淡鲜美,宜于入口。所以,蒋介石每年到慈湖和高雄西子湾等地消夏之时,主要的佐食菜肴,从湖中捞到的鲜鱼即时烹饪必为首选。台湾湖泊栉比,江河相连。鲜鱼的种类更多,海鱼之中尤以黄花鱼和黄鱼为主,而蒋氏喜欢黄花鱼胜过其他。以鱼类烹饪的菜肴,数十年来始终为蒋氏所垂青。蒋介石身边厨师陈杏奎在烧鱼方面很有一套取悦蒋、宋夫妻的手法,他凡烧鱼翅和鲜蟹,用料清淡始终是他的烹饪特色。他这样烧鱼的用心,既为保持海鲜和鱼类固有的鲜美,又可烧出让蒋、宋频频称道的清淡滋味;而厨师陈宝汉精制的鲍鱼更为蒋氏所赞许,早年蒋介石在广东驻防多年,喜欢鲍鱼已成习惯。到台湾再吃鲍鱼,并非易事,除非是在假日里。因鲍鱼在台湾并不多见,如想吃一餐上好的鲍鱼,必须派人到新加坡和南洋两地采购才行,劳时费力,不一而足。而士林官邸一般情况下也鲜有鲍鱼之宴。如蒋介石一旦想吃鲍鱼时,他肯定要点陈宝汉厨师上灶。

蒋介石早年在广东时还喜食紫鲍,这种鲍鱼的块头比较肥大,且鱼肉十分丰厚,烹制后的鲍鱼之肉颇有韧性。如是一般厨师,定会把鲍鱼弄得过于生涩,那样蒋的假牙便无法受用了,而陈宝汉则可把肥厚的鲍鱼切成细丝,然后放进锅中爆炒。这种鲍鱼丝炒好上桌,仍然保持清淡的口味,宋美龄对此也十分爱吃。

蒋介石喜欢的另一道菜是生炒鳝鱼丝。他刚到台湾不久,就发现高雄一带产有较为肥美的鲜鳝鱼,于是就命人把鳝鱼送进士林官邸,先放在厨房前一口大缸中养着。临到吃时再由厨师从水中捞出,因为鱼过于黏滑,于是厨师便用一根大铁钉把鳝鱼的头牢牢钉在案板上。操作时再把鱼的内脏取出。鳝鱼在士林官邸的御厨房里不仅可以生炒,还可经陈杏奎之手制成"炝虎尾"(鳝鱼的特殊烧法,淮扬菜的一种,此菜宜冷食,味美且颇得蒋氏好评)、炒鳝糊(在炒鳝的同时加入鲜笋若干,蒋尤喜有笋味的鳝鱼肴)、黄焖鳝鱼块(此亦为蒋氏所爱,厨师是将鳝鱼切成方块,再加葱姜蒜类。最后红烧加酒焖煮,端上桌的鱼块,往往外脆里嫩,十分适应牙齿不佳者食用,蒋氏自然格外喜爱)。

在海鲜类菜肴之中,蒋介石还喜欢吃蟹肉。

蟹肉是蒋氏少儿时爱吃的家乡美肴,可惜那时的蒋家尚无每天都可吃到蟹肉的条件。在蒋介石的记忆中,每年只有端午节才能吃上一顿蟹肉水饺,因此他异常珍重蟹肉。蒋氏从日本回到国内,在广东出任重要军职后,蟹肉就再不是节日难得一见的佳肴,只要他想吃,随时都可在广州各大酒楼叫菜,品尝少年时留有美好记忆的鲜嫩蟹肉。因广东临靠珠江,蟹肉出产丰富。他在南京主持民国政府和国民党党务期间,更得天时地利之便,不仅能吃到鲜蟹,蒋介石还近水楼台,随时可品尝阳澄湖的大闸蟹。尤其是七月里吃尖脐(雌蟹),八月里吃团脐(雄蟹),更让蒋介石大饱口福。

只是来到台湾后,蒋介石再想吃江苏阳澄湖的大闸蟹已不可能。不过,蒋在这里仍可吃到高雄和花莲等地的新鲜蟹肉。虽然这里的鲜蟹不比阳澄湖大闸蟹,毕竟也可让蒋介石聊解馋蟹之瘾。蒋介石在士林官邸吃蟹,自然与普通人吃蟹也有不同。并不是把蟹当成他唯一的菜肴,例如把鲜蟹放进锅里"炒蟹肉",吃时满口都是鲜蟹之肉,来一个满口皆香。他往往让厨师把鲜蟹之肉和某些时鲜蔬菜放在一起,或炒或煮或炝,然后烧成可口的蟹烧白菜、蟹炒里脊和鲜蟹木耳等。总之,蒋介石希望任何美味都不要一次吃得太多,最好是慢慢吃,淡淡地吃。这样不仅可得其味,同时也可深得其营养。宋美龄对蒋氏的食道也颇有同感,吃惯美国西餐的她,有时即便偶尝中餐,也一定要求以淡味为主。在这方面，蒋氏夫妇可谓琴瑟和鸣，彼此照应。

此外，在士林官邸的御厨房里，还不时可以烧出瓦块鱼、鲜黄鱼、烧海参、炝青蛤、两做鱼、佛跳墙、鱼丸子和西施舌等名菜。这些菜肴并没有因蒋、宋两人过多强调养生而受到冷遇。因蒋介石和宋美龄都十分清楚，清淡的菜类固然可以常吃，因它便于养生。但蒋介石却注意到，间或改善单调的饮食，也是一件好事。尤其对鱼类菜肴的兼而用之，有时对养生非但无害，还可以弥补单一菜类养分不足的缺陷。

第四章　色香味与饮食七法

中国人讲究吃，蒋介石也不例外。因他也是凡夫俗子，任何人都离不开一个"吃"字。

不过，蒋介石在如何"吃"这方面，也有他独具一格的"吃法"。

蒋介石也有过拼命吃、吃不足的时候。那是他小时候在奉化溪口乡间，一年四季也吃不上几次肉，溪口镇虽是民国时期的商埠要镇，但在蒋介石出生的年月，却是商业凋敝，市井萧条。除蒋家的玉泰盐铺生意尚且兴隆，镇子上几乎没有几家酒肆餐馆。溪口镇成为商贾云集的要冲，是在蒋介石成为国民党主席和北伐军总司令以后的事情。所以，蒋介石小时候甚至连过年过节吃顿肉的机会也十分有限。

因此，少年时期的蒋介石十分贪吃，而且更贪吃所有荤菜。他家里如果杀了猪，就连猪油也要偷偷地吃。1907年蒋介石第二次东渡日本投考振武军校，生活条件要比他一年前在保定陆军速成学堂炮兵科求学时略差了一筹，他在日本军校里的伙食无非就是白菜和糙米。偶尔军校改善一次伙食，也不外是在白菜汤里加了几片猪肉而已。蒋介石生活在这种低标准的生活环境中，他当然饥不择食。甚至连剩饭剩菜也在所不计，只要能填饱肚子就是万幸了。

后来蒋介石到日本高田当兵，在这里他受的待遇远比振武军校要差。每顿饭只有一中碗米饭，根本就无法吃饱。更不要说有丰美的蔬菜佐食了。所以，蒋介石在北海道的日本兵营中学会了"打牙祭"。那时他不仅在冬天里撬冰捞鱼，甚至连普通日本农民家里杀猪不肯吃的下水内脏，也都被他花钱购买回来，然后用这些内脏和学员们共同烧菜，以解其馋。当然，这一时期的蒋介石在吃法上肯定不雅。更谈不上什么养生之道了。能够吃饱、吃好就已是天大的好事,哪还敢奢求什么营养与适度?

蒋介石真正开始讲究"吃法",应该是 1925 年以后。那时的蒋氏已经 38 岁,由于他被孙中山先生看重,所以政治仕途前程似锦。尤其他就任广州市卫戍总司令以后,吃的问题早已不在话下。那时的官场应酬已经粗具规模,蒋介石每天都有应酬不完的酒局饭局。在这种时候再讲"吃",蒋介石显然就有了较为充分的主动性。到了 1928 年蒋氏当上北伐军总司令和国民党中央政治委员会主席两大要职以后,蒋介石的地位显赫,他的"吃"法忽然又受到人为的节制,再也不敢像从前那样"以吃为天"了,这是因为蒋的身边已配备了为其健康服务的专职医生。蒋介石身居高位,不可能再像从前那样频繁出席私人饭局,即便国民党的官方宴会,蒋氏如果出席,在饮酒赴宴中身边也会有人为他设计几种"节制"肉类的方案。宋美龄在这时也开始介入蒋的对外应酬活动。蒋介石从前偶尔为之的饮酒兴趣,也在夫人的干预之下彻底放弃了。如果他出席必去不可的宴会,在吃法上也多有收敛。一些有害身体健康的菜肴,即便是蒋从前颇为喜欢的人间美味,也因宋美龄的在旁提醒适可而止。至于可以增加胆固醇和脂肪的菜类,蒋介石更是连唇也不敢沾。饮食忽然间变得谨小慎微,让蒋介石自己也感到有些难以承受。

正因为蒋介石"吃法"的彻底改变,才在中国官场上最先尝试了西方上流社会早已实施的"饮食保健"。由此可见,人的饮食与吃法,也会随着社会地位和经济条件的改变而改变的。如果蒋介石不成为国民党政治要人,还是在军队里当大头兵的话,那么他的饮食习惯肯定与在日本军校时别无二致,更谈不上连肉也不敢入口了。

蒋介石在中国大陆的几十年政治生涯中,饮食习惯基本上保持"节制"的吃法,从不暴饮暴食。在南京和重庆生活期间,蒋的身边有侍从室,侍从室里设有一个内务科,内务科里还有专门的厨师为蒋每天拟定适量且有营养的菜谱。而这些菜谱一般都要经过蒋介石的保健医生同意,再送宋美龄过目认可才可以烹调。在这层层把关下的饮食,肯定不允许蒋介石在嗜好上有任何放纵。在"吃法"逐步"讲究"的时候,蒋介石已经向饮食的合理性和科学性推进了。在三四十年代的旧中国,像蒋介石这样讲究科学饮食的人可谓凤毛麟角。不要说中国旧官场的中下级官员做不到,即便国民党政府的高官和将领们,也难以做到合理控制饮食或控制高蛋白食品的摄入量。但蒋介石和宋美龄在那时候就已经做到了。这不能不称得上是旧中国的一个奇迹。

1949年蒋介石在"三大战役"频频惨败后逃台。尽管他在政治上和军事上均不尽如人意,然而在饮食方面仍在时时考虑"合理性"和"科学性"。从大量台湾方面近年披露的相关史料中,可以见到蒋介石的饮食甚至比大陆时期还要"讲究",甚至已开始由"温饱型"向"营养型"过渡了。这其中除宋美龄及身边保健医生在起督促作用之外,蒋介石本人与生俱来的"节食"习惯,也为他的养生健体提供了有利的条件。

综合相关资料,蒋介石有益于养生的"吃法"无非是:

10.少食忌饱,适可而止

早在大陆时期,蒋介石就主张每餐定量。而且他的饭菜非常简单,清晨的早餐,尤其显得简而精。初时保健医生在为蒋制定早餐定量时,一般都是一碗糙米粥。蒋介石为什么要吃糙米粥,就连他身边人也不可思议。在当时的旧中国,许多国民党高级官员都以吃白米为荣,而蒋却要求他的内务科在每天早餐时加一碗糙米粥,蒋氏这样做,主要是他听信夫人宋美龄的劝告。宋说,如果你每天都吃细米,看起来是好事,实际上是减少了你的营养摄入。许多人都以为细粮和白面中营养价值高,其实不然,好吃的东西往往缺少营养价值,粗米中才含有人体最为需要的维生素。

蒋对此将信将疑,后来,一位美国医生进官邸来为夫人诊病,他也对蒋介石这样说:"夫人在饮食上的意见是正确的,这与她早年在大学里学到的知识有关。如果每天始终都吃白米,到头来也许会对委员长的身体有害。对于那些平时吃不到白米的人来说,当然喜欢吃白米,可是,委员长则完全不同,最好少吃白米而多吃一点糙米,因为糙米既有营养又可以帮助消化,对委员长的胃病也有益处。"蒋介石听了美国医生的意见以后,才知道经常吃白米面粉的害处,于是他同意修改"食谱",蒋说既然粗米对胃病有益,还可以帮助消化,为什么不可以每日三餐中吃两餐糙米? 但是,按蒋介石吩咐确定的每日两碗粗米饭的新食谱送到宋美龄那里时,她却表示反对:"即便是有益身体的食物,也一定要限制在最低的数量。再说,粗米毕竟是粗米,吃多了反而有害于他的胃病,怎么可以每天吃两次糙米呢?"于是内务科又把蒋的粗米粥改为每晨一碗。宋美龄对饮食的学问更为讲究,她尤其对什么时间吃什么,吃多少,都掌握得很有分寸,这也与她早年在美国留学时学到的养生知识大有关系。她经常对蒋谈起在美国求学时学到的饮食知识,经过她的不断开导,蒋介石开始理解夫人的主张,也认为"少吃多得,多吃不得"是最好的餐饮哲理。他曾说"与其多吃,不如少吃",就是从夫人的提醒中得来的体会。后来,宋又把蒋每天早餐中的粗米从一碗限制在半碗,蒋介石来到重庆以后,因为他的胃病时好时坏,不久即把每晨一碗粗米粥恢复过来,宋美龄认为多吃细粮会增加胃酸。蒋介石到台湾以后,基本上不再每天清晨喝粗米粥了,因为他的胃随着年龄的增长,已经再也不适应吃糙米了。

蒋介石在大陆时期的早餐,往往还加有一枚煮鸡蛋和一张薄饼。保健医生这样安排的理由是,如果把一些水分较高的水果也作为早点,其营养显然是不够的。尤其是在上午,蒋介石不仅要在办公室里工作,有时他还要出席一些名目繁多的活动和会议。因此要有充足的热量,于是在早餐中加入了小沙包和白米粥。仅有这些他仍感不足,于是又加了一枚鸡蛋。其余便是几碟咸菜,从蒋介石的早餐饮食质量来看,确实看不出有过高的营养价值。不过宋美龄却认为,越是表面上看不到营养的食物,往往才最有营养。这种看来极为普通的"食谱"一直坚持到重庆时期。1943 年宋美龄从美国医治荨麻疹回国以后,忽然又提出更改蒋介石早餐,她向内务科主管蒋氏饮食的副科长提出每晨减少一枚鸡蛋的要求。当时遭到许多人的反对,尤其是蒋的保健医生对此更为困惑不解。因蒋氏早餐中每晨一蛋的饮食定量,基本上是科学的。而且此前这食谱还是经宋美龄首肯的,为什么她忽然从美国回来后就建议内务科减掉这枚蒋介石吃了多年的鸡蛋呢?

宋美龄的理由非常简单:她在美国纽约哈克尼斯教会医院治疗荨麻疹等疾病期间,从美国著名营养学专家那里,得知一个让她震惊的消息。这位专家认为,鸡蛋并不是让蒋介石身体强健的最佳食品。非但如此,鸡蛋如果每天都要吃的话,还可让蒋的胆固醇明显增高。如果继续不受限制地让蒋每天吃一枚鸡蛋,那么蒋介石的肝油三脂就会逐日提高。这样很可能引来与胆固醇相关的疾病,比如高血压和糖尿病等等,更让宋美龄感到惊讶和可怕的是,据这位营养学专家的介绍,在美国已有因吃鸡蛋过多而罹患心脏病的患者了。

宋美龄认为:中国的贫穷,使得一些人把鸡蛋视若营养至宝。这在西方国家是非常可笑的。真正可以提高人的身体素质,增加有益抵抗力的食品,既不是蛋类也不是肉类,而是常常为人们忽视的青菜。她要求官邸里的医生多读一些她从美国带回来的保健资料,以便了解美国一些上层人物,尤其是白宫高级官员如何制定他们的饮食方案的。罗斯福总统在饮食上早就开始拒绝肉类食物,当然,鸡蛋再也不会是白宫首脑趋之若鹜的宝贝。

蒋介石对夫人这一番与众不同的意见有些不可思议。他作为很少走出国门的国民党政要,当然无法把他视若营养品的鸡蛋排除在每晨必吃的早餐之外。不过,宋美龄显然在为他的身体状况负责,而宋美龄本人早在去美之前就已预见性地停止了吃蛋,所有一切都让蒋介石不得不重新洗脑,不得不认识到这样的道理:人的生命无法长久的关键,有时是在不经意间误食了某种不该吃的食物。最后,蒋介石同意夫人的主张,侍从室内务科从此在蒋介石的早餐中去掉了那颗吃了多年的鸡蛋。

这样,才在蒋介石后来新拟的食谱中除去了鸡蛋,取代它的竟是一片木瓜片(蒋在大陆时期的早餐中并没有木瓜)。1949年蒋介石来到台湾后,早餐中固定要有一片木瓜。他在大陆时期虽然偶然也吃木瓜,但都是被当成饭后水果来吃的。后来宋美龄接受美国医生的建议,认为木瓜当饭后水果来吃是一种浪费。如把木瓜放在早餐之内,既可给蒋介石带来一定热量,也可调理蒋多年未愈的胃病。蒋介石对木瓜的喜爱是人所共知的,他甚至感到保健医生为他在早餐中增加的木瓜略少,但医生却认为木瓜只能吃一片,而且重量不得超过1.5克。

从蒋介石身边一些侍卫们的回忆中发现,蒋介石到台湾后的生活似比大陆时期更加规范,更加讲究。就以其早餐为例,每餐厨师为蒋上的餐点至少也有七八样之多,什么小笼包、精致水饺、西式点心、中式月饼、虾仁寿司、小馒头等等,蒋介石对这些名目繁多的早点,大多都浅尝辄可,从来也不敢多吃。蒋氏的长处在于对摆在桌前的各种鲜美菜肴,也只是尝一点点即可,即便喜欢的新式糕点,蒋也从来适可而止。如果说蒋介石在大陆时讲究的是糙米粥加鸡蛋,牛奶和各种小菜开胃佐食,那么他到台湾以后则更加注意饮食的营养。而且蒋往往是以一个老人的胃口来面对丰美的早餐,他不会再像大陆时期那样,有时只考虑食量而不顾及饮食的热量。蒋介石无论对何种美味,一般都从不多贪,他饮食的规律性,成为他多年体重不再增加的主要原因。老年蒋介石这样做,是因他对保健医生的叮嘱十分在意。绝不把保健人员的话当耳边风。1950年蒋介石到台后还请身边医生经常给他讲课,这当然是宋美龄的主意。医生给蒋介石讲的当然都是美国最新保健知识,在一些保健测试中显示出来的数字表明,人如果吃得过饱,是造成早逝的原因之一。其原因是,贪食或过饱的后果,除可造成体重超标和超常肥胖之外,还可带来高血脂、高血压、冠心病、糖尿病和脂肪肝等病症。医生还向蒋介石举例证明:英国一皇家保健机构曾在20只猴子中进行过饮食试验。

把 10 只猴子放进一只铁笼子里,每天只允许它们喝稀粥,不许吃干粮,食量限制在七成左右,有些猴子饿意连连,夜里甚至冲着笼子发出阵阵吼叫;另外 10 只猴子则被放进另一只笼子里,每天的饮食放量不羁,食品和水果也五花八门,任其随欲索取,这些猴子吃得十分饱以后,不是贪睡就是肆意糟蹋食物,两只笼中的猴子顿时形成了两个鲜明的世界。

如此这般地挨过两个月,不料那些随意贪食的猴子群中,开始有了发病的,不久,又发生了死亡的现象。最后即便没有死亡的猴子,也生病不迭,铁笼子中不时发出惨叫之声;然而另一只笼子里始终处于饥饿状态中的猴子们,不仅没有发生任何病死现象,而且一只只小猴儿都活得十分健壮。英国皇家科研机构正是根据这 20 只猴子的饮食试验,得出了让人震惊的结果:人的饮食必须要受到控制,否则就会给人的身体造成伤害。

蒋介石对官邸医生谈到的这个例子感触良深,越加加强了他对控制饮食和防止多吃的信心。数十年来,蒋始终坚持每餐只吃到七分饱,绝不多贪一口羹。在美食面前能够像蒋介石这样保持不多贪的做法,对身体无疑是非常有益的。

11. 不吃甜食,适应淡菜

由于蒋介石特殊的政治地位,他可在平民百姓饥寒交迫的年月,享受到人间大量的美味。如果蒋是一个在饮食上挥霍无度的饕餮者,那么他当然可在一夜之间吃成一个胖子。但蒋介石一生最忌讳的就是发胖。早年他去日本留学时,日本教官看不起的就是蒋介石身材过于清瘦,甚至还有的日本教官以此作为鄙视欺侮蒋的条件,故意把一些洗马等脏活分派给他干。蒋介石一度也羡慕那些身材魁梧的军人,他甚至希望有一天自己也能吃成个胖子,因此他在回国后的行军作战中,有时还与身边军人们"抢食"、"夺食",还有的时候战地聚餐,蒋介石会显现出舍我其谁的"勇猛",几乎餐桌上所有可以入肚的肉类美食,蒋氏都要先吃为快。希望成为魁梧军人的念头,很快就在他步入国民革命军高层之时破灭了。二十世纪二十年代,蒋介石成为粤军中坚并手握重权以后,他才渐渐懂得自己身体的清瘦其实并不是坏事,这正是他与众不同的优点。正所谓"瘦者可益于长寿,肥胖者多于短命"。因此当蒋介石 30 岁以后,身边就有医师不时叮嘱他要少吃,千万不要发胖。

军医官多次告诉蒋氏:甜食往往是发胖的主要根源。蒋介石少年在奉化故乡,从小就喜欢甜食。那时的溪口小镇哪有什么像样的"零食",充其量不过是些店铺玻璃柜台中五彩缤纷的糖果而已。不过,由于其父去世较早,母亲一人主持全家的生计,即便这些普通的民间糖果,蒋介石想吃也并不容易。王采玉是不轻易满足儿子吃糖要求的。只有到了逢年遇节的时候,母亲才会让蒋介石的嘴里含上几块糖果。所以从七八岁时起,糖果就是蒋介石梦想的美味。

蒋介石成为军人以后,吃糖当然不再是奢侈品。他喜欢吃糖,在日本留学时期,有一次他和学友们去出席一位日本教官的婚礼,这是蒋介石第一次见到那么多日本糖果的场合。当时他恨不得把摆在榻榻米上花花绿绿的糖果全部吞下去,以一饱口福。然而婚礼上有那么多中日宾客,在众目睽睽之下,蒋介石只能浅尝则已。一直到婚礼将要结束,蒋介石还在吃糖,最后他恋恋不舍地离去了,仍不忘把桌上的糖果带回一口袋(装在下衣兜内)。

蒋氏原想回去后可以慢慢过一次糖果瘾了,可他哪里知道,只睡醒了一觉,好不容易“装”在衣袋里的日本糖果,居然不翼而飞了。原来是学友们发现蒋介石“满载而归”,于是有人暗中来了一个“黑吃黑”,掏出他所藏的糖果,让那些没有参加婚礼的学员们来一次集体会餐。吃光了他好不容易得来的所有糖果。这件事发生后,蒋介石大发雷霆之怒,非要找到“从中渔利”的不可。但暴怒的蒋介石后来还是被朋友张群劝服了。

蒋介石对糖果和甜食之酷爱,由此可见一斑。1928年以后,他嗜糖的“长处”忽然有所改变。平时爱吃糖果的嗜好,居然被他视若不可饶恕的缺点了。原因是那时他身边已经有了夫人宋美龄了,宋美龄是最早反对蒋介石贪吃甜食的人。这位对营养学颇有研究的夫人,告诉他甜食和糖果很可能对身体造成危害,而清瘦的身体并不等于就是体质病态,反之,体型越是肥胖的男人,往往才是性命随时可能发生问题的不利体型。因为肥胖往往让人早逝,而糖果和甜食则是人体过早发胖的不利诱因。听宋美龄例举因肥胖而造成英年早逝的种种案例,让蒋介石顿有如梦方醒之感。直到这时他才意识到过多喜贪甜食,往往会过早过快毁坏他的身体。用宋美龄的话说:“糖,是健康的腐蚀剂。甜食对任何一个人都是不可忽视的敌人,聪明的人,想健康长寿的人,最好远离甜食。你吃的甜食越少,你就活得越久;反之,如果你每天多吃一颗糖,你的寿命就在无意之中减少几小时、几天,甚至几个月或几年了。”

蒋介石对宋美龄的意见始终笃信无疑,他采取宁可信其有,而不信其无。这是因为他崇拜夫人的学识和在美国留学的经历。从小只读过私塾和军校的蒋介石,对过早接触西方文化的妻子崇敬到几乎是言听计从的地步。他觉得宋美龄不仅在辅佐他外交方面可以抵上几个师的兵力,而且她在养生学方面知识之渊博,也是普通保健医师无法相比的。正因为他身边有宋美龄,所以蒋介石从1928年开始就戒了多年自以为乐的糖瘾。由于过早了解甜食的危害性,所以让蒋氏的体质始终如一地保持在清瘦健康的水平上。当然,蒋介石后来才明白一个道理,诚如宋美龄所言:"即便你每天都吃甜食,也绝不会让你的体型变得魁梧。因为甜食只会让那些体态本来丰肥的人变得越加肥胖,绝不会让生来清瘦的人变得魁梧。甜食的危害在于,你贪恋它非但不会让你变成让人敬畏的魁梧将军,而且它很可能在你的身体仍然保持瘦削的时候,糖就像人体蛀虫一样侵害了你的机体,甚至会让你成为腐败而毫无抵抗能力的病夫!"

蒋介石从此视甜食为可惧之物。甚至他在应该放糖的菜类中也要求尽量少放些糖。他听信夫人的忠告,在不吃糖和不贪甜食的前提之下,也绝对反对多吃食盐。作为浙江奉化盐商蒋肇聪的后裔,少年时在溪口一度以多食盐为乐。蒋介石一度也赞成"咸食是上乘美味"。"没有咸味的菜肴即便花样翻新,也不值一尝"。还有,他多年喜欢吃家乡腌制的小菜,也多与盐类有关。原因是在他们奉化溪口的老家里,始终保持着老盐商延传下来的多年规矩:吃盐是盐商家族的根本。

不过,蒋介石迎娶宋美龄之后,多吃盐和喜吃盐的习惯也有所改变。这是因为蒋介石从夫人那里学到多吃盐比多吃糖对人身体的危害更甚。宋美龄多次提醒蒋氏:如果说糖吃多了会慢慢危害身体,那么多吃食盐,很可能在很短的时间里让人走向死亡。原因是多盐的嗜好可以直接构成对肾脏的侵害。许多尿毒症病人,一般都有喜食盐类的固习。

蒋介石当然爱惜身体,更担心多吃食盐会危害他的肾脏。不过,他对盐的感情当然比糖类更深。即便他了解多盐的危害,也同意在菜汤中尽量少放盐。然而这清淡的品菜口味,毕竟让蒋氏难以忍受。对于滋味清淡菜肴的适应,蒋介石晚年也有所改变。一位跟随蒋氏多年的侍卫官说:"蒋先生在南京时不习惯的清淡菜汤,到了晚年在台湾渐渐开始习惯了。这也是他多年保持良好身体的原因之一。"蒋介石晚年不仅习惯清淡,而且他还尽量做到吃那些不放糖,少放盐的菜肴。这也是他养生之中的优点。正如宋代《养老奉亲书》中所说:"缘老人之性,皆厌于药,而善于食。善治乐者,不如善治食也。"蒋介石减少吃盐的经验,也在不知不觉中传给他的儿子蒋经国。

蒋经国因有先天性糖尿病,步入暮年晚景时期医生就更加叮嘱他要多戒食盐类菜肴,有些菜内甚至不允许厨师们放盐,遗憾的是蒋经国并没有把其父的叮嘱落到实处,而且对遵从医嘱不许放盐的菜肴,他不仅拒吃,而且还每每对厨师大发其怒。一定要求厨师在他喜欢的菜肴中加放一定数量的食盐,他才同意进食。这也许是蒋经国糖尿病晚年频繁发作,致其早逝的原因之一。

12. 拒饮浓茶,少沾辛辣

蒋介石晚年潜心养生,真正做到了一丝不苟。

早从大陆时期就以喝开白水为荣为乐的蒋介石,到台湾以后经台北佛界高僧海性法师(慧济寺住持)的点拨,开始少量饮用淡茶。蒋介石所以听信性海法师的指点,一改多年喝开白水的旧习,破例饮上了淡茶,其原因也为着养生长寿之目的。

蒋介石为什么肯信一座寺院僧人的话而改变多年旧习,其中当然还有其他原因,本书此后还会说到海性其人。这里要讲的是,蒋介石在饮食方面也并非一成不变。在吃的方面,蒋已经做到事事小心,以至不可多吃一块肉,不可多喝一口汤的地步。在蒋介石看来,好像他每日之饮食都充满让人不得不加小心的陷阱。像蒋介石这样注意"吃"与"喝"的,当然与他所处的地位不无关系。高处不胜寒的蒋介石,越在进入人生的暮年,越感到自己来日无多。所以他十分相信海性法师"不可迷恋开白水,而放弃饮茶"的忠告。海性法师也是浙江人,和蒋介石是同乡,海性法师在和蒋的几次交谈中,认为开白水虽然多年在蒋氏养生中起到一定作用,然而因此而放弃有益人体康健的山茶,对蒋氏而言无疑是一大损失。饮茶的妙处,自不须细说,但让蒋氏因海性一家之言就放弃痴情多年的开白水,肯定也不是一件易事。但蒋介石最终还是听信性海法师的建议,每日午、晚两次要饮一盏茶水,方可进入睡眠状态。

海性法师的提议,原本是针对一度困扰蒋介石的失眠症有感而发的。海性法师认为,茶固然可以提神,但茶也有促进睡眠的作用。在一般情况下,茶水如果喝多了,当然让人在入睡前会产生精神的过于亢奋。然而海性法师观察蒋介石的失眠症,恰好是因为他在睡前过多思考事情才造成的精神过于紧张所致。如果在这时候喝一杯淡淡的绿茶,往往可以起到让蒋氏缓解紧张的作用。人的精神一旦得到缓解,方可安静地进入睡眠状态。而蒋的医生们却在这时候让蒋介石服用定量的安眠药。如此一来,蒋介石虽然得到入睡的机会,但他却在这种强迫性睡眠中得不到真正的休息。一旦醒来以后,安眠药的作用不仅让他疲惫不堪,而且海性法师告诉蒋,安眠药的副作用还可让蒋从此产生强烈的睡眠依赖性,如果弄得不好,还可能因长期服用安眠药而伤害蒋的身体。他建议饮用的茶水,无疑是为缓解蒋氏的心绪,促进良好睡眠的有效饮品。

蒋介石试了试,海性法师的建议果然奏效。不过,蒋介石按照海性法师的指点,从不喝依赖性较强的红茶,而是选择了山茶,如花茶和绿茶等等。这种茶据海性法师说,既可以促进睡眠,又可以强身健体,延年益寿。蒋介石在海性法师的指导之下,从此开始他多年的饮茶生涯。海性法师又多次提醒蒋氏不可喝浓茶,浓茶不仅不利他的全休式睡眠,而且还有副作用。用海性法师的话说:"老年人喝茶也要节制过度的兴奋。由于饮茶带来的精神过于兴奋,很可能成为引发其他疾病的诱因。"

蒋介石在饮食中另一个戒点是:喜欢辣椒却坚持戒除辛辣。

由于他多年参与战事的缘故,蒋介石深谙辣椒可以御寒的道理。特别是他早年在日本北海道当见习兵的时候,学会了在严寒冬季在菜汤中加放辣椒的御寒做法。那时,蒋要在奇寒袭人的半夜里起来上岗。初时他对上岗十分惧怕,有时在凛冽的北风中冻得浑身发抖。而上岗之前如喝一点酒,或者吃一口事前准备下的掺有辣椒末的菜,蒋介石就可抗御两三个小时的寒风侵袭。也许就从那时开始,蒋介石这个地道的南方人,竟然对北方辣椒产生了强烈的好感。后来,蒋介石回到国内,在军旅生涯中难免与四川籍军人频繁接触,他就在这时候对川味菜肴发生了浓厚的兴趣。1938年蒋介石来到陪都重庆以后,因身边有四川厨师为他上灶,所以许多有辣味的川菜一度加深了他对辣椒的好感。不过,正因为如此,才引起宋美龄的高度注意。她是从来不吃辣椒的,早年她在美国读书时,就知道辣椒虽然可以刺激胃口的消化,却又因多食辛辣会引来许多意想不到的病变和麻烦。其中对皮肤极其敏感的宋美龄,当然不允许在她的菜肴中放进些许辣椒。由于宋美龄和身边医师的劝诫,蒋介石最后同意在他的菜肴中尽量少放辣椒,不过,那一时期的蒋介石仍对辣椒有许多难言的好感。尤其是在重庆飘着冰冷细雨的冬天,偶尔吃些有辣味的火锅,不仅能起到大开胃口的效用,而且也能让蒋氏在寒冷冬天里增加一些热量。

来到台湾以后,蒋介石仍有在冬天吃火锅的习惯。不过,蒋氏在台湾吃的所谓"青菜火锅",与他当年在重庆冬天时吃的火锅截然不同。吃火锅毕竟与吃其他饭茶有所不同,平时吃饭,蒋介石和宋美龄可以分而食之,彼此因饮食习惯各有迥异,因此中餐和西餐不可同时开饭。然而火锅则必须有蒋、宋两人同时在场时才可以开饭,不然就无法同席而食。只要有宋美龄在旁,她首先要蒋不能在火锅的底料中加添辣椒。至于宋的这种要求,蒋介石当然不敢有违,而蒋身边的厨师们也知道如果有违夫人的叮嘱,在火锅中偷放辣椒,肯定会因此惹来麻烦。所以在重庆生活时,厨师们为了既让蒋介石吃得满意,也让宋美龄不反感,往往先让宋美龄先吃,而蒋介石自然吃得慢些,这时的火锅以鲜汤为主。宋美龄吃罢退席后,才在汤中放些海味和辣椒之类。蒋介石的晚年,他在台湾虽仍然喜欢吃火锅,但这时的他早已不允许在底料或汤中再放辣椒了。并不是宋美龄的好恶所致,而是蒋听信医生的劝诫,为防止过度辛辣可能致病的种种考虑。到了1960年以后,每年冬天的士林官邸火锅宴上,所有原料都进行了全新的改革。许多肥腻的肉片均被大量青菜所替代,号称为"菊花火锅"的蒋家火锅风味,也就是从这时开始的。当然,既然是火锅,总还要有火锅的特点,蒋介石在冬天里吃的火锅,除辛辣之气有所改变之外,另一个特点就是以冻豆腐来替代多年前吃得津津有味的牛羊肉片。

13. 不饿也进食,饥时更择食

蒋介石饮食上的可以借鉴之处,还在于他是一个懂"吃法"学问的人。蒋氏晚年在养生学上的独特见地是,许多人对吃的要求一般都是单纯满足食欲。也就是说如果饥饿时才会吃饭,越饥饿越要大吃而特吃,甚至不惜暴饮暴食,遇上可口的茶肴,一定要把肚皮撑饱,否则不肯罢休。而蒋介石则反其道而行之,他不主张这种被动的吃法,而力主要主动进食。这样,就不管肚子里饥饿与否,都要照常吃饭。因为在被动的情况下进食,往往会给健康带来不应有的副作用。蒋介石认为人每天吃饭,并不是为了减少饥饿而进食,吃饭是主动为人体这架机器增添营养,只有从营养出发来学会吃饭,这样的"吃法"才是科学的。

蒋介石晚年生活在台北士林官邸里,不可能像某些人为着工作到处奔波,常常是饥肠辘辘之时才想到吃。处于心态平和、没有任何饥饿感的情况下,究竟应该如何进食呢?蒋氏多年来的"吃法"是:一、每日三餐,按时吃饭,绝不会因为到时间没有饥饿的感觉就放弃吃饭,或者减少应该进食的数量。二、按每餐饭的定量吃饭,蒋介石身边因有医生和管理伙食的内务人员,他们知道每餐饭为蒋下多少米,炒多少菜,放多少油,饭后上多少水果,在什么时间送来早茶和午茶,等等,这时候如果蒋介石腹中空空,他吃起来自然十分香甜。但是,蒋介石也像普通人一样,如果饿的时候或遇上可口饭菜之时,他也想多吃一些,然而每当这时候他都会以最大毅力控制自己的欲望,不多吃也不少吃。仍然一如既往,该吃多少就吃多少。厨师们炒的菜,一般都不会因蒋的兴趣而发生缺失或剩余过多。三、按照营养师设定的营养标准配菜添料,按时为蒋补充体内缺乏的维生素和微量元素,蒋介石从不依自己好恶随便要求厨师增加或减少某些饭菜的原料成分。

吃饭如此,蒋介石喝水也如此。他晚年在喝茶或开白水的时候(他遵从性海法师意见喝茶以后,并没有改变定时喝开白水的习惯),也不会因某一日渴或不渴而改变饮水的次数和定量。他知道一般人是在天气过热,或者经过长途跋涉后,口渴难忍之时,才会暴饮一通,有时甚至会一连喝几杯水。而蒋介石从来不肯这样做。在他看来,人所以要每天饮水,主要不是在体内已经缺水的情况下紧急补充水分,而要根据养生的原则,在体内并不缺水的时候也要依惯例补充水分。至于喝水的量也不因是否口渴而发生更动。只有这样持之以恒地坚持下去,才能达到体内水分充足,血液流通顺畅。因为这样做不仅是为补充水分,重要的是蒋介石作为垂暮之人,他希望在不渴的时候也补充水分,系为有利于心脑血管的正常循环,不至于因体内水分缺失而发生心血管疾病,或者因此引发中风。

蒋介石能在不饥之时正常进食,这也许不难做到。可是,他另一个"吃法"是:即便在非常饥饿的情况下,对厨师送上的食品饮料,也能做到不"饥不择食"。这一点对普通人就显得更不易了。因为凡是人在饥饿难忍之时,往往都急于改变饥肠辘辘的状态,这时候上来的饭菜即便不如意,也图一饱为快,哪还顾得上挑三拣四? 可蒋介石则不同,有一次,他视察一处军事阵地,从桃园县返回大溪慈湖别墅的时候,已是下午两点多钟,可他却连午饭也没有吃上。途中侍卫们虽为蒋准备了餐点,可他从不在半路上吃饭,所以就摇手拒绝了。回到大溪慈湖时,才发现厨房并没有为他准备午餐,误以为蒋在桃园县视察时已经吃过了午餐。这时,厨师们才紧急动员起来,马上生火烧饭,忙得个不亦乐乎。加之中午饭并没有预先准备原料,所以只能匆忙中烹饪几碟菜肴,送上了蒋氏的餐桌。可是,蒋介石纵然饥饿得有些虚脱,他却没有马上就吃。因他见几碟菜中几乎都有西红柿,比如蛋炒西红柿、西红柿黄瓜条、一碗鸡蛋汤里竟也有鲜红的柿块漂在其中。蒋于是便放下筷子。

身边侍卫官不知老先生为何饥饿已急却又迟迟不肯动筷,忙问哪种菜不如意? 因见蒋介石沉默不语,便不知所措地请来了厨师,那厨师见状也有些茫然,因老先生从前一直是喜欢西红柿这种菜肴的,不知今日何故停筷默然,厨师急忙上前询问:是否有什么不妥? 莫非今天的西红柿没有炒好吗?

蒋介石却说:"西红柿没有什么不好,但我却不能就这么空腹吃西红柿啊!"侍卫官这才明白蒋迟迟不肯吃菜的缘故。原来,蒋介石这时考虑的是空腹不能吃某些菜肴,他认为某些菜在特殊情况下吃进可能生病。这时医生也匆忙赶来,只有他明白蒋的意思,便对厨师说:"还不快先给老先生端一碗汤来喝? 像这样空腹吃菜,西红柿是有果胶和单宁酸的菜类,如果空腹吃下去,就会和胃酸产生化学作用,甚至可以搞坏老先生的胃,那怎么可以呀?"

原来如此! 即便在蒋十分饥饿的时候,他也从不肯饥不择食。一定要等喝下热汤以后,才吃了那些都加了西红柿的菜。在蒋介石看来,任何时候、在任何环境里吃饭都要考虑食物对人体的益害,不然,如果不计后果地急吃一气,很可能就会得病。

14. 荤素搭配,菜色调和

蒋介石在"吃法"上初看来,似乎有一些随意性,甚至不像一些高官要员那样对厨师炒的菜评头品足,挑三拣四。其实,据了解蒋介石的侍卫们回忆,蒋对他身边的厨师们虽然从不指责,但并不等于他对厨师们炒的菜没有刻意的要求。

蒋介石对浙江菜的酷爱是人所共知的,当然,他也并不排斥其他菜系,例如他随军入四川时,可以尽情品尝川菜;他前往北平时,对六国饭店的北方菜肴也曾大加赞赏。而山东鲁菜,一度也为蒋氏青睐,甚至还在和山东军阀的推杯换盏之中,纵谈鲁菜之短长。总之,蒋介石称得上是个吃惯南北大菜的美食家。只是他从不放肆大吃,更不凭兴趣沉溺酒池肉林。对饮食的自我约束,即便蒋介石刚从日本回国,混迹在上海十里洋场之时也不曾有所改变。也就是说,蒋介石纵然在声色场中左右逢源,却从不敢在佳肴美酒面前不计后果。这就是蒋介石在饮食上多年恪守的清规。

正因为蒋介石深谙各类菜系的优劣,所以他晚年在台湾偏居一隅,也从不放松对家乡菜肴色质和品质的严格要求。他喜欢荤菜,但又从不多吃荤菜;他讨厌素菜,餐桌上却又从来不少见素菜。他喜欢家乡菜,当然首先是喜欢奉化菜的丰富营养,尤其是采摘于四明山间的野菜,虽不登大雅之堂,可在蒋氏眼里却是异常珍贵之物。前面所说的芋乃头,就是他最为偏爱的一种,至死都念念不忘,每每有芋乃头为菜,上桌时都要摆于首席。蒋介石认为芋乃头在营养价值上甚至胜过世间所有菜类。当然这只是他的一家之见。

除喜欢浙江山区的家乡野菜之外,蒋介石还喜欢那些浙江菜肴的颜色。因他知道上乘的宴席,往往讲的就是"色香味"三字。而菜肴之"色",居然占据了第一位,由此可见蒋介石对官邸菜肴刻意要求一个"色"字,也不是没有道理的。当然,他希望在每天吃的菜类之中,最好要有绿的颜色。这当然并不困难,因为台湾许多蔬菜都是青绿色的,而且菜色鲜艳,诱人胃口。而黄色的菜类也不难寻,比如蒋介石喜爱的豆花菜,菜的颜色嫩黄可爱,至于豆苗、龙眼肉、胡萝卜、油菜、豆芽、菠菜等等,也都是黄色菜类。白色的菜也是蒋氏所喜欢的,不过白色菜蔬毕竟不多见,在台湾随处可见的就是豆腐和白色的香菇。非但如此,蒋介石还要求他的菜肴之中,一定要见黑色和红色,这样才能让他在每餐菜肴中见到绿黄白黑红五种颜色,真正达到蔬菜的色鲜、艳丽,诱人胃口。红色,当然是猪肉片和猪肉丝,不过,这种肉类蒋一般不要太多,当然不须太多并不等于没有。作为一种颜色的搭配和点缀,加些肉丝至少可以调味。最难的应该是黑色的蔬菜,地上生的菜苗,当然不会有黑的颜色,如果有,也是树上生的,木耳就是其中一种。当然,如若把这五种颜色的蔬菜每天都聚拢在一起,那未免有些难为厨师了。好在蒋介石并不每餐都有严格的要求,他讲的就是一种科学的蔬菜搭配,尽量能达到蔬菜颜色的合理罢了,而且还不是每天每餐必定如此。

还有一种说法,据认为蒋介石要求的养生菜肴,并非简单的泛指蔬菜的颜色。据说,蒋所要求的蔬菜之"色",是要求厨师在为他烹饪时,一定要注意通过蔬菜的颜色,来观察此菜对人的营养价值。蒋介石曾经说过这样的话:"记得古人有一句话,叫做食色,性也。如果把这句话也用在人的养生上,岂不是更让我们为之深思吗?你们想一想,任何食物和蔬菜都是有颜色的,如果你们从街上买回来的菜,看一眼就觉得不舒服,你们还能吃得下去吗?"

蒋介石这番话,在厨师们听来颇有道理。他们也知道古人要求的美味佳肴,为什么要讲"色、香、味",而色就是所有菜肴原料的本色,如果一种菜的本色生来就不诱人,那么厨师纵然有八般武功,九种手艺,烹炒出来以后,也难把诱人的美味呈现在蒋介石的面前。自然更谈不上能诱引蒋氏的胃口了。所以蒋介石再三强调菜肴的颜色搭配,显然不是故意的苛求。

当然,蒋介石要求厨师在配菜时要注意蔬菜颜色的调和搭配,也与他的养生学有极大的关系。蒋介石对士林官邸的厨师们说过:"人的身体能否无病,气血调和是主要的因素。为什么我要你们在炒菜的时候,一定要注意蔬菜颜色的调和呢?就因为气血的调和,往往和人每天吃的东西有关系。如果你每天吃的都是一些颜色不同,甚至相互矛盾对立的蔬菜,你的气血又怎么可能调和呢?"

原来蒋介石对蔬菜颜色的要求,已经上升到营养与健康的高度了。这就让那些平时不注意蔬菜质量,不注意色泽搭配的厨师们暗吃一惊。原来炒菜的学问如此深奥,而他们多年的烹饪生涯其实仅仅悟出一个皮毛。正因为如此,士林官邸的厨师们,为让蒋见到色泽比较满意的炒菜,不得不亲自去街上购菜。以便他们在选择蔬菜的同时,也可以就便考虑蔬菜的色泽和炒菜时的相互搭配。如果蔬菜的颜色灰暗或者萎黄,那么即便是新鲜品种,厨师们也绝不会选购。

蒋介石饮食上还有一个要求,就是菜的味道。

他喜欢浙江家乡菜的主要原因,就因为他喜欢菜肴的味道。有时,蒋介石对前妻毛福梅从奉化老家派人送来的一罐普通腌咸笋,也要在餐桌前嗅闻不止,啧啧连声。谁也不知他究竟能从腌笋中嗅出什么?如果说咸笋也是一种菜,充其量它就是腌制的小咸菜而已,谈不上有什么扑鼻而来的香气。和那些仿照奉化家乡菜炒成的各种菜肴不能同日而语。可蒋介石却多次说他喜欢闻咸笋那股清香的气味,也许这基于他和家乡一往情深的特殊关系,感情代替了一切。其实不然,任何菜肴都有它特殊的气味,至于奉化的咸笋,当然也有其不可忽视的香味。正如蒋介石对身边厨师所言:"不要小看菜的味道,如果你炒的菜失去诱人胃口的味道,那么它无论颜色多么诱人,吃起来多么香甜,也算不上一碟上乘的炒菜。有些人炒的菜也有味道,但并不是我要求的味道,当然也肯定不会让我大开食欲。不过,你们千万不要以为我说的菜中之味,一定指的就是香味。其实色、香、味三要素中,已经有一个香了。这味指的显然不是香味,而是这碟奉化菜有别于其他菜肴的独特滋味。所以,如果你们炒的菜只是大路货的滋味,而没有你们自己的独特滋味,那就不能算上乘的美味了。"

蒋介石在讲饮食经的时候,往往也有他自己的见解。因此他并不是一个空头养生家,而他对奉化家乡菜的特殊要求,与其说是一种苛求,不如说是见解独到的行家之谈。

15. 痴情豆腐,远离痴呆

蒋介石晚年,尤其是年过 70 岁以后,他最为担心的就是,有一天能不能发生老年性痴呆症。

宋美龄对此更是极为关注,因为此前她已从美国许多健康周刊上,不断见到一些有关老年性痴呆患者的报道,一些当年活跃在美国白宫和雾谷国务院中的高级官员,尽管他们在政治舞台上时如何活跃,一旦当他们回到民间,进入人生的暮年,都会因深居简出和缺少社交活动而染上一种可怕的疾病,就是既不能死也难以活下去的痴呆症。宋美龄早年在美国结识的一些高级将领和重要政治人物,大多因突然失去赖以生存的政治舞台,赋闲家中,就会在无所事事时发生精神性障碍。还有一些公职人员也因失去工作寂寞生病。最让她震惊的是,1942 年冬天她因医治荨麻疹等疾病,远涉重洋前往美国纽约郊区的哈克尼斯教会医院求医时,结识的一位著名女性皮肤科专家,她在 67 岁后忽然患染上可怕的痴呆症。还有,宋美龄早年在韦尔斯利女子大学求学时崇敬的健康学专家西蒙,没有想到如此深谙医学的一位女博士,到她人生的晚年竟也染上了可怕的痴呆症。

蒋介石尽管年已七旬以后,仍然身居官场,而且还参选第四届"总统"获得了成功,在仕途的终身制方面他可谓毕生无忧。不过,尽管蒋介石仍然身居要职,权倾岛内,可是,由于他毕竟年已迟暮,手中的许多大权早已潜移默化移交到他儿子蒋经国的手中。事实上,蒋介石早已不再握有实权。他每天不是出入在士林官邸和城外的阳明山,就是驱车游览在大溪桃园和日月潭等山山水水之间,宋美龄深知如果蒋介石继续生活在这种与退休几乎没有任何差异的环境中,就很可能因疏于公务而逐步进入老年的痴呆状态。她担心如果继续这样发展,以赋闲式的生活替代"总统"的职务,那么用不了太久,蒋氏也可能进入精神弛废状态。她认为,老年性痴呆症已经悄然向蒋招手了!

鉴于这随时可能降临的可怕结局,宋美龄和蒋身边医官们想尽了种种办法。为让美国专家不断来到台湾为蒋介石的身体和精神状况进行会诊,宋美龄不仅要求荣民总医院——这个被人称为蒋家私人医院的机构,不时高薪聘请美国精神科专家赴台,为蒋介石会诊并研究预防老年性痴呆症发生的可能性;同时她还授意外甥孔令伟,以其创办的振兴医院名义到美国专程聘请专家,研究并提供一些有益蒋氏防止老年痴呆症发生的应急方案。

经过反复几次的折腾,最后这些来自美国的高级神经科医生们,一致认为以蒋介石当时的精神状态,根本不可能发生老年性痴呆症。美国专家认为,蒋介石当时虽然不能每天都到介寿路上的"总统府"视事,也不经常参加国民党的"中常会",可是,蒋介石的"好动"和凡事喜欢"躬亲垂问"这两大性格特征,决定了他在精神上始终处于非常活跃的状态。还有,蒋介石步入 70 岁以后,每年春夏两季他都喜欢频繁地离开台北,驱车前往台东、台南、台中、高雄、花莲、嘉义、基隆等地巡视的本身,就决定了他不可能生活在真正的赋闲状态。而桃园的慈湖和阳明山顶的中兴行馆,都是蒋氏晚年多次往返的驻跸之地,这些住所大多是处于群山环抱、绿树参差的幽静之地,可是,正因为蒋占有这种十分有益养生休息的环境,所以他每天几乎都可在这山水之间进行有氧活动,散步和垂钓还可以陶冶心性。这些活动都决定他始终会处于"动"的状态,一个行动上喜欢运动的人,他的精神肯定不会停止运转。所以美国专家们一致认为蒋介石至少不会在 90 岁以前染患痴呆症。

宋美龄心中自此有了底数,不过,这些美国精神科专家临走时还是给她提供一些可以防止老年性痴呆症过早发生的预防手法。其中最让宋、蒋两人容易接受的是,在饮食上加强防止老年痴呆症的办法,就是尽量加强蒋介石的精神营养和为健脑所必需的相关食品。在若干食品之中,豆腐就是防止老年痴呆症的最佳食品。

美国营养专家认为,老年人易患痴呆症的主要原因,就是老人的大脑中缺少乙酰胆碱转移霉。乙酰胆碱转移霉是脑细胞提高记忆力和促进思维活跃的最佳要素,如果老人的脑细胞中缺乏必要的乙酰胆碱,或者这种借以在神经细胞中传递信息的乙酰胆碱缺乏到一定程度的时候,就要减少一定数量的思维记忆和思维对全身肌肉、肢体的控制力及平衡力。当乙酰胆碱缺乏到极限程度时,人的记忆和思维就要发生严重的失调和锐减。从而造成肢体和思维的严重障碍。行动迟缓和语言中枢的停滞就是主要的症状。

在蒋介石生命的最后几年里,宋美龄多次和蒋的"医疗小组"成员研究与老年痴呆症相关的问题。同时也利用一切机会向美国精神和养生科专家请救,意在让蒋的寿命尽量延长,美国专家们认为,如若防止老年人过早发生这种思维和记忆上的障碍,最好的做法就是千方百计为老年人补充必要给养。其中让老年人多吃豆腐类菜肴就是最好的补充手段。宋美龄和蒋介石对此都感到意外和诧异。他们简直无法理解这种普通平民喜欢吃用的豆腐,为什么会与老年人,特别是像蒋介石这样精神营养原本并不缺乏的政治人物之间,会有什么必然的联系?美国专家告诉他们:不要小看豆腐。豆腐是大豆制成的,而大豆中含有一种容易被人忽视的物质,它的名字就叫卵磷脂。这种卵磷脂就是唯一可让有益思维的乙酰胆碱不断演化和增加的元素。也就是说只有让蒋介石每天多吃一点豆腐,或者吃一点豆制品,就可以让他头脑中的乙酰胆碱数量不断增加,或者说至少可让蒋氏头脑中的乙酰胆碱保持他所需用量的最低点。只有这样做,才可让蒋介石的脑子中不断产生新的思维信号,并增加有利记忆和思维的乙酰胆碱数量。

在弄懂这一看来简单而实则复杂的病理之后,蒋介石和宋美龄,还有士林官邸、荣民总医院及"医疗小组"的所有成员们,才认识到蒋介石现在多吃些豆腐,不仅十分必要,甚至比吃一些营养脑神经的补药还有益处。

于是,士林官邸御厨房里的大小厨师们,开始认真研究与豆腐相关的新菜谱。从前,蒋介石吃豆腐的机会不多,充其量不过只在春天蔬菜品种较少的时候,偶尔炒一碟麻婆豆腐。而这种川菜中再普通不过的"毛菜",往往是大厨师们不屑一顾的。如今则大大不同了,豆腐从此将被列为蒋家重要的菜肴之一,他们还必须要做到花样的不断翻新,否则如果总把麻婆豆腐端上蒋氏的餐桌,难免有一天会无法下咽,如果弄得不好,还会遭到主人的怪罪。

如此一来,厨师们的压力就可想而知了。如果把简单的豆腐烧成一桌色香味齐全的宴席,显然是毫无根据的奢想。因为豆腐尽管营养充足,但烧菜却永远只能是老几样,而且滋味难以达到其他菜肴的水平。好在蒋家御厨房的厨师们个个都是能人,蒋介石要求的豆腐菜虽然难度很高,烧出来的菜肴还要达到蒋所要求的色香味三种必要条件,因此十分困难。但这终究难不过精明的高级御厨们。陈宝汉和陈杏奎都是多年在御厨房里滚爬过来的灶前高手,经他们的多次研究,终于拟定一整套的"豆腐菜系"。他们把南熘北炒中的杰出菜类,都设法和豆腐联系起来考虑。他们努力把豆腐这最为普通的菜,变成让蒋爱吃的美味,当然不是一件简单事情。于是他们就不时变换花样,炒出豆腐鱼丸、豆腐翠椒、豆腐鸭肝、豆腐芙蓉、豆腐鸡丁、豆腐白肉、豆腐海参、豆腐鳝丝、豆腐青蛤、豆腐鲜蟹、豆腐鱼翅、豆腐虾仁、豆腐笋芽、豆腐莲子、豆腐黄鱼丁并做出与豆腐相关的汤类,如豆腐菠菜汤、豆腐柞菜汤、豆腐西红柿汤和豆腐白菜汤,等等。总之,凡可与豆腐配伍组成的菜肴,士林官邸的师傅们都想到了,而且也都面面俱到地做到大胆的尝试。

蒋介石从 1963 年开始,就享受起豆腐的美味。初时,他也感到豆腐菜自有它们特有的风味,而且吃起来也符合他假牙不能吃硬菜的条件。不过,凡事都怕过于频繁,即便再精致的美味,如果一旦吃得过多,都有令人生厌的时候,何况豆腐这类菜肴原本就不是什么了不起的珍品,蒋介石对士林官邸小厨房每天烧此类虽然掺杂不同蔬菜,但实质仍然是豆腐唱主角的菜谱,早已忍无可忍。只是他碍于宋美龄情面,也深知夫人这样做全是为他考虑。所以蒋介石只好咬牙坚持下去,但半年以后他再闻到豆腐的气味,就忍不住想当场作呕了。这样,厨师们才不得不中止顿顿烧豆腐菜的程序,改为每一天只上一次豆腐。尽管如此,仍然要倒蒋介石的胃口,无奈宋美龄只好把菜谱改为每两天一次豆腐。蒋介石仍然难以下咽,即便厨师变着花样地为他炒豆腐,然而豆腐毕竟还是豆腐,无论你如何变换花样烹饪,蒋氏只是不肯动筷。后来,经请示宋美龄,厨师们决定暂且把豆腐菜中断一段时日,就像经常吃一种药,到一定时间总要中断一样。

如此做法果然奏效。蒋介石有一个月时间不吃豆腐,他忽然又有点想了。这时再上豆腐,蒋氏才有吃的兴趣。就这样,断断停停,停停吃吃,发展到二十世纪七十年代,蒋介石遭遇阳明山车祸以后,豆腐菜肴仍然没有彻底停止下来。只是断断续续地间或有之,蒋介石也考虑到头脑的记忆清晰,始终没有停止吃豆腐。这种做法也许是行之有效的,蒋介石即便到了最后弥留时刻,他的头脑也始终清晰如常,至死没有发生宋美龄曾经担心的老年痴呆症。这也许应归功在普通人眼里微不足道的豆腐制品。

16.枇果当茶,香蕉润肠

蒋介石喜吃台湾产的亚热带水果,不过他吃水果也有许多讲究,就是无论何种美味,他大多浅尝辄止,从来不敢贪吃。早在大陆生活时期,蒋介石就喜吃水果,不过他那时喜欢的多为浙江水果。蒋介石来到台湾以后,台岛这有名的水果之乡,盛产亚热带的诸多新鲜水果,比如菠萝、杨桃、龙眼、葡萄、荔枝、槟榔、甘橘、木瓜等等。这些水果蒋介石尽管也想一一品尝,但由于他的假牙作祟,时时困扰着他,所以吃起水果来十分不便,尤其是对一些果味较酸的水果,蒋介石更是可望而不可即。他担心吃多这类水果,会引起口腔炎症。蒋介石刚来台湾时喜欢吃凤梨(菠萝),但吃后牙床就不时发炎,害得他不得不请医生治疗口腔疾病。那时的凤梨是台湾的主要产品,凤梨无论种在何种丘陵和山地,都有着极强的生存能力,因此在台湾到处都可见到艳丽诱人的凤梨。台中和高雄等地的凤梨更多,到了丰收季节,在蒋介石的官邸里就有人送进一筐筐的新鲜凤梨,无偿供给官邸人员品尝,唯有蒋介石不敢进口。

至于台柚子和柑橘,在台湾也十分盛产。这些甘甜的水果蒋介石一般都不敢多吃。他能吃的水果,无非只有两种,一种是香蕉,一种就是杧果。蒋介石为何只吃这两类水果,与其说因它们味美,不如说这两种水果的果实肥硕,软绵可口,更便于没有牙齿的老人咀嚼。

少年时的蒋介石对热带水果还所知甚少,一次,他为吃香蕉还闹过一个笑话。那是民国年间,闭塞落后的奉化溪口,乡间小镇上少见有热带的水果上市,尤其是香蕉更为罕见。蒋介石第一次吃香蕉时还是一个刚谙世事的八岁稚童,他和身边所有同伴那时都还不认识香蕉为何物。那次是蒋家的族人从杭州带来一些新鲜香蕉,当时正在私塾读书的蒋介石放学归来,忽然发现茶几上几只嫩黄的长形水果,一时不知何物,母亲王采玉见儿子如此贪馋,随手便替他掰下一只香蕉,让儿子品尝。哪知蒋介石见了这新奇的嫩黄水果,误以为家乡菜园里的黄瓜,拿过来就可以咬一口。可是,他把香蕉连皮一起吞进口中,才感到口中一股酸涩。急忙又吐出口来,连呼:"上当上当!"母亲和身边家人见了,难免发出一阵哄笑,闹得蒋介石满脸困窘发红。从此他再也不敢问津于香蕉,每当有人让蒋介石再吃时,他都苦着脸连连后缩,无论如何也不再吃香蕉了。后来还是经母亲的指点,蒋介石才知这香蕉不同于菜园里的嫩黄瓜,可以随口吃下。它需要剥下外皮,才可吃内中嫩白的果瓤。蒋介石经此一闹,反而喜欢上了味道甘甜的香蕉。只是那时的浙江乡间,吃得起香蕉的人家,真是凤毛麟角。

蒋介石进入军界以后,吃香蕉的机会仍然不多。即便他成为南京国民政府主席和军事委员会委员长以后,这产于海南的亚热带水果因交通的原因也并不多见。来到台湾以后,蒋介石接触香蕉的机会多了,再因他的牙齿无法多吃其他水果,所以蒋氏对香蕉反而情有独钟。

蒋介石在台湾时喜欢的另一种水果是杧果。杧果在台湾被人称为"热带水果王",而台湾产的土杧果,更为蒋氏所青睐。因它不仅外形硕大,呈肾脏椭圆形,且此果味道酸甜鲜美,进口就有一股桃李般的馨香之气。蒋介石曾经对政界友人说:"我和张岳军(张群)都喜欢杧果,尤其喜欢吃台湾的土杜果。只是杜果好吃,却也有不如意之处,就是当你吃一只杜果时,肯定会弄得满脸都是果汁,而且洗起来也很麻烦。"蒋介石对杜果既爱又恼,有时左右为难,吃也不是,不吃也不是。还有的时候,他在官邸里吃了杜果,就会让他感到狼狈不堪,因杜果不仅有些果汁会弄脏他的面庞,当着身边的侍卫们失去惯有的庄重,难免有些不好意思。重要的麻烦是,每当他吃一次杜果,杜果的纤维就会塞满他的假牙,这样他的假牙就必须取下来,请身边的医护人员为他处理。害得蒋介石有一阵子甚至下了再不吃杜果的决心。

不过,尽管杜果有种种缺点,蒋介石仍然下不得彻底不吃的决心。事过之后,他仍然百吃不厌。蒋介石对杜果的喜欢程度由此可见一斑。蒋介石认为杜果是所有台湾热带水果中最好的一种,因为许多优点都集杜果于一身。蒋介石为之称道的,首先是杜果的果汁丰富,酸甜可口。同时内部营养也十分丰富,暮年的蒋介石凡事都和养生联系在一起考虑,即便他吃杜果也如此,医生曾经告诉蒋介石:杜果不仅含有丰富的维生素 A、C,还有丰富的 B_1、B_2、B_3。蒋介石后来吃惯了杜果,才发现它的优点其实比宋美龄喜食的苹果还要多些,杜果最大的优点是便于老年人的消化,蒋介石发生便秘时,医生就给他送进两只杜果,作为可以润肠的药物服用。蒋介石欣然从命,他吃杜果以后,口中不仅留有余香,而且多日不便的肠中粪便也会自动排出,很少因便秘而苦恼,这也是蒋介石尤喜杜果的原因。

蒋介石为此请荣民总医院的营养科医生们研究杜果的营养成分。荣民总医院当然不敢怠慢,化验的结果表明,杜果中确有许多对人体有益的营养,杜果果实中除含有丰富的维生素外,杜果的枝蔓对人的养生也极有裨益,荣民总的医生告诉蒋介石,杜果的嫩叶可以放在烈日下晒烤烘干,然后再把它当成干茶来饮用。经士林官邸内务科人员晒干以后特制而成的杜果茶,果真有着其他名贵茶叶都不具备的优点。蒋介石多年不饮茶,可他唯独喜欢饮用杜果枝蔓晒成的干茶,这种茶饮下以后清香怡人,有助于消化。荣民总医院的营养科医生们还提议,要把杜果的根茎也一并晒干,之后可以把这些晒干的根茎煎汤服用。它有利尿之奇效。蒋介石为此说:"杜果浑身都是宝! 连根茎也对人有益,真是不可多得的水果。"1974 年以后,蒋介石的生命进入最后的倒计时,由于他经常卧床,大小便均发生障碍。这时候,荣民总医院的医生曾建议蒋常以杜果的根茎当成茶来饮用,它有较好的利尿作用。蒋介石欣然应允,饮后效果竟然比医生们的利尿针剂还要好些。从这件小事不难看出蒋介石与杜果的感情之深。

卷四

环境：近绿、临泉、临湖

　　一位俄国军医曾向蒋介石建议："中国人很不注意居住环境，其实居住在什么地方，是与人的寿命及生活质量有着极大关系的。在我们俄国，寿命最长的老人大都居住在北高加索。我们当时都感到有些奇怪，为什么居住在北高加索的人中，会有那么多年过七八十岁的老人呢？……因此，我建议蒋先生从现在起也要注意一下生活环境了。"

第一章　近绿而居，幽静清爽

　　养生学的一个重要因素，就是人的居住环境。精通养生之道的蒋介石也不例外，他早就通晓人的居住环境优劣，直接关系到人的寿命。

　　民国年间蒋介石从日本归来并投身军界时，由于他在军内所处地位低下和战乱烽火的客观环境，他当然无法自由地选择居住环境。1928年1月蒋介石出任国民革命军总司令后，随着其政治地位的跃升，身边开始有人负责蒋氏的居住环境事宜。当时一位俄国医师随侍蒋介石身侧，名叫马特洛索夫。早在孙中山联俄联共期间，马特洛索夫就随鲍罗廷来到中国，蒋介石主政以后，马特洛索夫作为军医，他仍然生活在南京。一次，这位俄国人向蒋介石提出建议："中国人很不注意居住环境，其实居住在什么地方，是与人的寿命及生活质量有着极大关系的。在我们俄国，寿命最长的老人都居住在北高加索。我们当时都感到有些奇怪，为什么居住在北高加索的人中，会有那么多年过七八十岁的老人呢？后来有人研究其中的原因，养生研究者们终于发现,北高加索的人之所以长寿,一个非常重要的原因就是那里的水污染较少,再者,北高加索又是个多森林地带,空气清新,河水清冽,又没有工业污染,所以这里的人普遍寿命都高于其他地区。因此,我建议蒋先生从现在起就要注意一下生活环境了。不然,如果你还像北伐那样随战事到处宿营,或者居住在人群密集的城市地区里,久而久之,对蒋先生的身体肯定是有害的。"

军医官马特洛索夫的点拨提醒了蒋介石,他也感到应该严肃对待居住环境的问题了。那时的蒋介石已经身居高位,自孙中山病逝以来,他在国民党军政两界的地位如日中天。出任国民党部军人部长和中央常务委员会主席以后的蒋介石,在国民党内已是极权在握的人物,所以,蒋介石开始考虑自己的衣食住行问题并不奇怪。其中住所的安全及环境对身体有益与否,也随着地位上升而提到议事日程中来。

1. 溪口小镇的"绿色"屏障

关于生存环境与身体的关系,蒋介石早在少年时期就有所体会。其父蒋肇聪生前已多次告诫家人永世不要离开溪口,蒋肇聪死后,其母王采玉也对儿子这样说:"四明山古来就是先人理想的养生之地,无论将来你从事何种职业,都不要离开四明山故乡,因这山这水,都是最养人的。不管任何人,如果你每天都置身在烟尘污染、秽气呛人的环境中,无论你先天的体质如何好,到头来都是要短命的。"蒋介石那时尽管还小不懂事,但他启蒙以后即知作为奉化当地盐商的父亲蒋肇聪,早在建筑家居私宅时就考虑居住环境与人丁兴旺的关系了!用蒋肇聪生前的话说:居于高山,空气清新可少得肺病;居所前临溪水,可凭借水之神力而净化空气。也就是说,没有受到污染的山山水水,可让他的蒋氏子孙代代康健,永不生病。也许正基于这种考虑,蒋肇聪和其父辈们在清朝末年即在四明山麓的溪口小镇上建造起祖宅——丰镐房。

这幢在溪口镇独一无二的二层青砖小楼,临靠的就是溪口的青山绿水。蒋氏旧居小楼,就坐落在风光秀丽的四明山间。这里之所以人杰地灵,就因丰镐房背后不仅有起伏雄踞的巍峨群山,而且这叠连起伏的四明山脉之间,还有着无法计数的大小山泉。而波光潋滟的剡溪就位于九曲公塘的开阔之地。因有这股潺潺而流的山溪从镇前经过,无疑会对净化溪口小镇的生存环境大有裨益。

蒋介石的家宅丰镐房,其命名即与蒋肇聪对风水地利的研究有关。"丰"字无疑是择取西周时期周文王兴建的都城丰邑之"丰",而镐则是周武王的安身立命之地镐京之"镐"。从这刻意的命名中,不难看出蒋氏祖先对居住环境的情有独钟,甚至连盐商的家居要地也要考虑吉祥的含义。在蒋介石少年记忆中,当年蒋肇聪在溪口兴建祖宅,就因看中宅前有一座碧水潺潺,常年溪流欸乃的潭水,人称"碧潭"。其父在蒋介石幼小即告知建宅于"碧潭"之畔的缘由:前有潭者,家族世代繁衍,香火不绝。至于祖宅背倚雪窦之峰,则以碧绿林莽作为生存之依托。8岁时的蒋介石即随其父临潭垂钓。他从小就深得其益,正所谓"近水者昌"的道理。

1895年蒋肇聪病笃,蒋介石事事仍不敢忘记父亲的叮嘱。他年及弱冠以后,对蒋肇聪在群峦碧水间建宅的深刻用意,始有更深层次的理解。尽管当时蒋家处在群山包围之中,几乎无法与遥远的省城杭州相通,不过,他的启蒙老师仍为他揭开了历史尘封的帷幕一角。原来历代文人墨客大多都在四明山的群峦碧水之间留下足迹和诗文。关于故乡的"碧潭",明代诗人徐渭曾有诗云:"水碧涟漪静,羡鱼别有天。"蒋家族人步前贤之余韵,也曾赋诗传世:"两岸桃花夹,中间一水通,泉温由土脉,冻解不关风。"

对溪口的潭水碧泉,蒋介石自然一往情深。他知道正是这天然的居住环境,才让生活在闭塞群山中的乡亲们得以延年益寿。蒋介石成为国民党政治要人以后,他对奉化溪口这群峰之间的小镇更加寄予深情。他知道这片以碧绿林木和潺潺溪水组成的天然屏障,不仅让他的家居融合进一片碧绿之中,重要的是,这片偌大的碧绿山水,从此成为让山民们身体健康的绿色保护围墙。由碧潭溪水和层层茂林组成的天然碧绿,宛若巨大的屏障一般,隔断了对人体构成威胁的乌烟瘴气。也许正因为如此,此后数十年蒋介石无论改居何处,都无时不怀念山明水碧的溪口景色。

蒋介石成为国民党政治要人以后,先后几次下野,每次他从南京返回奉化县的溪口故里,都要住到镇外的群山之中。四明山的群峦树海深处,有蒋氏在都市里渴望但却无法挨近的自然景观,尤其是奉化溪口附近的悬崖峭壁间,碧绿树海形成了郁郁葱葱的天然屏障,这让蒋介石感到是千载难逢的"近绿"机会。民国初年,当蒋介石从上海或广东回到故乡探亲时,还住在溪口镇的丰镐房旧居里。可是,1930年以后蒋居然很少住在丰镐房内,为了"近绿",他下令在溪口镇外武岭附近的山岩上,出资兴建起一幢西洋式的小洋楼,这幢小楼当然是为宋美龄一旦陪他返回溪口时居住。但也决不像外界所说,蒋介石之所以舍建筑古朴的丰镐房旧居不住却要在溪口镇外另建新宅,是为宋美龄不想和蒋氏原配夫人毛福梅同居一宅。这在外人看来当然也是一个理由,不过,蒋介石决定在武岭附近的乐亭一带建造新屋,并不是他和宋美龄结合后才有的想法,是他早年在外行军作战时期就酝酿的扩宅计划。蒋介石早在日本振武军校时期,就意识到贴近碧绿而居会给人的身体带来益处。所以,1928年他在上海迎娶宋美龄后,在考虑到这位新夫人来溪口时的居所时,马上就想决定投资兴建新宅,以实现他当初在溪口镇外建宅的夙愿。

蒋介石从前由南京回溪口,一般都要在武岭小洋房居住一段时间,这间新宅里不仅有他的起居室,还按照西式风格,装修一间偌大的会客室和书房。里面陈设当然都是宋美龄喜欢的西式桌椅。从表面上看,蒋介石这样做确有迎合新夫人的意思。不过真正了解蒋介石的人才知道,宋美龄其实并没有在武岭新宅住上几次。蒋介石却从1930年以后,多次在被人称为"小洋房"的文昌阁里下榻。蒋介石从溪口镇内移居城外的文昌阁居住,其中一个重要的原因,就因为文昌阁面对着一条潺潺清溪,背后则倚着青翠碧绿的四明山群峰。如烟似雾的苍苍林海可为他每天清早外出提供清新空气,即使在白天,文昌阁内也弥漫着沁人心脾、有益健康的清新空气。也许这就是蒋介石为何钟情城外文昌阁的原因。

蒋介石为在生活中刻意追求"近绿",即便回到南京也要如此。上海、南昌、重庆等地几乎有舒适的官邸供其居住,可他只要一有时间,总想回到溪口的群山中来。他只要回到溪口,一般都要亲自攀爬雪窦山。当然1935年以后蒋介石再回家乡,并非一定要居住在文昌阁内,他居住较多的宅所,则是位于白岩山"蒋母墓道"附近的慈庵。

蒋介石为何又舍新宅文昌阁而居更为远离溪口的慈庵呢?这其中当然另有其他原因。蒋介石的母亲王采玉,本来是尼姑出身,晚清时期曾在一个叫金竹庵的尼姑寺修行,1886年蒋介石的父亲蒋肇聪丧偶急需续弦,23岁的尼姑王采玉才决定还俗嫁进溪口的丰镐房。1921年6月王采玉因病在溪口逝世,蒋介石在发迹后有感其母生前含辛茹苦把他抚养成人,于1923年便在白岩山蒋母墓地附近,在为王采玉做60冥寿之时,在此建造一幢新式洋房,蒋介石亲自为其命名慈庵,意在有时间回溪口时便要在此为母守灵。

自从这时起,蒋介石只要回到溪口,在小镇丰镐房内略加逗留,旋即上山前往慈庵。他住在慈庵的真正原因,表面看来是为慈爱母亲守候一座空寂的坟墓,其实另有他自己的想法。那就是慈庵附近是一派碧绿如锦的山间林莽,百草碧绿,清风徐来。在南京等大城市住得有些厌烦的蒋介石,只有来到母亲墓坟附近的碧绿群峦之中,才会感到说不出的安恬怡然。当然,慈庵的房舍显然比文昌阁显得清寂,这就更靠近蒋介石"近绿"居住的原则。尤其是在外多时,烦闷重重的蒋介石,总感到居住在层层禁苑深宫闭塞憋闷,如若当他回到熟悉的四明山中来,顿时有如鱼得水之感。四周清新的绿色植物,会不断给蒋氏以新的"空气维生素"。身边医师多次给蒋介石讲一些身居碧绿中的益处,至于所谓"碧绿之中的氧离子要比城市高楼大厦中的氧离子多几百倍"的说法,一直到蒋介石回奉化溪口时才会亲身感受到其中的无限妙处。居住在绿草茵茵、苍松如吼的白岩山上,蒋介石顿有远离政治角逐、重回大自然之感。这白岩山上,不仅可以过与世无争的平静日子,而且也可让蒋介石呼吸到新鲜空气,正因为如此,慈庵一度成为蒋氏流连忘返的养生佳地。

蒋介石在溪口故里的居所,是随他政治舞台的浮沉而不断变化的。文昌阁和慈庵固然有让蒋百居不厌的优点,不过,这两座别墅毕竟在深山之中,纵然周围碧绿如海,草青树绿,空气清新,有益他的身心健康,但蒋介石还要考虑他回乡后如何在溪口处理"公务"。尤其一些远从南京、上海前来奉化的国民党高级官员的到来,如果让他们沿着巍峨的山岩前往慈庵求见蒋氏,当然多有不便。于是,才有蒋介石的另一处溪口住所——妙高台别墅的诞生。

妙高台地处雪窦山的千丈岩东侧。群山如屏,万壑松风。蒋介石从小就喜欢千丈岩,因此他总希望在此建屋居住,幽雅中再观山景,岂非人间妙事?妙高台位居雪窦山之巅,如果伫立在岩巅之上,便可俯瞰茫茫云海。宋代诗人楼月曾有诗云:"千林舞翠吹篷鬓,二麦播青照缩袍,努力共登天尺五,要看飞雪喷寒涛。"少年时,蒋介石曾经多次从千丈岩的飞雪亭沿一条小径上行,眼前便是一座雄踞的巍峨山岩,此岩便是妙高峰。而这座雄踞于云海之上的巨大岩石,如同群岩之中的一方平地,因此得名妙高台。蒋氏伫立于平台之上,眼望脚下碧云如涛的山间巨壑,常有一种远离尘嚣之感。在妙高台周围,则是一派郁郁葱葱的碧绿树海。喜欢生活在碧绿中的蒋介石,当然不肯放过这世外桃源般的人间仙境。于是他决定在妙高台上再建别墅一座。

蒋介石在故里再造新宅,而且又是在雄踞云海与绿树之中的妙高台上建一幢别墅行馆,自然考虑的还是如何生活在既可"近绿"又有清新空气的全新空间。毋庸置疑,妙高台上新建的别墅,显然胜过文昌阁和慈庵。此地既可呼吸清爽空气,又可在碧绿松涛之中吐故纳新,当然有利于健身,亦可在此会见远从南京来溪口求见的各路官员。在这里蒋氏真正领略了古人的畅想:"凭栏未穷千丈势,请从岩下举头看。""试向岗头转圆石,不知何日到人间。"当然,住在妙高台,让蒋深感愉悦的还是便于"近绿"的养生环境:空气、松涛、碧草、云海,浑然天成的天然环境正是蒋氏追求的理想天地。诚如清代诗人诵咏妙高台所言:"古木栖云晴亦雨,乳泉飞雪夏犹寒。"蒋介石毕生追求的就是这集天然与人工于一体的居住环境。

2."美庐"前有一片碧绿草坪

二十世纪二十年代初,苏联著名军事将领鲍罗廷在蒋介石身边曾经担任军事顾问,在此期间,他发现这位孙中山青睐的继承人,在军马倥偬之中也不时向往居住环境的改善。因此鲍罗廷多次正告蒋氏说:"在中国如果想找到一处真正便于养生的居所,并不那么容易。特别是孙中山的部下,不应该过分追求生活的舒适。"蒋介石对鲍罗廷的批评不以为然。因他那时虽然口头上空喊"革命",实际上他与孙中山的"革命之路"有本质的不同。

蒋介石在手握重权之前,对生活环境的追求只是一种奢望,因他无法真正实现"隐身于一片碧绿"之中的奢想,蒋介石充其量只能在作战间隙选择临靠树林溪水处安营扎寨而已。至于为"近绿"刻意建宅,在北伐战争之前蒋纵有此心,毕竟心有余而力不足。不过,蒋介石很快就找到了在鲍罗廷拍胸承诺的理想居所。就在鲍罗廷返回苏联不久,1932年那个十分炎热的夏天,蒋介石竟然获得一处绝对理想的山顶别墅,这个新居就在江西九江附近的庐山。别墅的名字,就是后来大家都耳熟能详的"美庐"。

蒋介石来庐山避暑,早从1930年夏天就开始了。不过,那时蒋介石到庐山上来,并没有带着宋美龄,因当时的庐山还不是后来官宦云集的避暑胜地,蒋氏前往江西庐山是为召开一次"剿匪"军事会议而来。那一次,他下榻的地点并不是牯岭街12号的"美庐",而是庐山南麓位于一片茂盛水草之畔的观音桥临时行辕。此地在当时江西军政官员熊式辉等人眼里,当然是适合蒋氏在炎热夏天休息的最佳住所。因它符合蒋介石历来要求的树木繁茂,绿草如茵的居住环境。蒋介石来庐山后也倍觉舒适,不料就在蒋上庐山的第三日,夫人宋美龄居然也顶着炎炎烈日登上了庐山。宋美龄来后却感到观音桥行辕不是她理想中的消夏之所,她对住所的考虑,首先和蒋介石的身份是否相符,当然,宋美龄对蒋介石居所的要求,必须遵守"近绿"这条原则。宋美龄认为如让蒋的住地屈居庐山一隅的"观音桥",非但不能与当时地位稍逊蒋介石的南京大员们有所区别,而且观音桥甚至比不上在庐山上避暑的外国客人居所华丽舒适。

那几天,宋美龄趁蒋介石在庐山大礼堂召开军事会议之机,独自一人在庐山名人寓所一条街上到处寻觅。她发现一幢幢外观华丽、内质幽雅的小别墅,几乎每一座都比蒋介石下榻的观音桥行辕富丽堂皇。她一气之下,就把熊式辉找到观音桥行辕,开门见山问他为什么要把蒋介石行辕设在观音桥这闭塞狭窄的地方?熊式辉这才意识到犯了大错。急忙向夫人解释说,他当时把蒋在庐山的寓所设在观音桥,主要考虑两个因素:一是观音桥虽然位置不在庐山名人住宅区中央,可正因为如此才具有隐蔽性,蒋介石的身份特殊,不宜和那些普通南京军政大员住在同一条街上;二是考虑观音桥处在一片茵茵绿地的中央,符合蒋介石历来追求的居所"近绿"原则。

宋美龄却认为蒋氏的庐山居所,更应该考虑地理位置的独特性。作为国民党的最高统帅,他怎么可以远离庐山主要避暑区而偏居一隅呢?如此一来,熊式辉才知道这样的安排已犯大忌,为了弥补失误,决定马上为蒋氏夫妇在庐山重新寻觅一个更为理想的居所。不过,这时的蒋介石已经决定下庐山了,他因事必须马上返回南京。所以在这一年的夏天就这样匆匆过去了,蒋介石和夫人并没有在庐山上避暑,而是心情不悦地匆匆离开了庐山。

蒋介石选中"美庐"作为他和宋美龄在庐山的避暑居所,大约是一年后的夏天。那一次熊式辉接受前次为蒋选择居所不当的教训,早从春天时起就派人频繁登上庐山,在庐山名人居所一条街上反复选择优秀的别墅,最后他们看中位于庐山牯岭街长冲路 13 号的一幢英国式二层小洋楼,它的主人是一位英国女医生,名叫芭蕾夫人。此人于 1919 年从英伦三岛来到中国上海行医,1921 年芭蕾夫人前来庐山消夏,并于当年秋天由芭蕾出资,以私人名义在牯岭街上购买一方地皮,其面积占地 4928 平方米。芭蕾夫人决定在此兴建一幢英式豪宅,图纸设计得颇具英式风格,翌年春起雇用工人在牯岭街上兴建一幢 996 平方米的木结构小洋楼。小楼风格独特,外朴内秀,十分引人注目。小楼建成以后,成为庐山当时绝无仅有的豪宅。芭蕾夫人喜欢花草,又命人在楼前广植花木。每到夏天,花香扑鼻,景色宜人,每年夏天,芭蕾夫人都从上海前往庐山消暑。

熊式辉亲自前来踏查，发现芭蕾夫人的别墅共分两部分，一为主楼，供她一家人从上海到庐山消夏时享用，二楼为书斋和寝室。尤让熊式辉满意的当然不是小木楼的华美，而是楼前那片已经绿树荫浓的偌大一片花园。奇花异卉，姹紫嫣红。当年为装点这幢英式小楼，芭蕾夫人不惜花费巨金从欧洲运来菱霄花种栽在竣工不久的小楼之下，让那些在异国土地上娇艳一时的菱霄花，在夏日当空时爬满她倾心修筑的小楼墙壁上，然后再让那些绿叶参差，浓荫如盖的菱霄花在楼前搭成一架可以消夏避光的凉棚。如此刻意装点，越加平添这牯岭街豪宅的碧绿氛围。让住在这里的英国女医生每当盛夏到来之时，都能在此寻觅回归自然的一派绿景。也许，这也是蒋介石后来一眼看中此宅的重要原因。

初时，熊式辉接受在庐山为蒋选择长久性住地时，一度也颇觉为难。熊为此亲自上庐山多次，每次都面对遍布庐山的各式别墅难下决心。因庐山的豪宅太多，仅以欧式风格的小楼为例，就分英式法式和德式的多种，每幢宅子都建在绿树丛中，风格特色迥异。但究竟哪一幢能得蒋介石青睐，就连熊式辉也猜摸不透。

熊式辉深知蒋介石素来多疑。也知道蒋对各省军政要人表面虽然都是一副笑脸，但他也清楚，蒋其实对任何省级官员都似信非信，多疑多虑，无事不暗中悄作提防。就在蒋介石决定上庐山之前，蒋为前往四川亲督"剿匪"事宜，还刻意在身边安排一个酷像蒋介石的"替身"，随蒋同机进川，一时弄得四川军阀刘湘、刘文辉等人忐忑不安。蒋介石为何要为自己配备一个同样穿着中山装的"假蒋介石"同机飞往成都？就因蒋氏担心刘湘、刘文辉对其不忠不轨，他到达成都以后担心二刘暗中设下陷阱，对其暗杀谋害。为防止进川发生不测，蒋介石身边谋士特意为蒋献上一策：选一位与蒋相貌相似的人，必要时以蒋介石的身份公开出现，与四川军阀们周旋。蒋介石同意此议，这样可以凡在重要公众场合，都让"替身"替他出场。即便发生意外，也可保证蒋介石性命无虞。于是由军统局长戴笠出面，前往杭州为蒋找来一个叫何云的人，由他化妆成蒋的"替身"，冷眼一看，几可乱真，何云的身材相貌，和蒋本人别无二致，即便和蒋介石相熟的人，也无法辨其真伪。蒋介石见了大为赞赏，连说："好好，就是他了。"

何云原为杭州公安局长，此前，蒋介石每次经杭州回故里溪口，在西湖边澄庐下榻，何云都会带警察出面保护。何与蒋介石虽有几分貌似，但此前并没有引起蒋介石注意。这次蒋要进川，没想到何云略微化妆，居然和他一模一样，蒋介石决定马上调何云进侍从室，随时待命。蒋介石来到成都后，只有重要场合才亲自出面。其余视察等事，均由何云代劳。因何云这"替身"与蒋氏相貌极像，即便陪同各地视察的军阀刘湘等人也都蒙在鼓里。不过，何云相貌与蒋尽管几分神似，他的浙江话讲得不好，所以后来还是现了原形。弄得蒋介石十分尴尬。从那次以后，蒋介石再也不敢听信侍从室人员的建议，以免生出许多笑话。更紧要的是，蒋担心此类事如果多了，反而离间他与各省主要军事将领的关系。所以这次当蒋介石想在庐山选宅子时，作为江西省主席的熊式辉自然有些惴惴不安。熊式辉对此毕竟无法回避，最后他在庐山左选右选，看中的就是芭蕾夫人私邸，熊式辉派人把这幢英式小楼拍下照片，派专人送往南京黄埔路官邸，请宋美龄过目并代为定夺。

宋美龄对熊式辉这次为蒋选定的消夏楼舍甚为满意。她从照片上就能看出这幢英式建筑置身在偌大一片绿意盎然的草坪中央，英式木楼也小巧精致。它与附近一些意大利式、美国和法兰西风格的别墅均有截然不同的外观造型，尤让蒋夫人为之欣赏的是，这幢英国女医生住宅的地理位置，十分符合蒋氏多年追求的"近绿"且又闹中取静的居所条件。芭蕾夫人的小木楼，又建在牯岭的长冲河畔，它前面不远便是一条曲曲弯弯小河。多年来，始终讲究近绿而居的蒋介石，尤其喜欢在寓所附近有一条小河潺潺流淌。蒋介石曾不止一次对宋美龄表示："寓所临河而筑，就是求之不得的自然生存环境。"现在不仅有了一幢小楼，在绿草如茵草坪前再有一条潺潺小河，无疑喜上添喜，更有利于蒋氏每年的庐山避暑。宋美龄把"美庐"照片送蒋介石亲阅，他亦认为照片拍摄的楼前景色十分理想。尤其是那片恬静幽雅的楼前花园，更加引起蒋氏的好感，园内藤萝匝地，花木扶疏；千花百卉，姹紫嫣红。那幢让宋美龄为之神往的小楼，虽为木质结构，但做工精巧，楼上楼下，精雕镂刻，蒋介石为此大展笑颜，赞赏熊式辉总算为他们在庐山觅得一处"近绿"的居所。

1933 年 7 月，南京盛夏流火，蒋介石决定亲自前往庐山牯岭街 13 号小楼去视察。这幢宅子的主人芭蕾夫人，早年就十分羡慕宋美龄，她曾在上海与宋美龄有过短暂的一面之缘。那一次，宋美龄到上海是出席有外国人参加的社交活动，芭蕾夫人景慕宋美龄的优雅仪表，更看重她身居高位却不忘与中外妇女保持平等联络的交际风度。只是芭蕾夫人作为英国医生，在她和蒋夫人之间尚有无法挨近的距离。现居上海的芭蕾夫人,听说宋美龄看中她在庐山牯岭路边的英式小楼,自然十分高兴。芭蕾夫人决意不肯收下熊式辉代出的一笔购屋巨资,同意把庐山那幢闲置的小木楼无偿馈赠,作为送给宋美龄的礼物。宋美龄百般不允,但因芭蕾夫人盛情难却,最后不得不收下了。蒋介石于是便把牯岭街小木楼命名为"美庐",由蒋亲笔题字,镂刻在小楼门前一块硕大的石头上。从此这幢小楼便成为蒋氏夫妇每年上庐山时的住地,只是熊式辉根据宋美龄的提议,将牯岭街 13 号更为"12 号",因为在西方生活多年的宋美龄,心中讨厌的就是不吉利的"13"。

1933 年夏天,蒋介石开始住进这幢小木楼,顿觉十分惬意。此楼虽地处庐山牯岭深谷之内,却与距此不远的名人公寓一条街相隔,因此有独门索居之感。不过,"美庐"很合蒋氏心意,此楼外观极为普通,而内部设计精致。还有,楼前花草繁盛,只要迈出小楼,眼前便是一片碧绿花草,暗合蒋氏多年渴望的居所贴近绿地的环境要求。每当夏日的傍晚,蒋介石都和宋美龄从木楼里出来,在那片花草扶疏的绿地上散步。蒋氏从眼前这片绿地,往往联想早年南京时的苏联顾问马特洛索夫,是他告知苏俄北高加索地区的人均寿命,皆因置身绿草碧树之间才普遍高寿的历史。宋美龄为此还查阅与"近绿"相关地区的人均寿命,果如马特洛索夫所言,凡生活在碧绿花草之间的人群,平均寿命要比烟尘滚滚的城市居民高出几倍以上。书上载有苏俄北高加索地区的一般人均寿命,确在 80 岁以上,在那种环境中 90 岁高龄老人已不足为奇。她还把自己的发现告诉蒋介石:和苏俄北高加索地区相同的"近绿"人群,在世界上还有许多,譬如荷兰的"风车村",就是一个以种花种草为主要生活来源的地区,因此荷兰农村的中高龄者极为普遍。宋美龄还告诉蒋氏环境与寿命的古今例证:与中国相邻的巴基斯坦东部芬扎地区、非洲厄瓜多尔南部的毕路祁巴等等,也都因这些地区的"近绿"而使普通平民延年益寿。因此,蒋氏对生存环境的追求和选择更加坚信无疑。

蒋介石和夫人一样喜欢"美庐"。他在"美庐"居住当然不仅为着避暑,同时也在盛夏时节在此主持过诸多重要的军事会议。还有,蒋介石还在这幢英式小楼上会见过中国共产党的代表,1937 年 6 月 15 日上午,蒋介石和宋美龄等人,就在这四周一片碧绿的英式小楼上,会见了周恩来、林伯渠等中共要人。这是蒋继一年前在"西安事变"时与周恩来见面后的第二次正式会晤。在"美庐"举行的这次会晤中,周恩来和蒋介石共同回顾了"西安事变"后举国抗日的进程,同时周恩来也代表中共中央向蒋阐明了关于国共合作的原则立场。几天后，周恩来亲手把《中共中央为公布国共合作的宣言》交给在"美庐"中养腰伤的蒋介石。7月17日蒋介石在庐山"美庐"正式向新闻界发表《抗战宣言》，蒋氏关于"如果战端一开，那就地无分南北，人无分老少，无论何人皆有守土抗战之责任"的"宣言"，就是在"美庐"内对记者说的。正是"美庐"发表的这一《宣言》，最后拉开了全国抗战的序幕。

蒋介石1937年在"美庐"避暑的时间比往年都久，因为他要在此养疗"事变"之伤。同时，宋美龄在此为他不断地考证，亦让蒋更加认定"近绿"对养生的益处。1948年8月9日，是蒋介石最后一次登上庐山"美庐"。这次蒋介石再来"美庐"，显与15年前他第一次入住英式小楼有着截然不同的心情。此时国民党几十万军队已被东北民主联军牢牢围困在关东地区，辽沈战役即将打响，两种命运的决战已经拉开帷幕。一贯喜欢"近绿而居"的蒋介石，这次来到"美庐"再也不见了往日兴致，值得一说的是，蒋介石在大陆有多处行馆别墅，可是真正一住15年的，除南京黄埔路官邸之外，恐怕只有庐山的"美庐"居住时间最久了。

3. 重庆黄山，不是安徽黄山

这里说的黄山，并不是安徽黄山，而是重庆的黄山。1938年以后，蒋介石选中重庆江南岸位于黄山的"黄云阶别墅"作为战时居所，其中一个重要的原因，也是因为黄山可以"近绿"。

蒋介石初入川境，国民党政府为他在重庆这座山城先后选择几处居所。例如曾家岩公馆，小温泉官邸和林园等等，这些由重兵护卫的临时官邸，大多都有闹中取静的味道。其中小温泉官邸甚至还有蒋氏一贯喜欢的天然温泉。洗温泉后来也成为蒋氏居所的重要条件之一，当然也意在养生。不过，这些山城内的公馆蒋介石多半都是偶然下榻，办完公事后就悄然离去了。只有了解蒋介石"近绿而居"的人，才明白蒋不喜欢重庆城区官邸的主要原因，一不是新闻界纷传一时的蒋氏惧怕的市声喧嚣，二不是单纯考虑日本飞机夜间时有临空轰炸。蒋介石来重庆不久，就多次要求搬往城外黄山的因由，还是因为南岸黄山有他一贯喜欢的草坪和葱葱郁郁的秀木密林。

蒋介石为何舍弃重庆城内大小官邸，定要去远离市区的南岸居住？据说，其中起主导作用的是夫人宋美龄。宋是在美国留过学的高级知识分子，对居住环境历来有十分苛刻的要求。当年她在南京黄埔路官邸生活时，就多次提醒蒋介石说："在拥挤的闹市中生活，最大害处就是无法呼吸新鲜空气。恶浊的空气会给人带来许多疾病,比如心脏病和肺病,都和长期生活在空气恶浊的环境有关。我在美国留学的时候,韦尔斯利女子大学建在一个小镇子上,当时我不明白这是什么原因。后来才知道,美国人早在那时候就懂得净化人的生存环境,如果让我们这些女孩子生活在烟尘很重的波士顿,肯定是错误的决定。所以美国教育家重视学生的健康,他们情愿到韦尔斯利镇上去办学,也不想徒有虚名地生活在波士顿城里。"

蒋介石对夫人的话历来十分尊重。他们来到山城重庆以后,尽管国民党政府在城区一连为蒋选择几处既安全又舒适的官邸,蒋介石最后还是坚持要到嘉陵江南岸的黄山去住。有人说蒋此举可能是为防止敌机的空袭,其实这只是一个原因而已。蒋介石即便留在重庆市区,也有良好的防空设施保护着他的安全,因此与其说蒋去江南岸生活是为逃躲日机轰炸,不如说他是为长远的养生目标才做的取舍。

黄山在全国抗战之初,几乎不为当地市民所知。因嘉陵江南岸丘陵连片,荒峦层层,富人的居所寥若晨星。即便在有人居住的村落里,农家也十分有限。即便国民党把重庆定为"陪都"以后,黄山也不为外界注目。蒋介石坚持搬离重庆市区前往荒草萋萋的黄山,一是考虑黄山不被人注目;二是考虑黄山的黄云阶私宅便于他在夜间工作;三是考虑黄云阶山顶豪宅的前面,是一片起伏雄踞的莽莽群山。而群山沟壑之中的树木则为他织成一片天然碧绿的防护屏障。如不是后来日本特工人员多次前往黄山刺探,即便狡猾多端的日本人,也无法发现蒋介石原来隐藏在这片方圆百里没有人烟的绿树丛林之中。

黄山这座别墅原是四川商人黄云阶的私宅。1921年他为在远离重庆前往郊区另建新宅,不惜一笔巨金把整座山全部购买下来,所以后来才把南山改叫"黄山"。黄云阶财大气粗,他为让几房妻妾都生活在无人干扰的郊外,不惜在南山大兴土木,修筑起一片偌大的住宅,这在重庆商界堪称绝无仅有。蒋介石对黄云阶敢在南山修筑大宅甚为惊奇,他甚至想黄云阶当初在荒无人迹的南山造屋,很可能和他一样也是为了"近绿"。不然,他不会如此大手笔,在山顶造起栋栋屋瓦参差的楼宇和宅院。侍从室选宅人员向蒋据实报告:"有人说黄云阶的房产都是靠赌博赚到手的。不过,不管黄云阶花多少钱建宅子,现在委员长看中了,我们就把他和家人统统赶下山去。"

黄山大宅所以引起蒋介石好感,就因它地处一片山林之中,附近数十里几乎没有人家。在蒋办公和下榻的山顶别墅下面,还有一幢楼房,青瓦白墙,四周是一片翁郁的松林。于是蒋介石指示这幢房子可归宋美龄居住。他和夫人一个在山顶小楼,一个在山下小楼下榻。附近松林青葱,山谷幽然,草丛繁茂,一派碧绿。如此幽雅宁谧的山宅,无人打扰,实在是战时难以寻觅的"近绿"居所。蒋介石为宋美龄居所命名"松厅",皆因宅后是一片翁郁的松林。在"松厅"后面,有一幢青色砖瓦结构的楼房。经宋美龄建议,蒋介石同意让孔祥熙和宋霭龄一起搬来居住。宋霭龄和孔祥熙在敌机不断轰炸的重庆,也难得寻找像黄云阶南山别墅这样安谧豪宅,岂有不住之理,不久宋霭龄一家也从城里搬到黄山。

蒋介石在黄山别墅居住期间,还对黄云阶旧宅进行了改造和翻修,经蒋介石兴建的房舍共有几处,一是蒋住的"云岫楼"下面山岩里,建起一座名为"草亭"的屋舍。美国总统特使马歇尔来重庆后,因不时上山和蒋介石联系工作,有时就留宿在黄山。蒋介石因此才下令在岩下为他和宋美龄夏天小憩修建的"草亭",让给马歇尔和夫人居住。这座名为"草亭"的宅子,本来也是一栋青砖青瓦的建筑,住在此处,到夏天甚至比"云岫楼"内更为凉爽,至于山顶"云岫楼"纵然豪华,但在重庆这有名的大蒸笼内,显然没有山下的"草亭"凉爽。马歇尔看中这冬暖夏凉的"草亭",所以才成为他的临时寓所。

蒋介石的山顶办公地云岫楼,倚山而筑,青石为底,三层小楼均为木制楼板。二楼为蒋的办公室,三楼是蒋的卧室,四壁均装有木制阁柜,冬暖而夏凉。蒋介石喜欢黄云阶这幢小楼,就看中它建在山岩之上,四周簇拥着丛丛碧绿的川芭蕉。在炎炎烈日的烘烤之下,无论气温多高,碧绿的芭蕉总是顽强挺直着巨大叶片,让喜欢绿色的蒋见了顿感凉爽。夜里蒋介石伫立二楼阳台上,可以俯瞰山脚下一片绿葱葱林莽,远方便是滔滔长江。这里不仅远离喧嚣的山城,而且不必担忧日本飞机不分昼夜的连番轰炸。

关于蒋介石在重庆黄山的生活情况,他身边侍从医生熊丸事后回忆说:"蒋介石和夫人在重庆的卧室,是两张大床并排在一起,再以一张大蚊帐将两张床罩住。床的旁边是一间起居室,里头有两个大柜子,一个放蒋先生的衣服,另一个则放夫人的。卧室外分成两间办公室,蒋先生和夫人各一间,他俩白天各办各的公,夜晚上床睡觉时间亦南辕北辙。蒋先生晚间九十点钟便上床,夫人则不到一两点不会睡觉。早晨蒋先生约六点钟即起床,夫人不到十一点钟不会起床。他俩的生活方式一中一西,上下床时间全然不同,但两人上下床都轻手轻脚,谁也不吵醒谁。……"

熊丸还说:"蒋先生很注意运动。每天要散步三次(早餐后、午觉后及晚饭前)。晚上散步通常是坐车出去,到黄山风景好的地方走段路。有一次发生一件趣事:因黄山上有个空军基地,虽然山上马路并不宽,但基地里的卡车却开得很快,使得路上尘土飞扬,也不管路旁的行人。有一回正巧蒋先生在路旁散步,他一看到卡车驾驶员开得那么快,便叫卡车停下来,然而那些卡车司机平常便不管别人,所以根本不理会蒋先生,照样高速通过。卡车继续向前行驶,遇到走在蒋先生之前的中将级侍卫组高级人员,这些高级人员一看到卡车这样横行霸道,竟不理会蒋先生喊停,便举双手意图拦下那辆卡车,谁知那卡车司机非但不停,还吐了一口痰在高级人员脸上。卡车司机随后又遇到一些武装人员,此时他一看情况有些不对,便赶紧下车逃逸,连车子也不要了。……"

蒋介石对黄山外的层层碧绿颇有好感。尤其是战争年代,敌机不时像黑压压乌鸦一样从远方天际飞袭而来,然而隐藏在一片幽暗树丛深处的黄山小楼,即便敌机超低空飞掠而过,也难以发现蒋介石的踪迹。抗日战争期间,蒋就是在重庆黄山的碧绿树丛中度过的,因此他和碧绿的感情甚深。一位跟随蒋介石在重庆多年的美国医生说:"蒋介石喜欢住在有树有草的黄山,与其说是因为住在城里不断有敌机轰炸,不如说他喜欢黄山的幽静。在一个色调碧绿的环境里生活,可以让蒋烦躁的心绪变得安恬稳定。在曾家岩公馆的时候,蒋介石因市声喧嚣甚至无法睡眠,到城外他可以安下心来睡觉。蒋介石那时不止一次对我说:如果继续留在城里,我简直就要疯了。到了黄山才看到这里到处都是绿草和树木,喜欢在这种环境里工作的蒋介石,处理军机大事的他往往精力会集中起来。……"

蒋介石认为黄山别墅是他战时最为理想的居所。诚如那位美国医生所言:"由一片碧绿组成的环境,会让蒋介石紧张的心情舒缓下来。从养生学的角度来看,过度的紧张往往会诱发疾病,蒋介石钟爱黄山,说明这里才是他最理想的生存之地。"

蒋介石在钟爱黄山的同时,也不断在此加盖新的房舍,意在长久居住。而且蒋还下令在"松厅"前的空地里种下许多碧绿的芭蕉。1944年后,黄山已成一片庞大的建筑群。除"云岫楼"、"松厅"和"小青楼"、孔二小姐住宅楼和马歇尔的"草亭"之外,还兴建一批附属房产。比如在环绕周围的地方建起数十间兵营,以及委员长侍从室工作人员的住所等等。原本就碧绿苍然的黄山,经过蒋介石在此居住几年中的不断种植,松树柏树已成偌大一片绿荫,碧绿的芭蕉环绕云岫楼四周。蒋为上山的方便,还下令由南岸到海棠溪之间修了一条盘山公路,1945年春,蒋又命令沿那条曲曲折折的盘山公路,两旁广植树木,从山顶向南岸俯瞰,新绿簇簇,已把整个南山染成一片深深的碧色。

4.逗留之地:林园和沪山行馆

抗战时期蒋介石在重庆,还有一处公馆也值得一说,它就是位于重庆西郊的林园。

林园是蒋到重庆初期国民党政府为他特选的行馆之一,也是他到重庆后最早的住所。这座林园顾名思义,就是以林为主的园林,它处于歌乐山山麓的双河街。此地十分幽静,林深叶茂,绿意葱茏。是当时重庆郊区最为宜人养生的地方,林园所以被称为林园,当然是以各种奇林异木为主的官园。由于重庆素有大火炉之称,所以处在歌乐山下的林园种植着各种珍奇树种,例如黄桷树、桉树、白果树、松树和柏树等等,这里甚至还有大陆上极为少见的红桧和雪杉。这座园林能有这些珍奇树种,系因为早从民国年间这里就是西南地区的著名风景区,蒋介石欲迁都重庆以来,国民党政府便看中了它,并在蒋氏到重庆之前,在此建成一座风景秀丽的园林,内中不仅树木翁郁,而且早有建筑正在紧张施工。蒋介石的官邸就建在一片翠绿葱心的修竹丛中。远远望去,园林果有几分远离尘嚣的寂静,郁郁葱葱的修林翠竹,掩映几幢青瓦白墙的屋舍,极符合蒋介石的居住要求。既"近绿"又清寂,而且位于歌乐山麓,平时无人涉足于此世外桃源般的环境,在重庆极为罕见。蒋来到重庆初期,曾经一度在林园下榻。在这座状若江南园林般的幽雅环境中,蒋介石可像他在南京黄埔路官邸生活时期一样批阅文件。

林园的环境幽雅宜人。在蒋介石下榻的屋舍前后,除有一排排青葱繁茂的绿树之外,还有片片如茵的绿地。而绿草坪又有一方方碧绿池塘相互衔接,住宅区和宿舍区均有重兵防守,林园大门到蒋介石的下榻屋舍至少要有一里路距离,而林园四周又都筑有两丈高的围墙,侍从室人员仍像当年在南京官邸一样,很容易进入警戒状态。只要侍从们日夜护卫,任何人休想接近这隐藏在万绿丛中的蒋氏临时行馆。可以说在战火频仍、随时都有敌机轰炸的山城重庆,能找到像林园这样既安全又幽静的住地,实在不是一件易事。因此,蒋介石和宋美龄对林园都十分满意。

可惜好景不长,如果不是后来发生的两件事,蒋介石也许就会在远离城区的林园长期居住下去。谁也不会想到,后来这座环境幽雅,有林有草有水的林园,居然被蒋介石易手于人了。原因是蒋介石在林园办公时期,宋美龄时常住在重庆城里的曾家岩公馆。有一天,宋美龄风闻蒋介石的林园里来了一位神秘的女客,她就是蒋氏1927年在上海和宋美龄结婚时遗弃的前妻陈洁如。宋美龄怀疑蒋介石幽居林园之内,暗中对她明修栈道、暗度陈仓,于是便在一个飘雨的子夜里,她忽然乘车从城区赶往歌乐山下这座重兵防守的园林,意在"捉奸",让蒋氏难堪。果然这一夜林园中有些反常,宋美龄来后不顾侍从们的拦阻,如入无人之境,到处寻觅匿藏在此的陈洁如,所幸蒋介石做事机密有度,早在一小时前就打发陈洁如离去了。所以让宋美龄扑了一个空。不过,她虽然没在林园里捉到蒋介石感情不忠的真凭实据,因此事已经外泄,所以宋美龄要求蒋介石必须马上搬出这座林园,和她一起去城外的黄山居住。

蒋介石同意搬出林园的第二个原因,是蒋有一天在林园里和林森商谈公事,谈后在这所园林里设午宴款待德高望重的林森。林森作为国民党元老,其时又身任国民政府的主席要职,他以70高龄追随蒋介石从南京迁居到闷热难熬的重庆来,一直住在城郊的李子坝,那里是四川军阀早年的一所旧宅,一旦到了夏天,往往因屋宇狭窄而燠热无比。所以当林森见到蒋介石这所绿树荫浓、溪泉淙淙的住地时,不由得发出一声赞许的感叹:"真没想到,委员长到了重庆也能住这样好的院落。"刚好蒋介石想搬出林园,听了林森一番自怨自艾的感叹,蒋介石满面潮红,也刚好想顺应夫人之意,另择新居,现在林森羡慕林园,蒋介石当即灵机一动,决定做个顺水人情,当即就表示林园可以作为林森的新宅。林森听了,不禁大吃一惊,他一个有名无实的主席,岂敢轻易夺人之爱?于是林森受宠若惊地连连摇手谢绝,他哪里知道蒋介石正愁这偌大的林园没有合适人居住。而他把这座国民政府花费巨资修筑的一所林园,如果送给有职无权但却德高望重的林森,恰好可以借此在国民党政界传为美谈。于是蒋介石郑重宣布,林园从此就归林森所有,任何人不得染指。林森就这样轻而易举得到了一处绿树幽然、曲径通幽的偌大宅院。这座林园,从此也就名正言顺,成为林氏的园林,一直让林森住到死去为止。

抗战之前,蒋介石在大陆期间,到各省巡视时的居所甚多,不过那些临时性的下榻之地,大多以奢华著称,而真正以"近绿"闻名的却屈指可数。抗战爆发以来,蒋介石在重庆和四川境内的行馆计有多处。即便1948年蒋介石离开大陆之前,他也多次从南京飞往四川。因此他在四川的大小行馆不胜枚举,不过,有一幢行馆却鲜为人知,那就是位于四川省西昌不远的沪山别墅。

当然,此沪山并非江西的庐山,虽然两山同音,然而西昌境内的沪山蒋氏别墅却很少有人知道它的真正来历。其实蒋介石的沪山别墅也与他的"近绿"生活原则不无关系。蒋介石在四川境内虽然逗留多时,但在整个八年抗战中,蒋介石却始终没有进入西昌境内,更不曾前去陌生的沪山。不过,蒋介石有意前往西昌的沪山巡视,却是早在四十年代初就已萌发了此念,那时候就有四川军阀多次向蒋苦苦进言,希望他最好在公务闲暇时前往西昌的沪山走一走,看一看。原因在于沪山地处西昌城外几公里,那里有一泓常年碧水淙淙的邛海。特别是每到盛夏之时,邛海两岸一派碧绿的茵茵绿草,极其符合蒋介石追求"近绿"的生活环境。而邛海又背靠风景如画的沪山。沪山和邛海交相辉映,从而成为大西南难得一觅的消夏之地。蒋介石当时坐镇山城重庆,有时也想听信四川军阀刘湘等人的劝谏,离开大火炉般的重庆,前往沪山的邛海一带寻觅他久违的一片茵茵绿草。然而,蒋介石毕竟是身负全国抗战之责的政治要人,他尽管向往西昌的沪山,却迟迟不敢轻举妄动,担心因他在战时前去沪山避暑惹来朝野的一片声讨之声。所以蒋介石几次想去,又每每作罢。好在刘湘等军阀并没有因为蒋介石的迟迟不肯动身而放弃他们在沪山为蒋修筑行馆的计划。

1938年春天,刘湘等四川军阀下令在西昌的沪山下面,邛海之滨的一片碧绿之中,破土兴建一座中西合璧的临海别墅。这幢占地面积数百平方米的山间别墅,是建在沪山的半山腰间。四周绿树荫浓,别墅前面是偌大一片种有花草的花园。这幢别墅采取中西合璧的格局,外貌是英式的尖顶塔楼,红瓦闪耀,琉璃瓦的檐头再配有木制的欧式门窗,在贫穷落后的西昌自然显得华贵壮观。这座别墅的内室也做工考究,棕色地板,四壁设有法式壁柜。在十分落后的沪山上置有抽水马桶和上下水道,十分罕见。别墅内又尽量配备比较现代化的先进设施。其用心完全是为讨得蒋介石和夫人的欢心。

在四川军阀和西昌地方士绅张笃伦的亲自监造之下,这幢山间豪宅经过几年的紧张施工,终于在1939年夏天建成了。可是,蒋介石却一直在拖延前往西昌沪山消夏的时间。致使这幢建在邛海之滨的山间小楼,历经几个夏天的烈日烘烤,始终没有迎来它的主人蒋介石。

一直到1945年"八一五光复"后,蒋介石已经决定"还都"南京,他才不得不前往西昌一游,因为早在1938年他就对四川军阀作了前往西昌的承诺,现在西昌之行终于实现了。当年9月下旬,蒋介石从成都出发,一路风尘仆仆地来到西昌,他终于在沪山半山腰见到了四川军阀们为讨他欢心而不惜重金修筑的邛海别墅。蒋介石见这建在沪山腰间的别墅,果然四周有一片碧绿的草坪,远方的沪山林莽苍然,碧绿如屏。蒋介石到此一游,当然不是为了消夏避暑,也不是为了"近绿",他此次亲往西昌又在沪山小别墅下榻,全为着将来战事的考虑。尤其是日本军队无条件投降以后,蒋介石考虑的是将来如何在大西北建立第二战略防线的问题。不过,蒋介石最后还是放弃了西昌,此次来西昌并在沪山别墅小住两日后,就匆匆而去,从此再不曾到过这交通过于闭塞的邛海别墅。沪山行馆从此便成为一座历史的遗迹。

5.士林官邸有一个大花棚

蒋介石在大陆恪守的"近绿"养生原则,一直延续到他1949年逃台后仍然兴致不减。

蒋来到台湾以后,曾经大兴土木,在台北市湖底路修建一座新宅——士林官邸。蒋介石当年看中士林作为他来台后的主要生活居所,就因为士林地区有一座日据时期的老建筑群,尽管房舍已在风雨的侵袭下变得梁倾柱折,可此地毕竟是二十年代日本人开办园艺试验所的旧址。蒋介石来士林园艺所视察时发现,尽管这座园艺所已是断壁残垣、满目萧然,但在偌大的院落里仍然有许多枝叶茂盛的亚热带植物,这让蒋的眼睛忽然一亮。

四季无冬的台北士林,不愧是日据时代的园艺所,这里让蒋氏最感兴趣的当然是那些绿色植物:合欢树和相思树碧绿如屏、竹林和椰林枝叶青葱、槟榔和榕树树冠硕大,终年常绿;而芭蕉和莆葵,则满目翠绿,华盖如盆;桉树和台湾杉更是浓荫蔽日,给盛夏之中的炎热台北蓦然带来了几分凉意。蒋介石有生以来从没见过如此绿树浓荫的园囿,谁也没有想到,他忽然对空寂无人的士林废园发生了浓烈的兴趣。

蒋介石想把他的新家安在一片枯败破陋的断壁残垣之中,当时曾引起宋美龄的困惑和反感。刚从美国来到台湾的夫人,怎么也想不通蒋介石为何要在士林这片无人问津的破旧园艺所里建构官邸。蒋介石自有他的主张,他说:"旧房舍确实没有居住的价值,不过,旧房舍是可以推倒重建的。我对士林有好感,不为别的,就为这里有那么多热带树种,还有那个栽种花草的大棚!夫人不是喜欢花吗?"

宋美龄听了,这才如梦方醒。从小就喜欢花草的蒋夫人,当然对蒋介石这番话从心里表示理解和赞同。因为喜欢花花草草,所以宋美龄很快就在新官邸选址一事上和蒋介石达成了共识。她这才发现偌大的士林园艺所,里面有日本人早年栽种的多种珍奇树木和奇花异卉。喜欢"近绿而居"几乎成为蒋介石、宋美龄多年相依为命的基础。在台北市如能找到像士林这样随处可见绿色的园林,对因国内"三大战役"而败逃台湾的蒋介石、宋美龄来说,无疑是不幸之中的万幸。宋美龄于是也赞同了蒋介石在士林重建官邸的主意。诚如蒋介石所说:"一位懂养生学的哲人对我说过:近绿者长寿。这是因为绿色可以让人赏心悦目,这里还能让人每天呼吸到充足的氧气。这位哲人当年在南京还给我讲过一个故事,他说,在物资生活条件相同的情况下,经常在绿色植物中生活的人,要比长年居住在花草稀少、秽气十足的闹市中人多活十年,甚至二十年。所以,在我看来,台北尽管有那么多好宅子提供给我们去住,可我却坚决不去住。士林如果建成一座官邸的话,我敢说它要比所有台北城区的高级住宅都要强似百倍。"

蒋介石当即决定在士林园艺所兴建新邸。许多国民党要员对蒋的这一主张困惑不已。一些国民党高官甚至无法理解蒋的用心。他们无论如何都想不明白,城区那么多已经修饰豪华的院落巨宅,蒋介石为何不住,反而偏偏看中了断壁残垣的士林。士林在那时是一个破破乱乱的地方,1945年台湾光复以后,东南长官公署曾经对这座园艺所进行过改造,一度把它变成一处接待外宾的招待所。如今蒋介石居然想利用士林招待所的旧房舍,为自己修筑一座官邸,而且还要在保留原建筑格局的前提下进行改造重建,其工程自然十分浩繁。蒋介石要求改建期间,什么都可以破坏,唯独不能破坏旧园艺所里的绿地与大片碧绿的热带植物,有关部门为官邸拟定的改建蓝图,送到蒋的手里,他特意划出了不许破坏的一片绿区,然后才考虑住所的重修改建。官邸从1949年3月起施工,到翌年夏天终于全部竣工。就这样,士林园艺所几经修建,最后才有了一个集园林、池塘、花草、碧树及建筑于一体的恢弘规模。综观士林官邸的核心楼区,其实就是一栋二层楼的钢筋混凝土建筑。不过,它的梁、柱等主体部分则是当时在台湾还比较罕见的RC钢筋来充当骨架。国民党的施工单位对士林官邸的施工改造不敢有丝毫怠慢,他们为让房舍与附近福山的碧绿山色有机地融为一体,既达到屋舍防止炮击的需要,同时也要考虑碧绿树丛与屋舍的浑然一体,蒋介石还曾经下令,要把他住所的楼外墙壁一律涂成绿色,以期让楼宇和背后巍峨的福山形成一派深绿。当然,蒋介石这样做并非仅仅为着"近绿"的需要,当时他看重的还是这座官邸的隐蔽性。他要求施工人员一定要在整体布局上,与附近的福山余脉形成统一体,让飞机在空中无法看到他居住的屋舍楼宇,让整个官邸处于碧绿山峦的层层环抱之中。尽管"总统府"负责施工的官员已经煞费苦心,可是用飞机在空中向下侦察时,仍然发现官邸四周腹地十分空旷。绿草碧树,尽管组成天然的屏障,然而若想让树阴彻底掩盖楼群,仍要大量地植树种草。为此,蒋介石不惜代价,下令从花莲、台中等地空运树苗和花草,他要把旧士林变成一个绿草如茵的大花园,力求达到战备与养生的双重需要。

不过,要把士林官邸军事要塞化也并非一件易事,一是需要大量资金,二是需要一批先进的机械设备和建筑原料,三是修建一些军事目标时还要注意隐蔽。因为当时的台湾当局非常惧怕中国人民解放军随时可能发起的突袭。台湾当局那时是把蒋的士林官邸当成"特号工程"来加紧施工的,这就要把原来仅为蒋介石重建养生寓所的计划,变成一座军事设施来考虑施工的。这样做既可保证蒋在此长期起居,同时也可当成战时的临时指挥部。蒋介石正是以军事和战备的借口,才命令施工部门把普通施工变成为紧急军事项目进行抢修抢建的。大批国民党军队进驻士林和福山。开山的炮声顿时震撼着从前空旷无人的士林园艺所。

1951年秋天,士林官邸的主体建筑已经竣工。不但宋美龄搬进士林的主楼居住,蒋介石和他的几个孙子也先后搬进来,可这时福山的军事工程尚未竣工。尽管福山一带当时仍然日夜不停地修建地下通道和军事设施,士林官邸内部却是一派恬静安谧。蒋介石来到台湾时已经年届62岁,进入了人生的暮年。这一时期,蒋介石出于养生的需要,更为注重生存环境的营造。一面是福山的开山炮声震天,一面是蒋氏让大批园艺工人进邸,为他在官邸院落里栽植树木花草。蒋介石所以这样做,并不单纯追求生活环境的"近绿",而是有另一层考虑,就是台湾地区每年季风较盛,夏季的台风尤为肆虐凶猛。蒋介石刻意栽种树木,当然是为防台风在做准备。他不仅在士林官邸,也在阳明山官邸,日月潭行馆和遍及台岛各地的大小公馆中,都一律下令种树养草,建立防风的"榕树带"和"桉树带"。凡是蒋介石看中的地方,一般都要建立行馆;凡有行馆的各县各市,蒋介石都注意野生植物和防风树种的栽植。蒋介石晚年喜欢"近绿",这就让他更加喜欢台湾的山山水水,只要有山有水的碧野湖畔,一般都建有蒋的驻跸行馆。在这些古色古香的行馆中大多种有樟、榕、榉、栎、楠、桦等树木,碧绿如屏的树带往往形成一片防风的网络格局。蒋介石尤喜台湾特有的亚热带阔叶常绿树种,他还喜欢油杉、扁柏、肖楠和峦大杉,一度派人从阿里山移植进士林官邸,在行馆四周以这类树种编织而成的常绿阔叶林带,构成他晚年"近绿"的主要特色。

蒋介石不仅在他各个行馆内种树养草,亲近碧绿。台湾山多林多,暮年时的蒋介石还不时进山,喜欢在那些大山深处的林海内徜徉。台湾杉和铁杉、黄桧、红桧等珍奇树种,常常让蒋氏心旷神怡。在与阿里山等原始森林结缘的同时,蒋介石进一步深谙大自然对人类养生的益处。因此他多次下令保护台湾山林,还对盗伐红桧等珍奇树种者实施极为严厉的酷刑。

蒋介石在士林官邸和阳明山行馆等处,都设有模范宏大的花棚。这笔投资当然为夫人宋美龄考虑。宋美龄对鲜花几十年来就情有独钟,蒋介石对兰、菊、梅也极有兴趣。其中蒋尤爱蝴蝶兰,此兰盛产于台湾的兰屿,蒋为了建士林花棚,多次派人去兰屿运回美丽的蝴蝶兰,让士林花棚常绿常新。蒋介石对花草产生兴趣约在65岁以后,此前蒋很少接触花草。出于对绿色植物的养生需求,促使蒋介石爱屋及乌地对台湾花草发生了兴趣。蒋介石由亲近绿色植物到对士林官邸大棚中鲜花发生兴趣,都因听从了荣民总医院医生的提醒。医生说:鲜花不仅美丽悦目,也是绿色植物的一种。鲜花中也可散发有益于身体健康的氧气。鲜花既然与蒋氏多年喜欢的碧绿植物一样有益,当然要大批进购鲜花进官邸。除医生的提醒外,夫人宋美龄也多次敦促蒋,要他在无事时多到她的花棚里去看看花,鲜花对人的精神生活大有益处。当时的蒋介石身体状况已经大不如前,如果每天早晨或晚上散步时多到花棚里看看正在盛开的鲜花,无疑可以缓解蒋氏内外交困的紧张心情。五彩缤纷的鲜花,对人的精神自有赏心悦目的奇效。

蒋介石初时对赏花无意为之,后来在夫人劝说下才不时出入花棚。由于来花棚的时间多了,所以在大陆时期对鲜花不屑一顾的蒋介石,也逐渐对观花赏花产生了兴趣。宋美龄认真地告诉蒋:"不要小看这些花花草草,它们不仅可以让你耳目一新,还能够陶冶人的情操。赏花的时候可让人宠辱皆忘,如果一个人每天都因事不如意而苦恼,那么你的心情肯定要郁闷生病。如果烦躁的时候来棚里看一看花,就会让你的心情马上变得快活起来。"蒋介石经过花棚中"赏花",也觉得夫人的"看花疗法"对医治他的心病颇有裨益。

鲜花有淡雅温馨的气质。蒋介石到台以后始终忧心忡忡,于是便想从花花草草中寻觅自我陶醉。那些在士林官邸花棚内有专人莳养的兰花,尤让蒋介石为之醉心。从二十世纪五十年代开始,蒋介石对士林花棚中的奇花异卉的兴趣愈来愈浓,他也像夫人那样关心花工,什么时候给鲜花浇水,什么时候给刚进的鲜花施肥。什么兰花娇贵难养,什么鲜花在金秋时节结果,什么花草清新典雅,易于莳养,等等,事无巨细,蒋几乎都要亲自过问。有一段时间,据士林官邸的花工回忆:"蒋先生那几年几乎一有时间就要到花棚里来看花,记忆中,他很喜欢兰花中的仙客来和虞美人;蒋先生也喜爱文竹、万年青和黄杨;对只有在秋季结果的石榴、佛手和金橙这些结果的花木,蒋先生更为珍爱。这些因花结果的花木,一旦结果他都爱不释手地把果实捧进内室,把玩有顷,却又不肯轻易食用。当然,蒋先生爱花倒不是为了食用花的果实,我看他更多的是以观赏为乐。"至于四季香气浓郁的花草,如玉兰、白兰、茉莉、米兰、月季、茶花等,在士林官邸的花棚中也随处可见。这些莳养在士林花棚中的鲜花,有些是1949年之前就养在园艺所大棚内的,有些则是蒋介石来到台湾以后,经宋美龄花外币购进并精心栽培的新品种。

宋美龄这护花的使者,充分利用满棚鲜花来为蒋介石医治心病。她不厌其详地给蒋讲什么颜色的鲜花可让人的情绪变得兴奋:例如艳丽鲜红的石榴花可让心情不爽的人见了,马上就愁眉舒展,郁气顿消;雪白的茉莉可供蒋在无事时欣赏,其高贵淡雅的花香之气,可让心绪烦闷的蒋观花展颜,宠辱皆忘。当然,蒋介石欣赏鲜花也有自己的独特需求。他进花棚时总是在一片姹紫嫣红中寻觅那些绿色的花草,这与他多年的"近绿"原则大有关系。台湾属亚热带气候,鲜花之中也时有绿色花朵,如兰草中的绿英,就是蒋介石最爱的一种。他认为观赏绿色的鲜花不仅可以保护视力,也可调节人的精神。正因为如此,宋美龄曾派人从香港和新加坡等地专为蒋购买绿英,一盆盆价值不菲的绿英,即便在有强台风过境台湾的寒冷时节,也仍然在大棚里一派青葱,显示着它在恶劣环境中特有的顽强生命力。宋美龄让花工们把绿英等碧绿的鲜花,摆在士林花棚最显眼的地方,意在吸引蒋介石的眼球。

不过,蒋介石看花毕竟不及爱草。鲜花即便再艳美清丽,对他而言充其量不过是欣赏,而蒋介石凡事往往都从养生学的角度思考问题。他希望在自己居住的官邸内,最好多投资一些碧绿的草坪和"树带",这样他就可从这些鲜嫩的绿草之中获取新鲜的氧气。而鲜花虽然艳丽夺目,毕竟对身体的益处有限,有些鲜花甚至对人体还有害处。蒋介石不时提醒夫人,小心那些有害人体花草混杂其中。蒋介石身边医生曾经多次提醒他,鲜花不可在夜间摆进卧室,因为有些花草在夜里会散发有害人体的"毒素"。对此,宋美龄忍不住想笑,她认为:确有一些鲜花在夜间可散发二氧化碳,有些鲜花甚至还在夜间和同睡一卧室里的人争夺氧气。不过,她对此早有提防,凡进入夜间睡眠时期,就会吩咐用人把摆在蒋氏卧室中的鲜花搬出一部分,天亮以后再搬回来。这样就可以解决蒋介石担心的"鲜花散发毒气"问题。宋美龄正因为蒋介石这些担忧之言,看到他已经从养生学的角度在考虑"养花"的问题了。

　　蒋介石的养生当然不同于普通平民百姓。他来到台湾以后出于养生的考虑,开始在台湾各地广建行馆和别墅。在大陆生活时期,蒋介石的固定居所十分有限,只在南京、重庆、上海等地有固定的官邸,其余到各地视察时均下榻宾馆。蒋来台湾以后,反而重视为自己构筑新居。这与其说是为着养生不如说为着享受,晚年的蒋介石性格丕变,不再俭省,而多事铺张,其奢侈的享受在行馆建设方面尤为突出。仅从蒋在台湾这弹丸之岛上十几年间兴建的专供享受的行馆数量上,就可看出蒋介石晚年对享受性养生投入的精力和财力,已到十分惊人的地步。蒋介石在台湾这弹丸之地竟有大小行馆47座之多,如此奢侈甚至让人联想起中国历史上那些为私欲而大兴土木的封建帝王。对此,台湾《自立晚报》1989年6月1日曾经发表一篇题为《蒋、宋在台行馆知多少》的文章。其中这样写道:"台北市阳明山公园内的行馆,在'议员'们的全力争取下,工务局已原则上同意尽快开放。此类行馆在台湾全省有47座,大部分行馆都已'蒙尘'多时,因为这些行馆过去都是蒋介石和宋美龄专用的。有关单位不敢擅自主张,这些占地辽阔,环境清幽,花木扶疏的行馆,只有任其荒芜,甚是可惜!……在47座行馆中,角板山及垦丁行馆是由蒋经国在任上提出开放。梨山行馆由于位于中横风景区,是中横的交通要道,因此早在民国50年初,即由退辅会接管经营。现由林务局管理的花莲南行馆,是蒋介石和宋美龄生前唯一没有住进的建筑。民国60年,蒋介石巡视花莲县,他独爱这座位于鲤鱼潭附近的池南,由于当地建筑物乃日式平房,林务局为使蒋介石和宋美龄巡视东部时能有舒适的落脚地,遂于原地兴建现代化设备的池南行馆,但完工后,蒋介石即因健康而未到东部。此外日月潭行馆是蒋介石生前做重大决定时必住之所。此行馆依山傍水,景色奇佳,据说,当年退出联合国的决定也是在这里决定的。全省47座行馆,每年的维修,人事费用不谈,光是任大好田园荒废,在经济效益上甚是可惜,何不将各行馆开放供国民休闲旅游之用呢?"

香港《广角镜》也载文评价蒋介石晚年的行馆之多,说:"台湾的财力有限,可是蒋介石仍然不遗余力忙于为自己建行馆。他几乎每走一地都要有属于他自己的行馆,其奢侈程度不亚于封建帝王。值得一提的是,蒋氏的所有公馆之内,不仅要有富丽奢华的起居设备,而且一定要千方百计'近绿'。也就是说,如果行馆中没有花草树木,蒋介石是绝不会在此过夜的。每天他都要在清晨起来到园中看花看草。这几乎成了蒋氏养生的习惯。如果哪一处行馆里没有花盆,他会大发其怒。甚至还会责令必须尽快种上花草。有人说,有一年蒋氏携夫人前往高雄西子湾度夏,就因为行馆里没有花棚而郁郁不快。后来还是夫人急中生智,暗中吩咐下人连夜从台北用军车送来多盆兰花了事。还有一年秋天,蒋介石去宜兰休息,路过垦丁行馆时说要去看花,结果他想看的菊花谢了,便拂袖而去,吓得垦丁行馆管理人员马上到四处寻觅可供蒋氏欣赏的菊花。可是不等把菊花搬进行馆,蒋介石早已经气咻咻地携夫人上路而去了。……从以上传闻中不难发现,蒋介石晚年的爱花和'近绿'一样,都到了痴迷的程度。与其说他如此痴迷是为养生之必需,不如说其心烦气躁所致。如果人的养生已到动辄就要发火的地步,其肝火之盛反倒深受了养生之害。……"

香港媒体的评价,尽管有些指责揶揄的偏颇味道,甚至难免把一些道听途说的民间遗闻也掺杂其中。不过,有一点是可以肯定的,那就是晚年蒋介石对"绿"的感情已经进入痴迷状态。毋庸置疑,"近绿"的妙处确已让蒋氏深得要领,而可让人体强健无病的绿草碧树,还有那些让人赏心悦目的鲜花,都成为了蒋介石晚年须臾不可分离的养生要素。

第二章　临泉而居,气血通畅

前面已经有所提及,蒋介石因在日本留学时洗温泉留下好感,因而他从此对温泉情有独钟。蒋介石对温泉的兴趣,最早可以追溯到1910年在日本高田当兵时期。在严寒的冬天里日本兵营几乎没有沐浴的温暖环境。旷日持久的早岗晚操让蒋的身体格外肮脏,1911年早春三月的一天,蒋介石终于有一次洗澡的机会。不过他不是在洗澡间或浴室里洗浴,而是在一个假日里和同在日本兵营当兵的中国学友一起前往冲绳郊游。在那里他们发现郊区有一片偌大的温泉区。在乍暖还寒的天气里,水雾氤氲的泉池中已有几个日本男子在里面泡澡了。蒋介石看时,他们大多是七八十岁的皓首老人。当时日本尚未对外发动战争,冲绳虽也是军事要塞,但在这片雾气弥漫的温泉池里,一下子见到如此众多的白发老人,谈笑风生地泡在热气腾腾的温泉之中,还是让蒋介石和他的学友们大惊大喜。

早在一年前,日本振武军校的老校医山田义夫,就对蒋介石和一些中国学生们谈起冲绳。山田说冲绳是日本有名的长寿区,这次蒋介石等利用休假前往陌生的冲绳,就为到此一看究竟。校医山田义夫的话如今言犹在耳,他说:冲绳是日本的高龄区,如果你们将来能到冲绳去看一看,就知道日本人为什么要长寿了。蒋介石从那时起就听说冲绳乡间有一批长寿者,可是蒋始终不肯相信,1911年春游时他才亲眼目睹了这传说中的神话。原来老校医所言不虚,到了冲绳,亲见温泉中的老人,才让蒋氏茅塞顿开。在冲绳的短期逗留,蒋介石大开眼界,据说这类泡温泉的高龄老人已占全城百分之七十以上。冲绳一日,让蒋介石了解许多与养生长寿相关的事例。他发现冲绳的农民其实大多都是渔民,他们不仅随时下海捕捞新鲜的鱼类,而且也可得天独厚地享用丰厚的海产品。例如,海藻就是蒋介石在冲绳午饭时首次品尝到的。当地人提醒几位中国青年:你们千万不要小看这些海藻,我们冲绳人长寿,其实就因为这里可以随时吃到含有氧化成分的海鲜菜类。蒋介石据此颇受启发,回到高田以后他还从书籍中进一步了解冲绳这长寿之乡的奥妙,海藻之所以让冲绳人受益,一个主要的原因是海藻中含有丰富的脂肪酸、蛋白质及镁、锌、碘等多种元素。蒋介石为此自弗不如。因为在高田当兵的他,别说平时吃不到海产品,甚至连每餐饭都要受到严格的限制。

蒋介石在兵营中难得读到与冲绳有关的书刊,不过一个日本士兵还是借给他一册《大日本长寿秘诀》。其中介绍冲绳人喜欢洗海水澡和泡温泉的养生价值,很让蒋从中联想许多延续寿命的益处。原来冲绳温泉之中往往含有多种矿物质,例如镁和锌等都对人体有益。从那时开始,蒋介石就对日本冲绳人的生活习惯产生由衷羡慕。不仅泡温泉可让人医治疾病,而且新鲜鱼类和海藻亦可直接为人提供营养。《长寿秘诀》一书对蒋虽有启发,但越是这样越让蒋感到遗憾,因他日本当兵时环境清苦,泡温泉在当时往往被蒋视若可望而不可即的奢求。1911年冬天,蒋介石虽然已回到国内,但他仍然地位低下,只是光复杭州战役中敢死队里的下级军官,而且身份低下,蒋介石仍然没有选择生存环境的权力。此后几年,蒋在军队里不断跃升,但也只有行军打仗的间歇,才有接触温泉泡澡的可能。只是这样的机会也极为有限。直到二十世纪二十年代蒋介石跻身于国民党军政高层以后,才渐渐有一些谋求居所环境的便利条件。例如1928年蒋介石一度选择南京东郊的汤山别墅作为自己的寓所,就是因权力而谋取的一次机会,在汤山别墅里,蒋介石每日都有温泉可泡,这对他而言无疑是天赐良机。

6. 汤山别墅的室内温泉

汤山距南京东郊约有20公里,蒋下榻的居所为一处别墅式建筑。当时,蒋介石刚就任国民革命军总司令一职不久,当南京一些高官听说蒋介石正为没有合适住地发愁的时候,有人提议他不妨前往距南京不远的汤山居住。

蒋介石为什么在南京没找到合适居所,一定要舍近求远地前去汤山呢?其中一个主要的原因,是他和宋美龄在上海新婚不久,蒋介石知道宋美龄不想住在南京城内的兵营里。新婚妻子喜欢幽雅宁谧的居所,而汤山当然就是最好的去处。不仅那里远离南京城区的喧嚣,而且还有室内温泉可泡。而愿意提供这座别墅的人,又是蒋介石早年办上海证券交易所的合伙人、他的恩师张静江。蒋介石权衡再三,最后还是接受温泉别墅主人张静江的好意,同意到汤山别墅暂居,和宋美龄在汤山共度世外桃源般的蜜月生活。

张静江在汤山的住宅,是一幢古色古香的清代建筑,内中曲径回廊,雕梁画栋,环境十分幽雅,人称汤山路8号。此前,国民党元老张静江居住于此,蒋介石曾多次前往拜访,不过那时蒋介石对此富丽堂皇的温泉别墅并无奢求,更不敢想有一天在此茶余饭后、以洗温泉为乐。如今蒋介石终于住进汤山,在弥漫雾气的室内温泉中与夫人沐浴泡澡,让蒋油然忆起当年在日本亲临冲绳温泉的往事。多年前对温泉的痴心向往,没想到竟在18年后才得以实现。蒋介石深感社会地位的改变,是他终于如愿以偿的重要条件。张静江的别墅位于汤山小镇中央,周围皆为国民党军政高官的住所。在汤山别墅才让蒋真正体会一个道理,在中国如若得到理想的居住环境,只有苦苦追求还是不够的,首先要有举足轻重的社会地位,然后才能考虑选择益于身体的生存环境。

住在温泉蒸腾的汤山别墅里,蒋介石才真正找回当年在日本萌发奇想的旧梦。已经41岁的蒋介石,深知如此优越的生存环境来之不易。张静江提供的温泉别墅左边是汤泉路3号,那里住着国民党元老戴季陶,他住所右侧就是于右任的"黄粟墅草房"。至于冯玉祥、阎锡山等人的别墅均距此不远。蒋介石渴望居所与温泉相近的凤愿始于十几年前,而今在他夺取国民党军政大权以后总算顺理成章地实现了。汤山温泉和早年他在日本所见的温泉有所不同,在冲绳曾经泡过的温泉,充其量是渔民集众沐浴的池塘而已,当时他只是个见习兵,首次洗温泉还谈不上真正的享受;而今他人在家中就有温泉可泡。这是蒋介石做梦也想不到的。

汤山路8号在蒋的眼里无疑是个陌生的天地。张静江的小楼室内光线有些灰暗,窗子特小。二楼屋顶上的红色瓦片,如遇雨天,还有漏雨的危险,尽管如此,那时的蒋介石已经相当满意了,毕竟有人送他一幢带有温泉的房子可住了。让蒋满意的还有,张静江在他们来前,已经派人将内室布置得十分得体。大红地毯再配上粉红色窗帷,朱红的铜床和亮闪闪的台灯,都给一对新人营造出喜庆的热烈气氛。当然,最让蒋介石满意的,还是客厅下面的几眼温泉。

蒋介石十分欣赏张静江的别墅,特别是楼下的客厅显得宽敞明亮。客厅附近有七八间大小不一的房间,其中就有张静江为蒋介石和夫人准备的洗浴间,蒋介石进了洗浴间一看,才发现几股喷涌而出的温泉,从地面汩汩流出,泉水淙淙,一股温热的气息扑面而来。地下温泉正是蒋氏渴望前来汤山定居的主要原因,"温泉有利于健康,也有利于养生长寿。"早在蒋介石住进这所宅子之前,张静江就曾经对蒋说起与温泉相关的知识。他记得那是一个阳光明媚的上午,病体残弱的张静江坐在轮椅上,由夫人推着,把蒋介石从客厅一直引到温泉汩汩的池边,张静江仍像当年在上海当老板时一样,对已为国民党最高领导人的蒋介石指指点点:"我当年出钱在汤山购宅,一个重要的原因就是在自己别墅里可以每天泡上温泉。温泉其实就是家里的澡堂子。不过,温泉和澡堂子也有不同的地方,这就是温泉可以治病啊。"

蒋氏对张静江这番话不无意外,从前他在日本时虽也知道温泉善于养生,从来不曾听说温泉还有医治疾病的功效。张静江继续以国民党元老的身份,郑重其事地告诉蒋介石:"泉温泡足,不仅在中国有几百年历史,而且世界各国对温泉泡足治病也十分推崇。前几年有人向我介绍,说欧洲有个叫迈勒的村子,是意大利南部有名的青春常驻村,意大利人就是常年以洗温泉作为养生之法的。这个村子临靠山区,据说是一个废弃的矿区,因此村中有许多采矿形成的温泉。开始时只是村里人到温泉去洗浴。后来迈勒的温泉名气越来越大了,就连意大利罗马城中的皇室人员,也在假日里乘车纷纷前往迈勒村里来。再后来,欧洲人听说意大利的政要们都去迈勒洗温泉,都知道这迈勒温泉对人的益处不可小视,于是奥地利、瑞士、法国的政要商贾们也都纷纷效仿,不约而同地纷至沓来了。"

"没有想到洗温泉也可以让人长寿?"蒋介石对张静江的话从不敢有丝毫怀疑。他只是没有想到看起来微不足道的温泉,不仅可以为人治病,经常性泡足还可以让人延续寿命。于是他听罢此话,眼睛不禁豁然一亮。

"不敢说濯足就可以长寿,但是至少我本人有切身的体会,因为我的病就是因洗温泉才得到缓解的。"张静江指着自己那条多年行走不便的腿说,他的腿疾就因为家中有温泉,才一年比一年有所好转。如他不在购买装有地下温泉的别墅,双腿也许早就致残了。张静江并认为室内温泉含有大量丰富的矿物质,这些水中矿物质对他的病腿活血大有益处。张每天固定时间将一双病腿浸泡在室内温泉中,久而久之,他的病腿残肢见到了明显疗效。张静江见蒋介石对他的汤山别墅已经产生浓厚兴趣,索性继续开导他说:"我还要说意大利那个迈勒村吧,据秘书为我提供的资料,说现在这迈勒小村已经成为欧洲有名的长寿村了。迈勒的普通人一般寿命都在 70 岁以上,75 岁之前去世的人几乎没有。据说最年长的人都超过了百岁,这个欧洲小村里仅 98 岁的老人就有 40 多人。"

蒋介石对欧洲情况一无所知,可是张静江的一番话却让他耳目一新。中国在当时毕竟太闭塞了。他没有想到在一个普通的欧洲村庄里,竟然有那么多长寿的老人,甚至比蒋从前去过的日本冲绳还要让人吃惊。他知道这些年近百岁的长寿村民,都是一批没有学识的荒野村夫!他们显然不会有良好的营养,都是一些吃粗茶淡饭的普通平民。这样一想,蒋介石忽然认识到,温泉对人的养生关系重大。他认为在欧洲那个无名小村里,如果没有温泉在发挥作用,也许这些农民早就死了。张静江在离开汤山别墅之前,还在叮嘱身边的蒋介石说:"中正,我劝你从现在起就重视起温泉。特别要珍视有室内温泉的住宅,因它不可多得。"

张静江的话在蒋看来十分重要。不过在当时的中国,蒋介石当然不敢奢想"欧洲化"的养生方式,更无意效仿意大利迈勒村民每天都洗温泉的做法。不过,蒋介石尽管那时还没有认真考虑养生的问题,但找到一处有温泉的宅子,毕竟是求之不得之事。

汤山是一个小镇,这里集聚着一批国民党大员,尽管车马盈门,高官纷至,但蒋介石仍然感到住在汤山毕竟比南京恬静宜人。蒋氏每天清晨早起,在鹅卵石小街上散步,幢幢石头筑起的别墅和一条条卵石铺就的街路,都给他带来安恬静谧的享受。当他散步到汤山城外时,可以居高临下地俯视碧绿田畴和远方起伏的群山。南京纵然近在咫尺,在蒋的眼里却如一个虚无缥缈的影子。汤山有绿树和潺潺小河,唯独不见车马喧嚣的烦人景象。汤山的室内温泉浓雾弥漫,晨色中的清新空气尤让蒋介石倍感快慰,此地无疑最宜养生。汤山虽比不上张静江称道的意大利迈勒,不过和冠盖如云的南京相比,汤山仍是当时最好的静养之地。

蒋介石在汤山居住期间,每天早晚两次都在楼下温泉濯足。无论早晚,室内温泉总是散发潮湿的热气,蒋在温泉中濯足,舒适安恬,自不必说。前半生在军旅征杀的蒋介石,总算在南京城外觅到静神颐养的居所。可惜好景不长,汤山别墅毕竟是张静江赠送他作临时居住的,蒋介石担心如果继续久住,难免有人暗地里说他闲话。再者他毕竟每天都要去南京办公,所以蒋介石开始考虑更换住所。为了不误公事,蒋介石说服对汤山别墅情有独钟的宋美龄,最后她还是同意蒋的主意,择机搬回南京城区居住。不过,汤山别墅楼底那淙淙汩汩的温泉,从此竟给蒋介石留下依恋不舍的回忆。

此后,蒋介石和夫人尽管居住在南京城区,可是汤山温泉仍是蒋介石的流连忘返之地,抗战前夕在蒋身边当侍从副官的居亦侨这样说:"南京汤山温泉驰名中外,对治疗皮肤病、关节炎等有较好的疗效。蒋氏夫妇常来这里沐浴。他们的洗澡间在半地下室,洗澡间的前半间摆有两张藤躺椅,上面铺着白色的垫被,后半间是双人白瓷浴缸和卫生间,汤山有八处泉眼,数这里泉水最佳。在三四十年代,汤山曾经是军政要员的休憩之地,他们常来温泉休息沐浴,并在汤山脚下建造舞厅、别墅和俱乐部。……"由此可见,蒋介石对于汤山温泉的感情和洗温泉浴的兴趣,并没有因远离汤山而改变。

7. 小温泉公馆惨遭日机轰炸

1937年"七七事变"后,蒋介石在举国抗战的历史大背景下离开了虎踞龙蟠的南京。不久,蒋和夫人来到陪都重庆,虽有江南岸的黄山别墅作为办公之地,但每当夏秋之交,重庆的气候一旦变冷,蒋介石就会从黄山下来,前往花溪河畔短暂定居。因为在这条潺潺花溪之滨,就是重庆最有名气的南温泉。

南温泉位于建文峰下,附近有一条常年淙淙而流的花溪河水,因此南温泉一带即便冬天到来之时,也往往山青水绿,景色宜人。如果春天到这里来,就会感到南温泉尚未呈现它特有的艳丽姿色,可是一进入秋天,山风一刮,万花纷谢之时,平时在盛夏里冒着氤氲热气的南温泉,忽然又变成了让人趋之若鹜的地方。蒋介石素对天然温泉颇有好感,所以从1940年秋天开始,委员长侍从室就在花溪河边为蒋另造了一座适于秋季办公休息的临时行馆。这就是后来人人皆知的"小温泉官邸。"

所谓小温泉官邸,原来是黄埔军官学校校友唐式遵进川后花私资购买的一幢小楼。小洋楼共三层,青砖到底的结构,建筑面积虽然不大,但却古朴典雅,内部装修也堪称当时重庆山城中的一绝。唐式遵将军在此居住时,主要为便于和家眷消夏避暑,到全国抗战军兴,大批军队从南京、武汉撤进重庆,南温泉一带也驻进大批军队。如此一来,小温泉公馆就被临时借用给国民党中央政治学校使用。唐式遵自购的私产小温泉别墅,后来就成了这所中央政校的办公所在地。

谁都清楚,中央政治学校就是当年黄埔军校派生出来的,它的校长当然就是蒋介石。这样,有人就建议把唐式遵这幢临泉而筑的小洋楼,划归校长蒋介石使用,因为蒋氏不时要来南温泉给军校的学员们演讲或训话,蒋氏来南温泉的时候,他当然需要一处办公地。1939年夏天,蒋介石第一次来南温泉给即将在这里开课的军官和政治官员们训话,中午时分,他在政治学校工作人员的引领之下,前往南温泉视察。蒋介石本来就想训话一结束,他马上就返回南岸的黄山别墅。可是,不料蒋介石这一视察,竟然对美丽的南温泉十分看好。原因就在于重庆当时正是炎热的夏天,而南温泉虽说只是天然的温泉,在盛夏正午还散发着氤氲的水雾,理当让人难以近身。但当蒋介石随人走进一看,竟然感到浑身一股凉爽袭来。对于山中的温泉,蒋氏虽然不曾亲临却也知温泉必然湿气蒸腾,所以他对学校的好意产生推拖之意。没想到蒋氏进了温泉,竟产生了发自内心的好感。蒋随之在侍卫们的簇拥下步入了青石台阶,这才惊奇地发现温泉虽也冒着乳白的热气,但泉边山洞之中却袭来一派沁人心脾的凉意。蒋氏在炎夏之中犹如踏进纳凉之地,逗引他一直向温泉边上走来。当俯视脚下那泓天然的温泉时,蒋介石忽生好感。他觉得眼前这泓幽深的温泉,宛若一座巨大的浴池。池水清清冽冽,凉爽之气顿时赶散了蒋浑身的暑热,蒋再看温泉的岸边,左右各为一尊尊石凳。蒋介石于是在石凳上落座,他坐在泉边,忽然感到凉风拂面,而脚下温泉也似有阵阵凉意向他袭来。蒋介石做梦也没有想到,在素有"大火炉"称谓的重庆,竟然会有如此难得的清爽之地。

于是,蒋介石同意在南温泉的池畔濯足消暑,以解浑身汗热之气。

那时,尽管重庆每天都处在日寇飞机的轰炸威胁之下,蒋介石竟在如此危局中有一泓温泉可供濯足,不能不让他回想早年在日本严寒天气里为战马洗澡的往事。历史的时空有时会形成让人难以置信的反差。1910年冬天,在日本高田的兵营里,蒋介石每天不仅吃不饱,还要和一批日本战马打交道。日本军官分派给蒋的任务,就是每天清晨起来要为战马洗澡。这肯定是个最苦差事,当时高田奇寒逼人,在零下30多摄氏度的严寒之中滴水成冰,蒋介石每晨要接触的都是刚从深井里打来的冷水。如给战马洗澡,他就要和冰冷的雪水打交道。天色昏暗中,他要是到深井旁用水桶汲水,稍一不慎,军装就会溅上水渍,然后身上就会结上厚厚的冰凌。那个时期,蒋介石最苦的活莫过于用马兰根刷子沾着冰水,去给在马厩中吃草的战马擦身洗澡了。

　　日本军人对战马的珍爱胜过一切,至于对骑马的人则不看重,包括蒋介石在内所有中国见习士兵,往往就变成了马匹的奴隶。在蒋介石给马匹洗澡的时候,日本兵却躲在内室吃早饭,等到中国士兵为马厩里所有战马都一一洗擦完毕,吃饱了的日本兵才会走出来,一一到马厩里检查,如果他们发现哪匹马的鬃毛上尚有污秽,或马蹄上沾有草屑,蒋介石等人就会遭到日本军官们的厉声吼骂。对在高田兵营的严寒中清晨洗马的往事,蒋介石在事过多年以后仍然记忆犹新,1934年他曾回忆此事,详细描述了当时的情况:"给日本人擦马的工作,要从马蹄擦到马背。再经过马背擦到马头马尾,战马的每一个关节,每一寸肌肉,都要用禾草来尽力擦摩,这样大概要经过一个小时,把战马浑身擦热了,马的血脉流通了,而我们本身亦因为用劲擦马,努力工作,虽在这样冷天,不仅不觉得冻寒,而且身上和手足都是发热,有时候还要流汗。这是我平生最大的学业,到如今仍觉以苦为乐,不畏艰险的精神,自认为完全得力于此。……"

　　在日本北海道当见习兵的经历,虽然艰苦而紧张,却让初出茅庐当士兵的蒋介石尝遍了军旅生涯的艰辛。至于为战马擦拭肌体和鬃毛,更让他亲身体会到日本军队对中国士兵无情的约束。高田的逆风让蒋心有余悸,特别是擦马必须要在滴水成冰的冬日凌晨起床,真让从小生活在中国江南的蒋备受折磨。非但如此,日本军人还要蒋介石这样的见习士官,每天傍晚还要为战马再擦拭一次。这次擦拭不仅要为奔驰一天的战马拭去鬃毛上的汗渍,同时也要承担喂马拌料的任务。让蒋介石心感不平的是,日本战马吃的草料,甚至比中国士兵每天的饭食还要供给充足,战马不仅要吃草料,还有碾碎的玉米和豆类随时供给。可是在陆军食堂吃饭的中国士兵，却只能喝剩汤残羹。相比起来，蒋介石发现这些喂马的中国士兵不仅饭食限量，而且都是些粗糙难咽的饭菜。

而今，虽然在日本高田见习士兵的苦难经历已成历史，但身为国民党军事委员会委员长的蒋介石，又一次领略了日本军人穷凶极恶的侵略气焰。早年的留日生涯与眼前的战争现实，让蒋介石比普通国民对日军野蛮行径有着更为深刻的体验。这次南温泉之行让蒋氏越加迷恋南温泉的安逸。午饭过后，蒋介石不仅没按原订计划返回重庆南岸的黄云阶别墅，而且还在小温泉公馆二楼美美睡上一觉。显然蒋介石已经喜欢上这座战时的中央政治学校了。1940年秋天，蒋介石决定在入秋以后暂离黄山，搬到南温泉的中央政治学校居住。这在战时的国民党中央眼里，并不是一件小事，蒋介石毕竟住在重庆南岸更为安全，因为花溪河畔的小温泉别墅自从国民党政府从南京迁往四川境内以来，敌机曾经多次夜间偷袭此地，而且中央政治学校内部人员也极为混杂，蒋介石在南温泉日久，难免要走漏风声。许多国民党大员纷纷近前劝阻，宋美龄也担心蒋介石搬到小温泉公馆凶多吉少。但蒋介石决心已定，不能更改，因他对政治学校院内的小温泉极有好感。蒋介石中意小温泉，还有其他原因，自国民党从南京搬迁陪都重庆以来，始终也没有找到临靠温泉的合适居所，现在蒋氏忽然发现中央政治学校院内的温泉景色宜人，冬日温度和煦如春，既可在此安全过冬，又能躲避江南岸的寒风，岂能轻易放弃这一战时难觅的临泉居所。

蒋介石如期搬进南温泉花溪河畔以后，为防止日本特务暗中刺探情报，军统特务马上在南温泉布下众多暗哨，唯恐蒋介石移居花溪河边的信息外泄于人。幸好蒋介石住进小温泉公馆时只有少数军校管理人员知情，其他学员虽住在距蒋不远的校舍内，却无法见到蒋氏本人，这无疑省去许多麻烦。在蒋介石下榻的小温泉公馆内外，戴笠除派大批特工人员监视周围可疑行人外，国民党中央还调集一批宪兵和警察，日夜在此固守，凡蒋氏公馆20米之内，任何人不得接近。即便政治学校的校长和教职人员，平时也休想挨近半步。应该说蒋介石住在南温泉同样是安全的。

蒋介石搬到南温泉居时天气渐渐转冷，让蒋高兴的是，在夏日里格外凉爽的南温泉山洞之内，一旦到了深秋，居然变得温暖如春了。尤其是洞中温泉，居然一夜之间变得热气蒸腾，蒋介石每临温泉濯足，都有背后沁汗之感。在深秋和隆冬时节，能有这样温热的天然温泉供其濯足沐浴，对蒋介石而言无疑就是求之不得。

蒋介石喜欢南温泉还有另一原因,是他在黄山住得久了,距重庆城区略远一些,许多重要的政治外事活动,蒋介石行动起来多有不便。而住在南温泉里,蒋随时可以会见外国使节和国民党高级将领。尤让蒋介石为之高兴的是,他住在南温泉里,只要政治学校有新班开课,他就可以就近对学员们训话,再不必从黄山远路赶来了。

蒋介石在这里居住也有安全的考虑,南温泉隐蔽在一片莽莽山林之中,敌机虽然多次来此南温泉上空盘旋侦察,但终因寻不到蒋介石居住地这一重要的轰炸目标无功而返。蒋介石在南温泉一住就是半年,他感到南温泉不仅有冬暖夏凉的泉池可以濯足,附近山景清幽,空气清新,是养生的理想环境。重庆是个多雾的都城,每当空中雾霭弥漫之时,蒋介石就喜欢登临建文峰峰顶,因此时无人可以发现的行踪。在此居高临下,可俯望重庆山城。尤其入夜时分,整个山城灯火阑珊,虽是战时,仍可俯瞰夜景。

就这样,蒋介石在花溪河畔一住就是两年。到了1943年春天,日本军用飞机忽然轰炸南温泉,蒋介石自此发现他在此地居住的消息已经走漏,原因当然不是内部有人泄露军机,而是蒋介石在小温泉公馆频繁接见英美法等西方国家的外交使节所致。从此蒋在小温泉居住已成公开密秘。这是因为蒋介石每次小温泉接见外客以后,外国使节便要对记者发表谈话,日本特工人员正是利用这些机会,刺探蒋氏居住南温泉的信息应该并不困难。

所幸日本飞机轰炸南温泉的当天,蒋介石因去重庆城外的另一座公馆——林园临时有事,所以才躲过一次灭顶之灾。这次敌机轰炸的目标,当然是蒋介石和宋美龄下榻的小温泉公馆。但由于敌机是在高空投弹,小温泉公馆又隐蔽在一片葱郁的松林之中,所以小温泉公馆并没有遭到致命摧毁。不过经此轰炸以后,蒋介石再不敢到这山间温泉居住了。

8. 与草山温泉结缘

前文已经说到,1929年蒋介石曾在南京城外的汤山小住。在此期间深得室内温泉之益,但他自汤山别墅搬进南京城区以后,从此再不曾有室内临泉的居所了。

此后,南京黄埔路官邸里一度是蒋介石固定的居所,而且他们一住就是十几年。尽管再也没有室内带温泉的宅子居住,蒋介石却对温泉仍然痴情不改。这些年中,他每到一地巡视,总要侍从人员询问当地居所可有温泉相邻？只要有机会蒋介石一般不会放过。1936年以前，蒋介石只要去广东，必去从化温泉小住。有时蒋公务过于繁忙，也要到临泉之地稍事逗留。

当然，临温泉而居的自然环境可遇而不可强求。

对于广东境内的温泉，蒋介石并不陌生。这可以追溯到蒋介石在广东统领粤军时期，那时只要有机会，蒋就以临泉为荣为乐。此外，庐山、四川等地也多有山中温泉。不过，由于战事紧张和军务的繁冗，蒋介石享受温泉的机会其实并不多。在大陆生活时期，蒋介石有机会接触众多山间温泉，比如在他的故乡浙江奉化，溪口镇外的莽莽群峦之中，就有数不清的温泉瀑布，剡溪更是九曲十八弯，处处都可寻觅到可供洗濯的清洌山泉。然而少年毕竟是少年，那时的蒋介石纵有山泉洗濯的向往，身边却有严母王采玉的管束，所以他纵有机会却不能随心所欲；蒋介石问鼎国民党军政以后，他可以经常出没于名山大川之间，温泉更是比比皆是，可那时的蒋介石仍不能随意而为之，每天洗浴卫生只能封闭在深宫禁苑之中，无法不顾安全任意临近山泉。蒋介石和温泉真正结缘，应在1949年退守台湾之后。

台湾是一个多泉的地区，原因在于它处在火山分布的中轴线上。由于这一自然的原因，台湾温泉极多，而台北郊区的草山（阳明山）、北投、金山、新竹的井上、台中县的大甲溪和乌来等地，可谓温泉如云，一年四季温泉喷涌，雾气弥漫。而这些地区的温泉往往与淙淙不绝的瀑布泉水形成浑然一体的自然景观。蒋介石来台以后，多次驱车前往这些火山温泉区巡视参观。他发现台湾尽管地域狭窄，但却群山环抱，云海滔滔。地下资源极为丰富，温泉的水温远比大陆的从化温泉还要高出若干。特别是嘉义县的关子岭和恒春的四重溪，地下温水甚至高达千度以上，只要他有兴趣临泉濯足，泉水都比官邸浴池水温还要高些。至于宜兰的温泉，更是多如牛毛，让蒋见了，方有终于寻到"天下温泉第一地"的感觉。

在台湾各地尽管温泉众多，尤让蒋介石喜欢的还是大溪和草山，桃园大溪的温泉虽然比比皆是，蒋介石却不敢轻易野浴，因此地的温泉之畔时有毒蛇出没。一次，蒋正在温泉之畔濯足休息，不想泉边深草中突然飞出一只凶恶的眼镜王蛇来，直扑蒋氏后身而来，幸有身边侍卫发现，挥起皮带猛击毒蛇头部，不然蒋氏险遭祸殃。从此蒋介石不敢再去大溪温泉。至于蒋介石喜欢的草山，其山间温泉更是不胜枚举。

蒋介石来台初期，一度幽居在草山之巅，他感到山顶不仅清风凉爽，而且在这亚热带风光中还有几分故乡溪口的幽静。至于山间飞流直下的瀑布山泉,更为这巍峨起伏的草山平添了几分风韵。为了熟悉草山的温泉,蒋介石曾经多次从几条盘山公路踏查山顶温泉的走向和分布。那时候,蒋介石发现草山有五条路可达山巅,一条是从金山公路攀登上山,沿途一片碧绿如屏的山景,尽收眼底;一条是从北投温泉处向山顶攀爬,这条路异常坎坷,而且沿途多有成片的森林,不过,此路附近的温泉甚多,让蒋有目不暇接之感;第三路登山路径系从淡水经大屯山一条羊肠小路上山,此路尽管曲折蜿蜒,但小泉众多,巨岩之上挂有雪白之瀑布,蒋氏远远遥望,啧啧连声;第四条上山之路是由双溪经平等里达山仔附近一条狭窄小路,这条路也十分难行,而温泉在此并不多见;第五条路,也就是蒋介石最为欣赏的盘山道,就是从士林地区经芝山岩前往草山之顶的仰德大道。此后,蒋介石所以看中士林可做他的行馆,也与当年蒋氏初来台北时发现这条可通草山的公路有关。

无论从哪一条路攀山,沿途均可寻觅数不清的温泉。这就是蒋介石初临草山的最大收获。

蒋介石见草山有许多热气氤氲的自然泉池,越发感到这是一个安恬养生之地。他当时毕竟年过六旬,体质虽无什么疾病,不过精力毕竟难与从前相比,尤其是双腿的行走,再不能像从前大陆时期那样灵便快捷了。因此,伺候在蒋介石身边的医务人员,多次建议他去草山洗温泉澡。蒋介石初时对洗室外温泉举棋不定,他对改变固定的生活习惯,始终持有明显的戒意。多年来他在军马倥偬中虽然走过无数坎坷,然而由于身居高位,扈从如云,甚至连每天作息都要侍从人员安排得井井有条,哪还敢轻易去群山之间的温泉中沐浴呢? 尽管蒋氏喜欢草山的幽静,但台湾毕竟不同于大陆,那时的蒋对草山是既爱又怕,有些欲罢不能的意思。

当时,恰逢 1949 年蒋介石来台北不久,因后来成为蒋氏固定居所的士林官邸尚未正式修筑,所以他就只能暂且住在台北郊区的草山宾馆。这座宾馆是日据时代的产物,观其规模之宏大,内部设施格局之豪华,在当时的台湾尚属少见。蒋和宋两人均喜欢这中西合璧的临时住地,三层楼内约有百余房间。蒋介石所以刚来台北就喜欢草山的这座宾馆,当然不是没有缘由的。因国民党军队刚从大陆败退至此,台北市区一时人满为患,几乎所有能住人的房舍,甚至一些普通民宅,都住满了国民党的官兵。至于那些稍好的住宅,大多被一批国民党高级将领和官员们预先租用或出资购买下来。尤让蒋介石无法在台北市区和这些官员们争夺住宅的原因,还因一些不服水土和暂无居所的国民党士兵,竟然在光天化日下行抢或开枪杀人。台北治安形势非常严峻,而当时的台湾省政府对控制动荡的局面毫无手段。蒋介石因此选中远离尘嚣、风景宜人的草山作为暂居之地,最初无疑是从安全角度考虑的。蒋介石看中的山顶宾馆,尽管距草山公园近在咫尺,但因附近有一条树木参差的小路可通馆舍,所以它的隐蔽性很高。凡登攀草山的人,一般都不容易发现这座隐藏在一片绿树丛中的行馆。

蒋介石住进草山不久,即把此山更改名字——阳明山。改名的起因,是蒋介石刚到这里不久,每天心情苦闷,在痛失数十万大军以后,他决心在草山上以每天捧读《王阳明全集》来打发无边的空寂时光。蒋氏的用意,是想从这位已故明代唯心主义哲学家一生的功败垂成中,研究与摸索他从大陆败逃台湾的惨痛教训。于是蒋介石把草山行馆更名为"阳明山行馆",1960年以后又将"阳明山宾馆"改名为"中兴宾馆"。

国民党军队来台以前,这草山宾馆是日本商人和东南亚游客的下榻之地,自蒋决定把草山宾馆作为自己的行馆后,便把三层楼内所有入住客人一律清理下山。楼内住进蒋介石内廷大小官员和一个侍卫中队的兵力。蒋介石在草山住下后,才发现住地附近那些弥漫乳白色水气的温泉十分诱人。但因有前次大溪温泉遭遇眼镜蛇袭击的教训,蒋介石到草山后并没有马上接触温泉。

宋美龄从美国来到台湾以后,极力支持和怂恿蒋介石在山顶试泡温泉。

因为只有她才最了解蒋介石对温泉的感情,也知道他来台后决定在草山上暂居的原因,就因为山顶溪流飞瀑,碧泉如织。当她发现蒋介石既喜欢温泉,又投鼠忌器,裹足不前时,就想让蒋充分利用草山的天然优势,进而达到养生保健的目的。为打消蒋介石对草山温泉的种种顾虑,宋美龄开始做两项工作。

其一,她为此刻意请来日据时代就在草山矿产管理所供职的一位技术人员,让他找来大量历史资料,意为让蒋介石真正了解草山温泉的内含。结果从这些资料中发现,草山温泉内含有镁、锌、钙、钾、钠、硫磺等矿物质,蒋介石根本没有想到,草山的天然温泉,甚至强似汤山和从化等地温泉。除山泉内含大量矿物质外,山泉无味无色,清澈透明,也让蒋介石大为振奋。

草山温泉处于群峦、树海和葱葱碧草之中,温中水雾一旦弥漫开来,往往让人有置身人间仙境之感。技术人员向蒋、宋报告:草山温泉的水温一般都在65.2至73摄氏度之间,比南京汤山温泉略高,比从化温泉略低。草山温泉因矿物质含量丰富,不仅有治疗风湿性疾病的元素,还有微量辐射性

（如温泉中含有的氡就具有这种辐射性）和较强的杀菌性能。经蒋介石悉心考证得知,许多台湾百姓之所以集聚于此,就因为草山温泉可医治多种疾病。当地的大骨节病和普通山民都有的风湿性关节炎、皮肤病等,在草山温泉泡濯均可得到彻底的医治。此外,矿物所技术人员还向蒋介石、宋美龄报告:草山温泉和普通山泉不同之处就在于,生病者不仅在长期浸泡之后可以医治慢性病,还可以在草山上采取温泉的冲浴、浸浴和口服温泉水等方式,治疗各种久医不愈的慢性病。许多高血压和妇女病患者,都是在百药无效的窘境面前,最后不得不远路前来草山泡温泉,没有想到,这些病人最后居然都得到了彻底医治。当年日本人占据台湾期间,许多远从东京、神户、京都甚至北海道来这里洗浴的日本病人,就是草山上的天然温泉治好了他们的病。蒋介石听说草山温泉有如此众多的优点后,已经有些跃跃欲试了。

宋美龄来后做的第二件事,就是吩咐侍从人员在草山温泉附近大肆捕蛇。她认为这是蒋介石不敢近泉的主要原因,如果泉边有毒蛇出没的弊病不除,她料定蒋氏是绝对不敢到温泉边上去的。宋美龄亲自带着侍从人员来到温泉边上,发现温泉虽好,但附近深草萋萋,没膝深的蒿草丛中,不时会有毒蛇出没。这让惧怕毒蛇的蒋介石更加心生怯意。为了让蒋心地坦然地在温泉边上每日定时濯足,宋美龄就下令侍卫人员在草山温泉附近捕蛇,她要求杀蛇务尽,一只不留,还表示凡捕蛇得力的侍卫,可以得到她颁发的中正勋章一枚。这样,侍从们的捕蛇信心顿增,只用五天时间,草山温泉一带隐藏在草丛深处的大小毒蛇就近乎绝迹了。与此同时,宋美龄还要求台湾省警备司令部,派人动员草山附近居住的贫民百姓,尽快撤离已被军队严密控制的草山行馆禁区。经过一个多月捕蛇和疏散百姓,草山宾馆附近终于安静下来。这样,蒋介石才放心到温泉区洗澡和濯足了。

蒋介石从此在草山上开始每日两次的温泉洗浴。当然,蒋的温泉洗浴也与众不同,他不可能像在浴室内那样泡浴,而是坐在泉边石阶上,只把双脚小心地浸泡在弥漫乳白泉雾的温泉水之中。身边侍卫则在蒋氏泡脚过程中,帮助他在温水中用毛巾反复擦拭皮肤,借以达到活血化淤的功效。泡浴结束后,身边侍卫和医生还要帮他在泉边按摩修脚,直到做完所有一切后才乘车离去。

蒋介石对草山温泉渐渐产生依赖性。有时雨天也要坚持前去,由侍卫们撑着伞为其遮雨,也要坚持濯足。蒋介石不仅每日濯足,而且他渴望在温泉中沐浴的念头也开始萌生,毕竟泉边再无蛇的干扰,附近亦无百姓来此,整个空旷的草山只有他一人,所以几乎与内室沐浴别无二致。保健医生为慎重起见,根据宋美龄的要求,他对泉水不时进行化验,然后再向蒋介石和宋美龄提供正式报告。经不断化验所得的数据表明,草山温泉不仅可以让人洗澡和沐浴,还可以让生有腿疾的病人在温泉中泡脚疗疾。蒋介石通过这些科学化验的结果对草山温泉有了进一步的了解,草山上的温泉水质丰富,水质的化学类型为 HCO_3-NA 型,也就是被内行人士统称的苏打温泉水。这种苏打水含有几十种益于人体的矿物质,用这种苏打水洗澡肯定不会生任何疾病,或者对人的皮肤造成不利病痛。这所有一切是蒋介石上山前没有想到的,草山温泉如此理想,显然因与岩石终年相融所致,故而其矿物含量比普通泉水至少要多几十倍以上。蒋介石刚来台湾时正患有缺铁性贫血症和缺钙性骨质松软症,所以他每天定时泡温泉,就再也不仅是为了养生的需要,而是带有温泉治病的内容在内了。

蒋介石喜爱草山温泉的水质,一眼眼碧绿的山泉异常清澈,一眼看下去,水中之石,竟然历历在目。在偏安一隅的日子里,蒋介石每天能有温泉沐浴来打发寂寞的光阴,他从心里感激宋美龄。夫人还不时安排台湾几家医院的保健医生,上山为蒋氏指导如何濯足和双腿部位的养生理疗。医生为蒋介石讲授的温泉治病医理,常常是含有启发性的养生学问。例如:"泉水中的氡可以透过人的皮肤渗入血液。它在促进血液成分优胜劣汰的同时,也会净化血液中的不良成分,所以它要比体外渗透对人的病体医治更有疗效。氡,这种元素对人体疾病的主要作用,是它除可促进血液的新陈代谢之外,还可以起到消炎、镇静、脱敏、镇痛的功效。"

蒋介石大受启发的是,对泉水中含有氡等有益医疗成分的了解,是草山给予他的最大恩赐。草山温泉再不是可怕的温泉,而是让蒋感情愈来愈深,有一段时间,甚至成了蒋介石每天须臾不可缺失的享受。他在温泉濯足之时,也时常重温历代养生家们对温泉濯足所总结的宝贵经验,即:春季泡脚,开阳脱固;夏季泡脚,可除暑气;秋天泡脚,润肺舒肝;冬天泡脚,温暖丹田。

60岁以后的蒋介石,随着政治军事的逐渐惨败,躲到台湾这片海中孤岛上来,在苟且偷安的生涯中,开始效法明代哲学家王阳明,在草山之巅学会了真正意义上的养生之道。这一时期的蒋介石开始潜心研究王阳明"人天合一"的养生之术。前半生痴情于积极打内战的蒋介石,终于悟出世间万物无法逃离的自然规律,无论何人,都必须遵循生老病死的自然规律行事。人从少年到青年,再从壮年到老年,其中都有由盛转衰的发展过程。而天人合一,指的就是人之生老病死,也必须适应自然的规律行事。一年四季的春夏秋冬,不仅标志气候的转变,人也像四季气候的寒热转换一样,身体也必须要有从强健到衰老的嬗变更迭。也许正因为如此,蒋介石到台湾以后,更注意"养生学"的研究,其中临泉而居则是蒋氏养生学方面最有诱引的理念。他开始悟出宇宙间植物的开花结果一直到花谢凋零,虽然都是不可逆转的自然规律,但他仍然认为如果把花开花落比作人的生命,那么深谙养生之道的人,是可以延续花果凋零最后到来的时间。在蒋介石看来,临泉而居并每天泡浸足浴,就是延缓人之寿命的有效途径。

1949年至1952年蒋介石在草山生活期间,每天坚持不少于三至四小时的濯足,这在当时国民党高级官员和眷属中是绝无仅有的先例。在草山时蒋氏还把温泉濯足与人工按摩有机结合起来,他知道中国历代名人都重视养生,而濯足和按摩对足心的摩擦作用,乃是养生学中不可忽视的重要环节。濯足不仅可让人体的五脏六腑都达到气血调和的作用,而且还强于人吃补药。蒋介石在台湾的晚年岁月里,在车祸发生之前身体状况始终处于基本无大病的状况,往往得益于草山温泉给予的天然恩赐。这种温泉濯足的方法,可惜因蒋介石后来的固定居所——士林官邸的建成不得不中断了。

从1952年以后到1969年蒋阳明山发生车祸这十几年中,蒋介石又先后在台湾各地陆续建造多处行馆和别墅。其中在高雄和花莲等地,也建有临泉的行馆。尤其是垦丁行馆的地理位置与环境,和阳明山行馆所处地理位置极为相似,山前山后,在绿草如茵之间,也有数不清的天然温泉。至于台中县大甲溪上游的明治行馆,附近就是一个偌大的温泉区,只是行馆尚未建完,蒋介石就发生了车祸,致使他始终没有亲临温泉沐浴。在后来临泉而建的众多泉畔宾馆之中,蒋介石在建馆之初大多要求技术人员研究泉水的含质数据。经过这些技术人员较为周密的调查考证,也得到一些较为详细的科学数据。例如嘉义县关子岭行馆附近的大小温泉,有些甚至比阳明山温泉还有治疗疾病的特效,水温也比阳明山上的温泉略高。尤其到了深秋季节,蒋介石喜欢和夫人相携从台北前往垦丁等地度假休息,身边人都十分清楚,天气略有寒意以后,蒋介石往往喜欢濯足。他经常去有山泉的行馆休假,显然与那些水雾氤氲的天然温泉大有深情。不过,垦丁、关子岭等地毕竟远离台北,蒋介石那时已到人生暮年,不宜过多留在垦丁一带的山区食宿。所以,1965年以后,蒋介石随着年龄的增长,尽管他从心里仍对天然温泉念念不忘,然而他再不敢像从前那样贪恋温泉的濯足了。这期间发生在垦丁行馆的一件事,使得蒋介石从此再不敢像当初那样,只要来到有温泉的别墅就住下不走了。

1965年深秋,蒋介石和夫人同来垦丁行馆。据说他们是专程前来观赏漫山遍野渐渐发红的枫叶。然而,蒋介石只要到垦丁来,他总是想在行馆里洗温泉的,这次他和夫人同来,风景区内的风虽然已有冷意,宋美龄也多次劝阻他前往室外濯足,可是蒋介石竟执意为之。谁也不会想到,由于前天夜里下过一场小雨,温泉边上落英遍地,而落英之下的地面,又隐藏着一片泥泞。蒋介石不知树叶下竟有深及盈寸深的泥泞,所以他来到温泉前,一脚踩下去,身体顿时失去重心,脚下一滑,就跌倒在温泉之畔了。幸好身边有侍卫们护着,才没有让他跌得太重。不过经此一跌,蒋介石再也不敢前往有落叶覆盖的温泉了。宋美龄从此给蒋介石身边侍卫们下了一道命令:"这种事只能发生一次,下不为例了!"

第三章　临湖而居,神清气明

蒋介石在追求临水而居的同时,也注意生活环境的净化。这与他多年厌恶紧张纷乱的军旅生活大有关系。

在战事频仍的年代,蒋介石作为重大军事行动的指挥者,夜宿于充满噪声和枪炮之声的孤城荒野,乃为寻常之事。为厌恶这有害睡眠的生活环境,蒋介石曾经做过种种努力。然而,战时的蒋无论如何也难以觅到空气清新、没有噪音或远离污染源的住宿之地。这种战时纷乱不安的居住环境,一直到他成为国民党军事最高军事领导人后,才随地位而逐步得到解决。

1926年蒋介石在成为国民革命军总司令以后,他对生活环境的要求仍不像有些人所说的那样"随心所欲",尽管蒋介石官升脾气长,有时甚至极其挑剔下榻居所的环境。前面所说追求"近绿"而居和"临泉"而居,就是其中一例。当然,蒋介石在生活环境上如此挑剔,不仅和他在军事地位的变化有关,还有一个值得提及的原因,是蒋介石从小就十分笃信"风水"。也许由于这个原因,蒋介石还刻意追求在临近湖泊的地方建宅安居。

蒋介石追求临湖而居,据说与他身边一位精通"风水"的侍卫人员有关。这位从家乡奉化前来投奔蒋氏从军,并多年始终跟随蒋介石生活在南京的浙江侍卫,后来一直官至蒋介石身边的侍从室主任要职。他的名字叫俞济时。

蒋介石当时身边最受其宠信的奉化人有三个，人称"奉化三俞"。这三个姓俞的侍从人员，都是蒋介石就任国民革命军总司令后，先后从浙江奉化故里提拔起来的心腹，"三俞"之中，第一位是指曾经出任国民政府粮食部长、交通部长，来到台湾后又改任"国策顾问"和中央银行副总裁的俞飞鹏；第二人是蒋介石死后在其子蒋经国手下出任"行政院长"的俞国华；还有一位就是在蒋介石身边出任多年侍从室主任的俞济时了。

　　蒋介石在"三俞"之中，接触最多的当属俞济时。因为此人几乎每天都要跟随在蒋介石身侧，随时要为蒋氏布置与生活息息相关的一切，所以俞济时在蒋面前说话的分量极重。俞济时原是俞飞鹏的内侄，当年正是由俞飞鹏引荐他从家乡来到蒋介石身边当差的。俞济时初来蒋氏身边时，蒋正图谋网罗一批家乡的亲信来他的麾下军队做事，于是俞济时来后蒋就把他安排到黄埔军校里学习，从此俞济时就成了黄埔第一期的学员，资历当然要比蒋介石的一般黄埔系亲信还高一些。俞济时从黄埔毕业后曾经出任一阵子军职，后来蒋介石把他调到自己的身边，曾经先后出任蒋介石侍从室副主任和主任要职。一直到1945年侍从室改制，俞济时则因此改任参军处的局长，不过即便如此，俞济时仍然不离蒋介石的左右。1949年蒋介石前往台湾，俞济时也仍然随侍在蒋介石的身边。正因为如此，在战争年代随时为蒋介石安排选择临时住地，就非俞济时莫属了。二十世纪三四十年代，蒋介石每到一省一市巡视督战，无论当地官员为蒋介石的下榻之处如何煞费苦心，都要等候俞济时的最后审定，方可定夺。如果俞济时来后发现蒋氏的下榻住所，远离他所要求的"风水"条件，那么不管住所的条件如何奢华，都必须在俞济时的反对下马上更换住所。不然，俞济时就要把事情捅到蒋介石那里，万一弄得不好，当地负责安排蒋氏食宿的地方官员甚至还要丢官。

　　蒋介石听信俞济时的进言，不仅因为他是浙江奉化的家乡人，重要的是俞济时对"风水"之精通暗合了蒋氏的某种精神需求。俞济时在蒋介石无事之时，常与他共同交流的话题，一般都和"风水"相关。而俞济时在蒋面前所谈的"风水"，也并非都是封建迷信的歪理邪说，比如俞济时经常谈到的生存环境，在很大程度上也有其不可忽视的科学性。俞济时曾经多次建议蒋介石在有山有水、有山泉和湖泊的环境里建定居所，这一条就深得蒋的赞许。俞济时还曾建议蒋要在宁谧恬静的环境中居住，因为宁静和没有污染的居住环境有利蒋的健康和养生。至于"近绿"和"临泉"，虽然并不是俞济时的发明，但俞来到蒋介石身边供职以来，不时向蒋氏灌输生活环境和养生的

"风水"学问,无疑是蒋介石越加看重俞济时的重要原因之一。俞济时另一个讨蒋氏欢心的原因,是他对"风水"和生存环境的独到一家之言。关于"风水学"的理论,俞济时早在少年时在奉化县城当米店学徒的时候,就学得一套与众不同的"风水"学问。俞济时认为,生存环境的优劣,可直接影响人的寿命。而环境优劣往往又与住宅"风水"有着至关重要的联系。他认为如果在临近湖泊的地方选择居所:一可因湖光山色陶冶情操;二是有湖的地方必然会有水鸟隐藏其间,而鸟鸣之声无疑可悦人耳目;第三,临湖而居,湖畔的空气自然清新流畅,人每天可在湖畔呼吸没有杂质的空气,有益于人的健康长寿。而如果经常住在被污染了空气的都市,久而久之定会对蒋的肺部造成危害;临湖而居的益处还有很多,俞济时在蒋的面前讲起来,往往头头是道。蒋和俞济时的家乡奉化溪口,尽管没有荡漾的碧绿湖泊,但有常年奔流不绝的山泉飞瀑,所以也可以替代湖水。反之,如果在充满噪声、尘埃和烟雾的都市居住过久,对蒋的寿命肯定有害无益。也许因为俞济时的这些"风水"之说,往往都是从蒋介石的养生角度进言的,所以蒋对俞济时临湖而居的意见深以为然,并往往言听计从。

9. 西子湖边的"澄庐"

蒋介石最早的一处临湖别墅,当属杭州西湖之畔的"澄庐"。

蒋介石之所以看中西湖,当然并非因为听信俞济时在身边的劝告,而是他从小就与杭州西子湖结下毕生的情结。杭州是蒋介石故乡所在地的省城,而西子湖则是蒋介石少年时最为向往的人间天堂。19 岁时蒋从奉化家乡外出投军,第一次见到了美丽的西子湖,当时,蒋在那一泓碧绿清澈的湖畔整整徘徊了一天。就从那时开始,蒋介石心中就暗暗发誓,有一日他一旦问鼎军政大权,定要在美丽如画的西子湖畔造所大宅。面临碧绿湖波,生活在恬淡清幽的环境中,无疑是蒋介石人生追求的幸事。

可是,若想在西湖之滨建造一所大宅又谈何容易? 即便蒋介石在当上国民革命军总司令以后,他想在西湖边自费购买一幢楼宇,也并非易事。杭城毕竟是天堂! 不过,蒋氏虽然始终也没有实现其在西湖之畔建楼购屋的夙愿,但他每当来到杭州城的时候,一般都喜欢在这烟波浩淼的湖边下榻,这当然是没有任何问题的。蒋介石真在西湖之畔有一处属于他自己的别墅,却是 1927 年夏天的事情。

那时,蒋介石因战事失利等原因,在国民党二届三中全会上被免去国民党中央临时执委会常务委员会主席一职。不久,又辞去了北伐军总司令。蒋介石第一次下野后,决定返回故乡奉化的溪口小镇暂居。这样他就必须经过杭州。当时在杭州担任浙江省主席的,就是蒋的恩师兼友人、国民党的元老张静江。当听说蒋介石将要郁郁而返杭城之时,老谋深算的张静江就决定在蒋仕途不畅的关口,充当一次"侠义友人",于是张静江便派人在西湖边遍寻合适宅院,以期在蒋介石路经杭州的时候,为他提供一处恬静临湖的幽雅居所,借此向蒋表示"至诚"并进一步取得蒋氏信任。因张静江深知蒋介石目前虽已凄然下野,但他在国民党内仍然势力浩大,不久还有东山再起的可能。而他在这时候向蒋介石献上一幢房子,强似蒋氏仕途畅顺时送去的许多细软金银。

这时,有人向张静江透露,西湖边有一幢临湖而筑、雕梁画栋、古色古香的幽雅宅院,可以作为蒋介石来杭州时的居所。不过,此宅为上海警备司令杨虎的私邸,而杨虎此时就住在上海,这所宅院几年来就一直空着,无人居住,如给蒋留作杭城的私宅,当然非它莫属了。张静江听了,心中暗暗有数,便亲自前往空宅看了看,结果他一看便也相中了。这幢杨虎的私宅不仅临近景色秀丽的西湖,而且还与水波激潋的柳浪闻莺近在咫尺,正所谓闹中取静之地。这幢富丽的院宅由于临湖而建,所以常有碧波相映,景色清新,屋宇华富,实为湖畔不可多得的佳宅美苑。因此有人为此宅取名为"澄庐",即一派湖光山色,倒映一幢山中屋宇之意。张静江发现"澄庐"不仅可见一派碧绿清波,屋宇楼榭居然还背倚青山。有山有水,乃为西子湖畔难觅的风水宝地。于是,张静江亲自给在上海的杨虎打了一通电话,说明他想借用此宅给蒋介石暂时居住的意思。杨虎也是个官场中的精明人物,他见蒋介石已经下野,而张静江仍在如此巴结蒋氏,蓦然猜测其中秘密,于是悟出此人久后必定还要再登政治舞台,于是杨虎当即爽然答应:"又何必暂时借用呢?既然蒋先生想在湖边居住,索性就把那座空宅送给他好了!"

这样,张静江大喜,便派人把杨虎的"澄庐"仔细翻修一番,然后派军警在这宅子四周布下哨兵,控制为西湖"禁区"。不久,蒋介石一行人果然从南京来到杭城,张静江遂把蒋介石迎进那幢临湖的"澄庐"里。蒋介石当时感动得几乎快要落泪了,并不是他为杨虎送的这幢宅子受宠若惊,而是有感于他目前在国民党政坛上已经栽了一个跟斗,在此倒霉落魄的关口,居然还能得到老友张静江的看重,至于杨虎慨然相赠偌大一座湖边豪宅给他,当然更让蒋介石为之心动。他早在广州当黄埔军校校长之前,多年前就梦想着要在西湖边拥有一处属于他自己的私邸了，没有想到这如此缥缈虚无的奢望，竟在他落魄返乡的时候实现了。

蒋介石走进偌大的宅院，顿时两眼放光，他见杨虎的"澄庐"别墅远比此前在南京和上海等地下榻的任何屋舍别墅都要精致百倍。"澄庐"三面倚山，巍巍青山把这座三进套院映衬得宛若碧绿丛中的一颗耀眼珍珠。小楼虽也如西湖边那些富豪官宦的宅子大致雷同，显得古朴巍峨，朱红大门内更是一片如茵的碧绿，而草坪也正是蒋氏多年梦想的自然环境，因此"澄庐"在杭州城里就称得上是"天堂豪宅"了。这样的宅子如在南京上海，也许并不值蒋氏惊喜，而在这寸土寸金的杭州城中，西子湖畔，他若能拥有如此大面积的草坪，当然是蒋介石做梦也不敢想的。他再看那幢小楼，也是青瓦参差，红墙辉映。蒋介石在张静江、杨虎等人的前拥后簇之下穿过碧绿的草坪，来到小楼后面一看，眼前居然也是一片清洌碧绿的湖波。那湖波在夏日阳光下闪着耀眼的光斑，让蒋介石顿时欣喜若狂。

十多年来，他在南京等地虽也拥有豪宅禁院，不过那些都不是私产，更不要说在临近一泓碧波的西子湖畔，若得到这样的私宅，还是大出蒋介石意料之外。尽管蒋介石从心里喜欢西湖边上这幢宅子，但当他听张静江说此宅为杨虎的私邸，且杨虎本人也表示要无偿送给蒋使用时，不知出于何种心理，蒋介石竟当即表示反对。他不知杨虎当时在浙江势力浩大，而杨虎当年得到这幢价值连城的豪宅，其实并没有花几个钱，而是他凭势力从一浙江富商手中夺得。因此当杨虎听说蒋介石想在"澄庐"久住时，刚好得了个趁机讨好的机会。没想到蒋介石居然不领其情，还当场表示如一定要他在此居住，就只能每月付足租金，否则蒋介石就要马上搬出"澄庐"。

张静江明知蒋这样做，必定有他的原因。如若因此让蒋沾上"不清廉"的恶名，将来又如何东山再起？于是张静江就顺水推舟，表示蒋可每月照付租金，但"澄庐"非蒋介石莫属，任何人不得在此居住。后来，这幢建筑奇伟，临近美丽西湖的"澄庐"果然落到蒋介石手中，他初时虽然每月照付租金，但后来随着时光推移，"澄庐"还是成了蒋的私邸。只是蒋介石尽管拥有这幢湖光山色的"澄庐"，每年来此的机会十分有限，和宋美龄结婚以后，宋美龄倒是每年春夏两季不时来"澄庐"观赏西湖美景，而蒋介石只在失意之时才会偶然到此一游。

1927年蒋介石第一次下野时，在"澄庐"一住就是半月。那时，蒋真有从此不问天下事之势，为表示他甘于下野后的寂寞生活，蒋介石还命人题写一中堂条幅悬在"澄庐"二楼书房里。蒋介石选中的竟是郑板桥辞官在家闲居时所写的养生诗,郑诗云:"五官灵动胜千官,一日清闲似两日。常如作客,何问康宁?但使囊中有余钱,瓴有余酿,瓮有余粮,取数叶赏心旧纸,放浪吟哦,兴要阔,皮要顽,五官灵动胜千官,过到六旬犹小。定欲成仙,空生烦恼。只令耳无声,眼无俗物,胸无俗事,将几枝随意新花,纵横穿插;睡得迟,起得早,一日清闲似两日,算来百岁已多。"

不过,1928年春天,蒋介石的夫人宋美龄第一次来杭州西湖之畔闲居,当然要住进张静江和杨虎相赠的"澄庐"。这时,她居然对蒋介石一年前下野时请杭州某书法家抄录的郑板桥的诗大表不悦。她认为如此消极的词句,如从此高悬于蒋的书房内,极可冲淡蒋介石的仕途锐气,败其官运,无益于体健康宁。于是,宋美龄另请人题写一幅中堂,此为诸葛亮的诗句:"非淡泊无以明志,非宁静无以致远。"蒋介石见了,据说也为夫人超群的见识而频频赞许,宋美龄选催人上进的历史名人词句,敦促蒋氏上进,当然是非寻常人可比的智慧。

此后,凡蒋介石每次从南京来到杭州,他在"澄庐"下榻时一般都要前往西湖附近的"楼外楼",去那里品尝他钟爱的浙江菜肴"西湖醋鱼"。此鱼系"楼外楼"厨师为蒋氏烹饪时临时从湖水中打捞上来的鲜鱼,这种鱼的做法也与普通烹鱼之术有所不同。此鱼除比一般醋鱼需要多放米醋之外,还要把湖中鲜鱼用刀从腰脊处一劈为二,就是要在鱼肚子中间破开,不需剔去鱼骨,然后用清蒸手法,先将鱼在锅笼内蒸熟,再将两片鱼分放在瓷碟之内,加入烧好的醋酱鲜汁即可。

蒋介石在"澄庐"只是偶然下榻,即可临窗静观绝秀的湖光山色,又可即席品尝湖中的鲜鱼,真可谓山美水美鱼美,他感到西子湖边所有一切对他养生均有益处。只是好景不长,1949年蒋最后一次来西子湖边的"澄庐"满面戚然之色。据当时的在场者说,当地官员虽然仍在"楼外楼"上为蒋氏备宴相待,可是面对半壁江山的失手,当年对"楼外楼"醋鱼情有独钟的蒋介石,再也无心下咽那独具特色的人间美味了。

10. 玄武湖建宅未成,又有"憩庐"诞生

蒋介石凡事追求完美,他在自己的住所方面,十分刻意追求近绿近湖的幽雅自然环境而居。不过,蒋介石的这种追求,大多是他军权鼎盛之时实现的。1927年以前的蒋介石在国民党政界虽已身居要位,但毕竟羽毛未丰,许

多心中所求欲望,总因种种原因无法得以实现。蒋介石和宋美龄结婚之前,他在南京更是没有理想的住所。1927年冬天他和宋美龄在上海举行世纪婚礼以后,携妻返回南京之初,也大多寄居他处,没有满意的固定居所。

1929年以后,蒋介石处于政治行情看好的上升时期,尤其就任南京国民政府主席不久,又当选为国民党中央政治会议主席。鉴于当时反对蒋介石的党内外人士势均力敌,暗杀事件不断发生,如果他住在南京城外,时时都有遭到暗杀的危险。如若住进南京城区,国民政府对他的保护措施相对比较周密,特别是蒋如长期住在远离南京的汤山,保卫部队肯定无法到位,这样他随时都有遭到暗杀的危险。尤其是蒋介石为了上班,每天必须清早就从汤山前往南京,这期间要经过一条危机四伏的公路,蒋介石身边虽有几位侍卫跟随,但毕竟防范力量薄弱。而且他每天去南京上班形成规律,久而久之必然为人察觉。为避意外风险并从长远安全之计,夫人宋美龄也多次提醒他,最好在南京城内寻一处住宅。这样蒋每天进城出城的风险就会大大降低。

蒋介石何尝不想在南京城里拥有一所住宅,但那时城里所有宽敞院落,大多被一些政治要人拥有。如他想从城外搬进南京城内居住,必须要建一所新宅。这样,蒋介石就想选择景色宜人的地址施工。蒋氏的理想当然是要将新宅建在有山有水、自然环境较为安恬的幽静地段。这样新宅如果一旦兴建,定然对其养生大有益处。

为了选择房址,蒋介石派人寻遍南京古城,最后有人看中风景优雅的玄武湖。此湖位于古城区的树木幽深之处,此湖波光潋滟,绿树成荫。湖上泛舟,宛若人间仙境,正是蒋介石苦盼多年的理想环境。再看玄武湖附近人家寥落,只是偶在假日里可见游人身影。蒋介石曾经亲临踏查,也一眼看中此湖景色。如若在此湖之侧建一幢临湖别墅,用于他长久居住,当然胜过张静江的汤山别墅。蒋介石深知他如在玄武湖边居住,肯定胜似杭州西湖旁的"澄庐"。不料蒋介石在玄武湖边建屋的提议很快就遭到国民党高层人士的反对,1928年10月蒋介石虽已就任国民政府主席,但那时他还不能一言九鼎,指挥一切,尤其一些资历高深的国民党元老们,听说蒋想在玄武湖附近建宅,当即有人向他当面提出质疑:"玄武湖为历代文人墨客游历之地,你身为党国的要人,如果你一旦在湖边建宅,政府势必要派重兵护卫,如此一来,岂不是破坏了玄武湖景致,小心遭到朝野的一致咒骂!"最后就连张静江也向蒋进言,劝阻他把玄武湖占为己有。宋美龄也担心在玄武湖建宅会有政治风险,百般帮助他分析利害得失,最后,蒋介石这一念头不得不胎死腹中了。

这时,有人向蒋建议在南京的中央军校院内建宅。对此蒋介石心虽不悦,但也不好反对。宋美龄对把住宅建在军校里忧虑多多。她担心若在军校内建宅,安全自能保证,不过很可能受到军校内部人员的反对。不过尽管中央军校并非蒋氏中意的理想环境(如在军校内建宅,只能对一些旧宅改建复修,不能置军校的大量旧宅于不顾而擅自大兴土木),不过,蒋介石毕竟是政治人物,在当时复杂情况下他左右权衡,南京没有更好的地址可选,也只能利用军校旧址施工。此宅最后终于建成了,它便是后来南京有名的"黄埔路官邸",人称"憩庐"。

蒋介石在最后选定黄埔路作为他的住址后,曾亲自带夫人来中央军校视察。两人来后才发现这院落竟十分宽大,校舍和蒋介石将来办公的一幢大楼之间还有偌大一片空地。宋美龄看后觉得军校环境虽不比玄武湖,倒也校舍恬静,绿树荫浓。尽管没有临湖临水,也十分幽静宜人。于是宋美龄对蒋进言:"军校虽不十分理想,不过将来我们住在这里,安全应该是没有问题。而且住地距你办公大楼只有几步之遥,我们不妨就随遇而安吧?"蒋介石听了,也觉得颇有道理。国民党军事委员会所在地的 122 号大楼,在蒋介石搬进去以后,就临时改建成一幢战时指挥部。虽从表面上看这幢灰黑色大楼貌不惊人,但毕竟是民国早期建筑,蒋介石当初同意把中央军校设立于此就因为看中了这幢旧楼的坚固。宋美龄又说:"再说这所军校,不也是你亲自主张建设的吗? 我们住在这里,你可以就近指挥这里的一切,有什么不好?"

夫人的一言提醒了蒋介石。国民党当初把临时首都定在南京不久,蒋介石就决定办一所可与"黄埔军校"媲美的军事学校,以便培养扶持自己的军事势力。他把这幢大灰楼内部改建成深藏若干房间的战时指挥部,其楼内不仅有蒋的办公室和休息室,还设有便于战时从这里逃走的地下通道、车库、侍卫室、警卫大队宿舍、饭厅和军械室等等。蒋介石在这幢大灰楼内如此大兴土木,就为有朝一日他成为国民党最高统帅时使用。蒋平时在黄埔路大院既可指挥军校学员授课,万一战时危险之际,也便于他从楼下地下通道逃之夭夭。就在陪宋美龄视察中央军校不久,蒋介石就下令距 122 号大楼几百米处拓展平地,马上兴建住宅一幢。他要求后勤部门和施工队务必在当年 7 月初建成他的公馆。蒋介石的这道命令让所有施工人员大为惊讶,因一幢现代化公馆从施工到建成仅用一个多月时间,简直是不可思议的天方夜谭。不过蒋介石那时已是政治要人,他的命令任何人不敢反对。后勤机构火速调兵遣将,施工图纸三天之内就告完成,几天后黄埔路官邸就紧锣密鼓地开工了。

这幢二层洋楼是意大利式古典造型。内部设计是客厅连着卧室,卧室后面是一条可直通122号楼的地下暗道。这座楼从设计上看,格局精巧别致,极具欧洲风格,公馆内设有老虎窗,外有菱形平顶青瓦楼顶。工程周期当然不囿于一个月时间,断断续续一直持续到当年10月下旬,前后施工三个多月。终于在深秋到来之前,"黄埔路官邸"建成了!蒋介石当年10月喜迁新居。这是他和宋美龄结婚以来第一座固定的家宅,蒋介石住进黄埔路官邸后,又着力改造楼前庭院。高大拱门左右修造水泥平台,宽敞平坦,可同时停放几辆高级轿车。但这些停在门外的轿车绝对不可轻易驶进内院,大门紧闭,有众多卫士荷枪昼夜守卫,任何人休想入内。即便国民党高级官员进入黄埔路官邸,也须经过警卫处的严格询查和通报,在得到蒋介石允许后,方可从大门左侧拱形门洞进入官邸。客人进官邸后,汽车只能停在拱门前的一条狭窄过道上,为的是防止多人或多辆汽车同时进入官邸。黄埔路官邸蒋介石一直住到1937年"七七事变",日本军队大兵压境以后,蒋介石才不得不放弃这座居住10年的官邸,凄然前往陪都重庆。1945年抗日战争胜利后,蒋介石从重庆"还都"南京,便另选居所。黄埔路的"憩庐"从此变成了国民党国防部的办公地。

有关蒋介石当年在南京"憩庐"居住的情况,早年的侍从秘书汪日章曾有如下记述:"抗战前在南京,蒋、宋住在中央军校校长公馆,楼下有客厅、饭厅、秘书室、副官室,还有一个狭长的小会客室。宋美龄会客是在一排玻璃窗到底的圆形书房,墙壁上挂着意大利人画的风景画,我见过她在这里接见过卫生署长刘瑞恒、税务署长吴启鼎。楼上的房间全部都是他们两人备用,室内布置平常,墙上也不挂画。这个公馆并不中宋美龄的意,她在1931年起就看好中山门外小红山的一个山坡,计划盖一所房顶是俄国宫殿式的西式楼房。有地下室等,可作为长久居住的地方。从这里朝东北方向可望见中山陵,正北方能看到明孝陵。建房的任务交给了南京市工务局长赵子游,由技术员陈品善为主的好几个人设计了多种类的建筑图案。作为房子主妇的宋美龄出主意作指点,一再提修改意见,单就室内装饰,浴室的颜色就进行多次变换拆建,阳台也修整好几次。市长魏道明和赵子游为讨好宋美龄,还特请杭州西湖艺专校长林风眠亲自绘室内墙壁的装饰花样画,有千姿百态的鸟群啼叫嬉戏在嫩绿苍翠的树林中,生气蓬勃。屋内的内间卧室,大小餐厅、两间办公室(她们各人一间)以及其他众多大小房间的设计布置方案,无一不是由宋美龄逐个审查鉴定,有些已经决定实施,又加以改变,如浴室瓷砖先是改成绿黄相间的颜色,后又改为一律淡蓝色,复将花样装饰一概废去改成单色平面。于是这座房子长期不能竣工。抗战前夕只好停止建筑,抗战期间当然无法过问。胜利后方始完工,但事过境迁,也就不以为好了。"蒋介石这所官邸尽管内部装修和周围环境都堪称南京之最,但由于蒋介石一贯喜欢的是临湖而居,近绿而居,至于黄埔路上的"憩庐"四周并没有蒋喜欢的任何自然景色,后来蒋介石从四川"还都",自然就不会在此居住了。

11. 生有时,死有地,慈湖行馆变灵堂

1949 年蒋介石退守台湾以后,为了养生之需要,他曾经从南到北,对台湾各地进行过巡视。在这些驱车数千里的巡视中,每当蒋介石发现临近湖泊的朝阳之地,总会大动其心,有些湖光山色极其优美之地,蒋介石甚至还当场拍板购买下来,然后再兴建一些专供他随时驻跸的行馆。例如风光绮丽的日月潭、阿里山和乌来等著名风景区,蒋都建有古色古香的行馆别墅。台湾一些研究蒋介石生活起居的人,在蒋介石病逝以后才发现,蒋生前在台湾各地兴建的行馆和别墅,无论是慈湖、大溪的四合院,还是草山,梨山的中西合璧式建筑,几乎无处在兴建时不预先考虑住地附近是否有江河水系。草山行馆前后虽然并不临水,也不靠湖,可蒋介石看中的就是这日据时代的山间宾馆附近,有常年不绝的瀑布和温泉。总之,没有湖也要有山泉小溪。只要是有水,就可满足了蒋氏居住的起码条件。后来,由于蒋介石不断在湖畔水陬建起新宅,当年一度喜欢的草山行馆已经多年不用,日月潭、西子湾等地先后建起临水别墅以后,蒋介石从此就很少再来草山度假。他只是在特殊情况下,如因公务繁杂不能前往高雄和日月潭时,才会偶然使用阳明山的中兴宾馆。随着蒋介石在台湾居住的时间愈久,他对行馆兴建水平的要求也愈来愈高,1957 年在财力允许情况下蒋介石再建新邸,首先考虑的居所条件,自然是院落附近有无湖泊的问题。

值得一提的是,蒋介石在有了慈湖别墅以后,为什么还要兴建角板山和涵碧楼两处行馆。这两处行馆的建设,应该说也与临水临湖相关。角板山位于桃园县境内,属于高山族集居之地,距慈湖行馆只有十公里左右。此地

虽是巍峨起伏的山区，可山前山后都有碧绿的湖波，而且经蒋介石亲临视察，往往欣赏景色诱人的碧湖深潭，潭水和湖水两岸的花草树木，往往青葱繁茂。有时蒋介石在慈湖休息，傍晚时分忽又一时兴起，随时可以决定乘车前往角板山，

从此这里成为了与慈湖隔湖相望的投宿之地。有时蒋就从水陆搭舟前去角板山行馆。湖光山色之中，夕阳投映在一泓碧波之上，往往这就是蒋最为恬然自乐的时刻。

至于涵碧楼行馆，它地处日月潭岸边。当然是因有日月潭这偌大一片天然的湖泊，才让蒋介石想起在此建楼的。蒋介石兴建涵碧楼行馆时，正是1954 年夏天，台北酷热难熬，于是他便来此消夏。蒋介石建涵碧楼还有另外的打算，一是，国民党每年召开中央全会的时候，都可在日月潭畔举行，这样做既能满足他本人的消夏欲望，同时亦可借机让那些反对蒋介石到处用公款广建私人行馆的高官将领们来此一游，以期平息朝野一片愤愤之声；二是，蒋介石考虑到日据时期，有人在此借湖发电并灌溉附近庄田，蒋介石在日月潭建起行馆后，也趁机公私兼顾，利用工程余款，把日据时期的水电站重新复修，接上了输水管路，以日月潭之水灌溉千亩稻田，并因此赢得附近民众的称许。当然，蒋介石这些想法并没有一一实现，比如涵碧楼行馆建成后国民党中央虽然在此召开过会议，但每年都在夏天必来此小住的，仍然只有蒋介石一家人，其他官员如想到涵碧楼消夏，几乎是天真的妄想。如当盛夏，蒋介石一家即便不来，涵碧楼行馆也要戒备森严，任何游人休想进入禁区一步。不过，涵碧楼尽管名气很大，可是如能亲自前往日月潭，就会见到这座当年被蒋氏十分称道的行馆，其实也不过就是二层小白楼罢了，并没有外界传闻的那么富丽堂皇，更不见现代化的设施。甚至就连小楼的屋顶，也不是想象中的琉璃瓦镶嵌，而是覆盖着黄色淡绿的茅草。而蒋氏如与夫人等就近游湖的时候，也不是汽车代步，当时蒋所使用的则是民间常见的轿子作为他和夫人的交通工具。只是湖畔景致，确是十分幽雅；水声欸乃之中，到处是一派碧绿的颜色！

蒋介石来台以后，另一处备受其欣赏的行馆，当属高雄的西子湾。五十年代西子湾公馆刚建成不久，蒋氏一家人每到夏天必来此休息。当初蒋介石看中西子湾并同意建宅子，也是考虑临湖临水的天然环境。高雄西子湾，顾名思义就是水之港湾，西子湾和蒋介石故乡杭州的西子湖，只一字之差。从大陆撤退到台湾的蒋介石每到高雄面对碧波涟漪的西子湾，往往就会触

发思乡之心,因为西子湾湖波极像他思念不已的西子湖。不过,当年的西子湾并非蒋氏理想的碧水泱泱,而是一片无边的沼泽,是蒋下令把西子湾内污水中的臭泥统统清除,岸边栽柳后湖边环境才逐步得到改善的。高雄当地官员听说蒋介石想把西子湾臭泥塘变成绿柳成荫的西子湖,当然纷纷出面集资,或拨巨款在岸边建造楼堂馆舍,三年之间终于建成蒋介石梦想中的临湖别墅。

蒋介石在台湾兴建新宅,首先都要考虑实用价值。蒋要求的住地,首先要具备宽敞、明亮、通风良好等条件。早在抗战时期,蒋介石对住地的要求就十分严格,无论战事如何紧张,他视察前线时如需夜宿,屋舍必须宽敞,卧室必须宽敞,走廊和院落也必须宽敞。这三个宽敞,就是他的最低要求。至于蒋氏下榻的屋舍外貌是否富丽堂皇,他往往并不介意。蒋主张凡事从实际出发,他追求的就是舒适、通风、恬静,而且他的宿处院落里最好有花园和绿树。多年的离群索居,让蒋不喜欢在市声喧哗,人烟密集的城区之内选择下榻之地。一次,蒋到北平巡视,当地官员为他在紫禁城附近选择一皇家园林作为休息之地,不料蒋听说以后,马上下令傅作义另行选址,最后傅作义只好把蒋介石安排到西郊一处较为荒凉的贝勒旧邸下榻,蒋介石是宁可孤独寂寞,也不喜欢住在城内。例如他到西安,宁可住在城外寂静无人的华清池,也决不住张学良为他选定的新城大楼。以至于"西安事变"蒋逃走时躲藏进骊山的一个山洞内。

1959年蒋介石在桃园县境内选定慈湖作为行馆,当时就是考虑有湖泊相邻,蒋介石次子蒋纬国,生前在《自传》中曾经谈起慈湖选址与附近有无湖泊的经过。蒋纬国是这样说的:"父亲不仅会看风水、面相,还会奇门遁甲。有一次,我们两人一起到慈湖,在那之前我们都不曾去过。那天我们开车到慈湖附近,车子靠边停下,我与父亲下车走路,走到慈湖入口,父亲说:'那里面应该有个湖,我们进去看看。'我们走进去一看,里面原来是一个土法开采的小煤矿,已经开采完了,变成了一个废坑,外面脏得不得了,都是煤渣,我们走了一圈,父亲就用手指了一指说:'就是这个地方。'我不解地问父亲,父亲就说,'这个地方好,我们下次再来,今天没有时间了。'他要我第二天查地图,确定位置,当天夜里我就查了地图,地图上果然有湖的标志,而且后面还有一个湖。第二次去慈湖时,父亲带了一个罗盘,我还是第一次如此仔细地看了中国罗盘的模样,父亲说:'我们光晓得有三百六十度,其实中国罗盘有三百六十五度又四分之一。每天有一度。'就是三百六十五天外加六个小时,其实这六个小时是五小时四十八分四十六秒。罗盘里有六十四卦的卦位。六十四卦里面每一卦有一百分刻,我就联想到军事除了三百六十五度之外,还要有六千四百个定位,如此才能定得精确。父亲一面教我使用中国罗盘,另一方面拿着罗盘对方位,对到一个地方时,父亲说:'就在这。'这个地方就是现在慈湖四合院的所在地,他说:'你打听打听,这个地方他们卖不卖,如果要卖,我们就买下来。'我说:'父亲不能再讲了,讲了以后明天就涨了十倍的价钱。'回来以后,我就托朋友去问了地主,地主一口答应,因为那个地方已经生产不出煤来,形同虚地了。有人要买,他很高兴,当时父亲还说,'看样子,那边有个山腰,过了山腰应该还有一个湖,下次找个机会去看看。'后来我们又去了一次,果然又有一个湖,他看了一看说:'就是这个地方好。'我们那块地买下来后盖了一个四合院,完全按照溪口乡下我们的老四合院的样子盖。后来我在高雄认识一个人,这个人小学没有毕业,卖报度日,是一位奇门遁甲的能人,拜济颜活佛为师,曾开过一个法堂。我先认识他的师弟,他的师弟是台大毕业的。这个人不会讲台湾话,讲台湾话无法成句,可是等到济颜活佛一上身,他讲出来的话是四六句的文章,真是头头是道,与原先的他判若两人。有一次,他拿了一张大红纸,画了慈湖的山势图后对我说:'这个山势是一条龙脉,有老龙、大龙、小龙,那只小龙就是你。老龙的龙鬃勾着大龙的龙鬃,把它提拔起来。小龙在慈湖的另一边,头回过来向老龙致敬,老龙用一只眼睛看着你,他始终在照顾你,但是并不把你拉起来,这是帮你的忙呢。你不要以为老龙没有照顾你啊。小龙后有一个慈湖,大龙后有一个慈湖,你不要以为前慈湖的水有多么好,要不是后慈湖的水流过来帮助他,前慈湖的水早就干涸了。前慈湖是你哥哥,后慈湖是你,你始终帮助他,可惜前慈湖的水位不够高,堤坝做得太低,如果水位能够再提高一尺,对你哥哥有帮助。'我说我不能讲话,他说:'你将来会有机会的。'后来过了一段时间,我就暗中跟建堤坝的人说加高一尺,使水位能够提高。这种奇门遁甲很玄妙,我常常说以我有知识与学问不够资格说我信,更不够资格说不信,要说不信还得有相当的学问来证明这套东西是站不住脚的,才能说这一句话。我说不出来,我只能说我承认这许多事实。……"

慈湖后来成为蒋介石在台湾 47 座临湖近水行馆别墅中最为看重的一座。究其原因,就因为这幢仿照浙江溪口故里丰镐房构图兴建的院落,前后依山临湖,处于湖泊之中。因有慈湖才显得越加空旷幽静。自慈湖兴建竣工以来,蒋介石每有闲暇,必定从台北驱车前往百里之外的慈湖。蒋来到这里,常常徜徉在波光山影之中,他对慈湖的感情如此之深,与其说蒋酷爱那偌大一片波光闪闪的慈湖,不如说对湖水包围中的四合院一往情深。失去了大陆,隐居在台岛一隅的蒋介石,常会面对那座仿效溪口丰镐房格局建成的四合院回首平生往事。

在棕榈、桉树、榕树和各种奇花异草环绕的慈湖,蒋介石可湖中泛舟,这无疑是颐养天年的佳境。这片位于桃园角板山坪尾下面的碧绿湖波环绕的园林,不仅可让蒋介石在此寻觅少年时故乡溪口的旧梦,也符合他晚年刻意追求的"近绿"、"临水"的生活意境。秀丽山川留给蒋介石的好感,常常让他陶然自乐。晚年在慈湖行馆中留有蒋介石亲笔抄录的一首古诗。那是鬼谷子自撰的《养生诗》:

> 人动我静,人言我听;
> 知性则寡累,知命则不忧;
> 近绿者康,近喧者亡。

也是在这座湖水环绕的院落里,蒋介石一改多年贪恋政海角逐的纷争,经常湖畔书斋坐定,披阅古今书籍,蒋尤其对古人"养生学"的经典频频入心。其中曹操诗篇一度成为他痴情养生的警世之说,《步出夏门行·龟虽寿》中的词句让蒋介石甚为动情,"神龟虽寿,犹有竟时;腾蛇驾雾,终为土灰。老骥伏枥,志在千里,烈士暮年,壮心不已。盈缩之期,不但在天,养怡之福,可得永年。"蒋介石常把自己的养生之道与古今历史人物的生死浮沉,相互比较,产生联想。他习读《汉记》,默诵其中箴言哲理,往往某一词句,也能让他茅塞大开:"凡寿者必有道,非习之功?曰,夫惟寿,则惟能用道;惟能用道,则性寿矣。苟非其性,修不至也。学必至圣,可以尽性,寿必用道,所以尽命。"

古人的养生之道,自有其高深的先见之明。蒋介石拨冗在慈湖下榻,披阅历史经卷,方可以平常人心态来面对历史、面对古今贤人。古人对养生学的体会,尤让蒋真正悟懂长寿与"养心养性"的关系。蒋氏读罢《汉记》,蓦然惊诧,自此他开始渐渐清醒,无论何人在历史长河中都是匆匆过客,如果盲目追求长寿却又不肯按养生学的规律循序渐进,甚至急于求成或逆道而行,到头来无论养生之法如何高超,都会适得其反,不但无法实现高寿,甚至还会过早夭亡。蒋介石的慈湖尽管做到临湖而居,潜心研究养生之经,然而他却没有做到延年益寿,甚至还终寿夭亡于慈湖,这不能不说是有违初衷的憾事!

置身在慈湖的山山水水,在此清理总结人生漫长轨迹,不禁大为震惊。扪心而问,此前为名利权势钩心斗角,甚至为实现某一政治私利不惜大开杀戒的血腥行迹,都会在面对碧绿慈湖的反思中蓦然省悟。蒋介石为此在慈湖书斋挥笔题下"能屈能伸"四字感言,也许就是他反思历史的一个总结。

慈湖作为蒋介石人生暮年流连忘返的湖中行馆,1975 年 4 月当他在台北寿终正寝后,终于成为蒋介石灵柩的暂厝之地。当蒋介石在台北结束其漫长人生之旅,国民党"中常会"在《遗嘱》面前决定蒋氏最后安息之地时,是他夫人宋美龄力排众议,坚决主张应把蒋介石暂厝在慈湖行馆。因为蒋客死台湾却无法葬身在故乡溪口,而慈湖是蒋介石在台数十座行馆中与溪口旧宅酷肖的一座。从宋美龄的动议到国民党中常会的一致赞同,均已认定蒋介石暂厝慈湖的重要性。

卷五

与寿者谈养生之道

在蒋介石有生之年,曾分别与张群、戴季陶、陈立夫、谢东闵、张学良等人交流过养生心得。然而岁月蹉跎,眨眼六位历史人物均已作古,对于养生哲理,他们纵然各有独到,但任何健康秘诀无不遵守自然规律。蒋介石与五位政治人物的交谈,与其说在谈养生,不如说在回首各自迥异的人生旅程。

蒋介石对"养生学"的身体力行,约始自 1949 年来台湾生活以后。

二十世纪三十年代,蒋介石在大陆正处于仕途激进的旺盛期,因此对养生学问用心不多。而蒋来到台湾以后,百万大军毁于一旦,被人民解放军摧枯拉朽般地逐至海岛,蒋介石自此已成龟缩之寇。尤其是 1962 年蒋介石企图趁大陆发生自然灾害,萌发"反攻大陆"之念并再告失败,蒋介石万念俱灰之余,所有图谋奢望均已化为泡影。随着他年事日高,闲暇时虑及最多之事,无非是如何延续晚年余光。在自知晚景无多的境况下,蒋介石才真正醉心于养生。

蒋介石晚年和麾下旧部袍泽的接触,除公务之外的私人交往仍然有限。凡与蒋介石可以私下交往的人,再也不见蒋介石从前惯有的训令,如有机缘,蒋也努力走下"神坛",竭力像普通人一样,与知心者谈论和养生相关的话题。蒋介石到台以后,和他接触较多的,无非是些年至耄耋,资历较深的国民党元老派人物。

1. 张群:"吃法"不受限制

张群,字岳军,四川省华阳县人,是蒋介石早年前往日本振武军校留学时的同窗好友。1889年出生的张群,1908年被保定陆军速成学堂保送前往日本,他在去日本的船上结识了祖籍浙江奉化的蒋介石。张、蒋来日本振武军校以后,同在炮兵科学习。毕业以后,两人又一同赴冰天雪地的高田地区当兵受训,就是从那时开始,蒋介石和张群结下了长达半个世纪的友谊。1949年张群随蒋来到台湾后,曾经先后充当过蒋介石的"总统府秘书长"、"国防会议秘书"及"总统府资政"等职,晚年的张群和蒋介石的接触仍然十分频繁。

张群虽然比蒋介石年轻两岁,可他却比蒋介石活得更久,这就足以说明他的养生方法十分得当。张群到台湾后,虽仍受蒋介石的信任,但他晚年所任皆为虚职,因此张群已不再像大陆期间那样活跃在外交及政治舞台之上。尽管如此,蒋介石对张群公私两种旧情仍在,值得一说的是,蒋介石晚年对张群多年笃信的养生之道十分推崇。尤其是张群公开发表所著《谈修养》一书面世后,蒋介石对张群更是敬佩,而且不时找来张群著作批阅研读,他越读越感到张群的养生心得颇有见地。

基于这样的前提,只要张群因事前来士林官邸,蒋介石总要和他促膝品茗,畅谈竟夕。1960年以后,张群和蒋介石交流较多的话题,当然还是如何吃、如何才能吃得好。因在台湾政治高层,几乎无人不知张群是一位善于吃吃喝喝的"美食家",他在蒋介石对张学良实施全面幽禁的非常时期,因有蒋的特许,张群可以随便进入台北郊区大屯山下的复兴岗张寓。张群和张学良这对"美食家",每月都要定期见面。只要聚首,彼此都以一展烹饪之术为乐,张群和张学良之间,彼此最感兴趣的,当然并不是政治,而是在家中治酒小酌,烹饪南熘北炒,借以大快朵颐。

经蒋介石特许,那时可与张学良以美食相约的还有两人,一是国民党的"立法委员"、当年在苏联和蒋介石儿子蒋经国一起留学的王新衡;一是从巴西回到台湾定居的著名国画大师张大千。这"三张一王"四位志同道合者,自二十世纪六十年代起,每周都要轮流举行午餐会,因此被人称为"三张一王转转会。"而张群每当这些旧友前来他台北中山路的寓所时,只要身体情况允许,他一般都要亲自下厨,烧上几样拿手川菜,以让友人一饱口福。

蒋介石对年高望重、童颜鹤发的张群,居然在"吃"的问题上"吃出"了"学问",甚至每每因"能吃"、"会吃"作为养生延寿的根本,始终颇感错愕。在一般的养生理念中,贪吃往往是延长寿命的大敌,蒋介石身边许多深谙养生学的保健医师,他们都把"吃"视为养生之大敌。并在蒋介石的食谱中总是挑剔再三,甚至连一点肉丝的加入,也要经医生们的倍加思量才行,唯恐吃多肉食,会坏了蒋介石一贯保养良好的体质。然而和蒋氏同样有着行伍从政经历的国民党元老张群,却反其道而行之。据张群向蒋介石报告,他对肉食的嗜好简直让人吃惊。也许因早年他和蒋介石共同在日本留学期间,因吃不到肉食而百倍苦恼的往事时时困扰张群。自张群进入国民党政界高层以来,他对肉食的摄取量一直让人吃惊,几乎每次有蒋介石和张群共同出席的宴会上,人们发现,张群对精功烹饪的肉类肴馔大多来者不拒。蒋介石为此曾担心地向张群发出警告:"岳军兄,小心肉食过多,坏了你的肠胃。"张群每当此时,大多一笑置之,不以为然地对蒋介石说:"别人惧肉食如虎,我则视肉食为至友。几日不啖,便馋欲难忍。至于我的肠胃,请委员长放心好了,吃肉食反倒让我越加口胃顺畅了。"

　　蒋介石批读张群所著《谈修养》以后,对其养生学的独到之处越加敬佩。蒋分别对张群所撰"养身"、"养心"、"养慧"、"养望"及《养量》等章节一一加以研究,读罢深得要领,张群的养生与他截然不同,这让蒋介石不得不感慨万千。张群在"养身"一节中,着重谈到他多年对"吃"的体会。张群从不戒食某种美味,但也从不偏食某种美味,他主张的是各种美食一一均沾,每餐既不多,也不少。从而构成张群年近百岁极少微恙的身体现状。在张群看来,他的长寿都和"会吃"有关,一个"吃"字能够养生延寿,在一些保健医生眼中简直就是不可思议的奇迹。而张群对蒋谈及的"养生"心得,就是一个"吃"。张群认为:"不要小看吃,吃,历来就是人生第一需要。许多人为了养生,对吃几乎到了畏首畏尾的地步,其实这是大可不必的。我的养生原则是,只要想吃的东西,必定就是身体最需要的营养。至于吃进什么,吃进以后对身体有何影响,真正的养生家是绝对不会过多考虑的。反之,对你想吃的东西不敢吃,而且还要先请保健医生化验食物的有害成分以后再决定能否进食,这肯定无益于体质的健康。因为美食如果受到限制,往往就影响了身体的急需之物。如果你需要的营养愈来愈少了,你还能够健康吗?"

　　对张群的这一说法,显然与蒋介石恪守多年的养生原则南辕北辙。蒋介石认为张群的上述"吃法",不仅他永远学不来,而且也有悖饮食科学的规律。但张群仍然在"吃"上主张顺其自然,不受外人的限制,凡遇酒席,都以自己需要为前提,决定多吃或少吃。尽管蒋介石反对并批评张群的"吃法",可是张群仍然我行我素,照赴张学良等人每周一次的"转转会",而张群的身体并没有因为嗜肉喜食而发生意想不到的毛病。张群不仅没有因"贪吃"而毁坏身体,此人甚至连感冒也不沾身。这就不能不让蒋介石为之羡慕了。

张群和蒋介石在一起时,也谈到他如何"养心"的体会。张群认为:凡古今在养生学方面饶有建树的长寿者,无不把"养心"视为"养生"之重。如果只虑及如何健体强身,一味节制饮食、控制七情六欲,而不能真正做到心清、心静、心宁、心宽,那么你纵然在饮食和欲望方面如何控制,最后都要因心神不定而造成气淤血凝,甚至百病丛生。蒋介石对张群此番经验之谈,却颇为赞许。他也认为养生之本就在心的宁静,凡事都不要记挂于心的人,才是真正会修身养性的人,只要心静心安,才可以保证身体的气血调和。

张群还建议蒋介石多在"养量"方面下功夫。张群所说的"量",当然是指人的气量和肚量。所谓"宰相肚子能行船",就是这个道理。张群追随在蒋介石身边已经多年,可谓从始至终不离蒋之左右的"宠臣"。因为两人相知甚深,又都是日本振武军校的同窗好友,所以没有谁会比张群更了解蒋介石为人。比如蒋介石长期幽禁发动过"西安事变"的张学良,就是一种与"养生学"相悖的狭窄心胸。此前外界多有流传蒋介石不杀张学良的原因种种,其中甚至还有人称蒋氏不杀张学良是因为张妻于凤至手中握有蒋介石在"九·一八事变"发生时从南京发给张的一封不抵抗的"铣电"。其实这只是局外人无中生有的主观臆测而已。"铣电"之有无,暂且不论,即便蒋介石1931年确有这封电报发给少帅,也不是蒋不杀张学良的理由。因为蒋只要发拍电报,一般都会收进国民党的军委档案室中。蒋绝不会担心张氏因有这样一封电报,从此就对张学良投鼠忌器,甚至畏之如虎,不敢萌发杀机。现从大量解密的《蒋介石日记》中可以看到,蒋介石从不惧怕"铣电"。那么究竟是什么原因,让蒋介石始终幽禁张学良而不敢对他暗动杀机呢?

除蒋介石事变时在西安对张学良有口头许诺,宋美龄、宋子文姐弟从中担保,蒋介石始终珍视张学良的结义情结外,还有另一不被人注意的因素是:张群出于对张学良同情而对蒋所进的一系列劝谏之言,在其中起着至关重要的作用。因此,张群晚年和蒋介石常常讨论有关人之雅量对养生的益处,就不是无本之木了。张群力主待人宽厚、切忌疾恶如仇,以及张群所力主的"容人",尤其应"宽容"那些反对过自己,并且伤害过自己的人,才是真正养生者具备的德能。张群这些养生学的"养心"理论,已经在潜移默化地影响着蒋介石人生暮年在政治问题上的态度。如果蒋介石仍像三十年代在大陆期间那样,只要发现政见不合者(在张群看来,如闻一多、杨杏佛、王亚樵等人,本来大可不必萌动杀机)就会命令戴笠派刺客前往行刺暗杀,那么,蒋介石就不能继续保持良好的平和心态,当然养生也就无从谈起了。

蒋介石喜欢与张群交谈交心,这种情况一直延续到蒋介石1975年病逝前夕。只要蒋的身体状况允许,他一般都喜欢张群前来聊天。张群亲笔题赠蒋介石的一轴"养生志铭",引起蒋的极大乐趣。蒋介石死前还悬在士林官邸的书庙内。张群诗云:"日行三千步,夜眠七小时,饮食不逾量,作息要均衡;心中常喜乐,口头无怨声,爱人如爱己,报国尽忠忧。"蒋介石对张群的养生之道极为推崇,对张群的一家之言也往往信而从之,例如蒋介石死前允许张学良到台北戏楼看戏,去兰园购花、前往高雄、台中等地游览,在复兴岗会见从美国前来台湾讲学的女儿和女婿,允许赵四小姐前往美国探亲等事,凡此种种,皆因有张群从中玉成才得以实现。蒋介石殁后,蒋经国子承父业,张学良的人身自由得到适度恢复,这其中也是张群的鼎力成全。至于蒋经国作古以后,张学良能在台湾圆山饭店举行盛大九秩寿辰祝寿活动,其中主要谋划者张群当然功不可没。张群是在蒋介石病逝多年以后,于1990年12月在台北病逝的,享年102岁。

2. 戴季陶:清心寡欲,控制私念

戴季陶,字传贤,四川广汉人。生于清光绪十六年的戴季陶早在1906年即前往日本清华学校求学,他与两年后前去振武军校留学的蒋介石在东京结识并成为至友。戴季陶在日留学期间和回国后在孙中山身边参与革命活动时,始终和蒋介石关系密切,后又结拜为契友,一个明显的例证是蒋介石次子蒋纬国,其实就是戴季陶当年在日本留学期间与一位日本女人的私生子。此事在蒋介石病笃后,已由蒋纬国本人《自述》加以证实。从中不难看出蒋介石和戴季陶之间非同一般的私人友情。

戴季陶尽管去世较早,但不等于他本人养生无道。蒋介石和戴季陶友情的另一个契合点,就是戴季陶本人笃信佛教,而蒋介石因受其影响,也过早对佛教产生了浓厚兴趣。戴季陶从日本回到国内以后,首先从政,他先后出任孙中山大元帅府的秘书长和外交次长;1924年国民党"一大"召开时,戴季陶又任国民党中央执行委员和宣传部长；蒋介石主政时期，戴季陶出任特种外交委员会委员长、考试院长和国史馆馆长等要职。可以说戴季陶在世期间，与蒋介石的私人关系一直十分密切。

在广州和南京时期，蒋介石和戴季陶私下谈论政局的机会较多。让蒋介石对戴季陶始终保持尊重的原因之一，还不是戴对中国政治时局的看法，而是戴季陶对佛教的独特见地。早在广州生活期间，蒋介石就欣赏戴氏以佛教求得身体康健的思想，戴季陶认为人的生命长短，主要有赖于先天素质，同时也和后天信仰有着直接关系。戴氏主张顺其生命之自然，才可延续寿命的道理。戴季陶认为，清心寡欲，减少人之私念才能始终保持乐观的心态。只要有了乐观心态，才能让人心气平和，真正做到不生病，不早逝。

戴季陶还建议蒋介石不要过多贪恋政治权柄，他尤其对国民党内部不断发生的钩心斗角与权力之争深表反感。在这一方面，戴季陶尽管深知无法改变蒋介石的政治主张及行事原则，双方甚至因观点不合，时常意见有分歧，有时还发生矛盾口角。尽管如此，戴季陶只要有机会，仍想用自己的佛教思想影响蒋介石行事，蒋介石对戴季陶的进劝一般也不拒而绝之，例如他曾一度对佛教产生痴迷，直至晚年虽然笃信基督教，但据知情者说，蒋介石的这种信仰，其实还是建立在佛教信仰基础之上。而佛教信仰最早就来自戴季陶对蒋的规劝和影响。这是不可否认的历史事实。

戴季陶以佛教方式研究人的养生，这就不能不潜移默化给蒋介石施加影响。1929年戴季陶在蒋介石多次劝进之下出任南京政府考试院长之前，曾经有一段对仕途灰退的消极情绪，戴氏那时甚至渴望在南京某一寺院出家，幸有蒋介石及多位国民党元老劝阻，戴季陶最后才放弃此念。从这一消极遁世思想的萌发来看，也许就是戴氏后来忽起自杀之念的开始。一个曾经研究养生之道的信佛人士，为什么既向往长寿，又对人生充满灰暗和畏缩呢？在蒋介石看来，戴季陶的遁世思想与他曾经研究的养生之道，始终和他多年信仰的佛教思想不无关系。当戴季陶对生存环境产生乐观心态之时，他即希望身边人对生存也充满希望；当仕途发展顺应他本人意念的时期，戴季陶也向蒋介石极力传授佛教式的养生理念。他认为从政者特别需要学会"忍让"、宽容及济世救人。戴氏坚决反对蒋介石的"宁可我负天下人，不让天下人负我"的理念。而"宁可错杀一万，也不放过一人"的兴兵绥靖政策，更和戴季陶一心向善的佛教思想南辕北辙。他多次以契友身份苦口劝诫蒋介石一定做到与世无争。他甚至还要求蒋介石在对待政敌的不同政见时力求有海纳百川之胸襟,在对待官场应酬和酒池肉林时要做到切勿玩物丧志;戴要蒋介石宁可少吃一口鲜鱼,也绝不多贪酒食;在倾听身边权臣进谏时,宁可盲人骑瞎马,也要充耳不闻其谗;在治理国民党方面,戴季陶还建议蒋介石千万不可搞党内帮派,最好取消他麾下的"十人团"。而深受蒋介石垂青的军统特务戴笠,则利用巴结等手段极力取悦蒋介石并在军统内部大搞帮派,甚至还利用手中特权玩弄女性和奸污军统女特务,如此卑劣行径,戴季陶一有耳闻,即向蒋介石报告,他希望蒋介石这个契弟不要让戴笠这些小人左右。然而,蒋介石对戴季陶的进言往往只听不信,仍然放肆重用戴笠等人。

戴季陶的晚年与蒋介石逐渐貌合神离。特别是在他生命即将完结的最后一段时间,戴季陶和蒋介石的交往开始渐行渐远,有时敬而远之,即便可以见面的时候他也大多避而不见了。戴季陶在蒋介石眼里的分量变得越来越轻,他忽然扮演重臣,忽然又变成不披袈裟的僧侣。让蒋介石对这位契弟的感情开始本能地疏远。尽管戴季陶在蒋介石"剿共反共"政策上始终给予配合与支持,但戴季陶总以超人姿态在许多在蒋看来十分重要的决策方面与其大唱反调,例如三十年代蒋介石在江西南昌大搞所谓"新生活运动"的时候,戴季陶往往公开站出来发表一些让蒋不快的论调,这样反而加重两人思想深处的隔阂。

1947 年戴季陶随蒋介石从四川"还都"南京以后,蒋介石考虑两人多年交情和戴在国民党内部的影响,仍然力荐他出任考试院院长一职。戴季陶因此再有与蒋介石在南京谋面交谈的机会。只要有机会和蒋介石见面,戴季陶仍会向这位契弟灌输他的佛教式养生理论,力求改变蒋介石的基督式养生模式。1948 年戴季陶在南京和蒋介石最后一次见面的时候,国民党军事力量正面临随时被人民解放军摧毁瓦解的生死关头,而蒋介石本人也面临再次下野的窘局,在这时候戴季陶曾力劝蒋介石要学习武则天的治国方略,再三要蒋放弃宗派主义小圈子的治党方针,并且希望蒋氏多读一点佛经,少问一点政治,戴季陶甚至还劝他以养生学理念为重,尽早逃离政治纷争才是休养生机的最好策略。不料戴季陶的这一进言,竟惹得蒋介石大发雷霆,两人从此分道扬镳,再也没有见面。1949 年冬天,戴季陶在宋子文的力邀之下携眷前往广州,而此时蒋介石已在南京凄然"下野隐退",返回奉化溪口做最后逃台的准备。戴季陶则于当年 2 月 11 日子夜,在广州一家旅馆内服用大量安眠药自杀身亡。戴季陶殁后,蒋介石闻讯大恸,还亲自发来唁电表示哀悼。

3. 陈立夫：平民生活，最易长寿

陈立夫,字祖燕,1899 年生于浙江省吴兴县,为蒋介石的同乡。1925 年陈立夫从美国留学归国,即前往广州投奔黄埔军校校长蒋介石,被蒋氏委任为该校校长办公室的机要秘书,自此陈立夫和蒋介石之间过从甚密。在蒋介石主执国民党和国民政府期间,陈立夫以家乡人的身份在仕途青云直上,他曾经先后担任国民党中央组织部长、国民政府建设委员会委员、国民党中执委、教育部长和立法院院长等要职,在此期间,陈立夫还在蒋介石支持下组织"中统"调查处(即 CC),一时权倾朝野。

1949 年陈立夫随蒋介石逃往台湾后,在政坛上开始失势。1950 年陈立夫以去美国出席"世界道德会议"为借口,从此远别台湾而去,开始了在美定居的遁世生涯。陈立夫因为在国民党内部斗争失利,决心远避美国力求过一种与世无争的生活。二十世纪五十年代,陈立夫情愿放弃国民党高官,幽居在美国新泽西州一处名叫湖林的小镇上过赋闲隐居的日子。在美国期间,陈立夫曾以养鸡种菜为乐,俨然变成一介浑身泥土的老农。后来他的鸡场经营不利,又贷一笔款子在这远离尘器的偏僻小镇上开一家饮食店,以普通平民身份售零食维持生计。1966 年陈立夫惨淡经营的养鸡场不慎失火,眨眼间变成一片废墟。此后陈立夫在美国生计窘迫,恰好此时台湾有人前来说项,希望他能亲往台湾为蒋介石祝贺 80 大寿。陈立夫终于在 1966 年冬天结束在美多年的寄居生涯,返回了他所熟悉的台湾岛。

蒋介石不记陈立夫当年不辞而别的旧恶,反对陈立夫的晚年归来当众示好。并亲自委任陈立夫为"总统府资政",翌年又让陈立夫担任国民党中央评议会委员和主席团的主席。这是陈立夫做梦也没有想到的美差。两年以后,陈立夫又先后出任台湾地区"孔孟学会理事长"和"中华文化复兴委员会副会长"等职。从此陈立夫在台湾安下家来,开始过他既有政治身份又不过问政治的闲居生活。

经历过政治上的大起大落和远居异邦的平民生活,陈立夫在生存观念上无疑更有超然的理念。陈立夫在大陆生活时期,一度成为蒋介石身边宠臣,手握组织人事和 CC 派重权,在政坛上也曾呼风唤雨,叱咤一时。而今在美国多年的平民生活,让他对人生忽萌更深感悟。蒋介石在陈立夫回到台

湾以后,也曾多次在士林官邸和介寿路"总统府"接见他,陈立夫在晚年凡有和蒋介石会面之机,两人交谈的内容当然也不可能再是敏感的政治话题,陈立夫向蒋倾谈较多的是他在美国如何养鸡、如何出售零食点心及赋闲积累的心得体会。陈立夫初时以为他这些泛泛之谈,可能为蒋氏不齿,他没有想到经过几十年的风雨变幻,当年开口即谈政治的蒋介石,如今对陈立夫平民生活和他身居社会底层悟出的养生体会,居然也发生了极为浓厚的兴趣。

陈立夫多次向蒋介石表示:"我的身体现在似比大陆时期还要好些,在大陆时我时常患病,有时稍有风寒侵袭身体,就会头疼感冒,自从我到美国以后,完全放下官架子,在那里没人知道我从前曾在中国做过官,都认为我是个平民百姓,所以生活起来更接近平民。我在美国办过一个鸡场。开始时鸡场的规模很小,我没有雇任何人,自己家的人每天起早贪黑为鸡仔们割草、拌料、喂食,再把鸡蛋运到城里出售。所有这一切都由我和家人包了。尽管累一些,可在这些平时没经做过的劳动之中,才真正体会到当一个平民的快乐。做官虽有厚禄,可我不习惯官场中的生活,觉得当个喂鸡的人十分愉快。后来我的鸡场规模大了,一家人做不过来,这才雇用几个工人。不过即便如此,我仍然每天起早贪黑,亲自给小鸡仔们喂食和到城里送鸡蛋出售。在这紧张的劳动中,我的心情反而比从前愉快多了。"

蒋介石对陈立夫这番谈话很感兴趣。他知道陈立夫早年在大陆为官之时,身体虽然瘦削,但却没有疾病。蒋介石记得陈立夫在广州出任他手下机要秘书时,就十分勤奋好动。蒋还记得陈立夫每天清早天色不亮就已起床了,然后沿着越秀山麓一路慢跑,一直跑到 7 点上班为止。等蒋介石来到办公室时,发现勤快的秘书陈立夫早已经把开水给他打好了。陈立夫这秘书当年所以引起蒋氏的好感,一个重要原因就是陈立夫没有以留学美国的高材生自居,而是始终像个实实在在的平民子弟,在蒋的面前恭顺有加,这就是蒋介石后来破格重用他的主要原因。

蒋介石在士林官邸初次接见陈立夫时,彼此还谈到陈当年在南京充任蒋氏麾下教育部长期间的往事。那时蒋介石发现陈立夫喜欢利用工余时间经常关注体育运动。蒋介石的忆旧让陈立夫眼前又浮现他在南京喜欢体育锻炼的幕幕情景。在经历几十年阔别之后,蒋氏仍然记得陈立夫当年在南京醉心于游泳、跳高、滑冰、滑雪、篮球、足球、网球及参与南京运动大会等许多趣事,这让陈立夫大为感动。陈没有想到事过多年这些与身体健康相关的旧事,竟然拉近了两人的关系,彼此封闭多年的心扉就这样悄悄开启了。

　　在蒋介石人生的最后几年,他不时请幽居台北的陈立夫前来他的官邸,彼此在晚霞夕照下谈起养生学来。蒋、陈两人往往百谈不厌。陈立夫认为:养生,特别是政治人物的养生,只有在人生暮年才会提到生活日程上来。他年轻的时候虽然喜欢体育运动,但那与其说是为锻炼身体,不如说是为满足好动的性格。然而锻炼与养生终究有所区别。陈立夫说,他三十多年在美国总结出的养生经验,就是一个字"韧"。如果一个人生活在富裕安逸的生活环境中,肯定不会长寿。他在美国新泽西州的无名小镇上生活,每天早晨仍然保持凌晨四点起床的习惯,然后他就开始淋浴洗澡。陈立夫说,他的凌晨沐浴习惯,还是当年给蒋介石当秘书时向蒋学来的。他洗过澡后,先去自己鸡场里看一看,有时也要亲自喂鸡,发现哪只鸡生了病,他就亲自给小鸡仔注射药剂,做完这一切再去吃早饭。他的早餐十分简单,就是一杯牛奶和一只鸡蛋,外加一片面包。不过他的面包从来不用果酱,因他担心糖摄入过多,会让他晚年发胖。在美国居住时陈立夫发现美国人中的胖子很多,他为此总结经验,认为美国胖子都是因为糖类食品过多导致的。

　　早餐过后,陈立夫就开始沿着他所在的镇子河边散步。他说散步是他在美国最好的体育活动,由于年龄和身体的关系,陈到美国以后再不敢进行剧烈的体育运动了。陈立夫还说,激烈的体育运动绝不是养生学所提倡的,真正的养生是一种"慢功",尤其是年过六旬的老人,更不宜做过激运动。当蒋介石问他白天如何打发空寂时间时,陈立夫表示,他唯一能做的就是读书和写毛笔字。陈立夫说:写毛笔字也是一种养生,这种练字的事就是他一天中最愉快的活动。练毛笔字既练身又养性,数十年如一日,他几乎从来没有中途辍过。当然,有时他也翻阅一些古今中外书刊,特别是一些美国最新出版的养生书刊,是陈立夫在美幽居时的首选。因为这些美国研究机构出版的期刊中,往往可以找到最新的养生知识。读书可以更新他从前养生学中的旧理念,例如美国人对如何保持血液清洁和肝油三脂平衡方面的研究成果,往往是不可忽视的。至于读阅一些中国古典文学,也是陈立夫在美所好。他认为读这些书可让身居异国的他不忘自己祖国,同时开卷有益,读书也可做到手脑并用,这样可以加强脑力活动。陈立夫说:"我历来主张知足者常乐,可是唯独做学问是一个例外,想真正读一些不懂的知识,最好是永远也不知足。不然的话,我就会落伍于年轻人。"蒋介石听了,连连含笑赞同。

　　此外,陈立夫还告诉蒋介石,他在美国新泽西州的庭院里还养了许多花草。他说，不要小看这些花花草草，它们不仅让人赏心悦目，也可让人在心情不爽时看到希望。因为鲜花是艳丽的，它可让人体会到新生活的力量。

蒋介石通过和陈立夫的多次交谈，从其在美国的平民经历中，悟出许多人生的道理。尤其是对养生学的理解，正因为通过陈立夫由官为民，再由民为官的特殊经历，让蒋一度对官场产生厌恶。也许正因为陈立夫的现身说法，让蒋介石真正看到了自己的黯然前景：无论生前占有何种权利，只要眼睛一闭，所有名利、金钱都要倾刻化为乌有。

陈立夫还告诉蒋介石：他平时生活在美国，很听医生的话，十分注意血液循环。医生指导他的办法就是每天晚上睡觉之前，一定要喝上一小杯酒。喝了酒后，不仅可以活血，而且也有利马上进入睡眠状态。几十年来陈立夫都是这样坚持着，只是回到台湾后，忽然被查出患了糖尿病，所以他这才把酒给戒了。蒋介石听了，不无遗憾地说："可惜可惜！"陈立夫说："我现在虽然不喝酒了，晚上的睡眠仍然很好。我的养生体会是，知足者长乐，任何时候我都满足，从来都不追求过分的东西。所以有了糖尿病，我的心情也还像从前一样，活到我这个岁数的人，有一点疾病是可以理解的。我从来就不感到忧愁，我是个吃得下，睡得稳的人，一个人能吃能睡，自然就会长寿。"

蒋介石忽然问他："你每天能睡几个小时？为什么睡眠如此之好？我真是非常钦佩。"陈立夫说："我在美国的时候，每天至少可以睡十个小时以上，中午的时候，我还要睡一个小时，这样我的睡眠就显得非常充足。就是有天大的事情，睡也是要睡的。我另一个养生经验是，在睡觉之前，我总要给自己做些按摩的，因为按摩实际上也是一种健身术。"

蒋介石听了更加欣喜，他没想到当年在台湾借去美国开会之机留在那里的陈立夫，在脱离政界以后，居然还能悟出一套养生学问，而且陈立夫对养生学的研究分明已经超过了蒋氏本人。在交谈中，蒋进一步向陈立夫询问按摩的学问，而陈立夫在蒋介石面前，仍然像当年广州初识时那样心无旁骛，直言快语，他说："我的按摩并不只在睡眠之前，我是随时随地都要按摩，这一点也许和其他人有所不同。我认为按摩不是做做样子给别人看，而是想通过按摩来活动自身的气血。这样的话，只有睡眠前的按摩就显得有些不够了。我在美国时，即便喂鸡的时候，也会停下手来在腰部按几下，因我当时觉得腰有些不舒服。后来我在洗澡的时候也要按摩，而且我是躺在浴缸里，边洗澡边要随便地按摩几下。我往往是从手心处开始按起，然后再从太阳穴向两眼和头部几处经络按摩，其中包括按我的牙床子，两腭、脖颈、腰背和四肢。当然,我的按摩是全身性的,有时甚至连生殖器、膝盖和脚心也要一一按过,不然,我的心里就不舒服。"

蒋介石情不自禁地为陈立夫养生之法发出惊叹。他这才明白一个悄然退出政治舞台的人,毕竟与始终坐在国民党总裁席位上的他有所不同。陈立夫如果不去美国,仍然留在台湾的国民党中央内,恐怕绝对不会有在异国养鸡为乐的清闲日子。处在政治角逐中心的蒋介石,深知他心态尽管已力求平和安恬,但仍然时时处在紧张的思绪干扰之中,而这一切显然都是养生之大敌。听到陈立夫的经验之谈,蒋介石不得不再发一声感叹,说:"看来如果真想认真地养生,像我这样每天操心的人是做不到的。"

陈立夫却表示:"无论什么人,只要你想达到养生需要的理想境界,首先必须心静才行,也就是'养心在静'的道理。依我多年的养生经验,按摩其实就在锻炼人的心静。我对按摩从来都不敢马虎,任何一个穴位至少要按一百次,不到30分钟我是绝不罢手的。因为只有按摩到一定时间,才能让你的血脉舒畅,心神也会因此变得轻松起来。比如我在太阳穴的按摩,就下过许多工夫。别人按摩就是左右敷衍几下而已,可我则大大不同了。我是要用拇指在穴位左右旋转。因我按摩这个穴位,可以防止头痛和眼花。在美国我还幸遇一位中医,他还告诉我,按摩足心,可以舒肝明目;按摩腹部可以让肠道舒畅,有利于消化。"

蒋介石对陈立夫独特的按摩方法频频赞许,从那次交谈以后,蒋介石在士林官邸又召见几次。只是他和陈立夫的谈话除一些与养生相关的知识之外,从不涉及其他。毕竟陈立夫当年离开台湾,是对蒋介石离心离德的背叛,从这个角度考虑,蒋、陈两人在古稀之年尚能如此认真交流养生经验,也属难能可贵的暮年之情了。

4. 谢东闵:"青菜豆腐保平安"

蒋介石晚年在台湾,和他谈得来的还有一个人,他的名字叫谢东闵。

谢东闵是台湾省彰化县二水乡人氏,二十世纪三十年代就在台湾参加了国民党,后来他从台湾来到广东,就读于中山大学,并在广州和一位志同道合的女学生结婚。谢东闵和蒋介石的因缘,起因于抗日战争胜利以后。1945年国民党在战时陪都重庆召开国民党第六次全国代表大会。当时谢东闵是作为台湾籍唯一的代表到会,所以他深得蒋介石的重视。在这次会议结束前夕，蒋介石还亲自在重庆黄山官邸设宴招待与会的七位代表，其中就有从台湾来的谢东闵。也是这次意外的宴请，让蒋介石认识了谢东闵。1949年蒋介石来到台湾后，和谢东闵接触的机会更多，这也是蒋介石后来决计提携谢东闵进入国民党政界的基础。

谢东闵这位台湾籍国民党人，早在"二·二八事变"不久，就被蒋介石拉进了政界。此人曾经担任高雄县长。蒋介石逃台后，尤其考虑重用台湾当地的国民党人，于是谢东闵再次成蒋之首选。1950年谢东闵就是在蒋的推荐下就任台湾省教育厅副厅长的，后来又任台湾长官公署的"民政处副处长"，由于谢东闵和蒋介石的私人关系，不久他又就任国民党党部的副秘书长等要职。

进入二十世纪七十年代，蒋介石因意外车祸进入了生命的倒计时。这期间谢东闵已经升任台湾"立法院"的院长。因为职务的关系，谢东闵可以不时出入士林官邸或者应邀前往位于桃园县境内的慈湖别墅，面对湖波山光，蒋介石和谢东闵常有畅谈彼此养生学体会的机缘。

蒋介石在和谢东闵交往过程中，颇能体会这个台湾政客的朴素与生活小事上的严谨。特别是谢东闵在饮食习惯上与众不同的简单，更让蒋氏为之敬佩。谢东闵作为台湾籍人士，在当地颇有丰厚的人脉，他的家族也十分富有。然而谢东闵却生活一贯简朴，凡和他同桌进餐的人，都对谢习惯于民间简单饭食产生敬意。即便后来谢东闵官至"副总统"的显赫位置，他这以简单饮食和简朴衣着为荣为乐的作风，也始终保持如一。

蒋介石和谢东闵在慈湖见面时，两人往往边吃边聊，彼此就餐论餐，居然谈得十分融洽。谢东闵因从小生活在社会下层，所以他肯于吃苦，也愿意以吃平常百姓的家常饭为乐。谢东闵曾经这样告诉蒋介石：他从不随便吃大鱼大肉，他并不是担心吃多了肉会增加胆固醇，或者引起高血压，而是他总认为鱼肉之类不如普通民间糙米饭更让人精神健朗、精力充沛。谢东闵欣赏庄子的养生之道，主张"少私"（也就是如果一个人真想长寿，必须要少一些私心，不计个人得失，才能让身心始终维持平和状态。反之如若私心过旺，每事计较，事事计较，即便有再好的人生抱负，也会因私念缠身功败垂成）；谢东闵还欣赏庄子的"寡欲"（他认为人的欲望是无止境的，酒色财气四大欲望，再加上官场的追名逐利，可以招来很多灾祸；而人如果对性欲追求过甚，不仅要伤及身体的元气，还有招来杀身之祸的危险；如果人对官欲过贪，就会学得刁钻圆滑，对人对事都不真诚；如果人对食欲过贪，那就会吃坏身体,过早夭亡)。

也许正因谢东闵对人之欲望研究过于精深,所以他对饮食的欲望便始终采取克制的状态。他对蒋介石说:"饮食的目的就是为饱腹而已,现在许多人生了致命疾病,一个主要的原因是因为'食不厌精'和'食不厌多'。我小的时候就常听大人说:'青菜豆腐保平安。'这类的话,现在我再认真地想一想,才觉得它确有道理。我认为:粗食要比美食有营养。山珍海味对身体不仅没有任何益处,反而会引发各种不利的疾病,比如说糖尿病的起因,就是暴饮暴食所致。高血压这种病在官场里极为多见,为什么?这些得了高血压的人,一般都喜欢吃肉喝酒。凡是吃着香的食物,往往副作用就更大。所以我非常喜欢吃一些苦的东西。"

蒋介石对此论颇感困惑,不明白一个麾下官员,为何厌恶酒席而嗜好苦味食品。谢东闵的解释同样让蒋茅塞大开,他说:"我平时最喜欢吃的菜,就是苦瓜。苦瓜吃起来虽然不适,可它有利于肠胃消化,而且苦味吃得多了,也对杀伤体内的细菌大有好处。特别是在夏天,我每餐如果不吃点苦瓜菜,就觉得所有的菜都没有味道。"

蒋介石闻言点头,连连抚掌说:"真没想到你在台湾生活这么多年,居然对苦瓜的益处领悟得如此深透。不知除了苦瓜之外,还有什么蔬菜对人的身体有益?"谢东闵如实相告:"其实菜类之中,对人体有益的多得很。比如丝瓜和空心菜,别人是不喜欢吃的,如果到了菜市场,我敢说购买这些菜类的人几乎寥寥无几。可是越没有人肯买的菜,我越是喜欢。为什么?就因为大多数人喜欢吃的菜,往往都要和肉类同时下锅,而苦瓜、空心菜和丝瓜,却是和肉类无缘的菜。正因为如此,这些蔬菜的营养成分才要高些。当然,我并不是一个拒肉主义者,瘦肉也不时吃一些,至于我喜欢的肉类,肯定不是肥腻的肉类,而是鱼类,我所喜欢的还不是大鱼,而是无人吃的小鱼,我可以让家人把小鱼和空心菜一起煮汤下饭。其味不仅非常鲜美,而且其营养价值也高。"

蒋介石邀请谢东闵共游阳明山。他们在一片如茵的绿地前,面对山岩巅顶的雪白瀑布飞流而下,蒋介石询问谢东闵除吃的学问之外,还有哪些养生之法。谢东闵仍然如实相告,说:"我的前辈在世时多次叮嘱我:'脚筋健,人就勇。'这话是相当有道理的。上了年纪的人,如果还能健步如飞,那么他的精神肯定就十分健旺。没有健旺精神的人,他是无论如何也做不到健步如飞的。我的经验是,每天清晨必须5点起床,风雨不误地到室外去跑步。

直到跑得浑身流汗为止。为什么要跑步？是因为我记得乾隆皇帝的十六个字养生秘诀。"

蒋介石急问哪十六个字？谢东闵答："乾隆虽为一国之君，可是他在养生之术上从来是严格要求自身。他的十六个字是：吐纳肺腑、活动筋骨、适时进补、十常四勿。"蒋介石听了，眼睛一亮，究问其详。谢东闵便详细作出解释，一一说出乾隆的养生要旨。据谢东闵说，乾隆所谓的"吐纳肺腑"，就是平日多在阳光充沛天气里，到户外呼吸清新空气，这样可以把肺部污浊之气全部排出来，让人永远处于氧气充沛的状态；"活动筋骨"在谢东闵的体验，就是每天定时跑步。他是以跑步来活动筋骨的，因为谢东闵从小生活在社会底层，有时也做些体力劳动，所以到 60 岁以后他仍然可从居住的台北郊区跑到仁爱路口，而且他连气也不喘一喘；"适时进补"，这对平时很少吃肉类的谢东闵而言，当然是一个难题。不过，他仍然确信补是必要的，只是他的补不是多吃肉，而是吃一些鲤鱼和海带之类，因这类东西中有丰富的维生素；至于乾隆所说的"十常四勿"，谢东闵认为都是乾隆这位皇帝在北京皇城禁苑中总结出的养生经验，乾隆的十常，即：耳常弹、津常咽、齿常叩、眼常转、脸常搓、足常揉、腹常旋、肢常展、肛常提、鼻常搓；乾隆的"四勿"是：卧勿语、食勿言、色勿迷、饮勿醉。

蒋介石对谢东闵在养生学方面悟出的道理和经验，深有同感。他发现无事闲暇之时，如能多与身边这些官场上的旧部袍泽们多多聊天，对他的养生知识极有益处。只是蒋介石毕竟不是普通人，即便他有意与这些在养生方面独有建树的长寿者交流体会，也因为种种不便，只能偶尔为之。谢东闵当上"副总统"以后，仍然还像从前那样甘当一个"好好先生"，做事从不越雷池一步，因此深得蒋介石、蒋经国父子钟爱。不料，谢东闵竟然在"副总统"任上，出了一件让蒋痛心的事。一次，岛上的反蒋人士给"总统府"寄来一个包裹。本意是想炸死蒋介石和蒋经国的，不知何故这包裹却让人送到谢东闵的桌上，谢东闵又是个凡事必须亲自动手的人，所以这个包裹在他拆开时当场发生爆炸，结果谢东闵的左手五个指头全被炸掉了。从此谢东闵竟然变成了残疾。不过蒋介石殁后，谢东闵仍然受到蒋经国的重视，仍然还让他继任"副总统"。只是谢东闵经此一劫，从此再无心过问政事。不久，他就辞了官职，心甘情愿当了寓公，在台北近郊潜心养生，一心只为长寿了。

5. 张学良：我什么都吃，从不考虑营养

张学良不仅是中国近代史罕见的传奇人物，也是一位独辟蹊径的著名养生家。

张、蒋两人为换过帖子的契弟契兄，可是在"西安事变"发生之前，蒋介石和张学良机会虽多，但彼此始终没有谈论养生的机会。1936年冬，张学良被军统长期幽禁以后，他和蒋介石只有两次难得的会面。第一次在贵阳，那时张学良被囚息烽，1946年蒋介石为解国民党东北守军重重围困，曾经亲自飞往贵阳敦请张学良出山相助。因为自东北民主联军围长春、打四平以来，国民党东北守军节节败退。蒋介石在先后八次飞临沈阳督战并自知回天无力后，认为只有张学良回东北可以替他扭转败局。然而当张学良听说蒋要他率东北军去东北打共产党的军队时，他纵然渴望自由却坚决委婉拒绝，让蒋介石从贵阳无功而返；第二次是张学良已在台湾幽禁12个春秋之际。1958年11月15日，蒋介石忽然要在台湾桃园县的大溪行馆召见张学良。这是张学良自被南京幽禁22年来第二次和蒋见面。这次历史性的会面，蒋介石和张学良均已古稀之年，当年的契兄契弟在阔别多年后的重逢中谈的话题广泛，也谈到蒋介石当时较为关心的养生问题。

关于蒋介石在台湾这次召见，现从张学良已经公开的"幽禁日记"中可查到相关记载，他是这样记述的："民国四十七年（1958年）十一月十五日下午两点，老刘（指特务刘乙光）通知我，五点'总统'在大溪召见。三点一刻，蒋经国派其坐（座）车来接，我和刘同乘，约四点三点（刻）抵大溪，先在一空军上校家中等候。约十余分钟，'总统'已到，蒋经国同老刘来会，同至'总统'行辕，我特到客厅，老先生亲自出来，相见之下，不觉得泪从眼出，敬礼之后，老先生让我进入他的小书斋，我说：'总统你老了！'总统也说：'你头秃了！'老先生的眼圈也湿润了，相对小（稍）为沉默。此情此景，非笔墨所能形容。我恭问'总统'身体安好，精神饮食如何？'总统'答曰：'都好。''总统'问我，眼痛好些否？余详答眼疾近情。……"

蒋介石这次能在大溪行馆会见仍为阶下之囚的张学良，幕后隐情外界极少人知。宋美龄和张群等人从中所起作用毋庸置疑。对蒋介石来说，此前一直在暗中关心张学良的身体状况，因张学良幽禁中始终和夫人宋美龄保持通信关系，所以有关张身体的大概情况，蒋介石几乎了若指掌，甚至连

张学良 1958 年深秋患眼病这样的小事，蒋也了然于胸，由此可见他对契弟身体状况的关切。

不过，蒋介石不断了解张学良的身体状况，并非真正关注这位契弟的健康。早在张学良被囚湖南、贵州时期，蒋介石就不时通过戴笠等人的报告掌握张学良的健康状况。当蒋介石无法公开处死张少帅以后，他所希望的是让这位西安的反叛者的身体，最好在秘密幽禁的恶劣环境中渐渐垮下去，这样既可彻除心中愤恨，又可不受舆论的谴责。可让蒋介石始终无法释怀的是，戴笠送呈的报告总是说张学良尽管身处逆境，却仍在顽强锻炼身体。例如张学良在特务的监视下坚持游泳、打网球和散步等运动，在蒋的眼里都视为张在幽禁环境下的养生措施。所以，当这次蒋介石在大溪见到张学良时，彼此虽然都已龙钟老态，但是蒋介石在和张学良的聊天中，还在不断地询问他近十年来的身体状况。

张学良在谈到自己的起居状况时，总以他东北人特有的豪爽作答。他对蒋表示：我不懂什么是养生，我的生活其实非常简单。我什么都吃，只要想吃的东西，绝对不会考虑它究竟有没有营养。肉类对我更有诱惑力，别人都主张少吃肉类，可我就不赞成，肉类其实对人体并没有什么坏处，只是一次不能吃得太多。如果说我有什么养生的诀窍，我就是贪睡。每天天黑就上床，只要躺下就可以睡熟。我在战争年月就是这样，无论明天有多大的事，我都可以睡得香。明天就是杀我的头，我也能睡得稳。

当蒋介石问他是否还打网球时，张学良却说：早就不打网球了。现在我已经老了，打网球需要很强的体力，不仅要打球，打球时还需要我来回跑。现在如果还有兴致的话，也就是钓钓鱼。在谈到读书的问题时，张学良却显得兴致勃勃。他表示现在眼睛虽然有点发花，但仍然可以戴眼镜读书。他还对蒋介石表示，他现在的视力下降，有时甚至连书上的文字也看不清楚，主要是前些年在贵州大山里读书，往往是在夜间，而住地没有电灯，只能用美孚灯。所以伤害了他的视力，如今他的眼睛即便在白天，到阳光下视物的时候，也一定要戴上墨镜才行，不然，他的眼睛就会流泪。蒋介石不想听这些，急忙转移话题，询问他现在读些什么书。张学良答道：我现在家里只订两份报纸和一本杂志，报纸是《中央日报》和《联合报》，无奈的是《联合报》字号太小，我眼睛看不清，需要我太太给我读才行。至于杂志，就一本《兰花世界》。张学良说《兰花世界》很好读，里面有许多养兰花的知识。

蒋介石又和他谈起与养兰相关的事情，张学良听罢兴趣大增，振振有词说:"我家现有兰花200多盆,养兰不仅是一种享受,对人的生存也有好处。我虽不懂什么是养生,不过养兰确实可以延长人的寿命。兰是花中君子,我每天养兰,就因我爱兰的幽雅和清淡。我为兰花浇水、施肥,还不时为兰花的长势操心。所有这一切都因它的花香幽远,可以让人在观赏兰花的时候,心情变得愉快一些。"张学良还表示:不仅我喜欢养兰,我的太太也喜欢。

当蒋介石询问他听力时,张学良才发现刚才说话的声音过高了,于是他说这几年耳朵的听力不如以往,在他和别人交谈时,必须要戴上助听器才行。有时他怕别人听不清自己的谈话,就要高声大嗓地说话。张学良还说:"现在我和总统交谈,声音也是很大吧?"

在蒋介石询问他如何保养身体不生病时,张学良说:"心宽体胖,从前我在东北时很瘦弱,就因为当时操心过多,饮食起居也没有一定规律。还有我的私生活放荡,现在好多了,我每天的生活再不会像从前那样放任。每天除养花和看报,几乎没有什么操心的事,所以一般也不生什么大病。这几年我最大的病,就是感冒了。"

彼此交谈至此,这历史性的会面已经接近尾声。蒋介石无意与张继续深谈,因为在蒋介石内心深处,"西安事变"留下的阴影虽然随着岁月的流逝有所淡化,然而历史的创痛始终困扰折磨着他。当蒋介石见面前的张学良身体比他事前估计的好得多时,内心就更加痛苦忌妒。因此蒋介石无意深谈养生,话题则转入读书。会面刚近一小时,蒋介石便以将来去高雄时继续与张学良深谈为由,匆匆结束了这次他并不情愿的会面。

事后,张学良在《日记》中有如下记载:"(蒋)又问我近来读些什么书?我答:两三月来因眼疾,未能看书。自从到高雄以后,我专看《论语》。我很喜欢梁任公的东西,近来看了些梁氏著述。'总统'说:好,好,看《论语》是好的。梁氏文字很好,希望你好好的读些书,反(返)回大陆,你对国家还能有大的贡献。我沉吟一下,对'总统'说:我可以陈述、陈述我的话吗?'总统'说:'可以,可以。'我说:我先前一直存着一个幻想……我是幼稚愚鲁,我不怨恨任何人,只恨我自己无识。前年我患病,精神颓唐,后来伊雅格告诉我夫人和'总统'对我时为关怀,我觉着我自己发生误会的观念。两年来,'总统'的传论,刘乙光都告诉了我。自从迁到高雄,我自己很不安;因为那么好的环境、房舍,现在那些劳苦人士都不住进,而我如此享受,是不应该的。我自己奋勉,不只是为自己,同时是为了二位,不要使后之人讥笑二位所眷顾的人。我幼小读书不好好的读,现在读书有点费力,很想求教一位有道之士。'总统'说:你想到什么人吗? 我答到(道)钱穆、陈大齐、劳干等,我说我并不认识他们,只是在文字上知道他们。'总统'未作答。转而问到我从前所知道的有些什么人吗? 我说我同那些人十数年来已断绝音信,所以不明白那些人都哪里去了。谈话时,赐以茶点。我问'总统',我应该看些什么书?'总统'说:《大学》和《阳明传习录》很好。'总统'说:西安事变,对于国家损失太大了! 我闻之,甚为难过,低头不能仰视。'总统'又言:我到高雄,我们再谈。我立起辞行,'总统'亲自送我到廊外,使我非常的不安。'总统'止步,乃招呼经国先生送至大门外。'总统'对我太客气,使我真不敢受用。经国先生行进时,我对他握手感谢,此番召见,乃是他的从中力量。经国讲他将南下,到高雄再会,并很关心北投的住所。问老刘可生(发)火否,侍卫长亲自到门外送。……"

此时,蒋介石已届人生暮年,尽管已十分稔熟养生之道,仍能在大溪行馆接见数十年解不开仇结的张学良,由此可见蒋氏从前较为狭窄的心胸已略变开阔。不过,蒋介石毕竟是蒋介石,超然物外的事情他纵然偶尔为之,终究无法让心胸彻变,坦而荡之,只是期许而已。正因为如此,蒋介石才没有真正做到修养到家,死于张学良之前。张学良在秘密幽禁之中度过大半生,最后终获人身自由前往美国,以102岁高龄故于夏威夷。蒋介石与张学良的忘年之交,自此一别,终成历史绝唱。

卷六

生活情趣及琐事

　　建国以来,在文艺作品(纪实文学、电影和电视)中,我们常见的蒋介石,是一个铁面无情的冷血杀手。而现实生活中的蒋介石,却不像影视作品中那样总是板着一张铁青的脸,动辄叫骂:"娘希匹!"值得注意的是,近年从台湾传进大陆的一批蒋氏生活照,让我们见到了蒋介石家居生活的真实写照。原来蒋在与家人相处时,往往笑口常开,尤其是晚年的蒋介石,也时有儿孙绕膝,笑逐颜开的亲情再现。至于蒋介石除政治军事之外的生活情趣,更为广大读者所陌生。这一章节着重揭示的是,蒋介石在家居生活的琐事细节,它往往体现他作为一个普通人的情趣,这其中是否也含有某些养生的奥妙呢?

　　蒋介石作为中国近代历史重要的政治人物,他也和普通人一样有七情六欲。

　　所不同的是,蒋介石多年生活在政治禁宫深处,喜怒哀乐往往都被一层外界无法透视的薄纱牢牢罩住,让一般人难以窥测其真实的内心世界。1975年蒋介石在台湾作古以来,有关记述蒋生活内幕的亲历史料渐次增多。一些多年在蒋氏身边供职,或与蒋氏有着特殊历史渊源的知情人,开始一个个走出封闭的帷幕,从各个方面回忆揭示这位已经走进历史的政治枭雄。从大量来自蒋氏身边人的揭密中,让我们更为真切地认清蒋介石其人。

　　最为深知蒋介石生活情趣的人,当属共同生活几十春秋的宋美龄。1975年蒋介石去世后,宋美龄于是年9月17日离台赴美就医,行前在台北桃园机场散发一封公开信,在这封信中宋美龄以绝无仅有的抒情笔调回忆此前病死的蒋介石,同时谈到蒋鲜为人知的生活情趣。宋美龄说:蒋介石生前喜爱的《圣咏》诗句:"'长乐惟君子,为善百祥集,莫偕无道行,耻与群小立,避彼轻慢步,不屑与同席,优游圣道中,涵咏彻朝夕,譬如溪边树,及时结嘉宾,岁寒叶不枯,条邕靡有极。'这首诗句可以代表其精神生活的概貌,录赠诸位,当做精神礼物。"毋庸置疑,宋美龄用这番话品评蒋介石,肯定具有与众不同的权威性。

在谈及蒋介石养生问题时,不能不涉及这一历史人物的生活情趣。蒋介石凡在公开场合露面时,总喜欢板一张肃穆无情的脸。尤其在近代影视之中,蒋介石的形象往往与冷酷、嗜杀、严肃有余而温情不足等同,因此他并不是真正的蒋介石。近年来台湾一些接近蒋氏其人的侍从人员所写的回忆录,则从另一侧面生动地揭示出蒋介石真实形象来。因这些回忆文章的作者,大多长期生活在蒋氏身边,他们熟悉蒋介石生活中的所有细节,即在私下场合他们见到的蒋介石,他是人,而不是作为被人"神化"的政治要人出现在生活中。在台湾士林官邸见到的蒋介石,是一个远离政治角逐与血腥杀戮、有七情六欲的普通人。可以设想,一个没有生活情趣的人,又怎么能真正懂得养生呢?

以下谈蒋的几个生活片段,内中似有值得玩味的养生知识:

1. 电影,一度让蒋介石入迷

在没有登上政治舞台之前,蒋介石只是个普通人。

相关的史实记载,少年时的蒋介石极喜娱乐,绝不是后来人们眼中不苟言笑的蒋介石。蒋介石的故乡人唐瑞福、汪日章等人曾经撰文说:"溪口习俗,逢年过节,要迎神赛会,演戏,演宁波戏和摊簧,玩盘龙灯,闹元宵,蒋氏都要在这些游乐中带头领队。有一年正月里,他领着一队龙灯到岸头岳母家村里去盘龙,要岳母村子里摆酒席相迎,村人表示冷淡,岳母认为他不成器,非常气愤,蒋也因此对岳母家很不高兴,甚至影响以后他对发妻毛氏的关系。"由此可见,少年蒋介石不仅是一个喜欢嬉戏的活泼稚童,而且还是对乡村龙灯演戏等十分热衷的活跃人物。正因为蒋介石少年时就有这好乐好动的性格,所以他长大成人以后,喜欢戏剧就不值得奇怪了。1910年以后,蒋介石曾在上海十里洋场混迹一段时间。由于奉孙中山之命在上海主持证券交易所,经商中的蒋介石当然不同于军旅,其生活情趣的暴露自然相当充分。那一时期蒋介石虽然还是军人身份，不过他的言行均可不受约束。花街柳巷中出没的蒋介石，难免有些风流浪荡的行迹。他在上海结识苏州籍女子姚怡诚，就是那时的事情。

蒋介石在上海经商期间，也像常人一样，他喜欢看电影，尤其爱看日本电影。蒋在上海时看的日本电影，多是战争片和充满色情的娱乐片。也许这就是蒋氏那一时期的特殊嗜好。与其说蒋介石在上海爱看电影，不如说他想借看电影来消磨颇为寂寞的时光。1926年蒋介石来到南京以后，看电影习惯非但没有任何改变，反而变得更加痴迷。1928年蒋介石成为国民政府主席以后，他喜欢看电影的习惯有所改变，他不能再像从前在上海时那样，可以随便进出普通百姓集聚的娱乐场所。这时的蒋介石有权利在黄埔路官邸放映"内部片"，他不仅可以观看公开放映的电影，而且还可以在官邸内独自观看英国、美国的英文原版电影。看这种电影的时候，蒋介石当然听不懂影片中的对白，可由夫人宋美龄在旁为他逐句进行翻译。宋美龄所以拼命要求蒋介石在官邸里放映"内部电影"，一是，因她与蒋结婚之前，曾在上海当过电影审查委员会的译员，因而宋美龄早就与电影结下不解之缘。而官邸的"内部电影"，可让她重温英文版故事片的观看瘾；二是，宋美龄希望蒋介石通过晚间看电影，解除一天的紧张和疲惫。所以每次官邸放映电影时，她一定要求蒋介石陪其观看。蒋介石那时的"电影瘾"早有收敛，毕竟已是国民党的最高领导人，再不比当年混迹上海滩时的浪荡公子，紧张的军政已成为蒋的第一要务。可是，既然夫人如此感情，蒋介石也只好陪同观看。只是他再也不能像从前那样痴迷电影了。有时候电影看到一半，蒋介石因有紧急公事，不得不提前离场而去。

关于蒋介石1930年至1935年在南京看电影看戏的情况，蒋介石当年侍从人员侯鸣皋解放后在其撰写的《蒋介石的内廷供奉机构——励志社内幕》中，有较为详细的介绍。在谈到蒋介石在南京的私人娱乐活动时，侯鸣皋说：蒋介石原本不喜欢看电影，即便看电影，也是在上海滩混迹时偶尔为之，并没有真正的"电影瘾"。蒋后来对电影的兴趣，大多是受宋美龄的影响开始经常去看电影的。侯说："宋美龄爱看美国电影，由励志社电影股派人到中央电影检查处调片，这些都是原版的英语对白，上海的第一流电影院也没有放映过。听说蒋、宋要看新片，巴结还来不及。我记得抗战之前，蒋、宋官邸大约一个星期放一部，也只有少数人可以看到。侍从室人员懂得英语的也不多。我记得影片有《人猿泰山》、《一夜风流》、《富贵于我如浮云》、《乔格菲歌舞团》、《十戒》、《罗宾汉》、《王子复仇记》、《训悍记》等名片,还有名演员陶乐斯·特里奥、格兰泰·嘉宝、费薇里、卓别林、保尔穆尼和童星秀儿·邓波儿等人主演的片子。抗战时期,美国影片都由美空军空运到昆明、重庆,在美军招待所内放映。这时的片子里,有《守望莱茵河》、《卡萨布兰卡》、《吾土吾民》、《最后一课》、《居里夫人》、《左拉传》、《蝴蝶梦》、《魂断蓝桥》、《出水芙蓉》、《飘》等。这些影片也由励志社从美军电影股借来,到重庆曾家岩或南岸黄山别墅去放映。抗战胜利后,因国民党军屡战屡败,蒋介石和宋美龄心绪不宁,就很少看美国电影了。蒋介石和夫人除看电影之外,每天午休时一定要侍从副官为他们放留声机,唱片大都是世界著名的小提琴独奏曲。蒋介石的这点音乐修养,是受了宋美龄的影响。……蒋介石很少到剧场去看剧,经常去的地方就是励志社的大礼堂。蒋介石和宋美龄在励志社举行宴会时,总有励志社管弦乐队演奏,励志社的管弦乐队很有名,如马思聪、戴粹伦、黎国圣、王人艺、陈健等著名小提琴手都先后参加过励志社的管弦乐队。但是他们都不愿意在宴会上伴奏,所以,这些名家最后都一一挂冠而去。……"

对于性情古板、平时极少涉足娱乐领域的蒋介石来说,每当他在上海电影院或南京的"励志社"放映室看日本电影时,常常让他回想起当年在日本振武军校和北海道当兵时的艰苦生活。后来蒋介石在夫人的影响下,经常观看美国电影,这在蒋介石清教徒似的生活中无疑洞开一个崭新的天地。通过多次看电影,不仅让蒋开阔视野,增长了知识,重要的是为他后来的养生之道注入了新营养。一些西方名人的生活经验与他们特有的养生方式,蒋介石都是通过西方电影有所了解的。例如宋美龄极力推荐给蒋介石观看的美国电影《希腊的奇迹》,就是一部好莱坞专讲养生长寿的纪录片。蒋介石原以为希腊只是一个不足为奇的小岛,没有什么优势可与中国相比,不料他在电影中竟看到一个名叫西米的地方,此地依山傍水,小岛屿上只有二千多人,然而生活在在岛屿上这些希腊人,几乎人人是长寿者。他们中年过八旬的比比皆是,九十岁以上的老人也不足为怪,甚至还有百岁以上的老寿星,小岛与长寿老人,引起了蒋氏的羡慕和赞美。因为这些海岛上的老寿星,其生活方式独具一格,他们大多勤于劳作。每天生活在海风、绿树丛中的老人们,有些在年过百岁还能随船下海捕鱼。再看他们所吃的鱼肉,几乎成为他们赖以生存的主要食粮。这些须发皆白的老者,每天下海之前竟然还要喝酒。电影上的真实故事,让对西方一无所知的蒋介石大开眼界。他发现这些百岁渔民,在经过一天的海上作业以后,每晚都会从海中捕来大量的鲜鱼鲜虾,至于经过他们烹饪的大沙丁鱼,更让蒋介石见了馋涎欲滴。西米人喜欢吃的橄榄油,经宋美龄解释说,那才是西米人长寿的真正原因,因为这种油里含有丰富的维生素 A 和维生素 B。宋美龄还告诉蒋说:为什么说橄榄油可让这些西米人长寿呢? 就因为油中的维生素可以降低胆固醇,同时还可以增加人体内的蛋白质,此油可促进胆囊加速分泌并有利于消化。正因为西米人善于养生,所以许多疾病都远离西米人,看起来,西米人的长寿,往往就取决于他们与众不同的饮食习惯。

蒋介石通过看电影不仅了解西方世界上那些善于养生的人,而且也让他见证了自己的孤陋寡闻。西米人的经验让蒋介石省悟,他也渴望早一天吃上橄榄油。蒋介石来到台湾以后,吩咐厨师每次烧菜,定要使用橄榄油,其原因竟是因为看了一场电影。由于经常看美国电影,蒋介石还懂得一些西方人的养生知识,比如在吃食方面,他从前不喜欢的一些菜类,如西红柿和洋葱等,蒋介石都是通过看电影了解外面世界后,在夫人的多次劝导下才开始改换饮食习惯的。例如大蒜,蒋介石从前是绝对禁口的,因他讨厌大蒜那股呛人的气味,蒋介石担心他因吃蒜在会客时引起客人的反感。但通过看西方的纪录电影,才一点点接受吃大蒜的益处,大蒜虽然气味恶臭,让人厌恶,但它却有其他食品菜类无法替代的抗菌、消毒作用。而且由于大蒜中含有硒和锌的成分,吃后还可促进血液循环并降低人的血压。宋美龄说休要小看大蒜,经常吃一点,它的作用强似药物,大蒜尤其对肠道的可怕毒素颇有奇效。只有大蒜才能把危害减少到最低限度。蒋介石知道夫人也讨厌恶臭气味的食物,而今早年留学美国的宋美龄,为了养生的需要都可以吃大蒜,他当然不能避而禁之了。

这就是看电影给蒋介石带来的益处。只是蒋到台湾以后,看电影愈来愈少。尤其是到了人生的暮年,由于蒋介石习惯早睡早起,所以对看电影的兴趣随年龄增长而骤然减少。到了 70 岁后,蒋介石几乎不看电影,官邸里放电影一般都是宋美龄和侍从们观看。有的电影在宋美龄要求下不得不看,蒋介石也只是到场看了几眼,便借故离开了事。蒋介石要准时回到卧室去,他担心贪夜过多,就会影响正常睡眠。蒋介石按时入睡,多年已成习惯,在一般情况下是雷打不动的。

2. 喜欢京剧,暮年仍念念不忘

蒋介石的生活情趣还体现在看戏剧上。青年时期的蒋介石喜欢看戏,这一嗜好甚至可以追溯到他在日本振武军校读书时期,那时蒋介石生活在东京,只要有时间,他就喜欢和同窗学友一起观看日本艺妓们的演出,以解脱读书的寂寞。蒋认为日本艺妓的表演很有中国风韵,看了艺妓们的演出,常常让他联想起中国的京剧。1911年以后,蒋介石混迹上海的十里洋场。凡是日本艺妓们来华演出的节目,蒋介石也要每每光临,他对来自扶桑的艺术表演,往往怀有特殊的感情。至于蒋介石后来对中国戏剧的痴迷,似与二十年代在上海枯燥的独居生活不无关系。至于蒋介石毕生喜爱的京剧艺术,甚至可以追溯得更加遥远。京剧,早在蒋步上政治舞台前在故乡奉化读书时,就是蒋介石的爱好之一。

现从蒋介石次子蒋纬国生前的《自传》中可以找到如下记载:"我父亲喜欢看京剧,宁波有一个东方戏院,父亲经常带我和王世和去看戏。我们通常都坐在第一排。舞台上有一排电灯,每一盏电灯有一个灯罩,灯泡朝舞台,灯罩朝观众席,所以能够照亮舞台而观众看不到灯泡。有一次,我发现大灯泡的灯光朝外,王世和就过去把灯泡转了一转,结果触电了,手沾在上头,人一直抖动,手也拿不下来,父亲就退后几步,用最快的速度把他撞开了,他的手一离开灯泡,人也就没事了。我后来才知道,为什么没有人去碰那个灯泡,原来那个灯泡会走电。"

蒋介石对京剧爱好就这样保持下来,并没有因其日后跻身军政上层而发生任何改变。蒋氏喜欢中国京剧,更景慕舞台上那些光焰四射的明星人物。少年时他在奉化和宁波,就时常爱听"同光十三绝"的唱片,所谓同光十三绝,都是在清朝皇宫禁苑专为慈禧演唱的名伶,例如谭鑫培、梅巧玲、陈德霖、刘赶三等人,都是少年蒋介石崇敬的偶像。

民国年间蒋介石在上海主持证券交易所,当时正是京剧从北方向南方发展的兴盛时期,上海的大舞台、天蟾戏楼、共舞台、皇后剧场和金城、大世界等戏楼,几乎不时就有从北方来沪的京剧名家在此演出。蒋介石那时对南征北战的艰苦军旅生活已极大厌倦,索性就在十里洋场当逍遥公子,活得倒也安逸潇洒。就在这一时期,蒋介石虽无法亲眼观看"同光十三绝"的演出,不过"十三绝"的后裔弟子们,在民国初年却经常来上海演出。梅兰芳成名以后,他作为"十三绝"的后裔就是在沪公演并获得成功的,蒋介石对梅兰芳的好感大约也是从这一时期开始的。至于后来名噪一时的杨小楼、马连良、谭富英、余叔岩、刘喜奎、孟小冬、程砚秋、奚啸伯等人,也都相继引起蒋氏的高度兴趣。1920年某日,蒋介石在上海带着他当时的女友陈洁如,亲往戏楼观看程砚秋的演出。当夜蒋介石在他的《日记》上曾留有记载:"下午候璐妹,晚,偕璐妹观剧。程砚秋之貌及唱,似皆不及梅兰芳也。"在蒋氏的这些记述中,尽管语句凝练,但可见其当时对京剧艺术的好恶与迷恋程度。

除从北方(北京和天津)来沪的名角之外,蒋介石也时常去为在卡尔登大戏楼演出的麒麟童(周信芳)和在永安天韵楼唱戏的南派名角高雪樵、小奎官和言菊朋等名伶捧场。只是那时的蒋介石人微言轻,一般戏剧界还不知其名。不过,蒋介石经常亲临观赏这些名伶演出的京剧,确是个不争的事实。

1929年蒋介石成为国民党实际领导人以后,久住南京。这更是一座与京剧渊源较深的城市,早从晚清时代就有王鸿寿等人在效法"同光十三绝",在南京几家舞台演出旧剧或折子戏,其中蒋介石经常观赏的多是一些与军事相关的所谓"武戏",这和他的身份极为相称。因蒋氏再不同于当年在上海时可以随意去各类戏楼看戏,有时甚至他还敢看些不入流的"风流艳剧"。如今蒋已成为国民政府的政治要人,凡他所看的京剧,再不能掺有"色情"的成分,尤其是宋美龄与其结为秦晋之好后,蒋介石再不敢像从前那样随心所欲了。他在南京时看的多是《水淹七军》、《古城会》等等。

1930年以后,南京的京剧大有南北两派合流之势,梅兰芳、程砚秋、尚小云、荀慧生等四大名旦的先后到来,让蒋介石大饱眼福。在一般情况下,蒋介石虽喜欢京剧,但他囿于特殊的身份,大多不轻易进入民间剧场,有时即便去了,也不敢过于声张,担心有人趁机在剧院里打他的黑枪。

好在蒋介石麾下有一个特殊机构"励志社",它们可以包揽蒋介石所有公余的娱乐生活。"励志社"又为蒋介石心腹黄仁霖主持,他知晓蒋的任何生活需求,所以,蒋氏在南京观看京剧演出,大多在"励志社"可以操控的小剧场里,普通平民是绝对见不到蒋介石本人看戏的。对此,侯鸣皋回忆说:"蒋介石喜欢看京剧,抗战胜利后,在南京由我邀梅兰芳、纪玉良合演《龙凤呈祥》、周信芳主演《四进士》、董芷苓主演《拾玉镯》等。抗战前,励志社以赈济黄河、长江水灾的名义,邀梅兰芳剧团到南京演出,记得当时的励志社演出五次,在中华大戏院演出五天,在励志社演出时,票价高达十元一张,比一担白米还贵,蒋介石和宋美龄夫妇连看了三天戏。……蒋介石很少看话剧,很少涉足剧场,主要是出于安全原因。记得蒋介石在重庆浮图中央训练团礼堂内,看过一次曹禺的《蜕变》……从1933年到1937年,蒋介石和宋美龄要在庐山军官训练团礼堂内,观看励志社演出的文明戏,也就是没有写出对话的独表剧,这无非是一出应时的彩灯戏,加上杂耍儿而已。……在重庆时,每逢圣诞节,蒋介石和宋美龄都要去嘉陵宾馆举行宴会,这时,黄仁霖就亲自登场,扮演圣诞老人,……记得西安事变前,蒋介石携宋美龄在洛阳避寿。黄仁霖得讯后,亲自带着音乐股、戏剧股、电影股和美术股全体人员去洛阳准备演出。当时津浦铁路局特为励志社演出人员挂了一节蓝车皮,并停靠在洛阳车站上。……1949年春节,蒋介石通电下野,隐居在奉化溪口。当时我在联勤总部特种勤务署任康乐司司长。康乐司下面有个夏声剧校,校长就是名票友刘仲秋。那时刘仲秋带了夏声剧校的全班人马去溪口演出。剧目有刘仲秋的《失空斩》和夏声的看家戏《陆文龙》等,这是蒋介石在大陆上观看的最后演出了。"

蒋介石的娱乐生活,在大陆时期比较活跃,到了台湾以后,蒋介石不仅很少再看电影,在一般情况下他从不涉足戏院或娱乐场所。即便台湾一些著名京戏演员,比如顾正秋、徐露等举行公开演出,蒋介石也从不轻易到场观看。他的公余生活由此变得更为谨慎和古板,有时即便来了重要的美国客人,极需蒋介石到场作陪,蒋一般也会不出席,往往委托夫人或其他官员代替,蒋介石远离娱乐活动的做法一直持续到他离开人世。关于蒋介石到台以后就不再观看京戏一事,他的随身医官熊丸曾有过说明,熊说:"除了游山玩水之外,蒋先生的另一项嗜好就是听京戏,所以他经常自己一个人听。然而撤守台湾后,他曾立誓:'不回大陆不听京戏。'所以他来台后便没有再看戏,但他仍然看电影上的京剧故事,尤其喜欢看李丽华的电影,有两三次他还召见过李丽华和严俊,用点心招待他们。过去他也看绍兴的家乡戏,但不似京戏那样喜欢,他看京戏时甚至还会边听边打拍子,夫人便不同,她只爱看外国的电影。"

3. 读书写字,皆含养生哲理

蒋介石多年官邸生活,让他养成喜欢读书的习惯。

溯其根源,可以发现蒋氏早年就有嗜好读书的习惯,少年时他喜读朱熹

167

的著作。蒋认为宋明道学应该划分为理学与道学两种。而朱熹著作所以成为蒋最早推崇的原因,就因他喜欢理学的文章。1923年蒋介石在《日记》中说:"思良友,窃取乎朱子'从容乎礼法之场,沉潜乎仁义之府'二语以自循省。"蒋介石把朱熹的理论归纳成"省、察、治"修身三法,当成他行动指南;成年以后的蒋介石,开始把治学的兴趣转移到道学方面,其中尤喜王阳明和陆九渊的学术论著。尤其对王阳明在明朝为官时期的哲学理论尤为感佩,有时蒋在军马倥偬之中,还在头脑中思考王阳明的理论,例如1926年11月17日他在《日记》中说:"车中闷坐,深思阳明格言。"便是生动的一例。蒋介石早年的治学态度,亦由此可见一斑。

青年时期的蒋介石读书多而杂,其中喜读的有诸葛亮著的《前出师表》、文天祥的《正气歌》、胡林翼的《宦鄂书牍》以及张居正、王船山、王安石、管子、韩非子、朱子、顾亭林等人的著作,并称自己做到了"日尽一卷"。蒋介石成为国民党军政要擎以后,对读书仍不敢因公务繁冗而疏忽轻弃。只是他所选读的书刊,越加符合其好战修身的思想。例如《曾文正公全集》一度就是蒋氏须臾不肯释卷的必读之书。在蒋的日记中不断可见与曾国藩相关的读书心得。也许正因喜爱曾氏的文章学理,所以蒋介石常常把曾氏的治学修身思想,应用到实际行动中来。蒋认为曾国藩是一位修养良好的历史官宦,又常把曾的语录当做他修身哲理。蒋介石在《日记》中曾记有曾国藩的格言警句多处,这些一家之言往往被其视若行动指南。如"韬光养晦,忍辱负重;以制帅气,以静制动,涵咏体察,潇洒澹定;事亲以得欢心为本,养生以少恼怒为本,立身以不妄言为本"等诸多警句,无疑均被蒋视为座右之铭。

蒋介石在南京主政时期的读书,往往与他面临的紧要公务有关。到台后的蒋介石仍然保持读书习惯,只是到了人生的晚年,蒋一般把静坐在密室中捧读诗文,当做他的养生之功。诚如老子所言"致虚极,守静笃",就是这个道理。而在明代《养生四要》和《抱朴子极言》中,也有一些与读书相关的理论,这一切都成为敦促蒋介石读书求得心静,以心静求得养心的养生要旨。其中古人所言:"性笃行贞,心无怨气,乃得升堂以入于室",就能体现此时蒋之意图。它是说如若想让身体得到真正休养,必须心无怨气,也是说一个人真正要健体,心静就是首要条件。而像蒋介石这样至死都没有放手权柄的政治人物而言,操心与静心则永远是对立的统一。对此,蒋介石也从慈湖书斋中找到了更为精辟的解释,即:"心要常操,身要常劳,心愈操愈明,身愈劳愈健。"蒋介石在寻求心静的同时,尽量避免多操心,所以他才在70岁以后,即把手中军政两权,循序渐进地交给钟爱的儿子蒋经国,代他主持台湾的军政。而蒋介石自己则把操心一说视为养生的禁区,尽量少操心或者不操心。更多的时间,蒋介石一般都要用在室内的读书上。

早在蒋介石奉化私塾就读时,就对《老子》、《大学》和《中庸》等书痴情认真。及至年长,始对《太上感应篇》情有独钟。1937年他儿子蒋经国从苏联回到国内,曾经在奉化溪口奉蒋介石之命于丰镐房里读书,其中蒋指定儿子专修的书目中,就有《太上感应篇》。与此同时在溪口雪窦山顶闭门思过的少师张学良,也听从蒋介石的指令,捧读的群书之中也开列有《太上感应篇》。由此便知此书对蒋介石的影响之深。

蒋介石进入民国政治舞台高层以后,他独推明代哲学家王阳明的著作与诗篇为众官效法。在蒋介石南昌行营办公室墙壁上,就有他亲笔抄录的王阳明诗词《游雪窦》:"平生性野多违俗,长望云山叹式微;暂向溪流濯尘冕,益怜辟萝腾朝衣;休间烟起知僧往,岩下云开见鸟飞;绝境自余麋鹿伴,况闲休远悟禅机。"

显然王阳明早年亲临蒋氏故乡奉化溪口,并游历雪窦之山,也许这就是蒋对王阳明毕生恭敬的缘起。不过,蒋介石崇拜王阳明并不时以其唯心哲理作为自己拜读研究的范本,确是不可否认的事实。在蒋介石成为国民党的实际领导者后,凡在他讲话或著述之中引证,多见王阳明语句,而蒋在潜移默化之中诠释王阳明思想的论述更为多见。在慈湖行馆内,蒋氏书房陈列的著作之中,《阳明全书》竟占据偌大书架的重要部分,从中不难看出蒋对王阳明著作的一往情深。蒋介石一边崇敬王阳明其人,一边研读他的唯心主义哲学体系,至于王阳明的养生之学,更是蒋介石晚年必读的书籍。王阳明诸多近乎唯心的养生思想,大多为蒋氏所接受,例如"我不看花,花不在"的理论,尽管台湾知识界纷纷批评,可蒋介石仍然认为王阳明这种唯心主义学说就是他的养生学基础。在信奉王学的同时,蒋介石也极力推崇慧能佛教大师主张的"非风动非幡动,乃仁者心动"之说。在蒋介石晚年的读书生涯中,此类唯心主义学说占据着很大成分。

蒋介石主政南京期间,尽管他公务繁忙,但对多年的读书习惯依然持之以恒。蒋氏当年的侍从秘书汪日章回忆说:"蒋每日必记日记,格式自己设计,每天一页,页头印有警句,如'早起清明在躬'、'志气如神'、'大器晚成'等等。每星期增加一页,上半页是一周工作回顾,下半页是计划。他挂在办公室里的座右铭是《孟子》里的一段话:'居天下之广厦,立天下之正位,行天下之大道,得志与民由之,不得志独行其道。'其对文件的处理非常仔细,即使只错一字,也必追回改正后再发,对将要发表的文告更是逐字斟酌,逐句推敲。看书专注,多加圈点与评语,如对《张居正评传》、戚继光征倭寇的《纪效新书》《管子》等等,择其有用者作为理论根据,加上自己的言行录,印发分送各将领。"

此外,在蒋介石的慈湖行馆内,也珍藏一些外界不能阅读的共产党理论书刊。这些书大多是蒋介石在大陆时期读过的。作为国民党的领袖人物,蒋氏也像许多知己知彼的战略决策者一样,他为政治的需要,不能不读一些马列主义和共产党人的理论著作。当然,他研读马克思、列宁、斯大林和毛泽东等领袖人物的经典著作,并非为着实用,往往是反其道而学之。

从现已公开的《蒋介石日记》中发现,蒋介石在 30~40 岁时(1919 年至 1926 年间),就有大量阅读共产党书籍的记载。例如 1919 年在蒋氏《日记》上多次见他亲笔所写:"上下午各看《新青年》杂志一次。"1920 年 2 月 6 日记有:"看《经济学原论》。"隔日又说:"看《经济学原论》完。津村主张,皆为调和派的论调。其中不能自圆其说者亦只顾滔滔不绝,彼之老实,堪笑亦堪怜也。"

还有,1923 年 10 月 3 日,蒋在《日记》上记有:"复看《马克思学说概要》。"又称:"今日看《马克思学说概要》完,颇觉有味,上半部看不懂,厌弃而去再看。看至下半部,则多玄悟,手不忍释矣!"当年 10 月 13 日,蒋氏《日记》上再次出现一本新书名:"看《共产党宣言》。……"1925 年 11 月 10 日蒋氏又记如下读书心得:"看《列宁丛书》第五种。其言劳农会与赤卫军之组织与新牺牲之价值,帝国主义破产之原因,甚细密也。"10 日后蒋介石再写一笔:"看《列宁丛书》。其言权力与联合民众为革命之必要,又言联合民众,以友谊的感化与训练为必要的手段,皆经验之谈也。"从中可见,蒋介石读共产党书籍并非应景或消磨时间,而是投入真情,悉心加以研究。

此后,蒋介石在阅读这些进步书刊的基础上,又进一步研究《德国社会民主党史》和《法国革命史》。1923 年 6 月 9 日蒋在《日记》中记有这样的话:"看《法国革命史》,乃知俄国革命之方法、制度、大量其新发明,十之八九,皆取于法国,而改正其经验也,然而益可宝贵也。"不久,蒋又拜读《俄国革命史》、《俄国共产党史》及《平均地权论》等书,至于从 1925 年起始读的《建国方略》和《三民主义》等书,则更加让蒋介石联系到中国的现状。蒋在《日记》上曾经这样说:以上书刊"全以经济为基础,而以科学方法建设一切,实为建国者必需之学。总理规划于前,中正继述于后,中华庶有豸乎？……"

不过,蒋介石无论研读何种书刊,无论其政治观念如何,他毕竟是用大半生的时间在学在读。从这一点而论,蒋介石的学习和读书,在某种程度上,他是作为打破寂寞与养生必要的日修功课而存在的。蒋介石喜欢读书,这无疑是他的长处,但他在发迹以后,仍然认为少年时读书甚少,这也值得称道。1931年1月25日,蒋介石在《日记》上大发感叹说:"余少年未闻君子大道,自修不力,卒至不顺于亲,不慈于子,迄今悔已难追。"蒋介石虽为一介武人,却总是念念不忘读书,实乃可赞之事！

青年蒋介石不仅喜读古今中外政治家的传记,同时也间或读阅一些外国著名文学家的书刊。其中印度著名诗人泰戈尔一度曾是蒋氏心中崇敬的人物,现在可以从公开曝光的《蒋介石日记》中发现蒋氏的心路历程。例如1925年11月12日,蒋介石就在《日记》上记载着他披阅《泰戈尔传》后发出的感想:"泰戈尔以无限与不朽为人生观之基点,又以爱与快乐为宇宙活动之意义,列宁以权力与斗争为世界革命之手段。一以唯心,一以唯物。以哲学言,则吾重精神也。"

有人说蒋介石晚年极为珍视时间,在慈湖读书,有时一读就是一天,全然是因为他想效法清代军事家曾国藩的养生之道。毋庸置疑,晚年曾国藩虽也失去政治权柄,变成一个无权无势的闲人,可这位清代有名的儒家,却能应对复杂多变的形势,不想不该想之事,丢官后毅然屏退从人,两耳不闻窗外事,一心只读经书。蒋介石晚年对此人极为推崇的原因,也许就在此处。统观蒋氏晚年,他所喜读的书,只有两个人的著作。一是老子的书,第二就是曾国藩的著作。

蒋氏喜欢老子,与曾国藩不同,多是从养生学的角度出发。例如老子生前对养生学的独特见解,往往都体现在所谓的"三字真经"上。老子认为人如果长寿或少生疾病,就必须要做到三个字,一是"慈",二是"俭",三是"守"。蒋介石认为老子这三个看来极为普通的字,已把所有天下人的欲望之灾都总结得生动具体,入木三分了。"慈"是指所有想养生长寿之人,不能以"凶险之心",待人接物,无论对方是何等险恶,都必须要以"慈爱之心待之"。不然,以恶制恶,不仅有害他人,也会伤及自身。蒋介石对"慈"的理解至深,因他从小就喜欢一个"慈"字。早年在大陆生活期间,他就把母亲在奉化死后的居所更名为"慈庵";来到台湾以后,蒋氏又在桃园县大溪新辟的四合院设法再现祖宅的原貌,然后为这座宅子命名"慈湖",所有一切,都说明他对

"慈"的理解已深入骨髓。

蒋介石对老子提倡的"俭"字,也另有所悟。在其手握重权的大半生中,尽管也曾为满足自己欲望极尽消耗之能事,但蒋介石历来反对铺张浪费。他甚至连衣帽也尽量做到简朴,饮食更以普通民间饭菜作为自己的食谱和菜谱,因此,蒋氏认为"俭"字如果能成为人之养生的要理,那么他定能以身作则,首当其冲。

对老子的"守"字,只有他这曾在民国政治舞台上周旋多年的老政客才深得其中寓意。蒋介石深知老子要求养生者必须恪守一个"守",就是与世不争之意。老子的"不争",也就是"自谦",而人如能"自谦不争",显然就可过着胸襟坦荡的日子。正所谓"天之道,利而不害,人之道,为而不争"的道理。在反复翻阅老子的养生篇后,蒋介石心得愈多。他在反思自己漫长人生以后,不能不认为自己的前半生是失败的,因为他并没有做到"人之道,为而不争。"也许正是他拼命地与人争夺,甚至不惜为夺取权利大动杀伐,才最终破坏了他的养生之本。这也是蒋介石晚年慎思独思起来就暗自落泪的原因。

曾国藩希冀从古今书籍中寻觅养生诀窍,在蒋介石看来这也不失为超然物外的贤明之举。他极为笃信曾国藩在养生学上的独到见解:"读天下之书,足以养生祛病。"蒋氏羡慕曾国藩在政坛上时把才华发挥得淋漓尽致,走下权势的"神坛"之后,仍然能够心胸开阔,以读书作文为最大乐趣。蒋介石研读曾国藩的家书,会由此联想他对蒋氏子子孙孙的责任;他读到曾国藩的生前传记,尤感兴趣的则是曾国藩在人生最后时刻的乐观精神。蒋介石在困厄之时往往以曾国藩死前的乐观精神为楷模,认为曾国藩失意时尚能以乐忘忧,每天下棋读书,赏画栽花,并非在无聊地打发时日,而是在效法古人以闲情面对百愁之苦。曾国藩临死的前一天,还在睡榻上披阅《理论宗传》。蒋因而有感,曾经对身边人说:"如我也像曾国藩这样死前仍在读书,那就死而无憾了!"

蒋介石在台湾的最后几年(指1969年发生车祸以前),他对道家之学尤为喜读。同时,他也曾再次重读《菜根谭》。这是他从大陆逃台时带往士林官邸的一批旧书之一,青年时就一度为蒋氏所喜爱。在蒋氏的早年《日记》中也可找到他对此书披阅以后的心得:"看《菜根谭》,以勿忧拂逆与不为物役二语为最能动心。"可见蒋对此书当年之厚爱。蒋介石不仅泛泛空读闲书,而且更注意把读书与实用紧密结合起来。特别是在读书过程中,蒋氏一般都喜欢把读书的心得与他的"养生之术"相互衔接。这种习惯并非始于台湾,早在1920年他就在《日记》中有所体现。例如当年4月15日就记有这样的话:"除按日记事外,必提叙今日诸过未改,良知未致,静敬澹一之功未呈也。"蒋介石即便在成为国民党总裁以后,也仍时时注意其思想和行迹上的修养。比如他对自己暴戾性格和急躁情绪的克制,就是从30岁时开始的。那时候蒋介石也许尚未把克服性格缺陷提高到"养生"的高度,但他已经意识到这类急烦性格往往会坏其操守,危及身体。

晚年的蒋介石不仅对读书十分用心,在他公余之时,还对报纸十分用心。到他人生的暮年,喜欢读报的兴趣仍然有增无减。他身边的医官熊丸亲眼见到的情况是:"过去吃早餐时他(蒋介石)都会先看报,看完报再吃早餐,而后有人替他读报时,他则边吃边听。早餐时间多为一个钟头,得把报纸里的重要消息都读完才行。他很重视看报,直到他自己不能看报时,他还是会先看过大标题,将想听到的新闻打红钩,再请武官读给他听。蒋先生每晨除祷告、读《圣经》、静坐外,第一件事就是阅报及聆听参谋为其阅读国内各大报纸。以及国外著名报纸、杂志中有关我国之报道文章,尤其对《中国时报》及《联合报》社论等几乎篇篇必读,有时他亲自剪下有关文章,压在桌上。……"

蒋介石在读书之余,还不时练习书法。蒋介石的毛笔字写得谈不上好,但在当时国民政府中的党军政高级要人之中,他肯定无法与国民党内的书法大家于右任等同日而语,不过蒋介石的毛笔小楷至少也可上大雅之堂。因蒋毕竟是一个"行伍"军人出身,比不得于右任甚至也比不上自称契弟的张学良。蒋介石在官邸生活中,不仅时用毛笔题字,有时他也偶作小诗,以戏文为乐。例如夫人宋美龄作画以后,蒋介石不时为她在画幅的天头之上,题写诗句,比如蒋在宋美龄《墨荷图》上题写的七言律诗,就颇有一点文人韵味:

风雨重阳日,同舟共济时;
青松开霁色,尤马纵云旗。

再如,蒋在宋美龄所绘《兰花册页》上题写的如下字句,也颇有几分文韵:"辛亥春,夫人写兰二十有四页,辑刊成册,皆为其得心应手之作,诚大涤子有所未及。盖写兰之难,在乎气韵温穆,笔墨浑厚,前贤能兼擅此长者,未易多得。余乃以此怡悦其清芬,并以此为夫人寿。"

在这里暂且不谈蒋介石的毛笔小楷够不够"书法"的水准,因这里是在通过书法和练习写字,意在说明蒋氏晚年与众不同的"养生之功"。这就不能不联系到他的夫人宋美龄了。

宋美龄早年在大陆生活期间,曾经一度是活跃在政治舞台上的女性"外交家"。宋美龄一度在国际舞台上大显身手,1942年她甚至利用前往美国治病之机进入白宫与罗斯福面晤,继而又在美国各地到处巡回讲演,呼吁美国民众向中国抗战投一张支持的票,自此成为她人生一大亮点。就连美国驻华特使马歇尔将军也不得不承认,宋美龄在外交上发挥的作用,甚至可抵得蒋介石20个师的兵力。

宋美龄在届满五旬的时候,忽然在政治旋涡中急流勇退,并躲进官邸里甘愿忍受无边的寂寞而潜心学起了绘画。她先学油画,画山画水,画庐山,画南京的夕阳落照;继而又向台湾两位画家学练中国画。只有蒋介石明白前半生极喜抛头露面的夫人,为何忽然藏身于密室,伏于案前挥毫作起画来了。她这是适应历史的变迁而学会的养生之术。既然宋美龄晚年能以绘画来打发光阴,他为什么就不可以效法其妻,以练习挥毫写字来面对愈来愈有限的人生时光呢?

蒋介石武人爱文,不仅喜欢毛笔字,也喜欢写日记。在蒋氏身边当参谋的朱永坤说:"蒋介石习惯写日记,从不间断,无论多忙,他临睡前总要写好日记。他聘请了几位有文学素养并写一手好字的老夫子,为他抄写日记。无论到哪里都要带上他们,又喜读《曾文正公全集》,也经常带在身旁。蒋介石看公文很仔细……"

从前,蒋介石对天下文人多采取敬而远之态度。在他的理念之中,"文人无常",而他本人则是日本振武军校毕业生,当然是一个"武人"。所以他历来就看不起文人墨客,蒋氏对许多杰出的近代文人,也大多采取排斥、打击甚至暗杀的做法,这是历史记录在案的事实。即便他也写字练字,但蒋介石的练字完全是为批示公文,从来没有想成为一个书法之家。可一旦进入人生晚年,竟也开始对中国历代墨客发生了浓烈兴趣。他也推崇宋代著名书法家苏轼,不仅一生书法传世,而且对人之"养生"也有独特见地。蒋介石研读苏轼的"安"、"和"二法,认为是养生学中的要素。他理解苏轼作为名噪一时的大家,为何竟会在功成名就之后急流而退,以一"安"字来希求晚年的"心安"。而苏轼的"心安"又与"平顺"相提并论,因蒋介石十分理解,苏轼的"和"显然与政界官场的纷争无关,他追求的是心理上的安顺之境,正所谓"安则物之感我者轻,和则我之应物者顺。"蒋介石当然写不出像苏轼那样笔酣墨饱的狂草书法,笔下更难有苏轼的壮丽诗篇。但他能从苏轼这类大文人身上学到对世事的达观心态,已属不易,因此他练起毛笔字来,往往手动心驰,感悟良多。

4. 游山玩水皆所好,散步健体是绝招

蒋介石生活情趣的另一方面,就是喜欢游山玩水。

诚如古人所言:"养身者乐山乐水。"又说:"仁者乐山,智者乐水。"这其中含义当然值得研究。蒋介石早在大陆生活时就对公余视察十分投入,无论战事何等紧张,只要有时间,他一般都要借机游历名山大川。多年跟随在蒋介石身边的"御医"熊丸在回首往事时,也提到蒋在生活情趣方面的经历,他认为:"蒋先生最大的嗜好便是游山玩水,只要得空,他便会到日月潭,梨山等地方游览。且多到人迹罕至的青山,先生往往会在那些地方住一个晚上,次日早晨再选个地方吃早餐,十分悠闲。在日月潭游览时,每天下午四五点钟,他总喜欢游潭。但他不喜欢乘汽艇,喜欢和夫人一起坐在船夫划的船上,十分安详。有时他会在路上散步,口中读着唐诗。他很喜欢唐诗,在他桌上总离不开一本唐诗。他那本唐诗已经翻得很旧了,最后还放在他的棺木里。他死后,棺木里放的就是一本《圣经》,一本唐诗,还有一本《荒漠甘泉》。"

蒋介石青年时就喜欢游走四方。他在奉化私塾求学时,就不甘在奉化狭小天地求得生活的安泰,他不想像父亲蒋肇聪那样一辈子当盐商;蒋更无意在奉化封妻荫子,或在小小县城的官场谋求一官半职。他喜欢周游天下,所以才有前去北方保定陆军学堂读书的经历,后来他只身东渡日本,远离故土,也是在这种思想支配之下行事的。

北方山水一度让蒋介石为之倾倒。尤其是保定的冬天,鹅毛大雪是从小生在江南的蒋介石极罕见的自然景观。在日本留学时期,蒋介石就与好友张群等人,有过假日前往仙台游历,去京都观瞻古寺的经历。当然,这并不说明蒋介石对浙江风光已经厌倦。他此后成为国民党的最高领导人,衣锦还乡时也不忘徘徊在四明山的群峦万壑之间。蒋介石早年的侍卫孙宗宪说:北伐以后,蒋介石仍然惦记溪口的山山水水。"在一般情况下,蒋介石每年清明都要回故乡,祭扫祖先、父母和外祖父母的坟墓。并借此游览名胜古迹以及探亲。溪口上游的剡溪、有前、中、后三川,他外婆家在后川葛竹,岳父家在前川岩头,连襟在宋孟固家的中川驻跸,他都可行竹筏,在急流之中,

其疾如飞,惯坐者为之快意。1933年他和宋美龄同游雪窦山回来时,从后川的亭下坐竹筏顺流而下,当竹排飞驰时,吓得宋美龄大叫,而蒋则哈哈大笑。蒋介石每次回乡,必去萧王庙,拜望舅舅孙勤丰……萧王庙也是他每次回乡要去瞻谒的,……"从这些记述中可见,蒋介石对江浙山水倾注的感情非同一般。蒋在少小之时,其母王采玉就曾多次以严厉语气告诫于他:"玩物者丧志,我劝你休要流连于山水之间。年轻人理当多作学问,少游山水才是。"但蒋介石对其母的忠告并没有付诸行动,这其中原因不得而知,也许是蒋对游历山水的兴趣,冲淡了他对慈母的几分孝心。游山玩水,在他看来毕竟有益于身体,有益于他不断开阔眼界。

在大陆生活时期,游历名山大川已成为蒋介石的一种特殊嗜好。只要他因公前去某一地,必然要去游历此地名山和古迹。蒋如果去北平时,总要到紫禁城观赏层层金碧辉煌的大殿;如去西安蒋必游华山、大雁塔和古长安的几座皇陵,而华清池则是他下榻驻跸之地;如到河南蒋必游嵩山;如到江西蒋必登庐山;而如来安徽时,蒋介石每次都要亲登黄山并在山顶过夜留宿,甚至还要在次晨观看日出后才可下山。至于蒋介石每到四川境内,乐山和峨眉便是他的必游之地。1935年蒋介石首次游峨眉山时,侍卫孙宗宪曾有较为详细的记述,他写道:"我随蒋介石进入这秀甲天下的峨眉,一路上只见茂林修竹,青翠欲滴,峭壁耸峙,白云缭绕。……蒋介石从峨眉山脚下的报国寺出发,经过伏虎寺,驻节半山,再登临顶峰。我们经过万年寺,遇仙寺,洗象池到达金顶。在坪池之间,我们为蒋介石和宋美龄的居住,租了一所外国人避暑的竹木小屋。侍从人员和警卫人员也租了一所洋人的简易房子,分居左右。身处山峦之中,我们饮的是用大竹管接来的山溪水,溪水清洌味甘,沁人心脾。蒋介石的饮水是经过沙石过滤的,他觉得蒸馏水味浓,爽口,犹如青岛崂山矿泉水。从此也常喝这种过滤的山溪水了。蒋介石从洗象池乘坐定制的'滑竿',两次上金顶游览,蒋介石和宋美龄对峨眉山胜景极感兴趣。在金顶临近合身岩时,用望远镜观赏四周风景,合身岩下,万丈深渊,从没有人去探险寻胜。蒋介石用望远镜看了一阵,似乎没有观察到什么,……"

1949年蒋介石来到台湾后,尽管他的几百万大军都毁于一旦,终日处于忧郁之中,但蒋介石对游历名山大川的兴趣仍然有增无减。他在台湾各地经常驱车游览,日月潭和阿里山自不必说,其他景观也都不肯放过,从台北近郊的草山(蒋后来更名为阳明山)到台北南约20里的乌来大瀑布;从新竹城南的狮子山佛洞到台南口外的"鹿耳海门";从台南的赤嵌楼到大安溪的铁钻山;从花莲到高雄的西子湾,台湾所有山山水水,几乎无不留有蒋氏游山玩水的足迹。

蒋介石到台湾后,不仅极喜游历,他还喜欢在风景绝佳之地,大兴土木为自己建造行馆别墅,以备下次再来。例如他在1953年游览日月潭时,发现此地风光秀丽,山川翠美,在日月潭南岸玄光寺进香后,蒋氏忽然感到应在此地留下一座永久性的公馆,于是在他授意下,便有了涵碧楼行馆。此后蒋介石和夫人每年夏天都要到此一游;高雄的西子湾也曾是蒋介石流连忘返的地方,1950年春天他第一次来到高雄,就发现西子湾的一幢屋舍,很像他早年在杭州西湖之畔的"澄庐"。只是这湾里的屋宇哪能比得上杭城杨虎和张静江进贡给他的"澄庐"?于是蒋一声令下,便有人不惜献出巨金,在西了湾那幢旧宅上改建新宅,为蒋再造一幢"澄庐",一圆蒋介石向往多时的杭州西湖之梦。

蒋介石的游山玩水,晚年也赋予"养生"的意义。他在大陆时就喜欢饭后散步,那是蒋的雅兴,也是公务之后的消遣。到台湾后蒋介石的散步习惯仍无丝毫改变,他特别欣赏老友张群对他谈起的养生心得:"饭后走百步,胜似吃补药。"张群还对蒋说:"前几年我到了台湾,心脏一直不好,可是医生并没有给我开处方,他说对心脏病始终没有特效药。如果说有,就是自己来控制血压,因此他建议我每天都要运动。我的运动就是散步,这是我从六十岁起就养成的习惯。为了多走路,有时我连车子都不想坐了。这几年,我几乎每天都用大量时间散步,后来,没想到心脏病竟然不治而愈了。"

蒋介石在台湾最倚重的人就是张群。除彼此早年在日本建立的私人友谊之外,张群多年从政生涯中也始终是蒋的心腹股肱。因此蒋对张群的养生经验十分重视。张群为让蒋坚持散步习惯,还亲笔为他抄录吕洞宾的《灵宝毕法》,其中有吕氏散步的心得:散步的益处在于"多吸天地之正义以入,少呼自己的元气以出,若使二气相合,气积而生液,乃匹配阴阳。"蒋介石对散步有益长寿之说,自然笃信无疑。他曾参阅中国医圣华佗的"散步吐纳之术",其中华佗认为,人如持之以恒坚持散步,"吐纳可入丹田。静功亦非静止"。蒋介石因此对散步格外重视,并将其视若唯一运动方式,这种散步的习惯,蒋介石一直坚持到69岁,后来如不是遭遇阳明山车祸,也许还会继续坚持下去。

关于蒋介石的公余散步,早在南京、重庆时期就有人见证。熊丸说:"蒋先生很重视运动。每天要散步三次(早餐后、午觉后及晚餐前)。晚上散步通常是坐车出去,到黄山风景好的地方走段路,……"当然,蒋介石的散步,并非一味为着锻炼身体,有时他还把到户外散步当做公务之余的消遣。自二十世纪二十年代他成为国民党总裁以后,蒋介石身边就有一道普通平民不可逾越的人墙。大批荷枪佩剑的武装侍从人员,在蒋氏出行时前呼后拥,甚至车马浩荡,让他远离民间的尘世。这让蒋介石十分苦恼,只有当他在饭后散步之时,身边的侍从才会相对减少。因蒋氏散步毕竟要在比较安全的范围内进行,一般不会出行太远,随行者也就几个身边卫士。在这种时候蒋的心情较好,他不仅能自己选择路径,决定散步的方圆,甚至或远或近,也可由他自己定夺。这样他就可和民间人士接触,有时还可与百姓交谈,显现出他与众不同的礼贤下士。据随行医官回忆说:"蒋介石平时外出散步若遇到路人,都会客气地打招呼,他对百姓很好,也很客气。过去我对他的感觉是不苟言笑,他的两眼炯炯有神,走起路来有规有矩,身上又披着一件黑斗篷,头戴帽手拄杖,十分与众不同。大家看到他都肃然立正,没有人敢在他面前随便乱笑,他对老百姓和小孩子都很好,只是不常笑。"

对于蒋介石这样的政治人物,他平时生活中的任何细节,其实都可被看做与养生相关。因熟悉蒋介石的人都清楚,蒋几乎没有任何一事不考虑生存和益寿的。前面提到的散步,其实与蒋多年喜欢的游山玩水是一脉相承的。这一点在蒋氏到了台湾后,就显现得更为明显。蒋介石在台湾生活期间,活动的范围似比大陆时相对减少许多,他每天只能在士林官邸或介寿路的"总统府"穿行,多年一直过着两点一线的枯燥生活。这种日子如果过得太久,蒋介石自然萌动外出游览之心。每年夏天他都要前往外地消夏,一旦出巡,自然要动用飞机和浩浩荡荡的大队车马。这让蒋介石又感到多有不便,因他亲眼看到台湾百姓的生活何等艰苦,而百姓对他的怨恨也从交谈中流露出来。

因此,后来蒋介石再要出游,力戒少带侍从和警卫,尽量做到轻装简从。蒋介石到台初期,其出游范围只限于士林到城外阳明山之间,因阳明山左连士林,右靠北投,两处山景秀丽,山泉众多。蒋介石每到阳明山观景,一般先看前山,下山时再乘汽车从金山和附近乡镇三芝、北投、淡水、金山、石门、万里等镇经过。一次,蒋介石下山时经过淡水的关渡,这是个天然大浴场,蒋介石在临靠海岸线的地方坚持下车,在那里刚好遇上下海的渔民,他索性就和渔民们交谈,但由于语言不通和蒋身边的大批侍卫,构成了蒋介石和渔民之间不可逾越的障碍。渔民因此对蒋敬而远之,这次遭遇,让蒋介石忽然感到他与渔民之间的障碍重重,若想改变这种敌视的现况,就必须改变前呼后拥的车马大队。蒋介石从这次尴尬的遭遇中得到教训,此后他一旦出行,尽量少带警卫人员,有时即便有侍从随行,他也要侍卫远远跟随,不许惊吓海边渔民。

5. 衣饰与出行,养生乎,奢侈乎?

蒋介石在大陆生活时期尚较简朴。那时他的衣饰尽量苛求素洁,很少让下面为他多制衣饰。在这一点上,蒋与夫人宋美龄平时准备大量旗袍待用的做法截然不同。用他身边人的话说,蒋介石的私生活尽量保持多年形成的"军事化性格"。熊丸说:"他(蒋介石)是个典型的军人,一切动作讲求军事化。他最得意的就是他的军装,几乎正式场合,他均穿军装。戴上青天白日勋章,显得神气。他还有件黑色斗篷,后来很多人都学他穿斗篷,他只在散步时才穿中国的长袍马褂。否则在正式场合多穿军装。偶尔才穿中山装。至于西服他几乎不穿,仅在菲律宾穿过一次。他对服装很重视,很少看他穿拖鞋,甚至我们常在他的卧室里出入,见到他时也都穿得规规矩矩,卧房里穿卧房服装,上班穿上班的服装,散步时则穿散步的服装,他对服装真是一板一眼,规规矩矩。"

蒋介石在大陆生活时期,凡属他出现的公开场合,总喜欢穿一套笔挺的军装。而在家居生活中,长袍和马褂便是他的常用服饰。据熟悉蒋介石私生活的侍从人员说,蒋介石到台湾以后,仍然还是这种衣饰习惯,似乎从小养成的习惯难以改变。由于蒋介石出生在浙江,所以他小时候就喜欢穿家乡特产的布料,如杭州丝绸和杭州丝纺等等。这些布料穿在蒋介石的身上,就会感到浑身舒服。杭州作为蒋介石故乡的省城,他从小就对这里盛产的布料情有独钟。1949年蒋介石逃台后,随身所带的大量杭州绸纺布料很快就用完了,而台湾当地产的布料尽管十分众多,但蒋氏无论如何也穿不习惯。官邸内务科特意为蒋订做的几套新装,他试穿以后便脱了下去,冷着脸一时无话可说。后来还是熟知蒋氏心思的宋美龄发现他不悦的真正原因。可是大陆毕竟已经解放,如再想回大陆搬运大批杭州布料,显然已不可能了。于是宋美龄要求士林官邸的内务科,派人前去香港为蒋介石多年喜穿的杭州绸想想办法,后来内务科果然通过香港的关系,为蒋氏搞到一些从大陆生产的杭州绸,这才解了燃眉之急。从中可以看出,蒋介石对服饰的要求甚高。穿何种质料的衣服他并非不介意,而是一旦喜欢上某种衣饰,在一般情况下他是很难改变的。

对蒋介石衣饰等生活细节,蒋介石另一副官居亦侨也说:"蒋介石的穿戴服饰,有他个人特有的癖好与习性。蒋介石是个现代军人,他的穿戴是以武装为主的。……"蒋介石虽然喜穿军人服装,但有时也会随着时代的变化有所改变,例如他在创办黄埔军校时期,蒋喜欢的服饰是灰布军装,而当他担任北伐军最高司令官之时,又改穿灰色或草绿色的将校呢军衣上阵。又如,当蒋介石到南昌行营或前往庐山主持训练团的时候,他又往往改穿深黄色的高级呢料军装面对众多部下。蒋介石在办公室办公,有时穿灰色的中山装,不过这种情况并不多见,在一般情况下,他即便坐在办公室披阅文件,也喜欢穿草绿色的军呢上衣,似乎他在任何时候都不忘自己的军人身份。不过,蒋介石也深谙官场的规矩。如到他出席重要的外交酒会,或有外国客人需要会见的时候,蒋介石往往会脱下他须臾不想离身的军衣,不情愿地换上一套便装。据说宋美龄希望他在有外国人出席的场合中,最好穿上西装,系领结或者领带,这才更让外国客人看重。然而蒋介石对于西装革履,始终无法习惯,尽管有夫人在旁频频点拨,可他就是不习惯穿西装出现在公众的场合。还有一种情况,蒋介石是穿着他喜欢的长袍马褂上阵的,这时候他还要戴一顶灰色的呢面礼帽。在蒋介石的理念中,自己毕竟是中国人,即便会见外国客人,他也要始终保持中国人的衣饰风格。永远穿中国人自己的服饰,也说明蒋氏内心里的传统意识极为强烈。在如何适应西方这一问题上,蒋氏与宋美龄永远南辕北辙,互不相让,蒋介石穿衣服,也就像他吃饭时永远不能迁就夫人而改吃西餐一样,各有各的风格。不过,蒋介石也并非不听宋美龄劝告。譬如1935年以后蒋在公开场合佩戴装饰物,就是听从了夫人的忠告。

许多国民党要人都惊奇地发现,在庐山的训练团集会上,蒋介石身上开始多了两样的东西。一是他开始肩披黑色斗篷,二是他腰间多了一件佩物——仿效德国军人的精致短剑,人称"军人魂"。据说蒋介石腰佩短剑,是有意效法德国法西斯的党魁希特勒。但这并不十分确切。

蒋介石身上添了这两样饰物,确是听信夫人的主意,意在显示中国最高军事统帅的威武之风。说到蒋佩带的短剑"军人魂",他的侍卫副官认为:"那只'军人魂'是为蒋介石特制的,标志他一生驰骋疆场、叱咤风云的军人气概。在剑鞘上一面刻有'军人魂'三个字,一面刻着'蒋中正赠'四字,剑柄上刻着'不成功,便成仁'六字,短剑像匕首一样,寒光闪闪。每个军职侍从人员都有一把,中央军校毕业,训练团人员,哪怕是短期训练人员,也都馈赠一把。"

蒋介石在服装上历来追求简单、威风但又不提倡铺张浪费。不过,蒋介石在衣饰方面又不是绝对的简朴,经过蒋氏身边人的仔细观察,发现他的刻意简朴,往往又是他用于宣传的一种手段。蒋介石在大陆时期的生活副官居亦侨曾说:"蒋介石在不同时期和不同场合有着不同的穿戴服饰,他……回到家乡溪口,他穿长衫、长袍,不着马褂,表示他只是一般平民百姓而已。他与乡里人话家常,较随和,举止闲雅,平易近人。从不高声谈论,盛气凌人,这些都是在京城和官场中难得见到的心理状态。蒋介石在严寒的冬天,外出时,不论是全副武装,还是中式长袍。总要披一件黑色斗篷,人们称它黑大氅。进入内室,他就脱下来交给随从,黑斗篷衣料和制作,都十分考究。大氅顾长,披在肩上可过膝盖,是黑色呢料制成的。宽大的领头是黑色平绒,有时还装上水獭之类裘皮,这件黑大氅是蒋介石服饰上一个明显的特征。他披在肩上,潇洒大方,有些国民党的高级军人,因而也模仿他的黑斗篷,穿上黄色的呢料斗篷,蒋介石的黑色大氅,是专门请南京高明的裁缝师,仿照日本高级将领的服饰特制的。蒋介石日常穿戴注重仪表整洁,从不解衣扣敞怀,即便在热天,连风纪扣也不松开,衣袖也不卷起,从无不修边幅之态。……蒋介石睡觉时,换上毛巾浴衣。蒋介石有个洁癖,每逢出席大会和外出巡视时,手上总戴着一副雪白的手套,到军校和训练团视察时,他偶尔会伸出戴白手套的手指,去摸摸门窗,如果摸出乌黑的灰尘,他就会恼怒发火,当场不讲情面地训责负责人。在侍从室内部遇到这种事,侍从人员也会挨他的训斥。……"蒋介石的衣饰虽然只是他生活习惯的一个侧面,但从这个看来普通的侧面,也可折射出他的养生特色。

蒋介石表面上生活也强调简朴。然而,他在实际生活中又十分苛求衣食住行的质量,这些细节往往最能体现他那与生俱来的特权思想,除他在衣饰上要求过于苛刻外,在出行方面蒋介石的要求也很多。1928年他出任国民政府主席和军事委员会委员长不久,蒋介石就再也不比从前,北伐时的他可以不计衣食质量,而后来当他身居要位以后,就彻底改变了简朴的习惯。比如他到各省视察,就再也不肯屈就一般的接待。如果说孙中山在世的时候,蒋介石作为孙身边的参谋长,他情愿为当时举国崇敬的"国父"赴汤蹈火,甚至夜间睡在孙中山卧室门外走廊里也在所不计。那时的蒋介石确是一个吃苦耐劳的"革命者"形象;后来他兴兵北伐,也时常在士兵面前身先士卒,风餐露宿。可当蒋介石真登上国民党总裁的政治宝座后,其思想深处的帝王思想就渐渐显露出来。关于这一点,蒋介石在出行方面显得尤为突出。

蒋介石出行十分讲究排场。这是他从南京时代就养成的习惯。蒋介石在南京出行就喜欢侍卫人员的浩荡人马紧紧相随,这种前呼后拥的警卫方式,在他看来不仅与安全有着直接关系,而且他也想利用这种机会炫耀权威。平常时日蒋介石喜欢深居简出,他认为躲在室内不仅便于工作,也会给外界造成一种"神秘感"。蒋介石历来主张一动不如一静。因为蒋十分信奉老子的"静动"理念,相信"平易恬淡则忧患不能入,邪气不能袭"之说。至于孟子的"养心莫善于寡欲",更为蒋介石多年所欣赏。

当年蒋介石在广东生活时期,据他身边的侍卫介绍,那时的蒋介石身上还有普通人的生活习气。蒋在黄埔军官学校任职期间,他甚至还经常步行,有时他还骑自行车上班,尽量要求自己与普通教官生活规律保持一致,从不摆校长的架子。因为那时他在做样子给孙中山先生看。唯恐一时不慎惹来孙中山的不悦,坏了他的前程。可是,孙中山一死,他就摇身一变,露出了庐山真面目。在北伐战争时,蒋介石就开始喜欢上汽车代步,有时他在战场上还要骑马。北伐结束后蒋介石以胜利者姿态来到南京,直到这时他的起居才发生了根本的改变,那时蒋介石的住地距工作地点其实并不很远,可是蒋却要求派汽车来接接送送,其官僚作风就是在这时候开始明显显露出来的。有时候蒋介石需要渡江,他对交通工具也不再马虎,小舢板他早已厌恶,必须要乘坐小汽艇和军舰才行。而且蒋介石在这一时期如果出行,再也不像广州时期那样轻装简从了,而是喜欢在他到达之前就在码头上布满哨兵,有时甚至还要静街,搞得人慌马乱,怨声载道。从前不搞排场的蒋介石,到南京以后就变得高傲和不可一世起来。至于飞机,二十世纪末还没有像后来那样配有蒋氏的固定专机,有时需要乘坐飞机,只好调一架空军的战斗机来。正如蒋的侍从副官居亦侨所说:"那时尚无座机,他外出一般在快车上挂一节'花车',有时也乘专列火车,当时沪宁铁路还是单轨,开专列火车就要特列的班车让路。打乱班车列次的正常运行。蒋介石为此特别关照一般不开专车,只要在特快列车上附加一节花车,沿途多加警卫,花车的外表与普通车厢一模一样,里面则比较讲究。有宽敞的会客室和舒适的卧室。都铺着洁净的地毯,会客室内摆着沙发和茶几,坐在里面平平稳稳,感受的震动也是轻微的。乘花车的只限部长和省主席以上的官员,乘专列的只有国府主席、行政院长和蒋介石少数几个人才有资格。蒋介石登山游览是乘坐特制的藤轿,这种藤轿,凉爽平滑,轿顶上撑着遮太阳的布篷。轿杠用粗毛竹或栗木做成,到四川后定做与'滑竿'相似的藤轿,轻韧耐用。……"

抗战之前,蒋介石如若前往江西、四川等地巡视或临阵督促剿匪,随行的侍卫人员必须人多势众。大批的车辆人马组成浩浩荡荡的大队,把蒋介石的专车前呼后拥得水泄不通。唯恐半路上发生任何意外。平时蒋介石身边为了防止有刺客接近,总要有三五位武装卫士贴身行走,如到特殊的省区,蒋介石甚至连当地的军政要员也不敢相信,还要有"替身"伪装成蒋介石,出面替他应付场面。这些平时紧紧跟随蒋介石的侍卫和副官们,其军阶至少也要在少校或中校,一般尉官休想挨近蒋介石本人。至于到达某一省市,非省级高官之外可以近前,某他官员几乎难以见到蒋氏其人。其威风和凌人的盛气可见一斑。

静与动,对于蒋介石而言,往往是对立的统一。更多的时候如果蒋要出巡,都要惊动大批人马,地方官吏就更加慌恐不安。蒋介石平时给身边侍卫们训话时,总是说他不需要兴师动众的出行。然而蒋氏一旦出巡,就必须大张旗鼓不可。这动辄就车辚辚马萧萧的出行之势,其实就是他养生之大忌。蒋介石即便在全国抗战烽火燃起之时,到达重庆境内这类兴师动众的出行,虽然因战事有所克制,但因蒋的身边有个人多势众的侍从室,所以他只要一行动,就难免有大批人马相随,戒严和远避民众也理所当然。蒋介石刚到重庆时,他下榻在城内曾家岩,后因担心夜间敌机轰炸,入夜时分他必定返回南岸黄山。这时蒋就要先乘轮渡到南岸的南安,再乘汽车沿盘山路驶往黄山。蒋氏上山回到他的黄山别墅,还要攀登九十几阶石蹬,方可到达楼顶。这样有时就要有民工抬滑竿。如此折腾一阵,到山顶已是小半夜了。在重庆生活期间,蒋介石在山间行路,一般要由人抬滑竿代步,行走的机会愈来愈少。后来又改用轿子,这种情况一直到台湾以后虽仍然延续,但蒋介石为养生健体的需要,对此有所克制,他身边一位高级侍从人员回忆说:"由于蒋先生与夫人在重庆时,有许多时候均要用轿,故在官邸里确实有一顶专用的轿子。当他要上庐山时,也经常坐轿上去,但来台以后,除到复兴乡角板山外,那顶轿子便很少用了。过去在四川坐两人抬的轿子是很平常的事,因为四川山多,轿子是最平常的交通工具。故有滑竿的出现,不过蒋先生坐的轿子比滑竿好的地方是,他的轿子有盖可以遮雨,还可以遮挡轿内的人,让外面的人看不见,……"看来,即便出行蒋介石也首先从安全考虑。

1936 年"西安事变"前后,蒋介石的出行更加如临大敌。同时也更加讲排场,与北伐前的蒋介石相比,简直就换了一个人。这时候的蒋介石远路出行不再乘船,而是乘坐飞机了。蒋介石自从有自己的专机"美龄号"和"中正号"以后,出行时更是兴师动众,飞行员必须要提前接受身体检查,而且蒋乘飞机出行,抵达时要有省级高官在机场恭候。当时景况,正如蒋身边医生熊丸所言:"那时蒋先生每次搭飞机出去,共有三架飞机一起飞。第一架是先遣机。第二架是座机美龄号,共可搭载十一人,包托蒋先生、夫人、侍卫长、武官和副官。还有吴国桢、黄少谷等人。第三架则是随从机,搭载侍卫官、侍卫及行李铺盖等。我原本都坐随从机,后来蒋先生交代我也搭乘座机,所以在很短的时间内,因朝夕相处,我对他的了解也很深。"从熊丸简单的叙述中,也可见到蒋当年出行的浩大声势。仅飞机就要有三架,在二十世纪三十年代,中国的飞机数量屈指可数,而蒋介石一人出行竟可轻松动用三架客机,而且"美龄号"还是当时中国绝无仅有的波音客机。看来蒋介石调动飞机,甚至比普通高官调动一辆汽车还要容易。其权力地位的显赫,由此可见一斑。

蒋介石如果长途跋涉,他每到一地,当然也让当地官员忙个人仰马翻。当地派出的警卫人员,甚至超过蒋介石从南京带往各地的侍从人员数倍。蒋介石如若前往庐山、黄山或峨眉山等处,当地官员还要事前去山顶为蒋选好下榻地址,打扫好屋舍,并要派大批警察担任护卫,唯恐发生丝毫意外。蒋介石到达某一名山大川,官员们还要考虑为蒋和夫人准备"滑竿"、轿子等登山渡河的设施。至于抬"滑竿"和轿子的苦力,当然更要完备,为蒋上山渡河的安全,当地官员还必须保证这些"苦力"的可靠性,否则万一发生意外,当地高官就会因此丢了乌纱帽。

蒋介石丢失大陆避台后,并没有因此重创而放弃多年养成的出行习惯。在台生活期间他追求的出行规模甚至甚于大陆时期。例如随行侍从卫士人数的增加,武官和医官的配备也更煞费苦心。蒋介石和夫人乘的汽车也比大陆时期档次更高,蒋介石在台湾喜欢乘的是外国产凯迪拉克大型座车(七排座加长车),这种汽车需要消耗大量外币从北美或欧洲购买,此车不仅乘坐舒适,而且防弹设施齐备,可以保证蒋出行的绝对安全。

此外,士林官邸里为蒋氏家人服务的其他人员也应有尽有,内务科人员比大陆时期配备更为周到,因考虑宋美龄平时有"旗袍癖",所以蒋特批内务科可单独列出编制，为夫人配备一位常年在官邸缝制旗袍的师傅，这人几乎每隔几天就为宋缝成一件新旗袍，而宋美龄毕竟只有一个人，她每天即便换一件新旗袍，也用不上一个师傅每日为她服务。如此一来，这位师傅缝制的旗袍就多得不可计数，于是，这些制作精良的旗袍制成后便只能存放在宋的衣柜里。蒋介石晚年官邸内幕，从上述细节中可见端倪。很难把这些行为与蒋介石晚年刻意追求的养生效果联系在一起，不过，这毕竟是真实的一笔，不能不写。

6. 有情无情之间，往往体现两面性格

1928年蒋介石成为国民党实际领导人后，不仅刻意关注养生学研究，也十分注重待人接物的礼仪。在这一方面，蒋没有因政治地位和官职所囿，在私人生活细节方面行事仍有别于普通人。他虽然不讲吃吃喝喝，也无意经常出酒楼宾馆的频繁应酬，可一旦他决定出席某一宴会或酒会，蒋介石必定要尽主人义务，不会因其特殊身份藐视应邀而至的宾客。蒋介石不喜欢宴客，更不在他的官邸里招待宾客，只是在极为特殊情况下，比如蒋介石生日、宋美龄生日、儿女们的婚礼或者圣诞节等等，蒋才会偶然出席宴会。蒋介石只要参与宴会，他一般都会遵守宴会的规矩，礼貌款待他所宴请的客人。据蒋身边一位资深医师说："我们经常参加他们的生日宴会，他请客时不仅坐的都是长桌，采用的也均为西式礼节，即使是请吃中餐，也都是中菜西吃，由穿白衣的服务生轮流服务，将菜端到每位客人面前，让客人以公筷夹菜，十分注意卫生。他对吃东西的规矩也很重视，也许是受到夫人的影响。……蒋先生十分重视中国传统礼仪，但对西方礼节也很尊重。他对自己的言行十分注意和谨慎。也十分重视请客时的位置排序，每次请客一定要自己排座。他与夫人总是对坐在长桌的两端，夫人右手边的位置是大位。他右手边的位置则是次大。他请客时中午多吃西餐，晚上则请中餐，所谓西餐必是一菜一汤，至于中餐如果请的是熟客，多半吃他自己喜爱的便餐，包括宁波很咸的臭笋子、红槽肉、鱼，还有他自己最喜欢的酱瓜。他请客时从不看菜单，菜单都由夫人安排，他只重视客人的座位排序。"

蒋介石在私生活中反对收授他人礼物。即便在蒋氏官场最为得意时期，想给他送礼的官员大有人在，但均为无法让蒋氏笑纳而煞费苦心。蒋介石这样做当然是出于自身的政治需要，他不敢轻易开这"收授礼物"的口子，

担心上行下效,坏了他的大事。蒋也不许部下袍泽利用他的私事操办红白喜事,甚至连正常的人情往来,蒋介石也十分小心。唯恐有人利用礼物联络感情,从而败坏他的政治威信。例如1936年冬天,他在"西安事变"发生后回到奉化溪口,1937年他要在溪口办两件私人大事。一是"白事",为他在"西安事变"发生时意外被惊死的兄长蒋介卿举行葬礼;二是"红事",为他刚从苏联回国的儿子蒋经国,在溪口丰镐房举办中国式婚礼。这一白一红两桩喜事,当然惊动了山外的国民党政界高官们,一些国民党大员都闻讯纷至沓来。一时溪口小镇上冠盖如云,车舆集聚。就连和蒋素有摩擦的冯玉祥将军,也不得不前来四明山中的小镇子上来凑热闹。

　　蒋介石对各路大员和军阀的到来,当然求之不得。不过,他对所有进山的高官只是略表地主之谊,请吃一餐便饭而已,却决不肯收授任何人的贺礼或金钱。不仅如此,就是他次子蒋纬国二十世纪四十年代在西安结婚,蒋也在南京担心有人趁机送礼,为此,他还特意用长途电话紧急告知操持此事的亲信胡宗南及当地官员:蒋纬国在西安结婚,千万不许铺张行事,更不许有人趁机给蒋纬国送去礼物。如果有人送礼,一旦被他得知,轻者要退回礼物,严重的还要问罪受罚。对此,原南京"总统府"官员王正元回忆说:因为蒋纬国在西安要结婚,蒋介石闻讯以后,"林蔚(蒋身边的侍从官)打长途电话给胡宗南说:'纬国的婚事,委员长通知不准收礼,更不准铺张。届时由你代表家长主持婚礼即可。'1945年6月,蒋介石出巡到了西安,蒋纬国曾赶到汉中机场迎接,并陪同游览华清池。侍卫官蒋祥庆曾经告诉我,这次到西安,蒋纬国把新夫人带到行辕,拜见了公婆,行了家礼,纬国当着新夫人叫了妈姆,也喊了爹爹,这位陕西籍夫人可能事前经过了一番排练,也学宁波乡音喊了妈姆和爹爹,倒把蒋介石和夫人给逗笑了。见面礼厚厚的一份,是宋美龄从美国带回来的小白金盒(里面装什么东西不详)给了新媳妇。……"蒋介石对于内亲外戚所持的态度,看来是认真的,他这样注意小事细节,主要是担心有人趁机败坏他"清廉"的名声。同时,蒋这样做还是为了避免有人利用这类事达到向他讨官的目的。

　　蒋介石对待他的部下,往往严厉有余,宽容不足,有时甚至严厉到不容私情的地步。有些事情让人闻之心寒。例如汪日章(蒋的侍从秘书)曾有这样的记述:蒋介石"平时对人尚有礼貌,讲客气,当然是对为他所用,尽忠于他的人;但一有错误,毫不留情,如侍卫官张恒祥迟到五分钟,立即开除。骂侍卫长王世和'混蛋',两次不起用,严厉责骂军需局长朱孔阳后立即撤职。

由蒋在奉化凤麓学校读书时的校长周枕琪之弟周枕琴继任。"凡此种种,不一而足,蒋氏无情冷漠的性格在这些小事上暴露无余。

不过,蒋介石毕竟是个性格复杂的人物,在日常生活中,也有注重亲情的一面。并不像有些文艺作品写的那样,是一个政治上冷酷、动辄对不同政见者实施暗杀的冷面强人。蒋介石在亲情与政治角逐表现出的强烈反差,让人逐步看清这位国民党最高首脑特有的两面性格。也就是说,蒋介石在打击政治异己时表现出的冷酷无情,往往与他对亲人的友善形成强烈对比。例如蒋介石通过军统特务对政敌的疯狂杀戮(例如对"西安事变"发起者杨虎城将军一家的监禁与杀害)和迫害(对曾有结拜情谊的张学良多年幽禁),以及他在南京上海时派人行刺的多位军事、政治人物,所有一切都暴露出蒋人性阴冷的一面;而被他看重的亲友,则往往显现出他人性中慈爱的一面(如对蒋经国在苏联痛骂他,但其子回国后仍委以重任,对孝文、孝武和孝勇三孙儿的特殊关爱,等等)。在这些爱恨交织之中,更能发现蒋介石作为"人"的复杂心理。他虽身为国民党总裁,但他也是有感情的人,而不是不食人间烟火的"枭雄"。

蒋介石在做人的理念上,笃信"百善孝为先"的古训。除已经揭示的对母至孝等情外,成为"领袖"以后又在不断寻觅其祖籍一事,也颇能体现蒋的"人性"。1920年蒋介石曾在普陀养病。其间他忽然获悉蒋家的祖籍并不在浙江奉化一说,当时他并不深信。此前有关蒋家祖籍在江苏的说法,也时有所传,而且还有人说蒋宗霸就是他的祖先。为此,蒋介石曾在奉化寻觅其祖踪迹,蒋宗霸虽有其人,但早无任何遗踪可寻。蒋介石在前去日本留学以前,坊间便有人说他的祖籍并不在浙江奉化,也并非民间一度流传的河南省某地。所谓胞兄是郑三发子一说,更是毫无根据的猜测而已。这次蒋介石在普陀养病,没想到一位当年和蒋肇聪共同经商的友人,居然讲起其父生前对他提起的一段史实,即:蒋氏家族最早起源于江苏的宜兴,其祖为东晋时期从江苏宜兴迁居浙江台州的蒋浚清。但此事蒋介石当时并不深信,因母亲王采玉从没对他提起。

不久,蒋介石就返回溪口,经他询问,蒋母才证实其父蒋肇聪生前确向她提及宜兴为蒋氏祖籍。蒋介石自此深信不疑,1920年12月4日他在《日记》中对此事作过记述,蒋说:"吾蒋氏在唐代由台州迁奉,楼隘或即呼楼岙者便是蒋浚明公,官至金紫大夫,即此派也。其墓在三岭山,……摩诃蒋宗霸公,世传为吾祖,谱中所称必大公者是也。……"不过,尽管蒋母已将家族起源详告蒋介石,可他仍心存疑虑,猜不透其父在世时,为何不曾回祖籍扫墓? 所以蒋介石始终将信将疑,一直到1938年蒋介石忽然收到江苏宜兴县长蒋如镜在去职前发给他的一封信件时,这才引起他的注意。

蒋如镜在信中提到一件事,不久前他在宜兴发现的《蒋氏族谱》中,记载着宜兴蒋家与浙江奉化的蒋氏家族原系同宗同祖,蒋介石父亲蒋肇聪则是宜兴蒋氏后裔,而从台州迁往奉化的蒋浚清,就是蒋介石的祖先蒋宗霸。蒋如镜为让蒋介石笃信无疑,还把《蒋氏族谱》加以密封,派专人密送南京。这一在宜兴发现的《蒋氏族谱》立刻引起蒋介石注意,它不仅与此前普陀友人相告的内容十分相近,且与其母王采玉生前所言极为吻合:蒋宗霸确系蒋肇聪的祖先无疑。蒋介石早有去宜兴祭扫的想法,但当时因日寇正进逼南京,他无暇顾及宜兴来信,不得不放弃马上回宜兴扫祖墓的想法。1948年5月17日,蒋介石终于实现夙愿,偕夫人宋美龄及侍卫专程来宜兴祭扫。此后蒋介石还拨专款在宜兴修缮蒋族祠堂,并亲题写"世德清芬"的匾额悬于蒋家祠堂前。这件小事,生动体现了蒋介石的"孝"字,虽然带有封建的色彩,仍能一窥其密不示人的感情世界。

蒋介石的"七情六欲",也往往体现在他对亲友的感情上。例如,他对视若至尊的慈母王采玉,始终极尽孝道。尤其是王采玉晚年患病时,蒋对其母的牵悬之情,在其《日记》中时有所见。如1919年3月29日蒋记载:"上午,作家书。因母亲有病,心殊悬系。"1921年其母殁后,蒋又写道:"余葬母既毕,为人子者,一生之大事已尽。"云云。1930年12月4日,蒋介石在他的《日记》中仍然以深情笔触记述他对母亲王采玉的思念:"自我有智识以来,凡欲出门之时,必恋恋不肯舍弃我母。到十六岁时,必待我母严责痛击而后出门,及至二十余岁犹如此也。"尽管寥寥数字,但蒋对母至爱之心已溢于言表;此外,再看蒋介石对岳母倪桂珍的感情,亦可折射蒋之亲情于一斑。

当年蒋介石欲娶宋美龄为妻时,倪桂珍曾以蒋不信基督而加以婉拒,但当1931年夏天倪桂珍在青岛病笃的消息传来时,蒋介石正在南昌督军,实在无暇分身前往山东奔丧。而7月29日当岳母倪桂珍的灵柩运抵上海时,蒋介石在《日记》中写下的文字,却充满无限的亲情,并没有因为当年岳母对他追求宋美龄设下的重重障碍而忌恨在心。蒋介石写下:"岳母灵柩,今晨由青岛抵沪,余不能亲迎,以尽婿情,歉惶无似。除家母以外,实不多见此贤母,今竟与世长逝,哀哉痛哉!"

还有,蒋介石对他的两个儿子,也尤其珍爱。其一是蒋经国,从蒋氏不久前公布的早年《日记》和他生前给蒋经国的若干亲笔信中,都能体现蒋介石对这个亲生子发自内心的好感。蒋在其母王采玉病逝不久,即把家产划归蒋经国和蒋纬国两子各一半,蒋介石曾亲笔写下这样的文件:"余今与你等生母(指毛福梅)之离异,余以后之生死成败,家庭自不致因我而再有波累。余十八岁立志革命以来,本已置生死荣辱与度外,惟每念及老母在堂,总不使余不肖之罪戾,牵连家中之老少,故每于革命临难决死之前,必嘱友好代致留母遗禀,以冀余死后聊解亲心于万一。今后可无此念,而望尔兄弟二人亲亲和爱,承志继先,以报尔祖母在生抚育之深恩。亦即所以代余慰藉慈亲在天之灵也。余此去何日与尔等重叙天伦,实不可知。余所望于尔等者,惟此而已。"蒋介石在这些语句中所体现的,都是普通人的情感。

1936 年 1 月,蒋经国在苏联《真理报》上发表公开责骂其父的文章以后,蒋介石在国内得知此事曾一度震怒。可是,他很快就息怒生悲,不仅经常在睡梦中思念远方之子,而且还在"西安事变"发生后利用种种途径,设法将远在西伯利亚的蒋经国召回国内。蒋介石为此曾在《日记》中写下大动感情的话:"近来甚念经儿,中正不孝之罪,于此增重,心甚不安。"隔日蒋氏又写:"经国如未为俄寇所害,则余虽不能生见其面,迨余死后,终必有归乡之一日。"1937 年春天蒋经国携妻回到国内后,蒋介石在《日记》中对此人记载更多,他还不时从南京给在江西的蒋经国多次亲笔写信,从这些现存书信之中,蒋介石对儿子的厚望深情,显然超出他身为人父应发的情愫。

蒋介石对非亲所生的次子蒋纬国,也同样寄予至深父爱。如此亲情在蒋介石的《日记》上也时有所见。蒋纬国少年时,蒋介石在《日记》中就曾多次提及他对次子的好感。如"自闽回沪后,见纬儿伶俐活泼,殊可爱也。"又如"下午,与纬儿玩笑。""纬儿顽皮,禁闭少许时,事后甚怜之。""上午,与纬儿戏耍,此儿叫笑跳踉,日甚一日,可喜。""晨四时醒,想念纬儿不已。""今日几次取笑纬儿玩笑,纬儿服药后,言笑嬉戏,一如平时,心甚安也。"等等,凡属此类爱语,均发自蒋介石内心,如此真实感情的流露,在蒋介石早年《日记》上不胜枚举。从中可见,蒋介石对次子的爱怜深情甚至超过他对亲生长子蒋经国。蒋纬国成大以后,蒋介石对其感情仍然关爱有加。1921 年蒋介石与蒋纬国分手时的《日记》尤能体现他对次子的一片深情,蒋介石写道:"深夜三时后,离家就道。纬儿始则绕膝依依,必欲随我同去。继则大哭大叫,连声爹爹,用力抱持我身。终为其母强行拉开,及余出门,犹向外嚎啕作欲前进状。……"

对两个儿子的感情如此，再说蒋介石对他的两个妻子（指结发妻子毛福梅、在上海结婚为妾的姚怡诚女士），态度则大不同于他对宋美龄。这些复杂的感情主要体现在蒋介石在《日记》中自然流露的真情实感。例如他在提到结发妻子毛福梅的时候，蒋往往这样评价："家境拂逆，与妻无缘，为吾一生最痛苦之事。"蒋还表示："余于毛氏平日，人影步声。毕竟刺激神经。此次寻衅，竟与我对打，实属不成体统。决计离婚，以蠲痛苦。而殴打之后，自伤元气，实也犯不着也。即逐妻妾二子出外，……"

蒋介石对曾经痴情相爱的姚怡诚女士，在《日记》中竟也时有恶言流泄于笔端。例如蒋介石在民国八年四月十三日的《日记》中说："以妾贪，怨怒并集。"该年10月又两次在日记中写下这样的语言："冶诚（即姚怡诚）赌博不休，恶甚恼甚。"和"姚妾无礼，恨何以堪。"从中不难看出蒋与两女人的感情何如？

至于蒋介石对在上海结识，有实际同居关系但没有正式结婚的陈洁如女士，在他《日记》中也曾寄予极大热情。陈洁如，原名陈璐，因此蒋在《日记》中，凡提及陈时，往往均以"璐妹"称之。查阅美国斯坦福大学胡佛研究院保留的蒋氏《日记》，其中似有删节。而在民国时期蒋介石的业师毛思诚为蒋撰写的《民国十五年之蒋介石先生》中（毛思诚手边握有蒋氏的《日记》），蒋介石对璐妹的记载甚多，例如"访璐妹"、"寄璐妹相片"、"晚，璐妹来擦"、"晚，宿于璐妹家"、"日夕，访璐妹三次"以及"晚，偕璐妹纬儿往观影戏"，等等。如此亲昵热切之语，都悄悄透露出蒋介石当年对这位"璐妹"的倾心之恋。由此观之，蒋介石并非一个没有血肉、没有感情的铁血钢人，而是一个在铁面背后隐藏丰富情感的军人。

说到蒋介石和宋美龄的感情，当然与前面几人都不能相提并论。从蒋介石结识宋美龄开始，一直到蒋介石最后病逝在台湾，凡在他《日记》中涉及宋美龄的地方，几乎都充满友爱与深情。蒋介石1927年写给宋美龄的亲笔信，更能说明他对宋的感情全然发自内心，蒋介石写道："余今无意政治活动，惟念生平倾慕之人，厥为女士。……独对于女士才华容德，恋恋终不能忘。……"又如，蒋、宋婚后，1931年3月30日，蒋介石在《日记》中写下给夫人过生日的感受，也是极其真实生动的，他说："今日为妻旧历三十三岁悦诞，惟我下午，偕游郊外。我夫妻造诣之进步，荣华不足奇，德业乃为可贵也。"

1942年冬天，宋美龄赴美治病期间，蒋介石在日记里不断记载思念妻子的动情语言,读来让人感动。例如宋美龄起程赴美的翌日,蒋就在日记中记有这样的字句:"平时不觉夫妻乐,相别方知爱情长,别后更觉吾妻爱夫之笃,世无其比也。"11月29日他又记:"妻于十八日赴美,临别凄怆,儿女情长,今又获一次经验也。"

当然,宋美龄对蒋氏的爱宠也每每投之以桃,报之以李,两人终能相守至人生的最后,虽起于一桩政治婚姻,但能有后来之美满,也堪称是世间并不多见的妙事。

蒋介石外刚内柔的性格,也常常表现在对其他亲友的情感上面。例如,蒋介石在孙中山病逝后成为国民党的实际继任者,凡属他重用的人,必须要有一个共同点,即浙江籍者优。备受恩宠的军统局长戴笠即为浙江人士。他身边的侍卫、副官甚至为蒋操持家务的佣仆们,也皆为浙江人士。1949年蒋介石逃台后,他一面下令严禁从大陆过来的任何人进入台湾,甚至让他所有部将断绝和大陆亲友的联系;一面又同意接受他在大陆奉化家中渡海前来投奔的舅母。此事的起因是,蒋介石从前的机要秘书汪日章,1963年回奉化故乡时发现蒋介石住在萧王庙镇的舅母蒋妙月,生计无着,因此他决定为此事上书给周恩来总理,希望从统战角度考虑蒋妙月的生活出路。后经有关部门同意并经上海、香港,将蒋妙月女士秘密送往台湾。蒋介石对这位阔别的舅母到台极为重视,曾经亲自前往迎接,蒋妙月来台以后,蒋介石又为她亲自安排住房、接济生活,一直到养老送终,极尽孝道与亲情;蒋介石一面密派特使曹聚仁前往北京与中共商谈有关海峡两岸和平事宜,一面又对中共释放回台的一批国民党高级战犯实施拒绝进岛的无情措施。致使一些急于回台与亲人团聚的原国民党军政人员不得不滞留香港,张铁石将军最后终因不能回台,无端死于香港一家酒店中。蒋介石的有情与无情,在这些事情上泾渭分明地体现出来。

蒋介石重感情,主要体现在他的看重亲情方面。亲生儿子蒋经国在苏联曾参加共产党,又在苏联报纸上发表战斗檄文痛斥其父政治上的无耻,然而当蒋经国携妻归来以后,蒋介石非但不计前仇,反在溪口丰镐房为儿子再举办一次中国式的婚礼。多年后他又将国民党军政大权悉数交到蒋经国手中,成为他的唯一继承者。蒋介石对蒋经国如此厚爱,显然与前述张铁石等国民党获释人员的冷酷无情形成了强烈对照。此外,蒋介石的孙子蒋孝勇在台湾军校里跌伤腿骨,他在孙儿疗伤过程中亲笔写的几封信,让人读来也十分动情。这说明蒋介石并不是没有感情的冷血人格,而是一个将全部情感隐藏在冷冰面孔后的政治强人。

7. 戒酒戒烟与控制失眠

蒋介石一生不吸烟,不喝酒。这两个生活细节非同一般,不仅让蒋因深戒烟酒而少染疾病,同时也可凸显蒋氏的坚韧毅力。从 1927 年起即在蒋介石身边担任医官的吴麇孙,解放后在他撰写的《我当蒋介石侍从医官的回忆》中,也谈到蒋介石烟酒不沾的生活细节,其中吴说:"蒋介石不嗜烟酒,连茶也不喝,在重庆的办公室陈设相当简单,办公桌上只有两杯一凉一热开白水。饭菜不究,因为装了假牙,要吃煮得很烂的东西。假牙常常取下来,由蒋孝镇负责保管。有一次在重庆德安里,看见拐角处有烘山芋的,叫人买来,大啖一顿。我是侍从医官,经常给蒋看病。我每逢奉召去看病时,总是先见宋美龄夫人。从她那里了解病情后,才由她陪同前去。蒋不喜欢别人在他面前吸烟,除了孔祥熙可以在他面前吸雪茄外,别人不敢。我是吸烟的,蒋曾经批评我:'你们当医生的怎么也吸烟?'为此,当我在宋美龄那里接受烟茶招待后,临去蒋的办公室前,她总叫我漱口,不要有烟味。……抗战胜利后,蒋介石到上海,住东平路官邸,他正患眼病,所以我也跟随同来。他问我,什么时候可以好? 我说三天以后可以好,他就吩咐这月十五日在跑马厅阅兵。我当时捏了一把汗,生怕万一到时好不了——幸亏到时居然好了,没有影响他阅兵。"

蒋介石军人出身,为什么竟对吸烟喝酒敬而远之,甚至烟酒竟成为他一生的禁戒? 其中原因何在? 在当时的旧中国,尤其是在军阀统治的军队里,兵痞和军人染上吸烟酗酒的恶习,本来就是平常之事。而蒋介石出身在这种环境中,他居然能洁身自好,确也让人生出几分惊诧。莫非蒋介石是出污泥而不染的军中豪杰吗?

回答当然是否定的。

蒋介石尽管有留学日本的经历,但仍然难以避免旧军队污秽土壤的腐蚀。他能够烟酒不沾,主要原因还是他儿时的家庭教育在起作用。蒋母王采玉严格禁止所有家人饮酒。因蒋介石生父蒋肇聪当年就因饮酒过度而染过疾病,所以酗酒一度被蒋母视若可怕禁銮,蒋介石对母至孝,他没有任何理由违背母亲的意愿行事。少年时的戒规,常会影响人的一生。蒋介石正因为父亲早夭的阴影牢牢印在心底,所以他长大成人后,始终不敢轻易沾酒。好像面前的醇酒就是毒药。蒋介石不敢沾酒的另一原因,据说是深得孙中山的耳提面命。早年在澳门当过悬壶医师的孙中山,对蒋介石就是一生崇敬的偶像。孙中山在和蒋介石的多次接触中,几次向麾下将领申明禁酒,蒋介石当然体会至深,如果说少年时是蒋母的告诫在起警示的作用,那么成为军旅中人以后的蒋介石,孙中山的劝诫无疑就是不可相违的戒规。基于上述两个原因,蒋介石一生力戒酒的诱惑。后来蒋介石即便成为国民党总裁,手中握有生杀大权时,对可损害身体的酒也从不敢越雷池一步。

至于蒋介石一生不肯吸烟,其中也有鲜为人知的经历。1909 年,蒋介石22 岁,当时他正在日本振武军校留学。那时,在留学生中也悄然兴起一个"吸烟热"。特别是一些日本学生,他们的烟瘾很大,在寂寞难耐的学生宿舍中,蒋介石也学会了吸烟。尽管他投军之前,蒋母也像告诫他不许喝酒一样,警告蒋介石到了军校,千万不能沾烟染酒,以防损伤身体。但到日本以后的蒋介石,大有儿在外母命有所不受之势,居然也随那些日本学生沉迷吸烟(水烟,并非香烟)。好在那时蒋的烟瘾不大,每当夜里寂寞的时候,吸上几口,借以提神。在这届学生中,烟瘾最大的当属日本学生佐田一宇。此人家住神户,在蒋介石所在学年中,其学业虽然并不优秀,在学生中却极具煽动蛊惑力。学生们见佐田吸烟成瘾,不但不敢报告教官,甚至还有人替佐田掩护。让蒋介石后来大为吃惊的是,这一年冬天,振武军校准备把应届毕业生拉到北海道的冰天雪地演练时,意想不到的事情发生了。

冬日傍晚,北风呼啸,忽然一声尖利哨音在营房里响起,总教官山本突然召集所有前来实习的军校学生在兵营操场紧急集合。山本在队前开始声威逼人的训话,队列中的蒋介石这才知道,佐田在兵营中因吸大烟(鸦片)已被送进兵营的卫生室紧急抢救了。原来,佐田发现吸水烟无法满足他愈来愈大的烟瘾,不知从何处搞到一包鸦片,就在操演之余偷偷躲在营房内吸食。一天深夜,不料佐田突然胃中咳血,立刻惊动兵营所有教官,至此事发。山本教官为人严厉,他手握皮鞭,在浑身战抖的中日学生们面前,手拿着一张名单,不停地叫喊着"某某出列"。原来是佐田供出了兵营内其他吸烟的实习士兵名单。蒋介石吓得浑身颤抖,担心如果被佐田供出,肯定也会受到军纪严惩。他没想到在振武军校学会的吸烟,如今在日本兵营竟成为违犯军纪的恶行。其他学生们一个个从队列中出来,在凛冽寒风中列成一队,浑身发抖地伫立在操场上,接受山本教官兜头抽来的皮鞭。学生的凄厉惨叫,在寒风中阵阵传来,吓得蒋脸面煞白,他担心的事虽然没有发生(佐田供出的吸烟者名单中,蒋介石居然不在其中)。可是,当看见那些学友在山本皮鞭下大放哭叫时,蒋介石的心忽然收紧了。

事情到此并没结束,就在几个吸烟学生惨叫不休时,几个日本兵忽然从雪中拖来一个血肉模糊的青年人,正是被禁闭数日的佐田一宇,蒋介石发现此时的佐田,已经不省人事了。不知他是因犯了鸦片之瘾,还是在监禁中受到教官的毒打刑训,从前在大家们面前威风凛凛的佐田,现已经气息奄奄。山本教官指着卧在皑皑积雪中的佐田厉声告诫众人:"你们都看见了,佐田已经让鸦片给毁了。我们大日本军队里是容不得这种败类的,如你们当中还有人在偷偷吸烟,今晚就让佐田当一回靶子吧!"

山本说罢,几条军狗疯也似的从风雪中冲进操场。猎狗们见了昏迷不醒的佐田,顷刻一拥而上,几张血盆大口,咬得佐田顿时凄厉大叫。蒋介石见雪地上洒下一片淋漓的鲜血……

次日,就传来佐田一宇死去的消息。山本教官为杀一儆百,凌晨时分,已命人把佐田的尸体拖到兵营外一条冰河上,砸开冰面,把尸体投进了冰水之中……

自亲历惨绝人寰的一幕后,蒋介石顿时警醒,好像拣了一条性命。从此他再不敢接触水烟,别说水烟再不敢吸,就是普通香烟对他也是一大忌讳。第二年春天,兵营外的冰河已化作一汪泱泱春水,蒋介石曾悄然一人来到兵营附近的河边,他想寻觅不久前被山本教官投进河中的佐田尸体。佐田一宇毕竟是他恩人,如果佐田当时供出的吸烟者名单中有他蒋介石,遭山本一顿皮鞭狠抽,肯定是不可避免的。蒋介石很想为死去的日本学友佐田一宇造一坟墓,可惜他在化为块块冰排的河流之中,并没有寻找到佐田的尸体……

也许因为这件刻骨铭心的往事,从此让蒋介石牢记了吸烟的可怕。

此后,蒋介石不仅终身不沾毒品,甚至连香烟也不敢吸了。蒋介石因此痛恨烟类,他成为国民党总裁以后,也不喜欢身边有人吸烟。婚前的宋美龄有偶然吸烟的习惯,后来因蒋介石嗅不得烟的气味,她不久也戒掉了。蒋介石连夫人吸烟都不能相容,当然更容不得身边人吸烟。一旦发现,蒋必重罚。1934年蒋介石在南昌搞了一个所谓"新生活运动",他在这个运动中倡导的第一"禁",就是所有国民必须戒烟。"新生活运动"开始不久,侍从室人员一律不得与香烟沾边,就连宋美龄也不敢在官邸里吸烟了。1935年蒋介石第一次前往四川视察,不料就在他前往峨眉山度假途中,竟亲眼见到许多为他抬轿子的民工,在偷偷地吸食鸦片。当时随行副官居亦侨事后回忆说:"川人轿夫上山有个习惯,要在半途'打尖'两三次。所谓'打尖'就是歇脚吸几口鸦片烟。他们吸烟很别致,站在山间小洞口,洞内的贫苦'瘾君子',就传出一支小烟枪,他们拿着烟枪一口气吸足,然后赶路。蒋介石最厌恶吸鸦片的,闻到呛人的烟味就皱眉,马上传令下轿避开。我和几位同事见到这一段插曲,估量会引起一阵雷霆,结果他却没有发脾气,只是独自向山上缓行,眺望变幻莫测的云海。我们想:大概是刚刚平定川军,禁止吸鸦片烟还没有正式传令公布的缘故吧。再则,如果不让他们过足烟瘾,精神不振,又怎么抬轿呢?"

果然不出侍卫们所料,蒋介石上了峨眉山后,对四川轿夫吸鸦片一事,曾经当着几位四川军阀大发雷霆,后来蒋还在峨眉山顶,专门开办一个"禁烟训练班"。主要是对那些四川军阀们大训其话,提倡戒烟的好处和吸鸦片的害处。当然,蒋介石的"禁烟训练班"结束后,四川军阀中的吸毒风潮暂时得到扼制,但是蒋离开四川以后又死灰复燃了。

蒋介石在生活细节上也非常讲究。他虽是军人出身,可蒋在私生活中往往有着文人的风格。他不仅不沾烟酒,而且也从来不沾旧军人习气。特别当蒋介石有机会和文人墨客接触时,他一般要以礼相待。即便平时在报上骂过他的文人,只要有机会相遇,蒋也摆出不计前嫌、宽宏大量的姿态。有时在握手言欢之余,还与之谈笑风生。例如著名文学家郭沫若,此前多次在报上发表贬蒋檄文,蒋介石对郭沫若当然心存芥蒂。可是,每当蒋见到郭沫若的时候,他仍然显出温和含笑的恭敬神态。第二次国共合作时期,蒋介石还同意陈诚在武汉组织的"第三厅"内为郭沫若设一重要职务。郭沫若本人也多次受到蒋介石的亲自召见,这表明蒋介石对反对过他的文人雅士,也有包容的雅量。郭沫若在《请看今日之蒋介石》中就曾介绍他和蒋见面的情景:"蒋介石的居室是平列的两进房间,第一进是会客室,第二进才是他的寝室。我看了看又走进第二进去,蒋介石正坐在书案的旁边,他立起来叫我坐,我也就坐了。——这是他惯用的礼貌,别的部员见了他的时候,总是用立正的姿势来向他对话的。……"

生活中的蒋介石,并非香港作家唐人在《金陵春梦》中描绘的那样,动辄震怒,一旦发起怒来,蒋介石开口就骂"娘希匹"!如此脸谱化的描写,在相当长一段时间里始终为人欣赏,一些作家还纷纷效法,在有蒋氏出场的各类影视剧中,也有蒋介石开口就骂"娘希匹"的镜头。事实上,所有接触蒋氏其人的侍卫和官员们,在他们亲笔撰写的回忆录中,都一致认定蒋介石从来不骂"娘希匹",即便有时发怒,也不大骂而后快。军人的匪性似乎和蒋介石尚有一定的距离。

蒋介石的睡眠,在抗战前后一度饱受失眠的困扰。"御医"熊丸曾经这样描述蒋介石在大陆时期的失眠状况:"蒋先生的睡眠一向不大好,大概因为平常事情多,心情较沉重之故。且他平常上床时间太早,这也是睡眠不好的原因之一。我几乎每天都要给他一点药,以帮助他睡眠。有一回我们到青岛时住在海边,半夜蒋先生忽然按铃吩咐侍卫官,要睡在他卧房前面的杨侍卫官搬走,因为杨侍卫官的鼾声太大,吵得他睡不着。杨侍卫官搬走后,蒋先生还是听到鼾声,折腾一晚后,侍卫官一个个都搬走了。但蒋先生还是没有睡好。第二天蒋先生问侍卫长俞济时说:'青岛这地方实在太清静,他们打鼾的声音太响,以致我晚上睡不好。'俞先生一想,那几位侍卫官中只有一位会打鼾,打鼾的人搬走后又哪来的鼾声呢?于是第二天晚上,大家都极注意听,才发现原来是青岛海边的灯塔转动声音很像鼾声,蒋先生知道原委后,这才睡好。"

蒋介石如果睡觉,要求身边必须绝对安静。因此他身边所有侍从人员,在蒋介石上床睡觉之时,都要屏息静气,不敢喧哗,全力保证生活环境的安静。那一时期,蒋介石为失眠不断苦恼,医官和官邸的医护人员,也都为蒋介石的失眠问题忧心忡忡。可是,药物对蒋的失眠症似乎毫无疗效。有时即便服控制神经兴奋的药物,也不能让蒋摆脱困境。因这些西药虽有立竿见影之效,可是久服就产生强烈的抗药性,从此蒋的失眠变得更加严重,安眠之药就不得不停用了。

如果蒋介石在南京黄埔路官邸居住还好,因附近没有噪声。而且居住的房间也符合蒋必须宽敞、通风的要求,怕的就是蒋介石一旦出巡,需要另择新的居所时,所有蒋介石身边的侍从人员就必须百倍小心。他们对新住所的担心,是因为环境不适应蒋介石入眠。正由于蒋频频失眠,所以他对睡眠的要求越来越高。不仅要求新居所宽敞通风,还要在他睡觉时附近不得开灯,喜欢睡觉时绝对避光的蒋介石,入睡时一定要保证房间内外一片漆黑,不然,蒋介石无论如何也无法进入睡眠状态。这样一来,不仅要把房外走廊内的所有电灯一律关闭,甚至庭院内的电灯也要关闭。为了避光,还要在蒋氏卧室内拉严窗帘,担心一丝光亮泄入,引起蒋的失眠。

蒋介石每到新居所,身边侍从人员首先要检查蒋的床榻,如是软绵绵的席梦思,就要马上调换。因不了解蒋睡眠习惯的人,误以为他肯定喜欢睡卧在柔软的席梦思床上。岂不知蒋介石由于早年在前线指挥作战养成的习惯,必须在硬板床上才能顺利睡眠,反之,他如躺在软床上反会延迟他入睡的时间。

1938 年以后,蒋介石来到重庆,他的失眠症不但不见好转,反而因为昼夜有日本飞机的狂轰滥炸变得更加神经质。宋美龄担心蒋长期失眠会引来其他疾病,于是她百般想办法,请来各路医生给蒋会诊。然而无论服用何种药物,失眠症的困扰有增无减,而且还大有愈治愈重之势。1940 年宋美龄为此延请美国著名脑科医生约翰·皮埃尔等专家从美国起程来重庆,他们是经史迪威将军从中搭桥,从纽约市立医院请来的。皮埃尔到重庆后,为蒋介石做过脑科的系统检查,然后对宋美龄表示,蒋介石的失眠症不需要服药治疗,他认为像蒋这种较为严重的失眠症,愈服药反而愈加重失眠。皮埃尔凭他多年对失眠症病的诊治经验,给蒋介石提出五种治疗方案:一、要求蒋入睡时间必须在夜九点之前,如超过了九点,就可能进入另一个大脑的兴奋期。这个时候如果越想尽快入睡,越是难以入睡了;二、蒋介石睡觉之前,一定不要让他批阅最新的前线电报(指与日军对阵的相关电文),防止他入睡之前产生激动或兴奋情绪,如有紧急电报,也要在次日凌晨送蒋批阅;三、睡前可服一杯牛奶,此种饮料有利于蒋尽快入睡;四、禁止再服安眠性药品,防止蒋因久服此药产生副作用,这样,他的失眠就会进一步加重;五、改变蒋介石的睡姿,纠正蒙头而卧和喜欢对窗而卧的旧习。

宋美龄对皮埃尔等美国医生的诊治方案极为赞同。蒋介石身处失眠的难熬困扰之中,对此当然只有言听计从。初时蒋介石遵医嘱仍然难以入眠,但皮埃尔等专家共同认为,失眠症如此顽固,说明此前所有诊治方案的错误,如果蒋介石听信他们的治疗意见,一周后失眠的情况肯定有所减轻。一周以后,蒋介石在重庆黄山官邸的失眠状况果然得到了改善。此前不喜欢牛奶的蒋介石,为治病也只好违心从之。在全然不需要服药的情况下,蒋介石原本对这种治疗毫无信心,但经过几天时间的实践,他居然在不服任何药物的情况下睡眠状态始有好转。不过仍然在睡觉时听不得任何噪声,只要有些许噪声,刚刚睡熟的蒋介石便会突然醒来,而醒来后就再也难以入睡了。

为解决噪声问题,以皮埃尔为首的美国人并没有像蒋介石想的那样,一定要求在蒋睡觉的室外严控噪声。因战时的陪都重庆不可能真正做到消声匿音,所以皮埃尔等美国医生反而要求蒋介石要在噪声之下强行入睡。皮埃尔等人用意十分明显,因为只有让蒋在喧嚣的环境中入睡,他的失眠症才会真正得以治愈。否则蒋介石即便在四周寂静的环境中可以入睡,将来一旦周围再有噪声,他还会旧病复发。在进行噪声催眠的治疗中,蒋介石初时极不适应,心绪烦躁让他在床上不断辗转反侧,无法入眠。又经过一周时间的治疗,蒋介石虽然烦躁已极,折腾一阵以后,他居然在嘈杂声中渐渐入睡了,而且他只要进入睡眠状态,很快就发出了香甜的鼾声。

宋美龄等身边人为此欢欣鼓舞,振奋异常。但皮埃尔却十分冷静地提醒大家说:蒋介石现在虽然是自己在嘈杂声中入睡的,可这并不是病真好了,而是因他一连数日没有很好睡眠的原因。皮埃尔认为,如让蒋介石的失眠症彻底得到医治,应该在一个月以后方见分晓。9月里,蒋介石终于可在脱离美国专家指导的情况下正常入睡,从而他的失眠症得到了根治。到台湾以后,蒋介石的睡眠状况仍然如此,每天睡眠都很充足,入夜不久他即上床,时间准确得分秒不差。次晨天色刚亮,他也准时起床,几乎没有任何夜生活。一直到他生命的最后时刻,蒋的睡眠也没有再发生问题。蒋介石多年在睡眠问题上经历一个由被动到主动的复杂过程,中年时的失眠症得到治愈后,蒋介石笃信老子的养生心学,也认为养生就是养身,而养身的关健就在于如何养神和养心。养心既然是养生的关键,那么失眠当然也与他的心是否沉静有绝对关系。蒋介石为此深感明代养生家庄元臣的精辟之言,对养生和养心均有益处。庄氏认为:"心不求睡者,不得睡;心求睡者,亦不得睡;唯忘睡者,睡斯美矣!"他认为如若像庄氏这样到了"忘睡"的境界,才是最好的睡眠状态。明代先哲的经验之谈,再次开启蒋介石对如何保持良好睡眠的感悟,他这才知道,只有心中不思考如何睡眠的人,才能得到良好的睡眠。否则他还像从前那样烦躁,那样为睡而睡,甚至急服药强迫睡眠,反会让他的失眠症不断加重。在蒋介石眼里,中国历代先哲们的经验,远远胜过西方养生学家。也许正因为如此,蒋介石的失眠症终于得到彻底的根治。正所谓"老年人要心闲,闲则乐余年"的道理。

卷七

侍从和"御医"

由于政治的原因,蒋介石身边伴随一批侍卫和医生。这些人往往与蒋介石的安全、养生有着不可分离的关系。侍从室是个深不可测的机构,而不断更换的医生及"特别医疗小组"成员,则都被罩上"御医"的神秘面纱。

蒋介石的身体状况,往往都与他的安全有着直接关系,因此就不能不提及蒋氏的侍从人员。蒋介石多年从政,甚至成为国民党的党魁。除侍从室之外,蒋介石身边也集聚着一批学有专长、医术精深的医生。这些在蒋氏身边行医的人,通常被人称为"御医"。在记述蒋介石如何养生的时候,和他生活及疾病息息相关的侍从、医生们,也需要作以简单的交代。

1. 侍从室·内务科·医务所

虽然侍从室是从 1936 年 1 月改组并组建起来的,可是,蒋介石身边的安全保卫工作却是早从 1926 年蒋介石出任国民革命军总司令时就已经开始了。1928 年蒋介石担任国民党军事委员会委员长以后,侍从机构并没有马上随之建立。不过,1936 年 1 月正式组建以后,这警卫系统开始变得更加正规化。在钱大钧就任侍从室第一任主任之前,尽管国民党中央已有一个专门负责蒋介石安全警卫的机构,但那时不仅不叫"侍从室",重要的是还没有后来那样繁杂但却严整的组织机构。1936 年才正式建立这一专门卫护蒋介石安全和管理生活的机构,即为国民党"军事委员会委员长侍从室"。用台湾一位评论家的话说,侍从室就是在蒋介石多年努力下成为一个显赫的机构。这个侍从室的权力之庞大,是国民党成立以来所没有的。侍从室管理着国民党统治下的党、政、军各界,以及直接同蒋介石接触的朝野人士。有人说:"侍从室的风光更胜于清帝的军机处,因为它是载入明文,于法有据的。"还有人说:蒋介石的侍从室,"是在号称民主国家里,建立起一个超越政府,从属个人的权力机构,蒋介石可谓骄人"。

蒋介石麾下侍从室的主任人选历来都是蒋最为信任的人。第一任侍从室主任为钱大钧(1936年至1938年);第二任主任为林蔚(1938年至1939年);第三任主任为张治中(1939年至1940年);第四任主任为贺耀祖(1940年至1942年);第五任主任为林蔚(1942年至1944年);第六任主任为钱大钧(1944年至1945年);第七任主任为商震(1945年9月至1945年11月)。1945年底撤销了侍从室以后,但这个庞大的护卫蒋氏的机构却仍然存在着。也就是说,蒋介石1936年以前和1945年以后,他身边始终都有一个庞大的护卫指挥机构,1948年蒋介石将侍从室改为"总统府",内设军务局和政务局,而参军处和文官处下面又设了侍卫长等等,尽管设置的名目不同,可是侍卫官们仍然负责着蒋介石的私人警卫,而军务处下面仍然设有一个较为庞大的医务所。这个医务所虽然听起来只是一个小小的"所",其中组成人员也并不很多,根本无法与民间的一家医院相提并论。可是,如果你仔细研究内中奥妙,又发现侍从室下属的"医务所",也像它下设的"内务科"一样,其实都是实质大于形式的机构。因此不可小视。

1936年组建侍从室初期,在这个庞大的机构里,共设有三大处。一般人眼里的侍从室,就是蒋介石的警卫机构,其实详知内幕者才会知道,侍从室并非只管警卫,而是权力浩浩,甚至可以直接掌管国民党的军政全权。第一处由钱大钧任主任,主要负责处理蒋介石直接领导的军事事宜。例如当时蒋所指挥的各种战役,如"剿匪"等等,第一处可以直接指挥当时的国民党国防部及其他军事机构和部队的军事行动。此处甚至可以任免国民党军队中的上将、少将。至于校官和尉官,更是不在话下。第二处由陈布雷担任主任,具体负责管理与蒋氏相关的机要秘书、文电和起草各种政令军令等。同时也可控制当时全国的新闻宣传,该处可以具体控制舆论导向,随时可以下令查封有违蒋氏的报馆和电台,其权势也不可忽视。第三处主任为陈果夫,该处的具体工作是负责国民党的党务。国民党的中央组织部及后来狂妄一时的CC派,也在该处的直接领导下行使权利。此外,在这个权法森严的侍从室里,还设有一个侍从长室,这才是具体负责蒋介石安全的机构。由此可见侍从室中的分工,警卫仅居于次要位置。

第一任侍卫长就是浙江人俞济时。前面已经提及,此人是"奉化三俞"之一。由于是蒋的家乡人,所以深受蒋的信赖,蒋把自己的安全问题悉数托付给俞济时管理,当然考虑到出行和安居种种不可测之要素。在这个侍卫室里,不仅有从各部队精选出来的精悍士兵和军官,还包括着与蒋介石关系密切的服侍人员。他们当中既有负责蒋介石出行安全的侍卫兵士,也包括数量不多的精悍武官,这些武官没有保卫蒋的任务,他们都是蒋要会见外宾时,才会出面,负责如何会见的礼仪等等;第三类人就是秘书人员,这些秘书人员与陈布雷领导的第二处有所不同,他们只负责蒋介石的机要文件和临时性文书的起草,收发工作。因此,侍卫长室里的秘书,责任更为重要。此外,在侍从室里还设有一个更为重要的部门,它就是内务科。

侍从室的内务科是和蒋介石关系最为密切的一个机构。有人认为这个内务科,实际上就是二十世纪中国最大的一个"内庭"机构。好像满清皇城禁宫里的内朝奉侍,具体管理蒋介石的日常生活。内务科包罗万象,人员的分工也五花八门,比如这其中有负责蒋氏饮食的厨师和菜米油盐的采买人员。厨师是重中之重,所有在蒋家官邸里担任厨师的人,首先必须是来历可靠,其次才要考查他们的烹饪技术高低。在一般情况下,这些能够被蒋介石和宋美龄看中的厨师,烹饪技术当然要各有所长。不仅有烧中式餐点的厨师,专门伺候蒋介石,同时也要有烹饪西点的厨师,以便伺候宋美龄。而这些人所以不同于普通人,还因为他们仅有高超的烹饪技术还不够,能否让烧出来的菜肴得到蒋、宋两人的喜欢才是重要的。因此,能进蒋氏官邸内务科当厨师的不是等闲小事。而在伺候蒋、宋时还要有温和的性格,这一点往往最为紧要。

此外,内务科里还要有洗衣服的、烫衣服的、勤杂工人、花匠、理发师、裁缝师、汽车司机、插花女佣和轿夫等等。这些人一般也必须各有专长,有些人甚至跟随蒋介石和夫人宋美龄多年,最后一直从大陆前去台湾。他们中有男有女,有老有少,每个人都要各司其责,稍有不慎就会丢了饭碗。就在这个内务科里,还设有一个医务所,医务所内当然要有医生和护士,这些人就直接负责蒋介石的日常卫生保健工作,例如对蒋、宋两人的身体检查、护理、诊治、投药等。

关于蒋介石在大陆时期的医疗情况,曾经担任蒋身边医生的熊丸这样说:"吃完早饭以后,多半是医官替他(蒋介石)看诊或与他谈话的时间。过后武官会送一份蒋先生当日的行程表来,请他过目。待蒋先生对表中安排没意见时,当天便照表行事。在重庆,蒋先生要批阅的公文,多半由机要秘书送到他的案头。至西安事变时,因蒋先生背部受伤,夫人特地为他订做了一个批公文专用的半卧半坐椅,等批完公文后,再交代副官送还机要秘书。如果哪天必须要到'总统府'或军事委员会上班,在坐车途中机要秘书便坐在一旁念公事给他听,请他批示或交代。他每天的行程差不多都排得满满的。蒋先生本人也喜欢照相,只是不照镜子。他还特地将卧室里所有的镜子全以白布遮住,连盥洗室的镜子也一样。他不是个迷信的人,所以大家都不懂他为何要这样做。"也就是说,在大陆时期蒋介石几乎没有生过什么大病,身体也基本健康。

蒋介石在南京和重庆生活时期,他身边的医生(也包括一些临时调来的外国医生),主要任务是为蒋介石的饮食提供医学方面的知识、指导厨师们为蒋氏烧饭烧菜时应该注意的营养成分、提醒蒋介石每天的生活作息时间、介绍一些国外先进养生保健知识,等等。在这方面,蒋介石的养生知识就是通过身边这些医师们得以提高的。

蒋介石在大陆时虽无大病,但小病小灾总是不断的,尤其是他的牙齿,因在"西安事变"后拔去所剩无几的真牙,全部改换成义齿后,口腔的炎症一直是困扰蒋介石的主要疾病。因此,他身边的医生和护士们就必须担负起不时为他消炎洁齿,注射药品的责任。由于蒋介石不时因牙齿的炎症造成经常性的口腔炎,所以失眠症也时断时续地发生。蒋介石对自己的身体健康十分重视,在一般情况下,蒋介石的生活始终保持惯有的规律,每当蒋介石口腔发炎的时候,他就要厨师烧些家乡食物,比如红糟肉和黄鱼等。蒋介石因"西安事变"时背部受伤,浑身酸痛,骨科医师牛惠霖建议他拔去口腔内所有真牙,并说把牙齿全拔掉以后酸痛的症状自然好转。蒋介石就听了这位医生的建议,便把牙齿全部拔掉,酸痛也果然痊愈,但因装了假牙牙床容易萎缩,两年后整副假牙便不再适用,假牙一不适用,便易将口腔各处磨破,产生溃疡,所以当时有官邸医生建议蒋要经常把假牙取下,这样便于替蒋治疗溃疡。只有在蒋介石吃饭和会客的时候,才把假牙戴上,这样主要是为了实用的考虑。蒋介石一旦摘去假牙,心中就会苦恼。因为他没有假牙时,不仅讲话时不方便,发音不准,有损形象,同时吃东西相当不便。如果一旦蒋的口腔炎症复发,口唇和软组织便会发生感染性的溃疡,这时候,他唯一能吃的就是炒蛋了。所以蒋介石很喜欢一些软软烂烂的东西,以解口腔和牙齿的肿痛。

1936年以前在蒋介石身边担任医务工作的医生们,他们接触的多是一些无关痛痒的小疾小病。例如失眠症和牙龈发炎等等,这类病对于有丰富经验的"御医"们,当然游刃有余地加以处置,但后来蒋氏在"西安事变"的腰伤,却让他们大感其难。不过,像腰伤之类疾病毕竟不多,后来蒋的腰伤是逐步痊愈了。

1949年蒋介石来到台湾后,这个官邸内的医务所人员开始有所调整,由于蒋介石身体状况不佳,所以不断增添一些编制,又派进一批医术较高的医生和护士进来,专门负责蒋介石的医疗保健。这个卫生班子的人数尽管有限,可他们的责任却十分重大。在蒋介石没有生病的年月,医务所的医生、护士只要担负起蒋介石的"养生保健"工作就行了,来台后蒋介石年老体衰,不断发生危急情况,这样医务所就要担负蒋介石的医治任务了。1969年蒋介石在阳明山遭遇车祸以后,他的体质立刻江河日下,这时仅靠官邸内部的医务所就显得力量十分薄弱了。1970年以后,士林官邸医务所的任务开始逐年繁重,蒋介石病情发展到后来,不得不舍弃官邸医务所,前去医疗设备比较先进的荣民总医院住院治疗了。

2. "荣总"与"特别医疗小组"

1969年夏天,蒋介石在台北郊区阳明山的仰德大道上,遭遇一场意外的车祸。正因为这场车祸伤及了蒋的身体要害部位,所以晚年体质一直硬朗少病的蒋介石,突然垮了下去。不仅住进了荣民总医院,而且因此引发的其他疾病也随之而至。多年始终坚持养生的蒋,就像猝然遭到致命打击的一艘破船,顷刻变得支离破碎,元气大伤。再也无法继续像从前那样每晨早起"静坐"和安时到户外散步了。

随着蒋介石体质日衰,士林官邸内的医务所已经再也无力承担蒋的医疗救治工作了。多年来在他身边工作的医生和护士们,只能眼看着蒋的病情不断恶化。最后甚至连心脏也发生了可怕的病变。在这种情况下,蒋介石只能在荣民总医院和士林官邸之间不停地更换医病环境,发展到1971年秋天,根据蒋介石疾病的严重情况(因心脏病突发致使蒋的病况急转直下),国民党中常会决定尽快组成一个"特别医疗小组",专门负责蒋介石病情的医治任务。

　　这个由各类医学专家组成的"特别医疗小组",是国民党中央根据蒋的病情分别从台湾几家医院里紧急调来的。这个由国民党中央常委会确定的"特别医疗小组",基本上是以台湾"荣民总医院"的各科主治医师们为班底,因为蒋自从身体进入"紧急状态"以后,就由这家蒋氏亲手扶持创办起来的"荣总"负责,当蒋介石病情转危后,"特别医疗小组"开始扩编,分别从台北、台中、台南和高雄等地的医院里调集医术精湛的优秀医生和护士,前往士林官邸待命。蒋氏"特别医疗小组"开始时只有四位主治医生,即:陈耀翰、王师揆、卢光舜和熊丸。陈耀翰和熊丸都是蒋介石身边的老"御医",其资历自不必细说,而卢光舜则是著名的心脏内科专家,曾经担任过高雄市立医院的院长,是一位经验丰富的内科医生,卢光舜调进了这个小组,主要是考虑到蒋介石在车祸发生后的心脏变得愈来愈不好,为随时保证蒋的心脏不出任何问题,才不得不搬来像卢光舜这样著名的专家前来助阵;至于王师揆,更是台湾医界的知名人物。此前王师揆曾是台湾"国防医院"的著名神经科主治医生,后来又身兼荣民总医院的神经科主任。他的到来,是国民党中常委作为蒋介石医疗小组召集人的角色调任的。蒋介石的病情当时虽然并非神经科主症,但是由于王师揆在"国防医院"行医时就担任过科室主任和副院长,具有一定的领导组织能力,因此,国民党中常会选定王师揆为这个"特别医疗小组"的召集人,具体支撑和负责这个小组的日常工作。以上四人,就是最初"四人御医小组"的核心力量,此后几年,也是他们充当小组的中坚,一直到蒋氏病逝为止。

　　王师揆领导的这个医疗小组,初进戒备森严的士林官邸,当然不敢马虎。虽然小组的人手仍然不多,可是王师揆要求四位主治医生必须每天24小时在士林官邸值班。从1971年秋到1975年4月,蒋介石因车祸而罹患的疾病始终不见起色,有时即便偶有转轻迹象,便会暂时从医院返回官邸"疗养"一阵,但不久蒋的病情复发,还要把他火速送进荣民总医院的第六病区,毕竟是医院的设施强似官邸。随着蒋介石病情的不断恶化,他身边的"御医"人数也随之增多。因而出现了蒋介石身边"御医"有史以来最为众多的先例。

　　1927年蒋介石始任国民党中央党部组织部长、国民党临时中央执行委员会党务委员会主席、北伐军(国民革命军)总司令等要职,也就是从这时开始,蒋氏的身边就开始配备专职的医生。不过那时的医师都是普通军医,还称不上"御医"。当时蒋介石的医疗工作系由国民党军政部医务司统一管理,司长陈辉祖,下面有六七个医生具体负责蒋介石及国民党其他政治要人的私人保健。不过,当时分派给蒋介石的保健医生,并不是每天都要跟在蒋的身侧,而是一位医生同时负责多位国民党政要的医疗护理工作。1932年蒋介石在国民党四届二中全会上就任军事委员会委员长,中华复兴社社长以后,国民党中央为蒋氏配备和加强了医疗力量,这时候,蒋身边不仅有专职医师负责医疗工作,而且还有护士随行在侧。这一时期蒋的主要医护工作是由国民党军事委员会侍从室负责,它隶属于侍卫长王世和直接管理。从这时开始,蒋介石的身边就再没有离开过专职医护人员。无论他是否有病,医生和护士都必须处于待命状态。其中以刚从欧洲考察归来的医生吴麋孙为主,他是北伐时期就在蒋身边服务的军医官,这次回国以后就奉命担任蒋介石的专职医生,也就是所谓"御医"的开始。不久,侍从室又从武汉同济医院调来熊丸担任蒋的专职保健医生。关于那一段情况,后来出任台湾圆山饭店董事长的熊丸在回忆录中是这样说的:"我自1943年担任蒋的侍从医生起,每周约有一半以上的时间都待在他身边,只不过一小部分时间可以回家。事实上老先生并不需要贴身医生跟着他,他的健康情况一直都还很好,因他乃军人出身,每天生活定时,既不抽烟也不喝酒,还经常运动。懂得控制工作时间,不过分忙碌,这一切均造就了他健康符合标准的条件。但即使如此,他与医生的配合得仍然很好,也与医生保持密切的联系。起初夫人的医疗系统与蒋先生分家,故我们医生值班之外,只在请吃饭时才与夫人在一起。当时与夫人最谈得来的医生,是北京协和医院院长刘瑞恒,也是国际知名外科,所以那时候我们对夫人的健康几乎很少过问。但蒋先生便离不开我们这群医生。他自拔掉全部牙齿,装上假牙以后,口腔里经常发生溃疡。当时并没有什么特殊有效的药可以治溃疡,只能利用硝酸银把溃疡烧掉,所以那时我们经常要替他擦硝酸银。好让他再戴假牙吃东西。蒋先生的口腔每月总有十天左右的时间是破的,因此我们几乎一天到晚跟着他,为他擦药。除此之外,他的身体各部位都非常健康。蒋先生要找医官时,都要提早让副官找我们,以便给我们准备的时间。而我们当时明明就在身边,但还是故意让他等上个十分钟再去。因为养成随叫随到的习惯,往后如果因故晚到些,他就会问我们怎么晚到了。……我进官邸前,吴龄深医师共跟了蒋先生五年,而在吴龄深之前,是一位金医生,此人于北伐时期就跟了蒋先生。先生几乎是用了一位医师,便只找这位医生看病,所以他一辈子没用过几个医生。而我除了曾经两度出国又回来外,差不多也是始终跟着他。徐蚌会战之后,大陆情势危急,蒋先生引退溪口,他在溪口生活十分有趣,行程满满不停,每早都到一处儿时母亲带他去过的地方(多半是庙宇),最后几乎整个溪口都走遍了。我们那时跟着他,也可看出他情绪不佳,但身体状况却还不错。由溪口到上海的途中,蒋先生不断在海上视察,研究哪些地方可守,而哪些地方又该弃守。那段时间他的心情十分烦闷,我们经常有四位高级人员陪他吃饭,我发现他那时胃口都不怎么好,牙齿也经常出问题。但他那时却不大找医生,径自在那儿研究军事情况。"

蒋介石身边真正拥有大批医护人员,应该是他从大陆来到台湾以后的事。

蒋到台湾以后,身体状况开始时仍如大陆时那样,没有什么大的疾病。由于他善于"养生",平时即便感冒之类的小病也很少发生。所以不久熊丸便调离了侍从室,改任台湾中兴医院的院长,平时一般不再到士林官邸来,只有当蒋介石重病的时候,熊丸才会应召而至。1972年以后,蒋介石的私人医保工作改由另一位医生陈耀翰负责。陈耀翰早年曾经留学美国,来到士林官邸之前,曾任台湾"三军医院"的胸腔内科主任,自陈耀翰来到官邸后,他深得蒋氏一家人好感。蒋介石在没有遭遇车祸之前,身体几乎没有任何疾病,陈耀翰那时就负责蒋家一家人的医护,例如蒋介石长孙蒋孝文的疾病,就始终由陈耀翰负责,每当蒋孝文发病的时候,陈耀翰就不分昼夜地守候在阳明山蒋孝文的家里,这一点很让蒋介石满意。所以,陈耀翰是继熊丸之后又一个深受蒋介石重视的"御医"。

蒋介石来台湾初期,他及家人如果需要住院治疗,一般都要住进台湾的陆军总医院。1950年当蒋介石第一次住进这家医院时,才发现从大陆撤退到台湾的军人较多,特别是一些在战场负有重伤的国民党士兵,在台湾治病是十分困难的。有时他发现一些军人家眷是在医院排了几天的队,才能挂上号并得到医治的机会。一些军人家眷为治病甚至跑到他的士林官邸告"御状",请求蒋介石为这些在大陆负伤的老兵们解决医疗问题。蒋介石这才感到台湾的医疗水平偏低,医院的数量也无法达到救治伤兵的任务。如果不能建立一个新医院负责逃台国民党军队伤员和家眷的治病任务,很可能会闹出事情来。因此蒋介石决定要在台湾兴建一所专门为军队和家属治病的医院,这就是后来在台北石牌地区新建的"荣民总医院"。

蒋介石筹建"荣民总医院"虽然为着解决"荣军"的治疗问题,同时也为他自己开辟一个可在晚年治病的疗区。"荣总"始建之初便任命有着美国留学资历的卢致德为院长,邹继勋为副院长,荣民总医院自此成为全台湾最大的一所现代化医院。其中不仅集聚着全台最为优秀的心脏内科、神经内外科、五官科、泌尿科、骨科、眼科等各路医学精英,而且还拥有全台最为先进的医疗设施,病房大楼也是全台湾最大的,占有床位多时高达近万张之多。"荣总"建成不久,为感谢蒋介石创办这家医院的功劳,还特辟该医院的第六病区作为蒋介石和其家人治病的专用病房。后来蒋介石病笃时就在第六病区医治多时,宋美龄在台湾医治乳腺等疾病时也曾经在第六病区久住。至于蒋家的其他人,如蒋经国、蒋纬国、蒋方良及他们的子嗣蒋孝文、蒋孝武、蒋孝勇等人生病的时候,都是在蒋介石在世时该医院特为蒋家设立的第六特护病区医治并走完各自人生的最后岁月。

不过,1970年以前的蒋介石平时是极少到荣民总医院来的,他的身体一直没有大问题,即便有些小病小灾,也在士林官邸由身边"御医"们处理解决了。万一生有什么重病,也不需住进"荣总",蒋可随时下令,从荣民总医院召去相关医生对他在家中进行会诊。蒋介石真需要大批医生守在身边日夜护理,是阳明山车祸发生后,他的身体这才每况愈下,大批医务人员这时必须每天都要守候在蒋的身边了。蒋介石身遭车祸重创以后,先在荣民总医院第六病区治疗,后来在宋美龄的多次要求之下,蒋介石又回到士林官邸静养。这期间蒋氏的病情时好时坏,在"医疗小组"的精心治疗下,在官邸内坚持了五年之久。

1973年以后,随着蒋介石病情进一步恶化,"特别医疗小组"成员也在不断地扩大和充实。除当初组成时的四名"御医",逐步扩充到十几人。这"御医"队伍中引人注目的人物,就是后来成为"特别医疗小组"召集人的姜必宁。姜必宁也是著名的心脏内科专家,来到这个小组以前他就担任荣民总医院的副院长兼心脏内科主任。是一位留学美国多年并颇有建树的心脏科专家,姜必宁在台湾行医多年,临床经验极为丰富,而且此人医德高尚,在台湾医界威望较高。姜必宁来到"特别医疗小组"以后,取代了王师揆的职务,具体领导这个每天需24小时昼夜值班的"特别医疗小组",一直到1975年蒋介石病逝为止。

1974年蒋介石的心脏处于危急状态以后,"特别医疗小组"又调进两位精熟心脏内科的医生,他们是振兴医院的内科主任李有炳,振兴医院是宋美龄侄女孔令伟主持的私家医院,在这十分危险的时候,孔令伟当然不敢马虎,于是在"医疗小组"缺少人手时,她责无旁贷派出振兴医院最得力的内科专家前来助阵;还有一位心脏内科专家是董玉京,此人也是多年前在美国求学,对心脏外科颇有临床经验的名医。后来,由于蒋介石在车祸时被撞碎胸肋,当初进荣民总医院时虽已救治痊愈,但后来再次发作时,急需骨科医生每天居守在蒋的床前,这样著名骨科专家邓述微被请进了士林官邸,也参与蒋介石的"特别医疗小组"工作,尽管骨科专家尽职尽责,施尽西方新药,可是蒋介石的胸肋和腿骨仍然不时隐隐作痛。

蒋介石的身体俨然一台在重创之下,随时可能崩溃的破旧机器一样,病情发展到后来,他不仅心脏病随时可能危及生命,身体各个脏器也不同程度地频频告急。这样,为让蒋介石的病情得到有效的控制,"特别医疗小组"不得不延请各类病科的杰出医师齐聚于此,谁也难以预见蒋介石的病情究竟会发生何种转变。1974年春天,蒋氏"特别医疗小组"又充实了泌尿科医师郑不非、眼科专家林和鸣、麻醉科主任医师王学仕、肾脏科主任医师谭柱光和心脏外科医生俞瑞璋等几位参与。这些专家的到来,是为了蒋介石身体各脏腑均出现破坏性病变的应急需要。"特别医疗小组"在那一时期真正做到了要人有人,要药有药,要钱有钱,要医疗器械有先进的医疗器械。有宋美龄和蒋经国的全力操作,国民党中央对蒋介石日渐危重的病情已经作到全力以赴。倾台湾的全部财力人力,也要尽量满足对蒋的医疗救治。任何人不敢怠慢。事情发展到后来,甚至连与蒋介石疾病关系不大的荣民总医院新陈代谢科医生赵彬宇,也被临时借调到士林官邸,随时准备上阵参与对蒋介石的抢救工作。至于牙科医生曾平治的到来,乃是因蒋介石的口腔在病中仍然不断发炎,其假牙到了晚年受累更甚,在其口腔不断红肿溃烂的情况下,进食已经相当困难。这样,没有牙科医生守在蒋介石的身旁肯定是不行的。

蒋介石的"特别医疗小组",本来是有一定编制的,并不是随便就可以调来一个医生进入官邸。国民党中央所以控制"特别医疗小组"的成员人数,并不是没有原因的。主要是宋美龄和蒋经国等人,直到1975年春天,蒋介石身体已至油干灯灭的危状之时,仍然寄希望于蒋介石不久即可东山再起。特别是夫人宋美龄对蒋的希冀更大更急,恨不得马上就让蒋介石进介寿路的"总统府"里,其间宋美龄刻意搞了蒋介石的四次公开露面,就为让蒋随时"出山"在做舆论准备。正是基于这种政治上的考虑,宋美龄等人认为蒋介石身边的这个"医疗小组"成员宜精不宜多,主要是担心有人在蒋介石随时可能"出山"之前,把他正在患重病的信息外泄出去,从而坏了大事。

一直到蒋介石的病情进入弥留时期,平时不主张让蒋坐轮椅的宋美龄,也不得不看着行将就木的蒋介石坐在了轮椅上。在蒋的病情随时都可能发生意外的紧急情势下,宋美龄和蒋经国才不得不同意扩充"特别医疗小组"成员。不过,尽管已发现蒋介石病情随时可能发生逆转,仍然需要对此高度保密,宋美龄要求凡进入"特别医疗小组"的成员必须守口如瓶。

　　在这"特别医疗小组"之外,又有一位从美国聘请的华裔医疗专家参与其中。他就是早年前往美国留学,后来在纽约罗彻斯特大学医学院担任心脏科主任的余南庚教授。此人早年在上海某医学院毕业,抗战之前参加过蒋在庐山组织的中央训练团,后来前往美国留学并行医。余南庚在美国多年,尤其在心脏病医治和研究方面颇有建树,一度成为美国医界的翘楚人物,姜必宁在美国时就极力崇敬余南庚,所以这次姜发现蒋介石的心脏病久治不愈,才主动向宋美龄请求到美延请余南庚来台湾的。面对蒋介石愈来愈严重的心脏病,"特别医疗小组"已感束手无策,姜必宁的建议马上得到国民党中常会和宋美龄全力支持。于是才派卢光舜专程赴美求助,终于请来在美国医界名气甚重的余南庚。

　　这时的余南庚已身任全美心脏医学会的会长,如果把余南庚请来台湾,对抢救蒋介石肯定会起到起死回生的作用。余南庚来后,百般采取医治心脏的最新手段,蒋介石的病情也初步得到控制,不过,蒋氏的身体毕竟早已病入膏肓,即便有余南庚这样医术高超的名医亲临床前,也怕难有回天之术。

卷八

静坐、按摩与太极

　　蒋介石的养生运动,往往都与他的宗教信仰有着特殊因缘。他前半生赖以维系的健身规则——静坐、按摩、太极等,一般都牵涉某些宗教人物对他的影响。毋庸置疑,太虚法师、周联华牧师和海性法师,在宣讲佛教和基督教义的同时,对蒋介石的养生研究亦有潜移默化的影响。

　　蒋介石从小就不相信中医,成年以后他生病时接触求教的一般也都是西医。蒋氏的这种求医习惯,当然和宋美龄不无关系。蒋、宋结婚以后,受其影响更重。原因是宋美龄少年即生活在美国,因此受西方影响至深。蒋介石历来崇敬西医西药而竭力疏远中医,即便偶尔因病延请一两次中医,也多是不得已而为之。在蒋介石的心里,中医是落后的医学,只有西方的医术才是科学和正统的。因此,蒋介石生病时常常只问诊于西医,即便他身边相随在侧的医生,也多为有过留学经历的西医,这都是不争的事实。

　　不过,蒋介石的这种就医习惯,晚年时有所改变。这是因为他受几位宗教人士的影响,逐渐痴迷于几种与中医相关的养生之法:一、"静坐养生法";二、"按摩养生法";三、"太极养生法"。蒋介石所以笃信"静坐"、"按摩"和"太极"之术,当然和他多年的宗教信仰有关。大陆读者都知道蒋介石的后半生,是一位虔诚的基督教徒。那是1927年他决意迎娶宋美龄为妻时,因受宋母倪桂珍指点而后来产生的信仰。不过,基督教并不是蒋介石的第一信仰,早在信仰基督之前,他就是一位佛教信徒。自然,蒋介石的这一宗教信仰,并没因其后来转信基督而有丝毫改变。因此,在蒋介石的政治生涯之中,先后有三位宗教人士与他维持着特殊的关系。他们是奉化溪口雪窦寺的住持僧太虚法师、台北凯歌教堂的牧师周联华和台北慧济寺的高僧海性法师。正因为蒋介石在不同历史时期先后与上述三人频繁接触,所以才让蒋介石学到了三种对身体有益的"养生之术"。

1. "静坐"——太虚的养生疗法

纵观蒋介石的养生经历,其得法与受益,除身边有一些深谙医术的医官从中协助外,还有一位宗教人士值得一提,他就是浙江高僧太虚法师。据相关史料记载,蒋介石的"静坐"之法,其实早在青年时期就已经开始了。有人说蒋的"静坐"养生,系二十世纪二十年代蒋介石回到浙江奉化故乡时,因游雪窦寺结识此寺住持太虚,受其影响才迷恋上了"静坐"。其实始于太虚一说,并非如此。其理由是,以蒋介石本人的自述作为第一手资料,即可说明太虚为蒋介石迷恋"静坐"的第一启蒙人并非史实。

1957年蒋介石在台湾接见日本政界人士岸信介时,就曾经对此人谈起他"静坐之功"的来由。嗣后,岸信介曾经对采访他的日本记者谈到他对蒋介石的印象,同时岸信介表示,当时年已71岁高龄的蒋介石,曾经对他讲过这样的话:"我在高田联队时,上级让我们练坐禅。坐禅是个很好的健身方法,现在我仍然坚持这样做。"蒋介石在这里所说的"高田联队",系指他从振武军校毕业前往北海道参加军事实习时的日军联队。这就说明,蒋介石入门"静坐"(亦即所谓"坐禅")并产生依赖,至少应起源于1909年的冬天。至于蒋介石和奉化溪口雪窦寺方丈太虚法师的结识,理应在此十年之后。因此,说太虚法师开导并指引蒋介石迷恋"静坐"之功是不恰当的。

太虚法师确为民国年间在浙江一带威名远播的佛界高僧。太虚祖籍与蒋同为浙江,七岁时因清贫到一家小镇商铺当店员,十岁时出家,先为普陀山小僧,后到宁波天童寺皈受比丘之戒,27岁时才来到距天宁寺几百里外的四明山区,始进溪口后山的雪窦寺,历经数十载的晨钟暮鼓,当年普陀山上的年轻僧侣,已经变成了雪窦古刹德高望重的住持僧。

太虚成为雪窦寺住持的时候,因熟读经文,佛法高深,加上此人在四明山一带素以佛法拯救生灵,因而颇得民望。但是,这时的蒋介石已经离开故乡前往保定陆军学堂读书,不久就前往日本了。不过,太虚法师的名气蒋介石即便远在日本,也仍然有所耳闻。1921年6月,蒋介石生母王采玉在溪口病殁,他闻讯急忙从广州星夜赶回奉化奔丧。蒋介石直到这时候,才在溪口雪窦寺结识太虚法师。而太虚法师也对在外当兵的蒋介石略有所知。于是太虚法师应蒋家之约,率雪窦寺众僧前往丰镐房为蒋母做佛事,蒋介石结识太虚法师以后,彼此交谈融洽,不久即成为至友。

蒋介石信仰佛教,早在日本时就受戴季陶等人影响,其母王采玉等也笃信此教。当然,蒋介石真正皈依佛门,还是和太虚法师结识以后的事情,太虚对蒋的诱引与指教,当然让蒋介石对佛教迷恋更深。从那时开始,太虚法师便成为蒋介石每次回乡时必要参拜的佛界友人。而太虚也对蒋介石格外看重,特别是在了解蒋与孙中山先生的关系以后,这位政治僧侣越加断定溪口镇上的盐商之子,久后必定大有造化。因此,蒋介石每次登临雪窦山顶,来到寺院求见之时,太虚都会率领寺院大小僧人,隆重迎至古刹山门,然后屏退从人,在雪窦寺禅房里与蒋氏谈经论道,促膝密谈。有时谈到兴起,两人竟对坐竟夕,彼此之间的敬重,都随着对佛教的深入理解而与日俱深。

蒋介石对溪口后山上的雪窦寺,少年时就十分熟稔。他素知这座始建东晋的古刹是当地百姓心中的圣地,所以少小时就不时来寺中逗留,只是那时蒋氏尚未启蒙,更不曾皈依教门,只是对古寺产生朦胧敬意而已。尤其寺中那两棵白果树,更为蒋介石所崇敬,那是汉朝一位路过此寺的佛界僧人亲手所栽,如今三层巍峨殿阁,已经经历数代风雨,可是仍然一如他少年时见过的一样金碧辉煌。至于古寺的住持僧太虚法师,与蒋介石更是情趣相投,两人均有相见恨晚之意。

太虚法师真正感动蒋介石并让他对此人深信不疑的是,1927 年 8 月 12日,蒋介石因受国民党各派势力的压力,不得不宣布辞去国民党中央常委、组织部长、国民党临时执委会常务委员会主席、国民革命军总司令等一系列要职,凄然下野并返回阔别多年的奉化溪口。这时的蒋介石腹背受敌,四面楚歌,对他自己今后的政治前途也一片迷茫。蒋介石心情苦闷之际,曾来雪窦山顶的古寺之内。没想到从前仕途顺畅时远接近迎的太虚法师,明知蒋介石已经下野,仍像从前一样以隆重礼仪迎接到山门之前,这让失去政治前途的蒋介石倍感亲切。

尤让蒋介石敬重太虚法师的是,当夜两人在雪窦寺彻夜长谈,在谈到蒋氏以后的政治前程时,太虚法师示意蒋可当面抽一竹签,再求问吉凶。太虚接过蒋介石抽来的签后,半晌沉默无语,蒋见了,顿觉心中无底,以为他抽的签已经定是凶兆无疑,回乡之前他对自己所抱的极大希望,都顷刻化为乌有。

太虚法师从书架上取下一册书,询问蒋何时出生,蒋介石慌忙答道:"我是清光绪十三年丁亥年九月十五日午时出生的。"太虚法师仍不作声,却随手取出一只木盘,上有许多莫名其妙的圆圈,红的黑的或白的,让蒋见了更觉高深莫测。太虚再把木盘移近蒋的面前,让他观看那些圆圈之内的红字黑字,再指盘中一些红白纸条,依次请蒋翻阅,太虚最后让蒋闭目拣起一张示他。直到这时,太虚法师才做完他故弄玄虚的一招,沉吟良久又煞有介事地发出一声叹息:"蒋先生果然吉人天相,贫僧已经说过,先生此次虽下野归乡,但这只是一步灾难,如果一旦跨越灾难,久后必定阳光普照,前程一片锦绣。如此看来,贫僧之预见,很快就将变为现实。"

蒋介石听了且惊且喜,连忙追问真伪。太虚竟以不容置疑语气说道,先生可是不久就要前往日本,可是当真? 蒋没有想到太虚竟知他将去东洋避风,吃了一惊,点头说:"正是正是,因我自感国内已无前途可寻,因此才有东渡的念头。当然我本意并非真想去日本寻觅什么发迹之梦,而是国民党要我必须远避日本,他们说我继续留在国内对国民党已有害无益,所以我不得不去日本避难。"

太虚听了,喟然长叹:"去去倒也无妨。蒋先生可知人一生的吉凶祸福,早就由天而定了,即便你不去日本,暂时的仕途之灾,也必定在所难免。不过依贫僧愚见,如先生定要东渡日本,倒也未尝不是一件好事。"蒋介石万分惊愕,一时猜不透太虚的真正心思。他感到自己的性命前程,此时已经全部操在太虚手中。在蒋的频繁询问之下,太虚忽然开导他说:"蒋先生莫不知这样的道理:人生不可太顺,太顺反要有更大风险吗? 先生面前既然有此灾难,何不暂避风头于一时。依贫僧之见,不须时间太久,只要先生从日本归来之时,这场仕途之厄也就烟消火灭了。到了那个时候,恐怕现在推先生下台的那些人,还会改换笑脸,恳恭请先生重返南京再执兵权呢!"

"我……还有重掌兵权,东山再起的可能吗?"蒋介石做梦也没有想到,正处于人生的困厄时期的他,南京官场上那些高员政客们,见蒋下野都唯恐避之不及,世态炎凉,已给他心中打下痛苦烙印。可是蒋介石没有想到太虚法师竟在他失魂落魄时断言,他不久即能回光返照,再登国民党政治军事舞台。不过蒋介石对太虚的估计未敢深信,凄然下野前经历的政治打击在蒋心中已成挥之不去的噩梦。

在谈到何时才是蒋介石的转折之期时,太虚法师手握竹签,胸有成竹地说:"先生是丁亥年所生,而今年刚好就是丁亥之年。你下野并不是命中无官,而是你犯了大忌。我想只要过了今年,明年就是先生的大吉之期。到那时如先生再返南京,必定是前途无量。"蒋介石想起离开南京时百官鄙视的前情,心头不禁一凉,他不以为然地连连摇头:"法师过于乐观了,我想,南京官员都恨不得我从此死无回头之路,他们怎么能让我再回南京呢?"

太虚法师却嘿嘿一笑:"蒋先生何必如此悲观?贫僧敢断定先生不仅能回南京,还能保证那些赶先生下台的人,将来都定自责有眼无珠,敦请先生回去的。为什么这样说?在贫僧看来,南京政府离开谁都能维持,唯独离不得先生。如果没有先生当总司令,只怕天下从此内乱不息,烽烟不绝!因此,先生不必担心将来无人相请,只管放心前往日本就是。"

蒋介石在日本逗留期间度日如年。不久果然如太虚预见的一样,没有等到一年之期,就在当年12月3日——蒋介石和宋美龄在上海举行世纪婚礼次日,就从南京传来国民党召开二届四中全会的消息。让蒋介石为之吃惊的是,就在这次会议上,一致通过了请蒋介石再任国民革命军总司令的提案。

因为太虚法师在蒋介石生死攸关时为他预见前程,蒋氏就任革命军总司令后,对太虚格外敬重,为其慧眼预见深深折服。此后,只要蒋介石再从南京返回奉化,他想做的第一件事,就是亲往雪窦寺拜见太虚法师。就在这时,太虚法师向蒋介石传授了独特的"养生之法"——静坐。

太虚法师要求蒋介石从现在就学会养生。他的理由十分简单,蒋先生既然是一位将来可以托付中国政治前途的领袖,有无健康的体魄就显得格外重要。如若先生只顾政治前程却无坚强体魄,那么后者必定断送先生的前程。蒋介石这才恍悟一个道理:若想毕生握有国民党的党政军大权,从此再无下野的悲剧发生,他只有政治权术还是不够的,必须要有个康健硬朗的身体才行。不然,这次失而复得的军政权柄将来仍然还会再次丧失。

这次回乡,蒋介石的收获更大。太虚法师在他眼里不仅佛法无边,占卜即灵,而且对当今政坛角逐全然洞悉在心。前次点拨蒋介石去日本可以逢凶化吉的先见之明,已让蒋介石茅塞大开,在心悦诚服之外蒋氏对故乡雪窦寺的老住持再也不敢等闲视之了。在蒋介石逗留溪口几日中,他每天都去雪窦寺向太虚请教长寿养生的大计。这次太虚并没有再像前次那样,简单教他如何施用静坐之法,借以达到养生的目的,而是只说一句:"先生若真想强健身体,就要学会静坐,这恐怕不是一朝一夕之事。当然要看先生有无恒心了。"

蒋介石把当年在日本军校里学习"坐禅"的前情告诉太虚。太虚法师认为:"日本的坐禅和中国的静坐,虽然异曲同工,但各有短长。"太虚所讲的"静坐"养生,与日本军校学到的坐禅,根本的区别就在于前者是佛教基础上的养生之功,而后者则带有某种武士道的意味。蒋介石没想到对佛教见地独特的太虚,居然对养生之术颇有研究。于是蒋介石推迟返回南京的时间,一连数日,准时从丰镐房乘软轿上山,来雪窦寺与太虚法师促膝长谈。太虚这才把他对静坐养生的理解,以及静坐的佛教内涵,一一娓娓道来,无私地传授给蒋。

太虚法师认为,人能否长寿不取决先天体质和寿夭定数,而在于能否多作后天的补救。静坐养生之法的根本,就在于能否坚固人之元气。也就是说,在太虚法师看来,人的养生其实就是养气,即所谓"人之有生,全赖元气。"他例举古医家所说的一段话,借以开导蒋介石:"恬淡虚无,真气从之,有神内守,病安从来。"这一主张,正是针对如何保证人之元气的固守而言。太虚为让蒋氏明白他多年以静坐之法保持元气不泄的道理,还请他验看手边多年批阅的医书《内经》和《素问》。太虚法师说:中国古代名医所以在其医学著述中多次提到"呼吸精气,独立守神"或"元气充足,气血调和"等道理,说的就是如何保持元气的大事。

太虚认为蒋介石作为国民党的最高领导人,如若养生,如若长寿,首先必须要学会"安神",而习懂"安神"的内涵即必须学会"养心"。太虚法师还认为,蒋介石如果潜心养生修身,每天必要抽出一定的时间用心静坐,也就是说蒋介石因公务繁冗,日理万机,烦恼和忧愁之事肯定多得无法计数。在这烦躁不安的心绪之下若想求得养生之功的实现,显然是不可能的。这就要求蒋介石必须学会在纷乱如麻的心境中克制暴怒,不思私欲,保持平和心态,真正做到"心静如水"。如蒋介石每天仍像从前那样身陷繁杂多变的世间矛盾和利欲冲突,那么他就永远不能真正做到心静、气足,当然也不会进入真正的"养生状态"。

太虚法师要求蒋介石要像他一样,每天无论公务何等繁杂,心态如何不爽,都要抽出一定时间"静坐"。只有"静坐"才可能真正达到"静思",如他真正进入"忘我的静思境界",才能最后做到心无旁骛。太虚还给蒋介石推荐南北朝时一位医家,该人名叫陶弘景,陶氏所著《养性延命录》一书,尤其值得蒋介石一读。太虚法师指着这册医书说,陶弘景就是懂医理和养生之道的人,他在静坐过程中总结的"一多十少",就是最好的佛教医理,足以供蒋介石受用。

陶氏的养生学问是：人如若真想进入忘我的"静坐状态"，就必须做到以下"十少"，即：少忧、少怒、少喜、少欲、少虑、少事、少愁、少好、少恶、少言。陶氏的一多，即是"多思"二字。陶弘景的解释是，"十少"可以让人做到超然事外，不计人间恶仇，而喜怒过度都可能伤及人的元气。至于纵欲和多事，无疑让人的元气大伤，气血枯竭，人的体质自然也不会康健。陶弘景认为，他从前也主张过"少思"，所谓"少思"，就是少想每天面临的各种人间灾难，曾经认为只有不想旧事，才可让他的气血永远保持调和的最佳状态。但是后来他经过实践才认识一个道理，人如果不思不想是做不到的。因为头脑在人静坐的时候，往往仍然处于运转的状态，在这种时候不思考问题是无法做到的。陶弘景的原则是"多思者多寿"。太虚法师告诉蒋介石，陶弘景所谓的"多思"，并不是在静坐时思考与身体无关的烦恼之事，而是要他多思有益于人体和气血的事情。蒋介石从太虚法师的点拨中，联想他的至友张群曾向他畅谈的"养生秘诀"，其中就有这样的经验之谈："多笑笑，勤动脑，永不老。"太虚法师还告诉蒋介石："从前我把'十少'统统归于养生的心得，就因为我没有真正弄懂'少虑'会让头脑处于静止的状态，这样头脑就会因身体和气血的静止而静止，贫僧要提醒你知道的是，身体中的任何脏器都可处于静止的状态，唯有头脑不能静止，因为如果头脑静止，就可能让你的精神处于静止，精神如果静止下来的时间过久，你的头脑就会发生痴呆了。"

蒋介石听信太虚的指教以后，从 1928 年冬天开始，潜心于认真的"静坐"。早年在日本学军事时，蒋介石也一度笃信"静功之禅"。可惜他没有毅力，并没有坚持长久。有时高兴时他会想起"静坐禅功"，但事忙又遗忘脑后。现在当他把太虚法师的"静坐"与一度放弃的"禅功"联系起来，方知世间的养生如同每天睡觉吃饭一样，须臾不可松懈。诚如太虚所言，"静坐"就是养生和健体的精神补品。它甚至比蒋介石平时吃的食物补品，对人更有益处。太虚说："静坐在佛学上叫做梵华兼称，静定的功夫，就是健康精新的最大补品。平常人精神不健全，处置事情容易颠倒，这因为没有静定功夫的缘故。佛教中禅定的原意，就是把自身置于纷乱的尘世之外，设法将被外界困扰的心境，用禅定的方法加以控制。"

自此蒋介石对"静坐"养生之功有了全新理解。离开奉化以后，南京的早晨往往就是他"静坐"之功的开始。蒋介石每天早晚两次面壁"静坐"，确也磨炼了意志和毅力。按照太虚法师的叮嘱，蒋介石每天天色未明，就在拂晓微光之中,一人静静坐在榻上,一边默诵《圣经》,一面静静打坐。心无旁骛的蒋介石每晨"静坐"一般都在半小时以上。他双眼闭合,默然端坐在熹微晨光中,这时蒋似乎已经真正进入"佛家的入定状态",坦然面对着冥冥世界。在静坐的时间里,他头脑不思不想,仿佛人的七情六欲都丢忘在脑后了。

夜晚入睡之前,蒋氏照例要有一次雷打不动的"静坐禅功"。这次静坐的时间要比清晨略长一些。蒋介石最初无法真正做到"心无旁骛"的忘我境界。但时间久了,他通过这些每天风雨不误的面壁"禅功",渐渐感受一种超然世外的休眠养生状态。蒋介石发现闭目确能凝神,在安闲气静的状态之中,他会把每天经历的繁杂琐事,在脑际一一过了电影。蒋由此想起前辈哲人"每日三省吾身"的古训。在静坐与静思之中,他渐渐进入忘我。脑际深处的私心杂念,事无巨细,一一反复静思,终于让蒋认识到许多不该做之事,不该说之言。他精神往往在反思之中变得更为沉静。这种时候,外界对他的干扰和侵害,几乎都在刹那间远离他而去,恶浊的心灵都在"多思"中得到净化。在进行屏息凝神的"禅功静坐"时,蒋介石的烦躁的精神会变得平和安恬,他认为这样静坐与其说为着养生,不如说是一种高雅的休养享受。正因为蒋介石早晚有了这别出心裁的"静坐禅功",他忽然发现年轻了许多,身体的微病小恙也大有改善,此前蒋介石还时或有牙痛之类的小疾小病,自从他施用"静坐"疗法以后,感冒就再没有光顾他。此后数十年,蒋介石的身体也一直不受病灾的侵扰,如果没有那场飞来的车祸,也许蒋介石的"禅功静坐"还会照样坚持下去。但 1969 年后蒋介石坚持多年的"禅功"不得不猝然中辍。

2. "按摩术"——周联华的独家之道

众所周知,蒋介石对基督教的信仰,始于 1927 年与宋美龄的婚姻。这是他不得不接受的精神信仰。当时的宋美龄如花似玉,又有留学美国的特殊经历,再加上她有二姐宋庆龄与姐夫孙中山的政治背景,蒋介石便痛下决心迎娶这位对他政治前途极有益处的女人。但宋美龄嫁蒋氏的条件很多,除蒋必须与毛福梅、陈洁如彻底解除婚姻关系外,宋母还向蒋郑重提出,他必须在与宋美龄婚前考虑是否皈依基督的问题,因基督教乃是宋氏家族的唯一信仰。蒋介石为诚意迎娶宋美龄,必须要做极大的牺牲,最后在宋母面前接受了在适当时机定要皈依基督的要求。蒋介石这一许诺，并非空诺一声，敷衍了事，和宋美龄结为伉俪不久，蒋介石果然不负婚前承诺，终于实践诺言，成为一名虔诚的基督教信徒。

蒋介石来到台湾以后，凡有闲暇时间他总会陪同夫人前往士林附近的英式教堂。自国民党兵败台岛以来，从前寂寞无人的士林凯歌教堂，忽然变成蒋氏一家及国民党军政要人听《圣经》和接受洗礼的地方，凯歌教堂主持人就是台湾宗教界权威周联华。

周联华，祖籍也是浙江，1954年以前，他毅然放弃许多可以升官发财的职业，只身前往美国苦求苦攻神学。神学在当时的台湾尚不被人重视，然而周联华到美国以后，在南部的浸信会神学院里，却以虔诚的神学心态及聪明的智力，终于获得了神学博士的文凭。周联华回到台湾以后，在浸信会神学院里担任教职。他是一个不喜欢抛头露面的神学工作者，一心只想在神学的领域驰骋，无意于繁华喧嚣的世界。可是，周联华越是不想与官场人物接触，却总是有一些机会让他不得不接近国民党权势人物。

周联华来士林之前，凯歌教堂有一位荷兰牧师主持讲道。这位荷兰牧师讲经一般都用英语或法语，他讲的《圣经》虽也深刻，但蒋介石等一批居住士林的高官，却因语言等诸多不便，与荷兰牧师难以沟通。这时，有人向蒋介石提议应请一位中国牧师在凯歌教堂长期讲经布道。也有人提到了周联华，但当时蒋氏并没有马上首肯。

原来，就在蒋介石和周联华见面之前，宋美龄与周联华牧师早就在梨山见过一面。从美国神学会毕业不久的周联华，曾在梨山郊区主持过一个不引人注目的耶稣堂。宋美龄最早在梨山与周联华见面并亲耳聆听他的讲经，对此人心存好感，所以就在1955年秋天，蒋介石偕宋美龄前去大溪行馆度假时，同行者中还有刚从美国回台湾的宋霭龄女士。他们一行人半路上刚好经过梨山，宋美龄就向蒋介石提议去梨山耶稣教堂参观，意在向蒋引荐这位年轻牧师并进行考查。蒋、宋两人来梨山耶稣堂时，刚好和在那里主持耶稣堂奠基典礼的青年牧师周联华相遇。蒋介石和宋美龄以及同行的宋霭龄诸人，都对年轻牧师周联华的讲经布道，产生了浓厚兴趣和良好印象。

初次的接触，周联华留给蒋介石的印象是："周联华学识深厚，在台湾绝不会找到比周联华更有系统神学知识的牧师了。我在梨山听他两次讲经，这才知道他对《圣经》的理解，不仅超过我本人多年的感悟，甚至比他年长的荷兰牧师也无法和这年轻人相比。"蒋介石对青年牧师周联华有如此高的评价,大大出乎所有国民党要人意外。毋庸置疑,周联华与蒋介石、宋美龄在梨山教堂的意外邂逅,给这两个国民党重要人物心中留下一个良好的印象。此后,只要周联华前往士林的凯歌教堂讲道布经,蒋介石和宋美龄必定亲往参加。周联华渊博的神学知识与坦荡的人品,都让蒋介石对他产生了好感。

1966年春天,当更换士林凯歌教堂的主持人选需要征得蒋介石首肯之时,蒋介石便信手在几位候选人之中圈上了周联华的名字。从此,周联华就离开了浸信会神学院的教室,而前去住有国民党高官的士林教堂充任了主持角色。

周联华牧师在凯歌教堂讲经之初,就得到蒋介石和宋美龄夫妇的高度赞许。在他们眼里周联华不仅具有美国神学院的学历,而且善于在国民党政要们面前周旋,凡是蒋介石亲自前往凯歌教堂听《圣经》时,周联华都会事前做好准备,在教堂内外摆满艳丽的鲜花,阶前地面也洒有圣水。蒋介石和夫人一旦光临,周联华必率神学人士亲迎至教堂门前,周联华的谦恭礼仪,还有他渊博的神学知识,越加赢得蒋介石的好感。因此蒋介石和宋美龄不断安排周联华牧师出席国民党一些重要会议,支持他主持士林的凯歌教堂。荷兰牧师这才发现蒋介石来到台湾以后,他在凯歌教堂的日子愈来愈不好过了,于是便再不肯当蒋介石来教堂时讲经了。如此一来正合蒋氏夫妇之意,周联华便成为凯歌教堂第一讲经人,同时他也开始充任蒋、宋伉俪的私人牧师。

成为士林凯歌教堂牧师和祈祷会监督以后,周联华牧师和蒋氏夫妻的接触开始频繁起来。不仅如此,蒋介石来台后,因他和夫人笃信基督教。所以,也带动了台湾许多军政两界的要人成为凯歌教堂的常客,周联华为这些在中国大陆打败仗的军人政客们讲《圣经》,往往可以他特有的学识和循循善诱的演讲风格打动人心,蒋介石因此对周联华更为看重,周联华也因此成为台湾人人尽知的"御用牧师"。

蒋介石在与周联华的不断接触中,对其好感日甚一日。此前在大陆时期对基督教尚不十分热心的蒋介石,由于在台北结识了牧师周联华,从而对《圣经》的兴趣越来越浓。此前在大陆时蒋介石虽也每天清晨读诵《圣经》,有时他还喜欢唱圣歌,但那都因受夫人影响所致,并非完全发自内心。如今经周联华牧师的讲经布道,蒋介石对《圣经》的理解加深,几乎每星期三都要到凯歌教堂听周联华讲经。每日清晨蒋的静坐和默诵《圣经》,也因此变得更加自觉起来。周联华有时还亲自前往士林官邸,协助蒋、宋两人整理神学笔记,不时纠正蒋介石对某些经文的读音和笔记上的谬误。周联华如此作为,更加引起蒋的好感。蒋介石甚至还想把周联华介绍到国民党内,可此事却为周联华婉拒,他表示一心钻研神学,从无进入仕途为官的意思。蒋介石见周联华如此自重,对他也愈发产生几分敬重。

蒋介石看重的不仅是周联华在神学研究上的才华,还有他浙江祖籍。后来周联华成为蒋介石后半生基督信仰的"御用牧师",其得宠的根本原因,就在于他符合蒋多年一贯遵循的用人准则:进入蒋家势力范围的宠信者首先必须是浙江籍人士。

1968年春天,荷兰牧师在台北病逝,士林凯歌教堂再无合适的主持人,宋美龄在征得蒋介石同意后,提名牧师周联华主持凯歌教堂。从那时起周联华从一位不为人知的普通牧师,迅速成为台湾神学界的翘楚人物。

周联华成为凯歌教堂主持牧师后,他仍然还像以往那样,以平常之心面对蒋家及国民党各路高官。周联华所以成为台湾宗教界最受人敬仰的牧师,除他渊博的神学知识之外,亦与他本人正直敦厚的人品、善于结交上层人物的交际能力不无关系。用周联华的一位基督教信徒、已故国民党元老的话说:"周联华牧师引起台湾政坛的注意,不仅因有蒋先生的赞誉,还有他与众不同的神学功底、平等面对教友的人品令人敬重。周联华在神学研究上的突出成就,还得益于台湾公众人物普遍信仰的基督耶稣。还有一点长处不可忽视,周联华又是台湾为神学而最早留洋的牧师。"事实恰好如这位高官所言,周联华年纪轻轻就在神学上一举成名,并深得到蒋氏夫妇的信任,留学归来不久就出任士林凯歌教堂的首席牧师,当然不仅因他在美国取得的神学博士学历,也并非因他讲经布道别出心裁,重要的原因是他人品高尚。在周联华的信教人群中,当以国民党军政人物为主,但因周联华的平民化品格与平易近人的布道作风,使他在拥有众多上层人物的信赖之外,还有一些士林附近居住的普通平民,也成为他的忠诚教友。只是善于处理人际关系的周联华,将普通平民与官方信教人士去凯歌教堂听其布教的时间,巧妙加以区分。所以,周联华不仅有官场信徒作教友和朋友,在民间也有广泛的平民教友作为他布道讲经的基础。周联华的威望之高恰好与他布道平等的思想有直接关系。

蒋介石晚年几乎每星期必与夫人前去距官邸不远的凯歌教堂听周讲解《圣经》。周联华素无媚骨,他即便对像蒋、宋这样的高级教徒,也以平常心态像对待民平教友一样布置教课。他这样做才让蒋介石看出他是一位没有任何奢求的真正神学家。除诚意讲经布道之外,周联华在蒋介石的养生学方面,也尽其努力甚至成为蒋的一个有力助手。

周联华和从前在奉化溪口的太虚法师截然不同,太虚对蒋介石养生学的指导,倾向于政治化和功利化,有人称他是"政治僧侣",也许此言不虚;至于周联华尽管也与政治人物频繁接触,但即便和蒋介石、宋美龄这样的人接触交往,也很少谈及政治话题。蒋介石晚年,周联华牧师与其交谈最多的,还是与"养生学"相关的话题。

周联华曾经建议蒋介石在"静坐"和"静思"基础上,进一步学会"自我保健法"。周联华的"自我保健法",归结为六字箴言,即:"按摩"、"揉穴"和"足搓"。

早年周联华在美国攻读神学的时候,曾经向神学院一位中国教授学习手相学。这位中国神学教授名叫王鹤亭,湖北武昌人。乃祖传汉医世家出身,王鹤亭民国年间就以祖传医术在汉口行医,后潜心佛教研究。1921年起程来美,他一边在洛杉矶行医,一边在美国南部的浸信会神学院做佛学教授。二十世纪五十年代,周联华在美国求学时每周都与王鹤亭教授见面,周联华喜欢听王鹤亭讲的神学课,因他课中往往掺杂许多中医学的医学药理,周联华对此格外入迷。王鹤亭也喜欢周联华,因他肯学刻苦,到美国一年就学会了英语对话,而且神学功课也连获高分。这样相处的日子久了,王鹤亭的神学加中医理论就让周联华格外崇敬,他曾多次亲往王教授在加州的住所。与其说向王请教神学知识,不如说想借请教神学的机会,从中学到更多中医医理。

这时的王鹤亭已经年近古稀,他对周联华视若弟子。在给周联华辅导神学课时,把一些从前在武汉行医时的体会,也开诚布公地讲给他听。王鹤亭不仅医术超人,还善于观看病人的手相。王告诉周联华,手相并非迷信之术,而是中医诊断学的一种,因为人手掌有众多横竖皱纹,许多病况其实都潜藏在这横七竖八的细密纹络之中。

周联华在与蒋介石接触中,把在美国当年向恩师王鹤亭学到的一套指纹学及按摩穴位疗法多次讲给蒋听。蒋介石对周联华的"按摩疗法"也感兴趣。周联华虽然不是"特别医疗小组"成员,可是他仍可出入士林官邸。在蒋介石没有遭遇车祸之前,有时他还可以随蒋一同前往慈湖别墅。在与晚年蒋介石接触中,周联华不时讲些手相学与疾病的关系。周联华告诉蒋介石,手掌上所有纹络都与体内的健康有关,掌上的"丘"、"岛"和纵横纹线,都直接体现人五脏六腑的变化,而这些纹和丘每日三变,天天有变,一旦某一脏腑出现病变,很快就可从掌上发现问题。如若了解体内变化,必须学会手相观察学。每日观察手相,即可从细微掌纹变化中发现五脏的病势。

蒋介石认为周联华的手相学独有见地,其科学性显然比当年溪口结识的太虚法师更高一筹。而且他从前担心的健康情况,如今都可通过自己掌纹的微妙变化——洞悉,即便脏腑发生细微之变,也可随时察觉。蒋介石有时和周联华徘徊在慈湖的一片碧波之畔,有时在夕阳落照里探讨养生秘诀。而手相学对蒋来说,无疑又是一个全新的养生领域。例如健康的手相呈什么变化,以掌纹如何判断疾病等等。周联华对蒋提出的各种问题,都不厌其烦地予以解释,他对手相学的研究也像神学一样,凡事均可如数家珍,说得头头是道:"健康的手相多从手掌的颜色加以判断。比如身体无病之时,手相便会呈现出粉红色的光泽,从这漂亮的颜色中就可看出人有充沛的精力。但如果有一天当您的掌相出现暗黑颜色,就肯定不是吉兆。不过有时候,因体内病变过于隐晦,手相的颜色也就难以观察辨认。那样,也可从手掌上的丘谷改变而断定病情的重轻。譬如手相呈现苍白的颜色,肯定身体有病变,而如手掌呈现枯黄颜色,说明饮食不周,营养不足;但如手掌红色过于紫红,则说明营养过剩,甚至还可能已发生高血压、糖尿病和肝硬化等疾病。如果酒饮得过多,也会在手相上看出明显改变。最为可怕的手相,其实并不是白黄两色,而是过于红或过于黑的颜色,这种手相往往表示人的病情已经病入膏肓,不可救药了。"

每当听周联华谈及中国医学,蒋介石都兴趣大增。而周联华往往结合蒋所喜听的《圣经》,通过讲经布道进而演化为养生学。周联华对蒋介石养生较为有益的建议,就是按摩健身术。周联华的这一主意很受蒋氏重视。自1966年以来蒋介石接受周联华的意见,身体力行地认真实施了"周氏按摩术"。

周联华的按摩术,与普通中医按摩有所不同。周联华的"按摩术",就是"自我保健法",前面已经说过,周联华是根据在美国拜王鹤亭为师的机会,学到了一套"健身穴法"。经过几年的实践,周联华把他的按摩术归结为六个字:"按摩"、"揉穴"和"足搓"。周联华的"按摩",主要是自我按摩腹部和四肢。他认为腹部是人的水谷之海,如想让人的身体永远处于健康的状态,就必须保证消化的畅通无阻,这样才可气血通达。中医之理,痛即不通。周联华因此建议蒋介石每日饭后,都可自我按摩腹部,往返上下,约一小时即可;

周联华说的"揉穴",即指以手按揉足底,因人的足底穴位最多,几乎可以总揽人之全身。如若让人体气血调和,不生疾病,每晚揉搓足底之穴就是最好办法。在为蒋足底揉穴之时,周联华叮嘱蒋介石必须从脚心开始,然后再绕脚底四周圈式揉搓,借达到脚底血流畅通,只要足底穴位每天揉搓一遍,就可保证人百病不生。

蒋介石照周联华指点揉搓足底之穴,如此坚持几年光景,效果果然奇好。有时春秋两季,流行感冒发作,官邸的侍卫、司机、护士、厨师等几乎人人感冒,有时宋美龄甚至也不能幸免,唯有蒋介石每天笑眯眯面对众人,他硬是不染感冒。蒋介石不由暗暗感激周联华牧师。

至于周联华的"足搓",虽与揉穴同样都集中在蒋的脚底,但周却认为足部的"揉"和"搓",各有千秋,按时进行"足搓",一般应从小腿开始,然后再向足面和足底延伸,也在每天晚上进行。只是他要求的足搓,并不是在脚底,而是要把搓的气力集中在小腿和脚面上。周联华为蒋氏讲解"搓足"的医理,他认为:"足底的揉穴主要把按摩的重点放在穴位上,而足搓则把力气用在脚的肌肉上。如果只注意足底穴位而不揉搓脚面和小腿肌肉,同样会把病邪留在体内。搓足时定要把双手气力用在小腿内外侧。从上至下的反复揉搓,直到腿部和脚面肌肉全部发热发红为止。"

有时,周联华还把为蒋讲解《圣经》与蒋多年喜读的《论语》结合起来。他把《论语》中关于养生的警句,为蒋一条条抄录下来。周联华每次来士林官邸为蒋指导按摩,都会把两者结合起来加以讲解。蒋介石有时也和周探讨佛教经文,他认为佛家的守戒、得智、禅定,与《圣经》所说的静、得、虑应是相辅相成的。周联华于是把所讲《圣经》深化一步,变成直接与蒋养生相关的话题,这样,对蒋介石同时接受基督教义和"按摩疗法"更有益处。

周联华的六字"自我按摩之法",一度被蒋视为"养生方略"并加以采纳。正因为实施了周联华的"自我按摩之法",才更加完善了蒋介石的养生之术。如果没有意外的重创,蒋介石继续下去肯定仍会四季无病。蒋氏在阳明山仰德大道上出事以后,因行走困难,从此就再也不曾前去凯歌教堂作礼拜了。蒋介石也因此远离了他毕生信奉的耶稣基督,只是蒋介石伤势转轻之时,宋美龄还会把周联华请进荣民总医院的第六病区,请他在蒋的病榻前间或布教讲经。所以,周联华是在那一非常时期可以随时来到蒋介石病榻前的局外人。那时蒋介石身边除了一个医疗小组之外,甚至连国民党军政要人也不得接近,周联华却能不时出现在戒备森严的荣民总医院六病区和士林官邸,不时去为蒋氏讲经,这不能不说是种特殊的因缘。1974年冬天以后蒋介石体质日衰,精力再也不及从前,根本不可能在床前与周联华谈天说地了,周联华的床前布道便自此停止了。

3. "太极"神功——海性的一家之长

蒋介石到台湾后,他精神信仰方面的另一位友人,就是慧济寺的海性法师。

海性是浙江鄞县人士,也是蒋介石的乡人。此人少年时即在浙江普陀皈依佛门,晚清光绪年间渡海来到台湾,初时为台北慧济寺小僧,民国四年为慧济寺住持。数十年来海性在台湾佛教界德威并重,颇有影响。1949年蒋介石从大陆来台湾后,曾经前往慧济寺游览,无意中与白发幡然的海性法师邂逅,蒋虽然已笃信基督多年,可在他内心深处仍对佛教痴心难改,这是因为蒋介石早在大陆时期就是佛教信徒。蒋介石做基督洗礼以后仍对佛教保持藕断丝联的关系,所以当他在台北慧济寺幸遇海性法师,发现他又是浙江乡人,故而蒋和海性一见钟情,经过促膝交谈,又听说海性是在普陀出家,蒋联想起当年他尚未发迹时在普陀养病的前情,忽觉与海性法师的心中距离拉近了。从此,蒋介石偶有闲暇,便要前往慧济古寺,以倾听这位佛教高僧对养生学的独家之言。两人的交谈,多为与政治无关的健体强身,说起一些佛家惯用的长寿之道,有时蒋甚至在寺中用膳,以品尝粗茶淡饭为乐。

蒋介石在台湾结识海性法师的时候,已经年届64岁,而海性法师已届71岁高龄。蒋介石暗佩海性法师虽年近古稀却仍然鹤发红颜,与其说他羡慕海性身居佛门,不问天下之事的超然心境,不如说钦佩老僧耄耋之年仍然体健无恙。每当蒋看见海性那硬朗挺拔身板和飘逸的银须时,就情不自禁发出感叹。于是两人在谈佛论道之余,把话题转向海性的养生心得。海性法师对蒋的来意心领神会,于是便讲起他少年在故乡鄞县的往事。

海性法师说,他少年时也像蒋一样先天不足,体弱多病,且家境贫寒。所以五岁时就染上险些要他性命的伤寒。此病在当时被人视若绝症,家人费尽心力为其请医调治,怎奈伤寒痼疾,无药可医,后来母亲见他久病不愈,不得已将他送人。也该海性命大,送给富户人家后,他的伤寒竟不治而愈了。怎奈海性贫寒出身,见不得富人冷眼,9岁时便开始遁入空门,成为普通寺院里的小僧,得佛名"海性",意为四海漂泊的佛门中人。

海性进入佛门以后,身体仍然羸弱多病,有时甚至连清晨佛课也无法从命。所幸他在普陀修行时,偶遇一云游僧人,教名一昙,是一位精熟武术的佛教高僧。一昙在深山古刹中幸遇海性,十分喜爱。当时海性正在寺中生病,瘦弱不支的他甚至连打个喷嚏也要浑身发抖。一昙见海性如此病态,弱不禁风,担心他难以在佛门持久,因此非常同情他当时处境,于是一昙便对海性进言:"与其在寺里遭受冷遇,不如随贫僧云游四方。贫僧没有金银可给,但可让你从此身强体壮,不再生病。如此你才可以在慈善佛门皈依终身。"

海性也感到继续留在这山古寺只有死路一条,见一昙仗义亢爽,又可带他走出苦海,于是当即应允。次日凌晨,海性即随这魁梧如一尊黑塔般的一昙上路。一路上海性体弱不支,行路也不时喘息。一昙见他如此可怜,便决定暂且栖息在一处深山破庙中。在这里一昙每日为海性化缘讨食,并不断教他一些武林功夫,例如倒在床榻上打太极拳,海性就是这时候学会的。见海性身体渐有起色,一昙对他说:"你如想随贫僧走出这深山老林,唯一办法就是每天随贫僧练练太极,如何?"

当时海性哪有气力习练打拳,但一昙肯教,海性只能躺在床上学练几招。出乎海性意料之外,从此便对太极发生兴趣,每日晨起,无论如何困倦虚弱,也要在晨曦微光中挣扎着打拳,这样坚持两个寒暑,海性不仅跟随一昙学会太极拳术,体质也渐有起色。

海性法师谈起往事,不禁大动感情,对蒋介石坦言:"当年如不是遇上一昙师傅,贫僧也许早就客死深山了。回想师傅拳法,仍然有感于心。一昙师傅的太极拳法,和普通太极截然不同,一昙拳法所以让我起死回生。一是此拳结构严谨,动作和顺,刚柔相济,有张有弛。体弱者最为适合。"

蒋介石听到海性介绍,忽对太极拳产生兴趣,便询问练习此拳有何秘诀。海性法师说,当年他随一昙学练太极的时候,乃是迫不得已。他那时根本就没有力气练拳,但因师傅苦苦相逼,海性只能躺在床上,每天跟他学个三拳二脚,意在应付了事。谁知后来竟对此拳入迷至深,甚至无法舍弃了。

海性法师见蒋介石对此事格外关注,索性继续讲下去。他说一昙师傅见他学习并不用心,一天便告诫海性,如不真正用心练拳,每日即便练得大汗淋漓也无济于事。师傅提醒海性,他所以把海性带到深山教其练拳,就为救他一命。如你继续像在普陀寺院里那样,当一天和尚撞一天钟,将来身体日衰,必死无疑。海性顿感震惊,当场给一昙跪下。一昙师傅这才把练拳要旨——说给海性。一昙认为他的太极要旨,就是一句话:有心则灵!一昙又叮嘱海性:以拳术伤人并非贫僧太极之根本,他的用心是以练拳促使海性身体日健。海性自此明白师傅真意,所以继续练拳开始用心。每一拳打出去,都让瘦弱的海性大汗淋淋。不久,海性从床上起来了,他凌晨即起,独自打拳,身体也渐渐强壮起来。走出那片老林以后,一昙就把海性带过台湾海峡,来到了陌生的台北,成为慧济寺里的僧人。

蒋问:"你师傅后来如何?"海性法师喟然长叹:"一昙师傅早已作古,贫僧能在慧济寺当上住持,也有一昙师傅的心血。如今只要贫僧身体疲惫无力,就会想起当年救我一命的一昙师傅。时至今日,太极仍是贫僧须臾不敢放弃的养生之功!"

从 1959 年开始,蒋介石公余闲暇,不时驱车前往位于台北天母的慧济寺。在这座古寺中多为浙江籍僧侣,因此蒋介石感到此寺格外亲切。海性法师与蒋相遇时往往切蹉太极的基本功法,有时谈得深入,就在寺内留饭,蒋介石也入寺如进家门,见到古刹中的浙江僧人,如同见到故乡友人。海性法师悉心教授一昙的太极拳法。他认为:蒋介石原本行伍军人出身。年及人生暮年,理当以习拳作为健身养生之功。如此以拳养生,在外界看来也许难以接受,但从小就在日本学军事的蒋介石却轻松入门,并且练起拳来得心应手。

蒋介石晚年确也练过太极拳法。海性法师就是太极拳法的真正教练。海师的太极初看轻松,似乎不费吹灰之力,可是经蒋介石的实际操练,方知海性的太极拳是消耗体力较大的运动。这种打拳运动不仅灵活筋骨、锻炼体魄,还可防止人体各脏腑器官的老化。一些老年性疾病,比如高血压、痴呆症等,都可通过海性的太极之法得以治疗。海性法师认为,此拳法老人最宜,建议蒋介石将太极视为永恒性的有益运动。海性法师的格言是:人要活,就得动。不活动的人,寿命必然缩短。不过,关于如何运动的问题,海性法师建议以蒋氏的年龄身体,实不宜过量运动。他对蒋介石多次进言:人如喜欢多动,当然是件好事,但也不可动得太多太频,要限制激烈的运动。不可因高龄静而不动,更不可不顾体质过量运动。海性法师认为:养生的秘诀极为简单,人愈年高愈要心理健康,心健才能体健。如若盲目追求"好动",反会适得其反。

蒋介石对海性法师的看法颇有同感。多年接触中他发现海性不仅是精通佛教的高僧,也是潜心养生学的行家。这位银须飘逸的慧济寺住持,太极拳功确有独到手法。蒋氏因受海性法师影响,也对太极拳发生兴趣。太极一度成为蒋介石自设的早课。蒋介石不仅在士林官邸,后来到慈湖行馆,每晨在室内作过"静坐"之后,仍在晨光熹微中绕湖练拳,活动筋骨和气血。自在慧济寺结识海性法师,蒋介石对健身养生和运动养生均有更深的理解。他毕竟是行伍军人出身,对静动结合的养生方式自比普通人便于接受。蒋介石到台后不仅跟海性法师学会太极拳,还学会了击剑和柔道。关于柔道,蒋介石早在日本留学期间就略通其奥,只是他回国以后,多因公务缠身,难以顾及了。晚年蒋介石出于养生健身的需要,便对早年熟悉的日本柔道开始重温旧技。不过这时的蒋毕竟上了年纪,再不比当年,在重温运动性养生活动时,蒋介石并不经常"动手"而往往注重实际效果,他晚年的运动原则是:"常运动、不激烈、有时有节,不求一日之短长,只在慢功活化气血。"

1969 年以前,蒋介石尚未进入最后生命的弥留期之前,性海法师也几次亲往士林官邸,与蒋氏就佛教的"圆悟、圆正、圆修"之说进行交流,蒋介石在佛教与养生学之间,后者的兴趣当然高于前者。海性法师给蒋介石题写过多次与养生相关的条幅,如"静亦静,动亦动,五脏克消失欲火;荣也忍,辱亦忍,平生不履于危机。"如他信笔抄录的清代名人纪晓岚名句"事能知足心常泰,人到无求品自高"等等,很让蒋介石为之欣赏。

在蒋介石人生的最后几年,海性法师还教他在官邸中多练"太极蹲"。这是海性在蒋介石无力练太极之功以后,刻意为蒋研究设计的新式健身术。所谓"太极蹲",不需病中蒋介石付出过多气力就可实施,主要动作是双脚在床上或病床下稍稍弯膝,每日三五次即可。有力气时多作,无力气时少作。在海性法师看来,像蒋介石这种每况愈下的体质,如因意外车祸就从此躺卧不起,无疑就把蒋介石多年坚持的太极前功尽弃了。蒋对海性法师的好意心领神会,1970 年前后他身体有所好转时,也曾试练几次。不过,这时的蒋毕竟已到体衰力竭的最后关头,即便像"太极蹲"这类双手抱膝就可轻松完成的"软功夫",也无力继续胜任了。

蒋介石前往慧济寺,有时亦为做佛事而来,他常把倾听海性讲经当成政治军事失败后的精神寄托。1972 年蒋介石曾在台北慧济寺内请海性法师为他病逝多年的母亲王采玉,举行一次规模盛大的百年冥诞大法会。届时蒋介石亲自出席,从前寂静无人的寺院之内,白花如雪,青纱若云。几班僧侣,在海性法师的亲率之下,在大雄宝殿前席地而坐,佛鼓铿锵,佛号震天,其法会之隆重大开台湾佛教界之先河。1975 年蒋介石在台病逝后,当年 6 月 12

日恰逢蒋氏"五七"之际,蒋经国和他几个儿子蒋孝武、蒋孝勇、蒋纬国及夫人丘如雪等人,曾在慧济寺内再次举办大法会。届时不仅宋美龄亲临古刹,国民党一些政治要人也纷至沓来。自此慧济寺名声更隆,而此寺及海性法师与蒋氏家族之间的关系,也被人纷传一时。宋美龄离台赴美以后,慧济寺并没有因此而烟消火灭,仍有蒋家后人频繁出入天母地区的这幢百年古刹。例如蒋经国、蒋方良夫妇及其子女们,在这座明代寺院中仍然不时举办法会等活动。1988年1月蒋经国病逝,其子女仍在慧济寺内依浙江地方习俗给他举办"五七"超度法会。蒋孝文、蒋孝武先后病殁后,蒋家族人仍在慧济寺里举行过多次类似的超度佛事。

卷九

五戒·三多·两少

蒋介石与曾国藩的相同之处,在于他们都在政治领域之外另谋一套养生学问。两人不同的是,曾国藩是在辞官归乡,不受世事困扰的安恬环境中潜心于养生;而蒋介石则至死不放手中政治权柄,仅把养生视为官场纷争的一种调剂,间或为之。值得称道的是,蒋氏虽公余养生,但他多年持之以恒的五戒、三多和两少,此类养生细节对安身立命均有裨益。

"养生学"包罗万象。对人之寿夭,素有先天后天之说。也就是说,如果先天体质与后天的养护得体,才可构成完整的养生体系。"医圣"张仲景曾对人之寿夭作过精辟论述,他说:"先天强厚者多寿,先天薄弱者多夭;后天培养者寿者更寿,后天斫削者夭者更夭。"张仲景作为精通阴阳五行与七经八脉的医家,他对养生学的体会当然非同寻常。蒋介石作为近代政治历史人物,他的生活起居也多有借鉴之处。经过对其人多年生活细节的认真考证和梳理,其生活小事中的细微末节,无不包括深刻的养生哲理。纵观蒋氏88年苦漫人生,其养生规律不外如下十法:

1. 戒怒

早在青年时期蒋介石性情就十分暴躁。一遇不顺之事,常常发火,有时甚至还拍案大怒。

现从美国斯坦福大学胡佛研究院2007年公布的《蒋介石日记》中所见,早在1919年1月3日,蒋氏就在《日记》中有这样的记载:"近日性极暴躁。"

两日后蒋又说："历斥其非,使人难堪。近日骄肆殊甚,而又鄙吝贪妄,如不速改,必为人所诬害矣。戒之!戒之!"同年6月27日,蒋介石又在他的《日记》上对自己多次震怒发火极表悔意,他说:"厉色恶声之加人,终不能改,奈何?"一月后蒋又对自己再次发怒深深不安,他信笔写道:"会客时言语带粗暴之气,⋯⋯戒之戒之!"又过月余,蒋介石在与一位朋友交谈时,再一次表现出不冷静的暴怒态度,他在《日记》中这样说:"忽又作忿恚状,⋯⋯如何能使容止若想,言辞安定,其惟养吾浩然之气乎!"

青年时期的蒋介石不仅对同事友人动辄怒吼拍案,对他的家人亦大致如此,其中蒋对他的结发妻子毛福梅动怒尤甚,蒋经国早年在苏联发表的公开信中,曾经提到蒋介石发怒时把其母毛福梅一脚从楼梯踢下去的情节,显然不是无中生有。此外,蒋介石对人力车夫的辱骂与揪打,对身边用人、侍从及部下将士的恶劣态度,也都处处显露其暴怒无羁的性格。正如蒋氏本人1921年至1925年《日记》中所写的一样:"叱吓下人,暴性又发,不守口不詈人之誓,记过一次。"再如:"肆口谩骂,自失体统。几不成其为长官,记大过一次。"和"为佣人蠢笨,事事不如意,又起暴戾躁急,如此将奈之何?"等等,这些既记载烦躁暴怒,大发其威,又自责自悔的记载,在《蒋介石日记》中简直不胜枚举。从《日记》所见,在蒋介石心中,他也十分清楚自己的不时暴怒发威,均为性格修养的严重缺陷。随着蒋在国民党军内地位的不段攀升,蒋介石也愈来愈感到他这种易怒的性格,如不能尽快克服改掉,很可能影响到他今生的政治前途,因此在1925年以后,蒋介石极力克制性格上的毛病,遇事尽量力求作到"戒怒"。也就是说,早从那时开始,蒋介石就已在注意"戒怒"了。

在蒋介石这一时期《日记》中,可以寻找到许多与此相关的痛悔记载,如1925年3月5日蒋写道:"昨夜骂人太甚,几使梦魂有愧。今日在途懊悔不已,平日宅心忠厚,自慵差近长者,而一至接物,竟常有此恶念,尚何学养可言乎?"1926年8月1日,蒋介石甚至在暴怒之际动手打人,这对于一个麾下已在指挥重兵的将军来说,绝对是人格上的败笔。事后蒋介石亦有同感,他亲笔写下这样的话:"动手打人,蛮狠自逞,毫无耐力,甚至误殴幕友,暴行至此极矣!"

正因为蒋介石已经看到自己性格上的缺陷愈来愈严重,如不改正随时将伤及友人部下,因此他才从那时起开始注意性格的修养。他在《日记》中为自己的"戒怒"曾发下"四不"誓言,即"口不骂人,手不打人,言不愤激,气不嚣张";与此同时蒋还给自己的品行提出"三要",即"要谨言、要修容、要静坐"。这就是蒋介石在成为国民革命军总司令以前的"三要四不要"。及至蒋介石成为孙中山先生的继承人后,身为国民党的军政要人,他性格上的种种易怒缺陷,虽然受到一定的控制,但仍然难以彻底改变。只是由于地位关系,蒋氏身边所历烦琐之事相对有所减少而已,因此他动怒的机会也随之减少。蒋介石对此仍不敢有丝毫懈怠,因他也清楚如这种性格的缺陷再不认真改正,将来很难成其大事。当然,蒋介石的"戒怒",主要还是与孙中山在世时的多次教诲有关,在那时候,只有孙中山的话他能听得进,孙中山的责斥方让他认真地反省自身。

尽管如此,孙中山仍然对蒋介石十分倚重,并将其视为重臣。孙中山还称蒋是他的"如身之臂,如骖之羁"侍者,孙中山对蒋介石的评价,甚至超过身边所有国民党重要人物,说蒋介石是"昂昂千里之贤,虽夷险不测,成败无定,而守经达变,如江河之自适,山岳之不移。"尽管孙中山对蒋的评价如此之高,可他对蒋介石的缺点却从不宽容,有时还毫不客气地严厉批评。尤其对蒋动辄发怒的性格缺陷从不袒护。心宽才能体胖,大怒反要伤肝。蒋介石在半生政海浮沉之中,难免不断遭受不快之事。也就是蒋介石易怒性格的基因,

30 岁以前的蒋介石,在孙中山身边担任军事参谋,那时的蒋在指挥重要军事行动时,往往易怒发火,后来此事为孙中山发现,才多次提醒蒋介石"戒怒"。孙中山认为,古今凡成大事者,必须遇事冷静,心胸开阔。不可稍遇不顺,就动辄大怒。凡是易怒者,一般都难成大事,甚至还会伤及身体。孙中山的训导,让蒋介石从此不敢在士兵部下面前拍案大怒。为不使孙中山失望,蒋介石甚至在他办公室的墙壁之上,悬挂一轴条幅自警,上书"戒怒"二字。

中年以后的蒋介石,身负国民党的军政要职,直至成为国民革命军总司令和国民党的最高统帅。这时的蒋介石性格虽然大有改变,但遇不顺之事,他仍然要大发其怒。有时蒋发起怒来,甚至还会断然下令,诛杀部下袍泽,各种荒唐之事时有发生。1932 年 3 月,蒋介石在国民党四届二中全会上当选为军事委员会委员长,自此成为国民党的总裁。军政大权集于一身的蒋介石,本以为从此再无烦恼,然而全国各政治派系和军事派系,并没有因为蒋介石成为国民党最高领导人而息争听命,各路军阀之间的割据仍然纷争不断。蒋介石在各派政治势力的军事角逐中战事频仍。不是今天桂系闹

事,就是明天奉系兵变。好在蒋介石这时已能胸襟宽大,冷静面对,即便欲怒之时也要常常抬头观看"戒怒"条幅,这对蒋似有警示作用。

不过,蒋介石的"戒怒"也不容易。正所谓"江山易改,禀性难移"。"戒怒"尽管让蒋引起高度的注意,但仍不能让他彻底改变暴躁的性格。担任过蒋介石"侍从室主任"的张治中将军,对蒋介石这种易怒的性格作风,曾经当蒋之面公开提出意见,要求蒋介石纠正过火的发怒,以防气大伤身。此后,张治中在他撰写的《领导上的缺点》一文中,也谈到蒋介石"暴怒"性格及其危害,张治中写道:"钧座(指蒋氏)性情急躁,动以盛气斥责干部,此不但不能使工作推动有效,徒使干部养成掩饰蒙蔽之风气。对于钧座之领导作风,只有极坏影响。现在一般干部,均不敢以逆耳之言相进,唯恐激怒于钧座。因而真正之下情不能上达,一切军事政治败坏之真相,均无法适时透彻了解。及败象毕呈,无可掩饰,钧座纵欲挽回而时机已晚。此种拥塞之象,最足寒心。且以钧座善怒之故,往往使一般干部对钧座之信仰发生影响。兹述一事他人向不敢为钧座告者:在本党六全大会中,钧座训话时辞气过于严峻,若干同志认为党魁对于党员,不应辱及人格,每以不伦不类之联语、打油诗作荒谬无稽之讥评。如有人戏改:'万方有罪罪在朕躬'为'朕躬有罪罪在万方',传观场内,毫无忌惮者。此在本党内之集会尚发生如此反响,至足深思。至于国际间之流言,恒以钧座为世界各国领袖中脾气最坏之一人。甚至如史迪威之不能合作,美国方面亦以钧座与渠两人性格不相处为论者。亦足见旁观者之感想。窃谓钧座以一身系国家之安危,即对个人精神身体之修养,亦不宜有此急躁善怒之性情,致影响身心之健康。关于此点,职昔日曾以详函劝谏,似曾邀钧座一时之注意,今钧座年事日高,涵养性情,温煦万类,所关者大,不敢不再申其说也。"

蒋介石听从张治中的劝谏之言,此后行迹愈加有所谨慎,凡是他要发怒之时,往往会看一眼身边侍立的张治中将军。这样,经过张治中的冒死进谏,蒋介石的怒火也似乎有所控制,不过,这毕竟只是一时的克制,张治中的进言毕竟并不能让蒋介石从此真正改变他暴戾的性格。如果真能做到古人所说的"喜不大笑,怒不暴跳,哀不号哭,乐不轻佻",对蒋介石而言,又谈何容易?经过张治中的直言进谏,蒋介石暴怒发作,尽管有所克制,但其恶性毕竟难以彻底改变。此后蒋介石遇事发怒之事,仍然时有发生。

尤让蒋氏蒙羞并终生无法容忍的是,1936年12月12日张学良、杨虎城两将军在西安对其发动的兵谏。若依蒋介石从前性格,他肯定当场大发雷霆,甚至一怒之下就把限制他自由的士兵们统统轰出去。蒋介石在高桂滋公馆见到张学良后,仍然忍不住当场大怒,后来陈布雷在替蒋撰写的《西安半月记》中说,蒋介石面见张少帅时,当场震怒拍案说:"你把我当成什么人了?我岂能屈服于叛逆?岂能向劫持统帅的人、威胁领袖的人投降吗?余身可死,头可断,肢体可以残戮,而中华民族之人格和正气不能不保持。余今日身在尔等叛逆之手,余即代表整个民族四万万人之人格,人格苟有毁伤,民族即失其存在,尔以余威武可屈而向汝逆降服乎?……"

但蒋介石很快就意识到这种做法不甚明智,在此生命攸关的时刻竟也学会忍让与克制,他明白一旦控制不住心中火气,在西安对张、杨两将军当场震怒,不仅对他自身安全没有任何益处,甚至还可能激怒东北军、西北军中的抗战将士,最后让他落得个性命不保。还有,蒋介石也深知盛怒伤肝的道理,在这兵谏将士重重包围的特殊环境中,他如不能息怒凝思,不仅不能尽快从羁押之中尽早脱身,反而还会给自己身体带来极大不利。

因此,蒋介石"西安事变"中也学会了韬光隐晦,明哲保身。他明知在西安必须要以最大毅力"戒怒",退一步就会海阔天空,于是蒋介石又自慰自警:"大丈夫能屈能伸,留得青山在,不怕没柴烧。……"蒋介石在《西安半月记》中还记述了当时的复杂心情:"余身体不甚自由,但精神十分自由,并甚畅快,余决为国牺牲,望勿为余有所顾虑。余决不愧对余妻,亦决不愧为总理之信徒。余既为革命而生,自当为革命而死,必以清白之体还我天地父母也。对于家事,余无所言,唯经国、纬国两儿,余之子亦即余妻之子。望视如己出,以慰余灵,但余妻切勿来陕。……"

每当蒋介石想起往日悬于榻前的"戒怒"条幅,他就一改最初失去自由时的愤满仇恨,忽然变得冷静下来。蒋介石不敢像从前在南京时那样易怒,易躁和发火。在重兵围困的幽禁环境中,蒋氏决定忍下一口恶气。这一个"忍"字,对蒋介石来说,就不是一件容易之事。被张学良、杨虎城两部下羁押并失去人身自由,此事对蒋介石而言,无疑就是奇耻大辱。但是蒋氏的褊狭之心,偏偏在这关键时候发挥了作用。他决定暂时忍下一口气,以不变应万变。在高桂滋公馆羁押期间,蒋介石不仅一改烦躁暴怒,而且冷静面对危局,以心平静气的姿态等候时局发生变化。为了显现出他泰然处之的平和心态,蒋还不时从监视其行动的士兵手中,索要几册藏书来读,其中就有他从前在南京时读过的《墨子》和《老子》,以及一些与养生相关的医学书籍。蒋介石完全不会想到,在这重兵围困的西安城中,他竟然可以安心读阅养生知识，其中"多怒则百脉不舒"之医理，读后更让他心胸朗然。此时尤让蒋介石振奋警醒的是，从前多年不能改的暴怒毛病，在西安兵谏期间竟然真正让他做到遇怒不惊。

蒋介石为何改了脾气？这是他意识到置身东北、西北军严密监管之下的自己，如每天处于郁闷烦躁的情绪中，即便他可以发怒解气，也怕对自己解除困厄无济于事。最好的解脱手段，就是冷静面对现实。在西安的半月之中，蒋对张学良和杨虎城怨怒之气盈胸，可他最终采取转移他恨的方法，借以平息心头怒火。当然，蒋介石毕竟是心胸狭隘之人，他在西安的"忍耐"，只是暂时的权宜之计。他把积仇恨火仍然积于心内，并准备伺机对张、杨进行报复。这是一个政治性人物无法脱离的历史局限。

蒋介石晚年的急躁性格有所改变，他不赞成越到老年越喜发怒的说法，正如清代名医曹庭栋所说："年老肝血渐衰，难免性生急躁。"在台湾二十几年生活中，蒋在修心养性方面确已作到戒急用忍，遇事不惊。也许经历了人生大起大落，蒋介石南京时代暴躁的脾性，已经变得非常柔和。许多不快之变，大多都能自我化解，他力求做到不愠不火，息气宁人。蒋介石为了克制暴怒性格，还命人把董仲舒名言抄于雪白条幅之上，悬于士林官邸书房壁上，以便朝夕相伴，抬头可见，条幅写道："夫喜怒哀乐之发，可节而不可止也。节之而呞止之而乱。"显而易见，到台后的蒋介石，比南京时期把"戒怒"当做座右铭更进一步。蒋介石如今已不再满足戒怒，而是在怒气将要发作之时，一定千方百计克制它。如此调节胸臆之火，不仅可避一时之怒，还可达到养生的目的。

2. 戒欲

蒋介石的"戒欲"始于中年。

1930年以后的蒋介石，仕途顺遂，生活在鸡鸣鼎食的优越环境中，直到这时他才认真考虑身体的保养。蒋介石认为人之欲望，尤其生理欲望如不加以克制，很可能让他的先天体质遭到损坏。蒋介石接受历代帝王短命的教训，深感禁宫众多艳丽嫔妃，无不构成历代帝王纵欲的最大诱惑。清代数十位帝王的过早夭亡，都成为蒋介石借鉴的反面榜样。正是这些纵欲不休的皇帝们，给蒋介石留下一系列"戒欲"的医典书籍。其中清代名医郑观应所著《养生要旨》，就极为引蒋氏的注目。该书内就有关于清心寡欲的论述，让蒋读来尤为动情。书中写道："清心寡欲以安于内,杜渐防微不诱于外。身如屋,神如主人,主人亡,则屋无与守,旷而将倾矣。身如舟,神如舟子,舟子去则舟不能行,空而随敝矣。世人忙忙碌碌,只奉养肉身而关系至重之神,反撇下不顾,犹之舍舟子而操舟,舟主人而奉屋,岂不危哉?"

30 岁以前的蒋介石生活在上海、广州,那段时间他的私生活一度风流放荡。浪迹于十里洋场的花街柳巷中,蒋氏那时不会顾及养生,神伤则体败的道理,是他后来才渐渐懂得的。

蒋介石成为国民党总裁以后,出于种种考虑他对性欲曾经加以克制。有关于此,可从《蒋介石日记》中觅出起因端倪。登上政治舞台高层后的蒋介石,开始谨言慎行,尤其回避与异性的接触和交往,有时甚至官方举办的酒会舞会,蒋介石也极少光临。

蒋介石、蒋经国父子先后作古以后,有人在台湾报刊上公开著文称,蒋介石当年因在上海私生活过于风流放任,故而与宋美龄结婚以后,他已经没有生育的能力。更有人说,蒋介石甚至连男人的性欲要求也没有。2000 年蒋纬国在台湾病逝后,某《商业周刊》还公开载文,说不仅蒋纬国并非蒋介石亲生(其生父为国民党元老戴季陶);更有甚者,还有人居然说即便蒋经国也不是蒋介石亲生子。至于蒋介石和宋美龄之间更是名存实亡的政治婚姻,两人婚后甚至连性生活也没有,等等,各种有关蒋介石私生活的说法一时甚嚣尘上,各种猜测非议众说纷纭。

其实这些没有事实根据的说法,多来自蒋纬国生前与台湾某记者的私下谈话。内中隐情尚需历史的考证。有人接下来还用大量史实进一步证明,蒋经国确为蒋介石与毛福梅女士亲生。外界谣传种种,均不是事实。蒋纬国当然为戴季陶所生,而蒋介石为其养父。关于后者,蒋介石生前即有所外泄,其实也并不是什么新闻。至于蒋介石与宋美龄婚后没有子嗣,也是不争的事实。但因此就说蒋、宋之间从没有性生活一节,也很快为许多知情者否认。其中最权威的声音,莫过于宋美龄在世时始终守候床侧的侄女、孔祥熙长女孔令仪,她在美国对《世界日报》记者的公开澄清说:蒋、宋婚后不仅有性生活,而且宋美龄还有怀孕的经历,只是后来宋美龄因故流产而已。关于这一说法,2007 年美国胡佛研究院公布的《蒋介石日记》中,可以找到进一步的史实确认。因此,蒋介石和宋美龄婚后没有性生活一说,全系子虚乌有的无稽之谈。

这里说的蒋介石"戒欲",是指蒋氏在有性欲能力基础之上的养生措施。

中年时期的蒋介石当然有过性欲旺盛期,这是毋庸置疑的人之常情。但是,蒋介石60岁以后,开始在养生益寿思想的支配下,从克制欲望一直发展到"戒欲"。这说明蒋是一个有毅力的人。台湾传记作家王丰在其著作中曾专题记述此事,他说:"因为两夫妻(指蒋介石和宋美龄)年纪都进入老年期,老先生自台湾时期,就开始逐步不再房事,民国五十年代正式分床而睡。老先生认为,行房对男人来说会损及精气神,所以,他极力克制自己的性欲。七十岁以后的蒋介石,有那么一点'童子功'的味道,道家的童子功,讲究节欲,有的甚至主张一生不碰女人。老年时期的蒋介石,为了保持身体元气,竟然完全不发泄。……"当然,王丰的上述说法,也不是毫无根据的空穴来风,而是他根据蒋介石身边一位侍从的谈话,方才行文,揭示内中隐情。

由此可见,蒋介石并不是任性的纵欲者。也不是有人所说的那样,一个早在十里洋场因纵欲而丧失性欲功能的废物。蒋介石五十年代到台后就断然与宋美龄分床而眠,并在以后的岁月中仍极力克制性欲的主要原因,完全为着他养生的需要。

还有一说,即蒋介石老年后已无性欲的要求,其原因是他晚年患上无法医治的前列腺肥大症所致,而非为养生的需要。现在大量史料表明,蒋介石晚年染患前列腺肥大症确有其事,后来还因此在台湾荣民总医院做过一次并不十分成功的手术。不过,蒋介石在"荣总"做手术时,他已经75岁(1962年)了,至蒋介石年届耄耋,为何还要做这种对身体有威胁的手术,莫非真为他的性欲要求吗?显然不是,后面还要提到这次前列腺手术的经过。不过可以肯定地说,蒋氏这次手术的真正原因,绝对不是因其有较强的性欲要求,而是因为便血才不得不进行手术。

这样说并非说蒋介石老年后再无性欲要求,只能说他是在养生前提下不得不控制欲望。因蒋深知一个老年体衰的人,不断控制性机能至少可以防止衰老。戒欲不仅有利精、气、神的养护,同时也有利身体的强健。还有根据指出,蒋介石早在40岁以后,对性的欲望就开始受到他主观上的节制,与宋美龄之间系"政治夫妻"的说法,也不是空穴来风。

蒋介石坚诚"戒欲"。他喜欢古人的清心寡欲,笃信民间的寡欲格言:"人之心胸,多欲则窄,寡欲则宽;人之心境,多欲则忙,寡欲则闲;人之心术,多欲则险,寡欲则平;人之心事,多欲则馁,寡欲则刚。"青年时期蒋介石在上海期间的过多纵欲,往往过早破坏了蒋介石的心身健康,晚年的蒋氏独自静思其过,这才有如梦初醒之感。

3. 戒躁

蒋介石在南京黄埔路生活期间,办公室里曾挂一幅自题条幅,上书"勿急躁"三字,

以此引为自警。据史实记载,蒋介石多次以悬条幅自警的做法,来自一位国民党元老的友善提示。其中"戒躁"更能体现蒋氏自省的决心。二十世纪二十年代末,蒋介石初掌兵权。其时,由于年轻气盛,难免在军人面前多次暴露与身份不符的急躁。有时他甚至遇大事而不冷静,经常在无法三思情况下,作些思虑不周的错误决策,以至于造成军事失利,国民党朝野为之共愤,责斥之声不绝于耳。因蒋介石多次犯决策性失误,与他私交较深的张静江提醒他说:"凡事不要急躁,急躁往往会坏事,而且你因急躁犯错误的事情多了,威信也就渐渐没有了。我劝你把勿急躁写成警语,悬在你的桌面,这样,只要你遇到重要大事时,就可抬起头来看一看自己的警句。"

蒋介石欣然从命,同意把"戒躁"作为座右铭,时时警示自身,唯恐失误过多,再起朝野共愤。蒋介石自题的警句显然比张静江的叮嘱之语还要深刻,他写道:"勿急躁,古有明训:急则生躁,躁则生厌。凡事三思,徐而图之;烦躁则为万祸之源,理智可成大事。"

蒋介石对张静江等前辈的指点,不敢有丝毫怠慢。他已经认识到,急躁往往是理性不成熟的表现。在蒋氏的半生阅历中,像孙中山这些著名革命党人,无论遭遇何种险恶的政治风浪,都能冷静沉着,不慌不乱且又从容置之。而蒋介石的急躁则说明他急于求成,说明他对自己能否做成大事缺乏信心和勇气。

1936年"西安事变"发生之前,蒋介石也万分急躁。如果后来宋美龄不派端纳为特使冒险飞往西安,他甚至还产生过在高桂滋公馆自杀的念头。宋美龄来后,力劝他必须冷静面对事变,千万不可急躁从事。这才让蒋介石蓦然惊醒,险些再犯急躁之病,继而酿成大错。后来正因为蒋介石开始冷静下来,肯与周恩来等中共代表会面,才使一场随时威胁他性命的军事兵变发生柳暗花明的逆转。

当蒋介石把"戒躁"应用到养生之中后,才让他体会到平和心态的重要。在度过青年时期的得志气盛,中年时期的遇战必急、遇败必躁的风浪之后,历史终把蒋介石推到偏安一隅的台岛上去,这反而让蒋从此修养成平和的

心性。"乾坤容我静,名利任人忙"这就是蒋介石消极心态的生动写照。清代养生家石成金的《莫烦恼》,对经历人生大起大落退守台湾的的蒋介石来说,无疑是一剂戒躁的良药:

莫要恼,莫要恼,烦恼之人容易老。

世间万事怎能全,可叹痴人愁不了。

任你富贵与王侯,年年处处埋芳草;

放着快活不会享,何苦自己寻烦恼?

1949年以后,蒋介石在"戒躁"思想支配下,从前的易躁性格得到最大克制,并开始习惯台湾的生活。自此蒋介石开始学会逆境养生。他调整心绪,力求做到不怒、不烦、不躁。1972年以后,蒋介石行将走进生命倒计时,这一时期许多无法回避的事情逼在眉睫,他往往选择面壁默读《圣经》来面对四面楚歌的困境。蒋介石希望从《圣经》中寻觅让人忘掉悲哀的哲理。蒋介石以"眼不见心不怒,耳不听心不烦"的超然心态,面对台湾的多事之秋。他设法绕避的做法虽消极无奈,但实践表明对其维系健康还是有益的。如蒋氏不懂养生哲学,一味自寻烦恼,他不但无法医伤治病,甚至会郁闷早殁,生命也无法维持到1975年春天。正如蒋经国在《守灵半月记》中记载的那样,蒋介石生病期的心态始终"安宁"。蒋经国在4月27日《日记》中这样写道:"父亲得病于一九七二年之秋,其后多在休养治疗之中,不论病情如何,父亲始终安宁静养,不烦不躁,有此修养,方得克服病痛。疾病初愈,即嘱儿到父亲胸前,代为挂上平时常带之圣母像,有时吟读唐诗,或于晚餐后朗读《大学》《中庸》……"从中可见蒋介石早年的"戒躁"并非毫无益处,到了暮年即便面对久治不愈的痼疾也能以"不烦不躁"的心态面对,这无疑是伤痛中得以维系生存的精神力量。

4. 戒贪

蒋介石作为近代中国"四大家族"之一,在统治大陆期间,难免自行不端,上行下效,国家贪腐,其责难免。蒋介石到台湾后,一度安于享乐,到处兴建行馆别墅,此举被人斥之为"贪图享乐的封建帝王"。所有一切,均成历史,不可因世事嬗变加以抹杀。不过,尽管如此,蒋介石仍把"戒贪"当成自身准则与养生之本。

"戒贪"警语,最初见于蒋介石1920年的一篇《日记》,其时蒋回粤参加讨伐桂系的战争,一度代理许崇智的军职(第二军军长),曾经亲临指挥惠州之役。他在战役结束以后,亲自清理其管辖的军需账目,无意之中竟发现有人暗中贪污,于是蒋介石自责痛悔,在《日记》中痛悔不已地责斥自己:"奢侈无度,游堕日增,而品学一无进步,所谓勤、廉、谦、洁四者,毫不注意实行,道德一落千丈,顿觉惊心,不可救药也!"蒋介石虽为行伍的军人,可他与夫人宋美龄不同,手上也曾沾染过铜臭。1918年蒋介石曾在上海经营过证券物品交易所。这非同寻常的经商生涯,起因于孙中山的授意。当时的孙中山为革命正在筹划军费,不得不与日本人在上海共谋组成一家证券交易所。而蒋介石就是这时候奉孙中山之命脱掉军装,前往沪上转而经商的。当时蒋的公开身份是证券交易所的"经纪人",他以做棉花和棉纱生意为由赚钱,在上海经商期间,蒋氏不断联络张静江、戴季陶、陈果夫等人合伙开办过诸如"友爱公司"、"茂新公司"、"利源号"和"恒泰商号"等企业,只是蒋介石毕竟与精通商道的盐商父亲并非同路人,此间蒋的经商活动不断"赔本"或"关闭"。1921年蒋介石在上海的经营的商号已处于随时将要倒闭的窘境,这从他致张静江的一封信中可见端倪。蒋介石说:"中秋节前,弟尚欠二千五百元之数。未知可为我代筹若干汇甬?"张静江经请示孙中山,答应给蒋汇款,蒋介石因此自怨"贪占",并在《日记》中再三自警,声称一定要"戒贪"。不久蒋介石又在信中向张静江倾述以公款补充其母病故时私人欠款的悲凉心态:"贫富生死,率有定数,得此不足为富,无此不足为贫。……亦不必竞于此金钱,以贻平生之羞也。"这所有一切,在蒋氏眼里均没逃出一个"贪"字。1921年蒋介石受孙中山之命前往福建执行军务,其间他在《日记》中曾记下的一句自警之言:"贪与耻,义与利四字,不能并行而不悖,而为我所当辨。如能以耻字战胜贪字,此心超然于利义之外,岂不廉洁清高乎! 一身之荣辱生死,皆为意中事,安有顾虑余地乎?"

1948年正值淮海战役激战之时,有人透露蒋介石有利用战时贪污的行迹。一时报上舆论哗然,但真伪不得而知。一直到全国解放以后,当年南京电译室翻译傅立庵在回忆录中才首次证实蒋介石当年确有此事。傅立庵称:"另外还有4200余两(黄金),据说是蒋介石私人存的。为了便于记载,我们将它立为专户,称为特种黄金存款,而黄金实物乃掩耳盗铃的事。蒋介石自取得国民党的统治权后,早已化家为国进而化国为家了。如这次他一下台,马上就将中央银行的全部黄金、银元及外币提走,这是根据银行规定的哪一条? 历来蒋批发的不少私人赠款,还不都是在国库的金银中支出的吗?

（4200 余两，一直未动）？……"从这位电译员的回忆中可见另一个与公开场合截然不同的蒋介石。其贪污行迹由此可见真伪。

　　1949 年蒋介石来到台湾后的所谓"肃贪"风暴，应视为蒋氏晚年"戒贪"思想的雷霆之举。1950 年蒋介石面对大批公职人员贪污受贿的混乱局面，痛下决心，要在台湾开展一次声势浩大的肃贪行动，而且蒋还为此亲自制定一个"惩治贪污条例"。此条例是国民党主政以来绝无仅有的严刑峻罚措施，大有荡涤一切贪腐恶行之势。可是蒋介石一旦动作起来，难免四方掣肘，困难重重。蒋介石为让国民党退台之兵有个立足之地，当然不顾及亲友旧部的情面。那一年在蒋介石的主持下，肃贪风暴席卷台岛。一些国民党高层人员因涉嫌贪污，蒋也下令没收所有贪污受贿巨款，严重者甚至还被问成极刑重罪。这期间出了一档子让蒋介石和蒋经国脸上无光的事，那就是肃贪风暴中，台湾的人事行政局局长王正谊，被人举报有贪污巨款的行为。因此人身份特殊，他是蒋介石母亲王采玉的内侄，又是蒋经国表弟。所以王正谊的案子既敏感又棘手，如果蒋介石对王正谊案视而不见，甚至包庇过关，那么他发动的全岛肃贪岂不成了一场雷声大雨点稀的闹剧？于是蒋介石命儿子蒋经国出面找王正谊谈话，要他主动交出因发包工程所收的 13.5 万元美金。同时转达蒋介石的意见："如若交出可以轻判其罪，如若不肯主动上缴或继续匿藏脏款，蒋要不顾亲情而重判其刑。"

　　本来，王正谊是可以免罪的，因蒋介石父子已经给了他一个改过的机会，然而王正谊因自恃蒋介石至亲，情知最后也不可能重判其罪，于是就百般抵赖，不肯上缴脏款，最后蒋介石勃然大怒，不仅罢官并且逮捕了王正谊。蒋介石果然说话算数，最后还判王正谊一个无期徒刑，此人一直到 1975 年蒋介石病故才得以获释。

　　"金钱是身外之物"此话说来容易，并非所有人都如此轻视金钱。蒋介石在金钱上的贪欲控制得十分适度，并非如外界所传那样。值得一说的是，蒋介石对金钱利禄的索取，确有与众不同的处理手段。大量史料证明，蒋介石本人除追求安逸享受之外，从现存浩繁当事人撰写的史料中，尚未见有蒋氏贪污钱款的恶行劣迹。其夫人宋美龄 2003 年在美国病逝以后，身边所有存款只有 12 万美元一事，已对蒋氏生前是否贪污作了最好注解。蒋介石夫人在世时，有个特点就是她（宋美龄）从来不经手钱财，官邸进账的所有钱款，多有固定人员负责管理，她手上几乎很少接触钱钞。其夫人尚且如此，蒋介石对金钱的态度更可想而知。早在大陆时期蒋就不管家中私产，对钱财更是不曾过问躬亲。像蒋介石这种人,对金钱的概念所以如此淡薄,并不代表他就一定廉洁,其中一个主要原因,是蒋介石的衣食住行,特别是官邸内所有日常经济开支,根本不需要他亲自操心,或者说金钱对蒋介石和宋美龄已经并不重要。因此,蒋介石主张"戒贪"并非没有可信度的。

至于蒋介石在养生学方面的"戒贪",当然非指金钱物质的贪婪,而是蒋介石晚年为健康计,力戒主张的"切勿因欲望而贪食,切勿因兴趣而贪色。"尤其是蒋介石在物资给养和享受方面,多年也一直提倡"勿贪多,少吃比多吃强"。蒋介石认为"少吃多得益,多吃不得益。吃得过于多,甚至还有害身体。"蒋介石在物质享受方面的上述理念,恰好构成他晚年较为严格的养生宗旨。

蒋介石养生理念中的饮食"勿贪",亦十分可贵。由于蒋晚年严格控制饮食,从不贪食暴食,因此蒋介石在 70 岁以后,才没有发现普通老年人的常见病,如高血压、动脉硬化和心脑血管疾病等等,也许,这就是蒋介石所谓的"有钱难买老来瘦"!

5. 戒言

"言多语失。言多伤神。言多伤体"这是蒋介石多年私人行迹的又一自警。

蒋介石青年时期因过早接近革命先行者孙中山,所以他发迹较早。当时自负气盛的蒋介石也是一个表达欲很强的青年。1925 年蒋就任国民革命军第一军军长时,他身边人就称蒋介石是个快人快语的军人。他想说什么就说什么,从不故作深沉。可是,自 1927 年蒋介石因遭国民党上下一致反对,被迫黯然下野,经此沉重打击后,其性格开始有所变化。快人快语的性格变为故作深沉。翌年再次出任国民革命军总司令后的蒋介石,俨然变成另一人,行事无论巨细,均要处处谨慎。尤其在处理国民党将领与政府高官之间关系时,蒋介石尤其慎重,凡比他资历高深的要人,蒋介石更是慎言谨行,再不敢像北伐时那样动辄发号施令,以免造成更大被动。蒋介石从此学会"戒言"。凡事开口说话,必须三思而言。

蒋介石在"戒言"方面,还有一个自己拟定的"戒规",就是要"戒客气"。蒋氏为何有此一"戒"? 莫非客气一点不好吗? 原来,蒋介石把"戒客气"也列入他的"戒言"范畴,始于 1919 年,当时的蒋介石刚辞去粤军第二支队总司令一职,前往广州面见孙中山。孙中山当时对蒋介石还不十分了解,只让他留在身边听候命令。没想到这时竟发生一件让孙中山不快的事,一次,蒋介石出席军阀许崇智的晚宴,在这次宴会上,蒋介石开口说话就十分客气恭维,大有阿谀奉承,吹吹拍拍之嫌,席间他还大谈孙中山接见他的许多细节,故而引起许崇智等人的反感。后来,蒋介石因此受到孙中山的批评,他在《日记》中曾把"客气"视为个性修养的严重缺陷。当年9月9日蒋在日记中这样写道:"言多客气,为人所鄙,良用惭咎,谨其言,慎其行。自强其志,不徇外为人,立身之本也。"此后,蒋介石还多次检讨"客气"给他自己形象带来的不利影响,称:"不觉自暴其夸鄙,为人所嗤鼻矣。"

因蒋介石平时与军事将领们相见,总是一派"客气"或"阿谀"。因此在他人的眼里,蒋介石的客气就成了地地道道的虚伪油滑。这让蒋介石在人前背后很受讥讽。久而久之,就连从前熟悉蒋介石的人,也开始对他产生反感。蒋介石越是待人"客气",越让对方感到他过分热情的背后,可能隐藏着不可告人的杀机。孙中山因此把蒋叫进住所,严词要求蒋介石力警,还要他从此洗心革面,重新做人。因为旧军阀的恶劣习气,早为孙中山所厌恶。蒋介石对孙中山的指教,自然连连应诺,不敢拂逆对抗。自受到孙中山的严厉教导之后,蒋介石愈加意识到他这套"客气"的作风,正如从前诵读《宋书·颜延之传》中所说的一样:"虽心智薄劣,而高自比拟。客气虚张,曾无愧悔。"

蒋介石由此在言行上更加严戒。他认识到如果再不"戒言",很可能让他在所有革命军人面前丢人现眼,甚至还会影响孙中山此前对他曾有的好感。蒋介石经过痛苦反思,在他的《日记》中记下这样一笔:"人之是非好恶,己之爱悦取舍,默会与心,斯得之矣,何以言为矣!多言不如少言,有言不如无言,能言不如不能言。"蒋介石在此后的漫长岁月中,虽再也不是当年广州期间身居下位,长者前辈甚多的处境,可是他始终恪守"戒言"准则,一般情况下他不敢随便"客气",也更不敢"多言",唯恐产生不良效果。尤其孙中山殁后,蒋介石当上国民革命军总司令,手中有可以操持全国军事兵力的大权,他仍然一如既往地坚持"戒言"原则。当然,蒋在"戒言"时仍把"戒客气"当成其中内容,不敢马虎。自然,手中有了军政二权,蒋介石在麾下面前,也就不需要再搞什么"客气"了。

蒋介石"戒言"的另一原因,是他从大陆来台湾以后,一位荣民总医院的资深医生在为他检查身体时,曾有箴言相赠,他要求蒋介石养生之时,还更要注意一个常识性的知识："多言多耗神,寡言益精神。"蒋介石认为医生的建议对他的养生格外重要,也是出于养生的考虑,蒋介石从此更加少言、慎言和寡言。在士林官邸居住时,他每日只有必要的时候,才会对身边人说几句话,而且吐语简练,尽量要求自己不讲废话。即便和宋美龄交谈,蒋介石虽可放松自戒,但蒋介石仍然力求少言,无事时最好不言。有时他和宋美龄交换意见,常以手势动作来表达自己的思想。蒋介石一个微妙举止,甚至一个眼神,都让熟知蒋的宋美龄心领神会。这样,蒋介石的语言虽然少了,但他在无言寡言的情况下,更适于养精蓄锐,保持旺盛的生活能力。

1969年蒋介石因车祸住进医院后,他与人见面的机会少了,有时即便国民党中常委想见蒋介石,也十分困难。那时候在蒋介石的身边,接触最多的就是医生和护士,即便和这些关心他疾病的人在一起,蒋介石也尽量保持"戒言"的习惯,因他知道自己的精气神早已不比从前,如在病床上与医护人员多讲话,也会伤害自己的气力。尤当蒋介石进入生命弥留阶段,他开口说话的机会更为有限。除非宋美龄、蒋经国来到身边,蒋介石才能多说几句,其他人那时连接近蒋的机会也没有。国民党内高层人物有事也只能通过蒋经国与蒋介石沟通。即便不得不见的重要客人,如美国大使马康卫即将卸任前要求见蒋,他也只能坐在椅上,哼哼哈哈地与马康卫点头而已。如此礼节性表达意思,说明他说话能力已不如从前。至于对身边侍卫秘书等人,蒋的语言更少,"戒言"至此,已到极限。

6. 多静心

蒋介石也认为"自古名人多寂寞"是常理。

由于地位和身份特殊,蒋介石早在南京时期就格外喜欢清寂。国民党的军事将领和政界人物,一般无事时很难近身蒋氏,即便他夫人宋美龄有时也难免远离于蒋氏。蒋介石喜欢清静,可是如果当蒋一人独处时,他又无法忍受过于清寂的生活,这复杂的心态,往往体现在蒋介石早年日记上。例如1942年1月,因宋美龄远去香港,而蒋氏一人独居重庆,因此在他日记中就不断可见唉叹寂寞的记载。如1月26日(圣诞节后两日),蒋在《日记》中写道:"本夕为旧历除夕,孤单过年,世界如此孤居之大元帅,恐只此一人耳!"五日以后,蒋又记道:"近日寂寞异甚,时感孤苦自怜,惟祈上帝佑我,与我同在,使我不至久寂为祷也。"

鬼谷子主张清心才能长寿。蒋介石欣赏鬼谷子之言,亦认为人的长寿,紧要的是每天要有一个好心情。否则如果没有好心情,即便有太多金钱,太大的权势,也难以保障身体的康健。鬼谷子认为:人心静有三法,一是:养德安神,调摄心态;二是:人动我静,人言我听;三是:恬然养生,动静相宜。来到台湾以后的蒋介石,闲暇之时仍然十分喜欢读书,蒋氏晚年喜读的书也非常庞杂,其中在众多政治书刊之外偶尔也读中医论著。1969年蒋介石不断就医后,他在安静养病时忽对医书产生了浓厚兴趣。

因身边有一些国民党元老的建议,蒋介石同意在以西医为主情况下偶请中医治疗。一位从美国专程来台为蒋医病的著名中医,曾建议蒋介石在医治多种疾病时,更要保持良好心态,他建议:"伤痛虽在蒋先生的身上,可是就中医理论而言,病痛理应在心中。中药可以治疗慢性疾病,而精神乐观则是治病的主要良药。"见蒋介石将信将疑,便推荐古代医家孙思邈的医著,其书总结的四句真言,似可作为蒋氏治病时适用的养心疗法,即:"人的养生有五难,一是名利不去为一难;二是喜怒不除为二难;三是声色不去为三难;四是滋味不绝为四难;五是神虑精散为五难。"

孙思邈的五种医法,蒋介石读罢玩味良久,也深以为然。在他看来五种医法,其实均为养心。就是说,人只有心中安静,才不会百病缠身,也才可远离尘世的诸多烦恼。蒋介石深感此言对其心病颇有一针见血之效。在多年政海纷争之中,蒋介石出于政治欲望的需求,心绪始终处于紧张状态。不是今天策划"剿匪",就是明天部署暗杀。血腥无情的政海浮沉,让蒋介石不仅难以心静,而且对孙思邈所说"五难"也一一亲历,蒋氏无法逃避"五难"的困扰。他来到台湾以后,虽仍然不时受到官场利欲的诱惑困扰,但毕竟已经偏安一隅,权势之争也变得可有可无。蒋介石七十岁以后,其子蒋经国已在他多年精心安排之下,顺利接管国民党统治台岛的大部分权力,因此蒋介石基本上已经脱离官场的权欲角逐,明争暗斗的尔虞我诈也显得似有似无,烦躁不安的蒋介石自此心态转为安恬平和。这在中医的角度看来,就是清心!既有清心,方可寡欲。"虚其心,实其腹,弱其志,强其骨。"前人古训,不可忽视。无私无欲的寂寞生活,纵然索然无味,但在蒋介石看来,这才是他多年梦寐以求的理想养生境界。

7. 多护目

早在大陆生活时期,蒋介石的眼睛就已经发花了。正所谓"四十不花五十花"的道理。1951 年下半年秋风骤起之时,蒋介石忽觉一贯良好的视力开始下降。从前他不用放大镜即可阅读字号较小的《联合报》,但最近一段时间,蒋氏再阅《联合报》时,就必须戴老花镜或用放大镜了。蒋介石为此有些紧张,他认真想起来,忽然感到视力下降,很可能与他灯下批阅文件有关。官邸的医生也为此给蒋多次检查视力,发现蒋介石视力虽有下降,不过病情并不严重,因此官邸医生建议蒋介石今后必须严格控制阅报时间,即便白天阅批文件也一定要注意保护眼睛。

不仅如此,官邸医生还特意为蒋研配出一种护眼药水。这种特制的眼药水和普通百姓使用的有所不同,它不仅有清洗眼睛的效能,还有营养眼睛的成分,眼药水中包括维他命和 B_6、B_{12} 等营养功能。蒋介石有了这特制的眼药水后,每天定时定量使用,不久,他的视力得到某些恢复。

1953 年后,蒋介石更加注意保护视力。他的养目保视疗法,当然并不依靠医院的先进器械,而是因地因时制宜,尽量改善自己的视力环境。例如闭目养神疗法,就是蒋介石多年一直实施的有效护眼措施,他读书写字的习惯虽然无法彻底改变,但蒋自发现视力下降以后,凡夜间来电来件,一律不再连夜批阅,即便十万火急要件,蒋介石也要秘书代读代处。如此一来,蒋就可避免在光线暗淡条件下阅读文件。即便在日光充足的白天,蒋介石读文件也不超过一小时,就倚在沙发上闭目凝神。蒋介石这样做的原因,是希望在恬静凝思中让眼睛得到充分休息。当他睁开眼睛以后,再让视力向远方眺望,以便让眼球尽快适应新的环境。

蒋介石视力下降,究其原因,与他平生喜欢长时间读书有关。因为这一习惯,蒋介石每天早晨起床后,第一件与公务相关的事,就是在洗漱后坐于桌前翻阅当天报纸,还有秘书刚刚送来的机要文件。蒋介石来到台湾以后,这多年的习惯开始有些改变,虽然他每天清早仍需读报,但他不用自己的眼睛,而是要秘书代读报纸和文件。蒋介石这样做的好处,一是因他的年龄和视力,二是宋美龄在旁的多次提醒。蒋夫人认为:"你秘书那么多,他们的眼睛就该代替你的眼睛。莫非读报也一定自己读吗?难怪你眼睛一天天地坏了下去。"这种请人代读报纸的特权,当然只有蒋介石才有,其他人即便年至毫釐,视力下降甚至无法视物,也绝对无力效法。蒋介石晚年视力所以基本保持在良好水平上,与他所处特殊地位和特权不无关系。

尽管如此,蒋介石对其视力仍然不敢丝毫懈怠。随着年龄的增长,蒋知道他仅仅由他人代读报纸还是不够的,因为眼睛毕竟要随年龄增长而逐步退化的,如果让视力永远保持最佳水平,蒋介石就必须不断进行视力保健。其中遵医嘱每日坚持的护眼操,就是一个有效的措施。蒋氏深知视力对于他能否顺利度过晚年至关重要。如果他视力继续下降,即便他有健康身体也会因视力而行动为便。所以蒋介石晚年对医生建议的"护眼操"从不敢有丝毫马虎。

蒋介石在荣民总医院做例行体检时,一位眼科医生发现蒋的视力保护虽好,但仍有不断下降的趋势。他因此向蒋介石建议最好以"多食生姜"来保护他的眼睛视力。对此蒋颇为怪疑,他无法理解吃生姜与眼睛的视力有何关系?这位眼科医生指出:吃生姜的好处是,生姜辛辣,有刺激心脑血管和促进血液循环的功效。眼睛因得血而能视,只要眼睛有充足的血液供给,才能彻底改善他的视力。蒋介石听后颇感"生姜治眼"之法独颇医理,于是吩咐士林官邸的厨师们,每天在开午饭时一定要在菜肴之外,另备一碟生姜沫,以便让他吃饭时以生姜末佐食。这种生姜疗法初时当然不会见到明显的疗效,但经过几年的生姜疗法,蒋介石的视力果然有了明显的改善。为了保护眼睛,蒋介石不仅自己不再读报,即便有时读书,蒋也要求秘书来为他代读,而他则倚在椅子上闭目静听,在恬然自得中倾听秘书读他想读的书,这种方法自然十分有益。这样一来,蒋介石一度下降的视力开始好转,蒋介石到了晚年甚至连电视也极少看上一眼。至于官邸内部放映的电影,蒋介石更是很少到场,有时不得不去,也是电影刚放映时只看几眼,不多时他就提前退场了事,而宋美龄则每有电影必看,只要一看就要看到电影结束。

蒋介石深知永远保持视力不减,仅靠护眼药剂还是不够的。眼睛是心灵之窗口,如何保护自己的眼睛,还必须要有随时便于操作的养护疗法。蒋介石积多年护目经验,每当他眼睛过于疲劳时,就习惯性地闭目养神。这"闭目"之法,后来就被他当做养目可行手段。这种方法甚至比用药更利于养护视力。蒋介石为此曾总结几条护眼经验。一、他在公务缠身之时,往往喜欢闭目,在闭目的短暂瞬间,他不仅让纷乱心绪得以平复,而且也让紧张运动的大脑神经得到了休息;二、蒋介石在烦躁紧张之时,也喜欢闭目。因这时候闭目凝神,其好处不仅对视力有益,重要的是他用此法可以缓解烦躁;三是当蒋介石处在将要震怒发火之时,忽然闭上双眼,是他"制怒"的又一手法。蒋氏认为如若闻知不快之事,马上发作不仅极易伤肝,而且也肯定伤目。因为医书上曾有"肝之窍在目"的说法。他在将要动之怒时忽然闭目,其好处是可以和缓胸臆怒气,既护肝又护目,这当然是最好的养生之术。正因蒋介石把眼睛看成他养生范畴的重中之重,始终小心翼翼加以保护,所以一直到88岁病逝,眼睛也没有生出白内障来,这是一般视力较好者都十分担心的老年性眼睛疾病,蒋介石却至死也没有染患此疾。

8. 多光照

晚年的蒋介石主张多到户外晒太阳。尤其在冬季,蒋介石更是不时到户外走动,与其说为到户外"透透气",不如说希望多得一缕温暖的阳光。

1960年以来,年逾八旬的蒋介石基本上已不再过问政务。因有蒋经国接去他手中掌控多年的军政大权,蒋有理由把更多时间用于养生。至于去户外晒太阳,则是蒋欲求不得的事情。因台湾地处北回归线,属于热带和亚热带气候,台岛四面环海,四季长夏无冬,只是台湾阴天多雨,一年极少见太阳从云隙中露出笑脸。有时遇上雨季,甚至一连数十日阴雨连绵。即便天不下雨,天穹也多被浓厚雨云笼罩,尤其室内潮湿阴暗,一些阳光照射不到的角落阴冷而潮湿。所以一旦太阳从云隙中露头,就是蒋介石渴求晒太阳的最好机会。尤其一到冬天,台湾虽无漫天风雪,但那海风呼啸带来的阴冷,仍然困扰着习惯于大陆生活环境的蒋介石。台湾尽管四季长夏,但还是无法阻挡西伯利亚和蒙古南下的寒流过镜。在通常情况下,台湾的冬季往往刮东北风,而夏季则以西南风为主。万一有台风过境,景况更让蒋氏忧心。他来台湾以后才知道,台湾每年的降雨量一般都在一千五百毫米以上。生活在这多雨的环境中,晒太阳对蒋介石而言就是难得的奢求。

蒋介石没遇车祸之前,他不仅喜欢散步,还有另一习惯,就是偶有时间,就会命身边侍从和司机,带他去台北城区四周驾车"兜风"。此种习惯当然无可厚非。蒋介石兜风不仅可以多见阳光,还可以利用这些机会观察民间生活。

每当蒋介石外出"兜风"的时候,心情就忽然变得开朗愉快。阳光、轻风、美景,往往就是蒋晚年最为渴望的生活空间。在接触大自然同时,蒋介石也喜欢穿透气性较好的衣服,他穿的服饰,无论薄厚,一年四季,都要求官邸裁缝注意这一习惯,所以蒋在追求日光浴时,也总是考虑通风。这两点就是蒋介石晚年的最大追求。

在冬日惨淡的时候蒋介石尤喜日光浴。每当冬日下雨,他还要观赏梅花。蒋介石多年喜梅而不喜樱。早年他留学日本时,身边许多学友就对日本艳丽樱花赞不绝口,不过蒋介石却对樱花感受不深。他认为樱花不如梅花,梅花不仅艳绝,还可傲迎寒风的袭侵。因此蒋介石就在慈湖亲手栽种多树腊梅,每当冬日来临,蒋介石只要来到景色宜人的慈湖,一般都要去湖畔以赏梅自慰。当年陪同蒋介石一同赏梅的蒋经国在《守灵半月记》中说:"父亲在慈湖植梅甚多,现已成林。父亲时常告儿,喜梅而不喜樱,盖梅花香而耐寒也。父亲于一九六一年在余所绘之《梅花》画轴亲题:'经儿好画梅,因其岁寒中较松竹更能芬芳可爱耳。'每年冬季,父亲常率儿至角板山和慈湖赏梅,有一天,见风吹花落处处飘,如同飞舞,父亲称之为梅雪。想起当时父子散步其间愉快之状,今后不可复得矣。"

1969年以前,蒋氏即便有多晒太阳的愿望,也往往因公务繁杂而无法实现。车祸后躲进"荣总"病室中的蒋介石,如想晒太阳就显得更加不易。因他重创之后相当一段时间,几乎无法自行走路,医生要求他必须卧榻休息;蒋氏遵从医嘱,从不越雷池一步。一年以后,当蒋可从病榻上爬起来时,才有机会来到室外晒太阳。在1970年至1972年间,蒋介石病情有所改善,他就在中午时分坐轮椅到户外去晒太阳。这让蒋十分高兴,到户外晒太阳对普通人不值一说,然而对深居简出的蒋就显得弥足珍贵。他伤病在身,行走不便,蒋在这种条件下外出日光浴,简直就是一种奢求。在那段时间里,只要户外天气晴朗,蒋介石就会吩咐护士用轮椅推他出门,静静坐在和煦阳光下,饱享温暖日光的沐浴。

医生对蒋晒太阳也表赞许,从医学理论角度考虑,车祸之后患多种疾病的蒋介石,如果每日都在阳光下沐浴,不仅能够减少感冒,还有益于皮肤的健康。医疗小组的皮肤科医生说,外国养生学专家在研究日光浴者的生存寿命时惊奇地发现,经常定时到室外接受日光浴的人,一般寿命都比不愿意接受日光浴的人要延长三分之一。这就说明阳光与人体长期接触,能够促进体内维生素D的储藏。至于阳光浴对人骨骼密度增高及对老人骨质疏松症避免的好处,当然是显而易见的。

1973年以后,蒋介石到户外晒太阳的机会相对减少许多。并不是他病情过于沉重,而是医疗小组的医生多次提醒,要求蒋介石对晒太阳最好限定时间,日光浴固然对身体有益,但又不可过多到户外接触太阳,小组医生担心蒋介石因晒太阳过多而引发皮肤病。医生们提醒蒋介石,任何事情都不可过分,晒太阳也如此。如果太阳晒得过多,皮肤就会因紫外线的照射而变厚,或生老年斑。蒋介石因此在夏日里不敢轻易到户外去晒太阳了,他从一个极端走到了又一个极端。即便在阴天里,医生也不同意蒋到室外去,因为光线中仍有紫外线的照射,蒋介石晚年最大憾事,就是户外晒太阳的机会越来越少了。

9. 少感冒

65岁以前的蒋介石因身体原因,一般很少生病,甚至连感冒也很少上身。因此,侍从室内务科医务所的一位护士说:"老先生这种体质是非常少见的。一般上了年纪的人,感冒往往容易上身。而感冒往往又是万病之源,如果老先生连感冒也不得,可以断定他是体质较为健康的人。"

到台湾以后的蒋介石,身体状况尽管不能与大陆时期相提并论,但他仍然极少感冒。有时官邸正在流行感冒,他居然也能幸免。当然,这主要因为官邸内部有一个不成文的规定,凡有人得了感冒,都要自动把行动限定在一定范畴之内。不得因自己感冒而传染给蒋介石和宋美龄伉俪。如果有人感冒稍重,就必须要马上送医院治疗,这个人什么时候感冒痊愈,才能再回官邸上班。这种严格的规定无形之中就为蒋介石隔断了感冒的传染源。

还有一点,也是蒋介石极少染患感冒的原因,是蒋氏极其注意室内温度与室外温度的变化。尤其是有寒流过境台湾时,蒋更是要求生活秘书必须注意天气预报,并根据这些可靠的气温预测,适时关照蒋氏不断地加衣,以防止寒邪侵袭,致其生病。还有的时候,蒋介石在寒流到来之时,故意不加衣服,他的用意是,依他的体质状况,完全可以抵御将要到来的寒流。同时他也想通过不加衣物来锻炼自己抵抗疾病侵袭的能力。蒋介石是一个肺功能极好的人,年进七旬以后,他的肺部经过荣民总医院内科多次检查,始终没有发现任何疾病。这也是他多年不患感冒的重要原因。

1966年后,蒋介石因体质下降,忽然染患上了感冒。这让所有士林官邸的人大为意外。就连宋美龄也不相信蒋介石能患感冒。为此。身边医生准备把蒋介石送到荣民总医院治疗,但蒋介石那时根本不相信一场感冒,就会影响他的健康,所以坚持不肯去医院治疗。后来荣民总医院内科医生只好来官邸为蒋治疗感冒,这次治疗医生的提醒,终于引起蒋介石的高度注意。这位著名内科医生认为:"感冒对于年轻人来说也许并不要紧,可是对年纪稍大的老人,每年少得一次感冒,胜过吃若干补品。因为感冒对老年人是一种非常有害的疾病。感冒是万病之源,它可以引发许多重要疾病。所以,一定尽量避免感冒,以少感冒和不感冒来保证身体的安泰平和。"

医生的提醒引起蒋介石的高度警惕。他对此也不得不认真反省,自己多年很少感冒,这次忽然得了一次感冒,就有些抗不住了,这意味他生命的抵抗力正在逐步下降。蒋介石年轻时也得过感冒,不过那时他只要挺一挺就过去了。那时的蒋介石根本就不把感冒当一回事,可是蒋介石没有想到,如今他感冒一次,就在床上一连躺三天。这就足以说明年龄不饶人。这一年蒋介石已经79岁,身体表面上虽仍然硬朗如初,但是感冒一旦上身,就难以应付,甚至缠绵不起,这标志他的体质正在老化与衰败。蒋介石这次感冒以后,在台北的士林官邸内更加注意传染源的控制。只要有一人患了感冒,宋美龄都会如临大敌,毫不客气地劝阻患病者进入官邸。即便有人因患感冒又有公事,最后不得不进入官邸,宋美龄也要吩咐侍卫长,一定要限制此人接近蒋介石。当然,她担心的是把感冒再传染给蒋介石,更担心蒋氏因感冒引发更多疾病。

1967年一位跟随蒋氏多年的国民党元老,就因为在冬天里不慎得了一场感冒,不久就引发肺心症猝然病逝。此事尤让宋美龄和蒋介石身边的医生们大为紧张。这件看来不值大惊小怪的事情,已经告诫和提醒蒋、宋伉俪:老年人所以要把预防感冒当成大事,在因为老年人体质已经十分脆弱,各脏腑器官大多处于生理功能减退的时期,这时候如果再频繁遭受外寒侵袭,极其容易引起内脏的病变。

蒋介石为了杜绝感冒,再不敢对饮食起居等闲视之。"特别医疗小组"的医生们为蒋氏拟定一个全新的预防感冒方案,其主要内容是:一、加强御寒防范,尽量做到防患于未然。要求所有随侍人员要把蒋的衣服随时带在身边,只要一有寒流来袭,必须马上请蒋更换外衣内衣。二、加强伙食管理,做到润肺食物随季节、气候变化而改变。本着防燥护阴的原则,不断在蒋之饮食中加入胡萝卜、银耳、百合、番茄、大枣等润肺滋阴的补品。三、多喝开白水,意在化解蒋血液中的浓度,以防止因气候变化引起心脑血管疾病。四、慎做运动量较大的室外运动。意在防止汗液流失和阳气伤损。五、尽量要求蒋少参加多人出席的会议,这样可以有效防止在空气流动过程中,流行性疾病借此蔓延与发生。六、每当身体稍有不适时,定要敦促蒋吃大枣,喝姜汤,以发汗法将感冒预防扼止在患病之前。

蒋介石经过这次感冒以后,由于治疗及时,预防得体,从此再不曾染患此疾,如果后来没有那次车祸,蒋介石的体质本来仍可抵御风寒和疾病,这当是毋庸置疑的。

10. 少应酬

蒋介石的性格决定他不喜欢参与过多的交际应酬。

他曾经固执地认为,官场应酬是一种可怕的社会病。而夫人宋美龄则与蒋的见解恰好相反,由于出身的不同,夫妇俩在社会交际与应酬上往往南辕北辙。蒋介石60岁以后,对官场应酬更加视若禁脔,凡是可有可无的外国客人,他一般拒绝接见。蒋介石与那些喜欢把客人请进官邸里会见的官员截然不同,尤其在他的士林官邸里,蒋介石几乎从无会见外客的先例。凡有重要的客人,如果必须要蒋氏出面接见,也一定要在介寿路的"总统府"里进行,到他家里来的宾客几乎没有。

早在大陆时期,蒋介石就主张在办公时不谈私事,而在家里不谈任何公事。因为在蒋介石的理念中,在办公室必须全心办公才是正理,否则如果三心二意就会出错。所以应酬常常被蒋视若大敌。1924年5月蒋介石就在他写给蒋经国的家信中谈到这一观点:"曾文正公言办事、读书、写字,皆要眼到、心到、口到、手到、耳到,此言做事时,眼、心、口、手、耳皆要齐来,专心一志,方能做好。"

蒋介石的这些话,就是说他主张全神贯注地办公,并力戒在有限时间内做无益的应酬,即便无法推掉的应酬,蒋介石也力戒"少时"。他不想把时间浪费在吃吃喝喝之中。而他的夫人则与蒋氏在这一观点上略有不同。宋美龄没有公职身份,可她多年始终是蒋介石外事交往中不可或缺的重要助手。特别是抗日战争时期,宋美龄为帮助蒋解决美国军援问题,曾多次飞赴美国并前往白宫游说。正因为她的成功周旋,不仅让蒋得到大批美援入境,而且还沟通一度关系淡薄的美国首脑。即便蒋介石来到台湾以后,国民党在国际舞台已经失去赖以立足的靠山美国,宋美龄也无法再像从前那样如履平地般进入白宫,奔走在台湾和美国之间。赋闲后的宋美龄即便无事可做,她有时仍在士林官邸召集一批国民党高官夫人,以"竹林之战"寻求寂寞中的苦中作乐。然而蒋介石仍旧墨守成规，即便到人生暮年，也一如既往地喜欢清寂而拒绝喧闹，蒋介石认为过多应酬只能伤害人的志气和体力。

蒋介石厌恶应酬与其性格有关。他一生不仅性情"狂直"，而且多疑，因此他在官场多年，接触人或与人应酬时，大多暗揣戒心。有时蒋甚至还把应酬视若官场的角逐。1944年2月5日，蒋氏在《日记》中对其"狂直愚拙"的性格也作过反省剖析，蒋介石写道："余性行狂直愚拙，故对人对事皆无戒惧，更无疑虑，所谓直道而行者乎？因之此身虽入险境，而不知其为冒险；已当万难，而不知其为犯难，及至险难一一暴露，方知此身已陷重围。乃不得不发奋拼命，恶战苦斗以自救。……故世人认为余必为智勇兼全之人，而余自觉狂直愚拙，所恃者惟道与义而已；……"蒋介石时时能够对自身反省，说明他喜欢远离应酬的初衷，身为狂直者，而他的行迹则往往喜欢隐形，落落寡合，甘于寂寞，才是他真正的心态。

蒋介石历来反对聚众玩耍，他固执而褊狭地认为"玩物丧志"。因为蒋氏这一生活宗旨，他与外界的接触也非常克制，除非政军两界的要人之外，蒋介石极少有其他行业的朋友。当然，他更不可能因为"玩物"而结交一些喜欢打麻将的朋友。蒋氏这样孤僻，也与他的性格，所处特殊地位、身份有着绝对关系。在反对聚众"玩物"之时，蒋介石又极力主张"静者长寿"和"平淡、平和、平静"的养生准则。他认为如果一个人，每天置身在酒池肉林或嬉闹之中，至少会消耗他许多精气神。在刻意追求养生过程中，蒋介石也从不为他公余之外的寂寞感到孤独难过。他理解"自古闻人多寂寞"的道理，欣赏清代养生家王天基在《长生秘诀》中多次阐述的观点："深山峡谷中人多长寿者，嗜欲少而心常安静所致也。"

回到官邸以后，蒋介石谢绝一切可有可无的应酬。早在大陆生活时期，蒋介石就讲"三拒"，即"拒礼"、"拒烟"、"拒宴"。因蒋介石采取拒人于千里之外的待客之道，因而一般政客高官对蒋大多敬而远之。蒋介石的特殊身份，也不容许普通官员出入他的内宅，那样，蒋介石的神秘感就会因其平易而悄然消失。蒋深知一个地位显赫的政治领袖，一旦失去神秘光环，他必将失去绝对的权威。

不过，蒋介石的"少应酬"并非"不应酬"，即便他无意在酒席上凑热闹，可是必要的宴会仍会出席。即便蒋介石来到台湾后，也不时出席一些他无意出席的官方应酬。只要美国宾客到访，蒋介石无论如何也要亲赴圆山大饭店，参加酒会，甚至连蒋从不问津的舞会也要奉陪到底。蒋和夫人这样的应酬活动多了,圆山饭店的高级宴客厨房,甚至也有了"蒋介石饮食档案"和"宋美龄饮食档案"。在这些神秘的"档案"中,不仅记载着蒋介石每次来圆山饭店赴宴的时间,而且还较为详细地记载他在宴会上喜欢吃何种菜肴等等。这些圆山饭店的高级厨师们,就是通过每次宴会在旁的悉心观察,最终摸清了蒋介石和宋美龄喜欢吃的菜肴,并将这些菜肴一一记录在案,以备下次宴会时,再照样继续烹饪这些深得蒋氏欣赏的菜肴。尽管如此,蒋介石的私人访客仍然寥若晨星,他不喜欢被人打扰的孤寂性格,不仅对他人如此,即便对多年旧友亦大致如此。

<h1 style="text-align:center">卷十</h1>

车祸与减寿

如果把人比作一台机器，那么蒋介石多年的养生之功，就是通过平日的精心护理，力求维系这台行将老化的机器正常运转。正是一场猝然发生的车祸，才使这陈旧老化的机器毁于一旦。

第一章　前列腺炎与心脏病

1962年蒋介石刚好75岁。

由于蒋氏多年极善养生，此前的身体状况始终良好。现在看来，养生固然可以维系生命的长久，但疾病有时可以破坏良好的体质。因此，猝然袭来的疾病，就是养生的大敌。1962年蒋介石的一次手术和接下来的一场车祸，成为了破坏蒋氏机体的致命关键。

自二十世纪六十年代以来，蒋介石身体就渐次出现一系列"病变"。1962年伊始，对蒋介石来说，就是一个黑色的春天。年初蒋氏就因前列腺肥大症，不时住进台北荣民总医院第六病区治疗。此前，蒋介石尽管身体日渐瘦削，但是他依然还像从前一样硬朗，"老来瘦"的体质对"长寿"显然十分有益。可是让蒋氏身边的"御医"们不敢相信的是，五脏六腑均无病变的蒋介石，居然在实施一次普通前列腺手术后，身体竟一天不如一天地垮了下来。

1. 手术后遗症

1962年初，蒋介石被确诊染患前列腺炎（台湾医界称摄护腺肥大症）后，荣民总医院决定为蒋施行一次小型手术。为慎重计，医院选出一批优秀的

254

外科医生,组成一个手术医疗小组。为让蒋介石的前列腺手术万无一失,荣民总医院还从美国聘请著名泌尿科专家奈斯比亲自前来参加这次手术。美国著名外科医生奈斯比,中文名为郑寿轩。此人在前列腺手术方面医术高超,临床素有造诣,因而深得宋美龄的敬重。奈斯比医生到台后,由于荣民总医院配合得体,美中双方医务人员关于蒋氏手术方案之精细,是前所未有的。该手术方案几乎精细到不准出半点差错的地步,因此蒋介石的前列腺手术进行得较为顺利。奈斯比医生采用的是当时世界较为先进的技术(内视镜手术刀)施术,手术进行了五个多小时。当手术结束后,宋美龄为(包括从美来台的奈斯比医生在内)医疗小组成员,在圆山饭店九楼举行一次小型宴会,以答谢医生们手术成功。

不料,就因为这次当时认为效果不错的手术,却给蒋介石日后身体的久病不愈,留下一个意想不到的隐患。手术完成两个月后——1962年7月的一天,蒋介石忽然发现在清晨小解时,雪白洁具内居然出现了星星点点小血珠!当时,不仅蒋介石吓了一跳,就连他身边的侍卫也对这从没有过的血尿大惑大惊。宋美龄吩咐荣民总医院马上对蒋介石的血尿进行紧急会诊,并要他们尽快查找原因。

会诊的结果是:蒋氏尿血为前次前列腺手术后遗症。由于美国医生奈斯比当时过于匆忙,内视镜手术又是在没有对蒋施行麻醉的情况下进行,因此在手术细节上难免有所疏漏。蒋介石前列腺手术后,部分伤口显然发生了病变,所以才有少量血液随尿液排出体外。医疗小组成员、荣民总医院泌尿科主任郑不非认为:这种情况在前列腺手术病人愈后时有发生是不奇怪的。在一般情况下,它不会发生什么严重后果。他认为经过尿路消炎治疗以后,蒋氏便血的情况将会逐步减轻。

然而,蒋介石的便血不但没有丝毫减轻,反而越来越严重了。挨到这一年秋天,蒋介石甚至连解小便也不敢去厕所了。每次去都为那丝丝缕缕的鲜血染红洁具惊骇得脸面发白,欷歔不禁。当年7月7日,一架波音客机从大洋彼岸的美国再次飞临台北桃园机场。从飞机里走下的就是几月前来台主持蒋介石前列腺手术的美国泌尿科医生奈斯比。他是宋美龄侄女孔令伟花一笔巨额美金再次从美国礼聘而至,同机来台的还有一位名叫温斯顿·巴比的美国人,也是专门擅长泌尿手术的外科医生,早年曾给前总统杜鲁门治过疾病,白宫多位总统如艾森豪威尔、肯尼迪等人均与温斯顿·巴比交往频繁。这次孔令伟亲往华盛顿游说,又不惜花用大量金钱,才将巴比先生也同机请来。奈斯比和巴比两位泌尿科专家的到来,为在台北度日如年的蒋介石、宋美龄伉俪无疑带来新的希望。蒋介石不得不再次手术,这次美国医生们仍然采取内视镜手术,术后的蒋介石前列腺后遗症虽有所控制,但是,仍旧没有彻底解决术隶血的问题。此病一直延续到蒋介石1975年病逝也没有彻底痊愈。尿血,始终断断续续,真称得上百药难医了。

2.车祸,让蒋命悬一线

真正对蒋介石身体构成致命一击的,当然还不是前列腺手术后遗症,而是1969年夏天一次意外的车祸。这一年6月,台湾地区空前少雨,高温炎热让士林官邸闷如蒸笼。尤其进入7月以来,台北市更是热浪滚滚,使居住在士林官邸的蒋氏夫妇酷热难熬。因此蒋介石决定离开官邸到阳明山避暑!

前文已经提到,蒋介石在台湾这弹丸小岛上建有众多行馆,不过自蒋介石因前列腺术后不断便血以来,他就再也没有到远离台北的深山行馆度假,现在天气忽然炎热,蒋介石只能前去台北城郊的阳明山了。蒋介石还像以往那样在浩浩荡荡的车队簇拥之下出城进山,可他绝不会想到,这次出行非但没有到风景如画的阳明山避暑,反而招来一场猝不及防的飞来横祸!这次车祸促使蒋介石的病情进一步恶化,并由此为蒋过早撒手西归埋下一个致命的隐患!

下午的阳光仍然炎热。

一列长长车队驶出台北士林官邸。这列由大批官邸侍卫和台北警察组成的浩荡车队,在午后阳光的映射下,缓缓沿着通往城外阳明山的柏油公路疾快驶来。这时,通往阳明山的仰德大道上车辆较为稀少。由于士林官邸预先通知了城防部队,在进山的仰德大道各个路口都有便衣警察担任戒严,因此蒋介石的进山行程应该是绝对安全的。像以往蒋介石车队出行一样,此时阳明山的盘山公路上,已有警卫部队沿路布哨,蒋介石和夫人坐在一辆凯迪拉克大轿车内,根本不会想到灾难将要来临。他们只见车外天色将晚,路面车辆稀少,行人几乎绝迹。也许正因为如此,车队的司机们似乎有些放松了警戒,谁也没有想到这沿着盘山公路缓缓向山间爬行的车队,半路上会发生意想不到的车祸。

这列由七八辆美式吉普和五六辆美产新式防弹轿车组成的车队,进入阳明山地区就加快了车速。蒋介石和夫人乘坐的大型防弹轿车凯迪拉克七排座,位于车队的第二位。它前面是一辆坐满警卫的吉普车。在蒋、宋两人轿车后面,几辆车上分别坐着随行人员,如机要秘书、护士、医生、厨师、琴师、按摩师、女用人、英语翻释和一连武装警察。当车队避开繁华喧嚣的台北,选择一条僻街出城进山,疾快地爬上曲曲弯弯的盘山公路时,蒋介石已经看到前面绿树如屏、巍峨起伏的阳明山了。盘山公路两旁的茅樟、铁杉、油桐、相思树、胭脂树及璀璨如锦的合欢、木兰、槟榔、枇杷,宛若一道道天然的碧绿屏障,茂密地雄踞在草山之巅。蒋介石隔窗眺望层层绿荫后的群峦和阳明山特有的陡峭石壁,那时他根本不会想到会有人驾车猝不及防从山顶冲下来,不计后果地撞向他的"总统"座车。

意外竟在一刹间发生了! 突然,从前方公路拐弯处,猛地驰出一辆美国绿色军用吉普车。这辆突然闯出山来的吉普,如同脱缰的野马一般,飞也似的向蒋的车队迎面猛冲过来。宋美龄想喊停车,可是已经来不及了。那辆飞驰的吉普早已向这浩大车队最前面的吉普车上猛冲过来。护卫车马上鸣笛示警,警示那辆不明来路的疯狂吉普立刻刹车。迎面飞驶而来的吉普居然毫不理睬,对蒋护卫车发出的警告笛声置若罔闻,仍然势不可当地高速向下俯冲过来。就在这时候,宋美龄忽听蒋发出一声惊叫,她急忙从座位上跳起来,但是已经晚了!

原来,前面护卫车见鸣笛无效,两辆车马上就要相撞在一起,司机急忙将飞驶的吉普刹住。就在护卫车急刹的刹那,蒋、宋两人乘坐的凯迪拉克大轿车,在毫无防备情况下也随之紧急刹车。只听"砰"一声,蒋介石的防弹轿车已经来不及刹住,刚好撞在前面刹住的护卫车上,而从后面急急驶来的警卫车也刚好撞在这大轿车后尾,蒋的座车就这样被前后两车牢牢夹在公路的中间!

好险! 这极其猛烈的三车相撞,使毫无准备的蒋介石顿时失去控制。他一头狠狠向前撞去,光秃的额头把轿车的挡风玻璃撞了个粉碎! 顿时,蒋介石口吐鲜血,面部被破碎玻璃刺成斑斑伤痕。他一声惨叫,当场就昏厥过去。宋美龄也被猝然的撞击撞得双腿酸痛。她的头刚好撞在司机的座位上,头顶的巴拿马草帽被撞飞了。虽然她双膝被撞成水肿,腰酸头疼,好在并没有遭到重创致昏,神志仍然十分清醒。她不顾一切抱住蒋介石腰肢,拼命大声呼叫起来。侍卫长孔令晟见车队发生严重事故,决定马上原路返回台北。

侍卫们把重伤在身的蒋介石送进荣民总医院紧急抢救。经过医疗小组成员的紧急会诊和检查,很快发现阳明山的这场意外车祸,不仅撞伤蒋介石的头部和胸肺,还撞断他的两条肋骨。蒋介石的阴囊也被撞肿了,病情忽然出现恶化的征兆!宋美龄也同时住进医院,好在她伤情并不严重,入院三日后,便可下地行走了。蒋介石却昏迷不醒,两眼紧闭。心脏也出现了异常不稳的心律。

宋美龄要求台湾警方缉捕肇事后逃逸的军用吉普。

蒋介石的侍卫长孔令晟,在车祸发生后就将经过情况报告给蒋经国。蒋经国紧急赶到肇事的阳明山盘山公路,亲自指挥验看现场。他发现所有车辆都已不见了,现场已经失去勘察的价值。路上只留下沾有蒋介石鲜血的一堆破碎玻璃片。蒋经国面对如此车祸惨景痛心疾首,欲哭无泪。他深知年事已高又有前列腺后遗症的蒋介石,经不起这场意外车祸的致命重创,后果简直不堪设想。蒋经国对闻讯赶到的台北城防司令、宪兵司令下令缉凶。台北宪兵司令部、警备司令部等单位连夜成立联合指挥部,并组成车祸肇事案的联合调查组,对肇事车辆和驾驶者拉网缉捕,一时台湾风声鹤唳,人人自畏。虽然台湾警方经过几个月的大力侦办,最后终于查到那辆车号为 CE—950001 的吉普车,并捕获那辆吉普车的主人——一个叫李连升的师长。但是,经过联合调查组的多次审讯,李连升供认的事实,却与宋美龄当初怀疑此案系有预谋政治谋杀的判断大相径庭。在后来的军事审判中,李连升供认那天他是在阳明山酒后急于返回台北,前往"红灯区"和一位从香港来的妓女幽会。他当时借助酒力驾车飞奔下山,不料因下山时的车速太快,躲闪不及才与迎面而来的蒋介石车队发生相撞,看来这只是一个极其偶然的事件!尽管李连升在案发后供认了全部事实,尽管他并非有意谋害蒋介石,可是军事法庭在对这肇事的少将师长进行数次审讯以后,仍然对李连升以伤害最高"领袖"的罪名,处以重罪!侍卫长孔令晟也因为这场车祸受到了处分。

最苦的当然还是蒋介石,他突然遭此重创,本来病弱的身体再遭车祸,大有雪上加霜之感,自此在荣民总医院一住就是半年有余。让他万分痛苦的是,精心养护多年的身体,在一夕之间突然一下子垮了下去。这对数十年来始终精心养生的蒋介石来说,无疑是难以挽回的惨重损失。1970 年 2 月,蒋介石的病情稍有稳定,经医疗小组会诊后一致认为,蒋可以出院回到士林官邸慢慢疗养。但是,医疗小组和荣民总医院的医生们,没有想到这次车祸给蒋介石造成的另一个严重伤害,那就是他的心脏因此而留下了隐患。而关于这一重要的疾病在当时竟然没有被发现。

尽管医院的治疗让蒋介石的伤情暂时得到了恢复,但他的身体再也不能像从前那样强健硬朗、健步如飞地行走了。蒋介石的年龄体力与车祸造成的重创,都不允许他再到介寿路的"总统府"视事了。可是蒋对如此身体现状仍不甘心,出院以后,他每天都在官邸坚持练习拄杖行走,同时恢复了一度中断的"静坐"和"太极蹲"等力所能及的功能性锻炼。然而,因体质仍在不断下降,有时蒋介石刚在床前行走几步,就会出现气喘吁吁的休克现象。在无法坚持行走的时候,蒋介石仍然不肯放弃他让身体恢复元气的念头,每天清晨仍然坚持凌晨起床,在床榻上做些"自我按摩",尽量活化四肢血液。这些可以在床上进行的活动,虽然成为蒋车祸以后唯一可行的健体方法,但是蒋介石毕竟无法恢复到车祸前的身体状况。至于他在前列腺手术之前的太极、散步等运动,早已经不可能再做了。想起从前在无病时的健体养生之功,再看看如今体质羸弱的现状,蒋介石心中的底气开始悄悄低落下去。

　　尽管不能再像从前那样下床锻炼,可是蒋介石的头脑始终没有停止思维。只要他有一口气,就在床上读《圣经》和其他书籍。这期间蒋的情绪极不稳定,原因是他从一些秘书朗读的外文资料中,听到许多无法让人快慰的信息。尤其是那些来自西方国家的《养生资讯》,给蒋介石带来的并不是振奋和喜悦,他往往从字里行间感悟到一些消极的东西。例如,有一天蒋介石从那些外国资讯中听到了印度著名哲学家商卡拉(shankara)的一段话:"人之所以对衰老和死亡产生同感,是因为他们看到了别人的衰老与死亡。而不想死亡和衰老的长寿愿望,往往会在严酷的自然规律面前变得冷静与自觉。因为世界上最好的养生手段,最后也无法逃离衰老,延缓生命的积极手段,充其量只能延缓而无法彻底地改变归宿。"

　　宋美龄发现蒋介石情绪的变化以后,禁止秘书继续在蒋氏床前为他朗读此类不利蒋情绪的养生信息。她始终寄厚望于蒋介石的身体逐渐强健起来,宋美龄认为车祸和便血对蒋介石来说,都不会构成致命的威胁,她因此仍然相信蒋介石的羸弱体质,定会在医护人员的精心护理下尽快得到康复。甚至希望蒋介石马上就重回到介寿路的"总统府",一边公开视事,一边平息台湾各界关于"蒋介石病危"的舆论风潮。

　　3. 血尿刚有好转,心脏又猝发疾病
　　可是,蒋介石的病情仍在恶化。

1973 年春天,蒋介石身体一度现出的回光返照迹象,很快就在宋美龄的期盼中消失了。那一时期,蒋的身体状况确有明显的好转。也许是医疗小组的治疗方案得体,大量从美国进口的新药品,解决了困扰多时的蒋介石便血与身体软弱难题。大量抗菌素和激素,促使体质孱弱的蒋介石身体出现了假象,有时他甚至可以走下病榻,甚至能在侍卫们的搀扶下,手拄藤杖独立行走了。在那一段日子里,蒋介石不仅可以在士林官邸行走和晒太阳,还由宋美龄等人陪同前往高雄,名为视察,实则是易地休养。蒋介石将要前往高雄之前,荣民总医院曾经有负责的医生进劝,他认为蒋的身体虽有明显好转,但是他建议最好不要远行。这位医生甚至说:"千万不可冒险!"可是,蒋介石天生就是固执的性格,只要他想要做的事情,就一定千方百计达到目的。这固执性格的最早溯源,可见 1938 年 11 月 7 日的《蒋介石日记》,蒋介石写的一句话非常耐人寻味:"人生实一大冒险,无此冒险性,即无人生矣!"再说,就在一年前的夏天,蒋介石已经去了一次日月潭,他认为既然在日月潭休养没有发生问题,为什么就不可以去高雄呢?

好在蒋介石来到高雄以后并没有发生任何意外,而且蒋在休养期间精神也比在台北时还要好一些。白天,他有时仍想读书,尽管有夫人的严格控制,蒋介石无论如何仍不能不读书。在高雄西子湾别墅,蒋介石读阅青年时他多次读过的《菜根谭》。这其中有些对养生极有裨益的名言,总让蒋介石铭记于心。洪应明这位明代养生家的许多至理名言,让他久病初愈后再次批阅,别有一番感受在心头,洪应明认为:"不可贪生,亦不可轻生;不可怕死,亦不可找死。天地有万古,此身不再得;人生只百年,此日最易过。幸生其间者,不可不知有生之乐,亦不可不怀虚生之忧。"

就从这时开始,蒋介石忽然意识到,此前虽在养生上花费诸多努力,到头来都因体质的无情下降而死期临近。不过蒋氏仍不肯就范,就像他当年痛失半壁江山仍在谋划"反攻"一样,还在为延缓最后日子的到来坚持柔性养生。生命最后日子里的"柔性养生",显然和他从前的户外锻炼不可同日而语了。蒋介石在高雄西子湾期间仍然在坚持每天早午晚三次的"静坐"。如果户外阳光充足时,他还在侍从们的陪同之下,沿碧波涟漪的西子湾海边拄杖散步。虽然他不能再像从前那样健步如飞,但蒋介石总要显出与病人不同的硬朗姿态。他不喜欢坐轮椅,即便双腿无力行走,甚至有时在平地也要因腿软跌跟斗,蒋介石仍然不肯轻易坐在轮椅上。蒋介石不无担心地说:"如果我一旦坐上那个东西,恐怕就再也下不来了。"

在高雄休养期间，蒋介石因行走不便，运动量相对比从前大为减少，加之他肠道的蠕动不及从前，所以，蒋也发生了老年人特有的习惯性便秘。每次蒋在解大便的时候，侍卫副官都要把一枚起润化作用的甘油球，准确无误地注入蒋介石肛门。只有这样，蒋介石才能顺利解下大便。但这次在高雄西子湾，竟发生一件让人意想不到的事。

新上任的钱副官因不习惯为蒋氏肛门打甘油球的工作，所以当蒋介石解便时连叫副官为他取甘油球时，钱副官竟然当场慌了手脚。在手忙脚乱之际，钱副官非但没能准确把甘油球送进蒋介石肛门，反而误将油球塞进蒋肛门附近的肌肉里去了。蒋介石当即剧痛难忍，连连呼叫。等随行医生护士和宋美龄赶到时，才发现大祸早已铸成，看时蒋介石的肛门流血如注！谁也没有想到，这一小事故竟让蒋介石引发一场旷日持久的重病。

因蒋介石肛门附近肌肉溃烂感染，不时引起高烧，事故发生以后他解便更加困难，老年性便秘也变得越来越重了。后来，因蒋介石能吃也不能便，只要大便就会流血流脓，害得蒋介石几乎不敢进食了。饮食的锐减与日益严重的感染高烧，致使在车祸中九死一生的蒋介石体力变得更加瘦弱。宋美龄发现蒋介石病体脆弱，如同一部日渐陈旧老化的机器，再也经受不得碰撞和打击了！当蒋介石被医疗小组用专用飞机从高雄送回台北后，荣民总医院和蒋介石"特别医疗小组"对他身体进行一次全面检查。不久，宋美龄从医生口中得到一个让她胆战心惊的消息：蒋介石已经患上可怕的心脏病！这心脏病就是前次车祸中造成的，可惜此前一直没有发现，如今它才是可让蒋介石随时结束生命的最为可怕的疾病！

蒋介石被确诊患上心脏病，是在1972年夏天他尿血刚有好转的时候。

最初发现蒋介石染上重病的，不是那些整日追随蒋氏身边的医官们，而是蒋介石身边几位侍卫副官。一天，侍卫官忽然向随行医官们反映说：蒋介石近来在吃饭的时候，不时发生气喘现象。还有一位侍卫官说：蒋介石在侍卫搀扶散步行走的时候，有时竟发生因剧烈喘息而行走失衡的情况。尤其是1973年春天，蒋介石在日月潭涵碧楼休假的时候，忽然有一天，他在前往夫人下榻的居室时，竟无故发生一次猝然跌倒事件。

那天，蒋介石刚刚吃过午饭。在从饭厅去夫人卧室的短短一段路上，在迈过门槛的一刹那，蒋介石猛然扑倒在地上了！当时，两位随行侍卫在后面大吃一惊，等他们跑上前来一看，见蒋介石已经浑身沾满尘土，扑倒在地板上不动了，再看他的额头竟也出了血！

"真是奇怪了,我为什么在平地上也跌跟斗呢?"当侍卫们一齐上前,七手八脚把扑在地的蒋介石搀扶起来后,就连蒋介石本人也觉得有些奇怪,他自嘲地说道:"莫非我真老了吗?"侍卫们对蒋介石平地跌跟斗,虽然心里都感到怪疑,可他们谁也不曾想到这是蒋介石某种疾病的先兆。因此,事情过后也就再无人提起。侍卫们甚至以为这只是蒋介石一时不慎所致。自那次平地跌跟斗发生后,侍卫们更加感到蒋介石的疾病虽然表面出现好转迹象,但他实际上正处于身体日渐严重的危状。不久,在台北士林官邸又发生一个突发事件,这让那些随行侍卫们更加心惊肉跳,惴惴不安。这一次,蒋介石昏厥倒地的情景实在骇人。

也是一个炎热的午后,刚刚睡醒午觉的蒋介石,起床后便叫嚷着要到书房去看书,同时他又要听秘书为他念文件。当时,蒋介石是在一群侍卫的前呼后拥下从起居室向书房走去的。本来这几步路对蒋介石来说,应该是完全没有问题的。可他却在经过一段回廊时,忽然发生了头部晕眩,一眨眼就猝然扑倒在地上了。幸好几个侍卫早有准备,紧紧跟随在他的身后,见状一拥而上,马上把蒋介石从地上搀扶起来了。

这次在士林官邸的突然跌倒,比前次在日月潭跌倒还要严重。鼻子也摔出血来了。医官们闻讯赶来时,蒋介石的脸都吓白了。事后蒋本人也对自己平地行走再次跌倒,大感震惊,他自言自语地说:"奇怪,我为什么接连无故平地上跌跤呢?"

本来事情已经过去了,可随行侍卫们始终认为蒋介石如果继续这样跌跤,他们无法担负这随时可能引发危险的责任。这样,侍卫们就汇报给当时医疗小组的负责人王师揆。希望医生们对蒋介石的"跌跤"引起高度注意。

"真有这样的怪事?"王师揆对侍卫的汇报不敢怠慢,他也感到蒋介石平地跌跤非同小可,这说明蒋的病情正悄悄发生可怕的变化。于是,他和心脏科医生陈耀翰研究决定,对蒋介石进行了一次心电图检查。检查的结果让所有医生大吃一惊:蒋介石不仅患有心脏病,而且心脏的病完全出乎医生们的意料,这种病随时都可能发生危险的病变。而且从心电图杂音中还进一步得到证实:蒋介石是心脏主动脉瓣膜受创才引发的心脏病。这才知道前次车祸造成的后果,迄今仍在困扰着蒋介石那本来已经虚弱的身体。

陈耀翰将心电图检查的结果,亲自向蒋介石作了报告,他说:"总座,经过我们的检查,发现您的心脏病有逐渐转重的信号。鉴于这种情况,我们医疗小组建议您从身体健康出发,必须马上全休治疗。您再也不能再像从前那样,亲自到介寿馆去处理公务了。如果您继续那样忙碌的话,我们担心随时会发生意想不到的危险。"

蒋介石一生虽经历无数次战争的刀光剑影,但当他听说自己心脏随时会发病并可危及性命时,还是吓得脸冒虚汗。忙问:"那么……我需要多少时间才能恢复正常的体质呢?"陈耀翰说:"至少要休息半年左右的时间才行,当然,如果休息的时间更长一些最好,因为这种病不宜过于紧张和劳累。"

当蒋介石把陈翰耀医生的建议转告宋美龄的时候,不料这位夫人却对陈耀翰的建议不以为然。那时蒋介石因阳明山车祸,已有两年时间没到介寿馆视事了。正因为蒋的大权旁落,才发生一系列让宋美龄担忧的事情。尤其是坊间对蒋介石"因病不久于世"的传闻越传越广,致使本来不安定的台湾不断发生政治动荡。宋美龄因此对陈耀翰的善意医嘱表示明显反感。她为此亲自找陈耀翰训话:"蒋先生的心脏病,不会像你们说的那样危险。即便病情确实危重,现在也不是他休息的时候。你们只懂医术而不懂政治,所以现在的当务之急,是加紧对蒋先生的医治,而不是劝他进行半年的全休。"

陈耀翰没想到他出于医生职责,对蒋介石提出的全休忠告,竟得到宋美龄的一阵训责。尽管他清楚蒋介石的心脏病随时都有发作的可能,但由于宋美龄从中干涉,他不敢再多嘴了。一次本可挽救蒋介石生命的机会,就因为宋美龄过于看重政治权力而失之交臂了。不仅如此,宋美龄还告诫陈耀翰等医生:"你们只管给蒋先生治病就是,今后凡有关他身体变化的情况,不管发生什么意外病变,你们一定不要直接告诉他,以防影响蒋先生的精神状态。此后凡是蒋先生的病情有变化,你们首先要向我报告才行。"

1972 年 7 月,蒋介石的心脏病出现更加明显的危兆。

他不断发生行路喘息困难的现象,尤其是他吃饭的时候,有时甚至还突然发生呕吐。蒋介石在走路时脚步不稳,突然跌倒的情况仍时有发生。医疗小组的医生们对蒋介石越来越重的心脏病都感到心中恐慌。宋美龄却仍然认为蒋介石的身体状况尚好,不像医生们估计的那样悲观,因此医疗小组对此十分为难。他们既不敢再劝蒋介石实施全休,以彻底复原因病而丧失的体力,又无法以有效的医疗措施让蒋介石的心脏病明显好转。尤让医疗小组心绪不安的是,他们担心蒋介石随时发生突发性病变。如果心脏病一旦猝发心肌梗死的话,那么作为"特别医疗小组"的成员,他们无法负得起这重要的责任。蒋介石就是在这种情况下,适在盛夏酷暑的七月,再次由宋美龄随同登上了台北郊区的阳明山。

从 7 月 15 日蒋介石住进阳明山行馆(中兴宾馆)那天起,台湾就接连普降暴雨,气温反而随之转为炎热。高温在雨后甚至攀升到 45 摄氏度以上。在这炎热难忍的高温中,蒋介石的心脏病再次出现让医疗小组担心的危兆。7 月 17 日晚饭时,蒋介石再次发生呕吐,并且当即昏迷。这才引起包括宋美龄在内所有随行人员的高度注意。因蒋介石已经不能下山,医疗小组决定在阳明山对蒋介石疾病进行一次全面检查。

宋美龄再也不敢等闲视之,她亲自下令给台北荣民总医院,把一批先进的医疗器械,马上调运到阳明山上的中兴宾馆来。18 日上午,由王师揆亲自主持,对蒋介石进行全身彻查。特别对他心脏作先进仪器的电子扫描检查。很快,蒋介石患有严重心脏病的结论得到医疗小组的一致认可。而且,医疗小组还取得如下共识:如果蒋介石继续发生平地跌跤或者昏迷的情况,很可能由此引发更为严重的心脏病变。甚至还可能造成人力无法回天的心肌梗死!

在这危险情况下,宋美龄才感到事态严重。蒋介石的心脏病已超出她的想象,她有些自责,一年前如果听信陈耀翰的建议,让蒋介石完全处于休息状态,他的心脏病也不会发展到今天这种严重的地步。宋美龄建议荣民总医院加派心脏科医生进入蒋介石的"特别医疗小组"。刚从美国回来不到一年、此时担任荣民总医院心脏病科主任的姜必宁,就是在这情况下来到蒋介石身边当"御医"的。

姜必宁医术当然第一流。他在美国留学和取得博士学位以后,在相当长时间的临床实践中,曾经接触大量危重的心脏病患者。姜必宁曾以其出色医术治愈数以千计的心脏病人,因此积累了丰富的医疗经验。所以在最初接触蒋介石疾病时,姜必宁并没有认识到蒋是一个肌体几近孱弱,随时可能发生心脏猝死的重患。但经过几天来的诊治,姜必宁也感到问题的严重,他决定亲自面见宋美龄。

姜必宁后来成为深受蒋家倚重的杰出"御医",不仅因他有高超的医术,重要的是姜必宁善于审时度事,善于观察和体会医者的心态变化。就在他接受负责蒋介石心脏病救治的重任不久,就发现蒋的心脏病,不像他刚来"特医小组"时估计的那么轻松。姜必宁发现蒋的心脏主动脉瓣膜病变,事实上已经接近晚期。依他多年在美临床行医积累的经验,像蒋介石这类老年性心脏病患者,随时都可能发生突发性病变,甚至还可能随时心肌梗死!姜必宁正因为想到蒋介石病情可能给医疗小组带来的麻烦,所以才决定把蒋介石的病情真相,以及可能发生的危险,如实向宋美龄作了汇报。

姜必宁认为:蒋介石的心脏病,经心电图检测和心脏照影得出结论,可以断定他的心脏病,最初系由老年性动脉硬化引起,而阳明山车祸中所受的伤害,直接导致心脏主动脉瓣膜的损伤。从一系列检查后的科学数据中看出,蒋介石的心脏病必须要进行一次专家级的会诊。否则难以拿出一个切实可行的医疗方案。因此他建议最好派人前往美国,设法把著名心脏病专家余南庚先生请到台湾来,专门为蒋介石医治心脏病。

宋美龄对姜必宁的建议极为重视。直到这时,她才开始认识到蒋的心脏病,并不像自己从前估计的那样无关紧要。从蒋介石最近多次喘息困难和吃饭时呕吐等危险现象中,宋美龄看到一个可怕的现实已经迫在眉睫,她也认为有必要对蒋进行一次专家级会诊。同意从美国请知名心脏病专家,来台湾对蒋实施根本性医治。对姜必宁提出派人前去美国延请著名华裔心脏科专家余南庚的建议,宋美龄马上表示赞同。

姜必宁在美国留学行医多年,对余南庚在心脏科方面的建树颇为赞许,他向宋美龄介绍了余南庚先生在美国行医的情况,认为余南庚在治心脏病方面的成就是世界医界一致公认的。如能把他从美国请到台湾,亲自参加蒋介石的会诊,对今后的治疗定会起到极大帮助。

此前,宋美龄对大名鼎鼎的余南庚也有耳闻。知道余南庚早年在上海学医,后去美国留学,专攻心脏病科。他是中国旅美学者中心脏病研究领域中的佼佼者。余南庚曾经担任过美国心脏病医学会会长一职,深受美国医界的推崇。如今,当宋美龄发现蒋介石的心脏病出现可怕危险信号时,断然拍板并马上派出以卢光舜医生为首的小分队,火速飞往美国洛杉矶。她对卢光舜医生的要求是:"不惜一切代价,一定要把余南庚大夫请到台北来!"

姜必宁对蒋介石病情的分析,以及对宋美龄"蒋先生心脏病随时可能转危"的提醒,果然在极短时间内得到验证。就在卢光舜率领的赴美小分队,刚刚离开台北的次日——7月22日中午,姜必宁对蒋介石病情的估计就不幸言中了!

那天清早,蒋介石在阳明山还像以往一样读《圣经》,写日记,做礼拜。一点也看不出他有发病的预兆。当天上午10时,蒋由侍卫们陪同前去阳明山温泉区洗温泉。从表面上看来,这个病入膏肓的政治强人仍然显得神态怡然,身体久病却无大虞。可是谁也没有想到,就在蒋介石刚从温泉返回中兴宾馆不到 20 分钟,在他进入宾馆电梯的时候,不慎又跌了一跤。幸好他身边有两位值勤的侍卫,急忙把蒋介石扶起来。但回到卧室以后,蒋介石又接连发生气喘不畅的现象。他因喘不上气来,脸皮竟然涨得发青。幸好身边有姜必宁和两位护士对他急救,不久,蒋氏的神志很快就恢复过来了。

不料,半小时以后,当蒋介石到楼下饭厅用餐的时候,再次发生喘息困难和呕吐的情况。当时,宋美龄就坐在他身旁,也是这位夫人第一次亲眼见到蒋介石心脏病发作的危险景况,宋美龄顿时紧张起来。因在蒋介石心脏病发作初期,宋美龄每次都是听汇报而不曾亲历,而今蒋当场呕吐和喘息不畅等诸种症状,均让她历历在目,确实把宋美龄吓了一跳。蒋介石因接连呕吐而脸面发青,头冒虚汗,甚至还将口中一口饭也喷呕而出,然后,他就像个僵直的尸体一般猝然躺倒在她面前椅子上,吓得宋美龄惊恐连呼:"医生,姜医生!"

可是,当姜必宁和另一位负责蒋心脏病治疗的医师李有柄一起赶到面前时,这两位医生面对蒋介石的突然昏迷,一时竟也手足无措了。凭经验姜必宁非常清楚,如在蒋介石心脏病猝发之时,马上搬动或把蒋从餐厅移向楼上卧室,对随时可能发生不测的蒋介石而言,无疑都是最危险的事情。然而,如若继续让蒋介石躺在那张沙发椅上,也并非让他转危为安的长久之计。在紧张情况下姜必宁不顾宋美龄惊慌失措的喊叫,决定让蒋介石暂时留在原地不动。不久,他又吩咐为病人尽快注射强心剂。之后,在姜必宁等人观察蒋介石心律已经渐趋稳定,才和护士们一起小心翼翼将陷入昏迷的蒋介石抬进楼上卧室!

这是蒋介石自从患心脏病以来发作最为严重的一次。

第二章 蒋氏自叹:"减寿 20 年!"

4.昏迷中告别阳明山

蒋介石自 7 月 22 日中午,被医生从餐厅抬进中兴宾馆楼上卧室时起,就开始处于深度昏迷之中。整个阳明山一派紧张,宋美龄这才发现蒋介石的心脏病已经非常危险,而且随时都有性命危险。入夜时分,阳明山进入紧急戒严状态。中兴宾馆内外哨兵林立,如临大敌。宋美龄鉴于蒋介石猝然昏迷的情况,要求医疗小组所有成员马上进山,同时还下令所有士林官邸的侍卫人员一律停止休假;让荣民总医院随时准备把蒋介石接运第六病房入院治疗。以姜必宁为首的"特别医疗小组",当然责无旁贷地进入抢救状态。宋美龄俨然一位临阵指挥官,坐镇亲自指挥中兴宾馆与荣民总医院之间的往来联系,大批车辆奔驰在阳明山至台北荣民总医院之间的公路上。

不过,越在这特殊的情况下,宋美龄越要求严密控制蒋介石生病消息的外泄。她一面让"特别医疗小组"对蒋介石病情作最坏的打算,不惜一切力量对陷入昏迷的蒋实施抢救;另一方面,宋美龄又吩咐主持"行政院"的蒋经国,加紧舆论的控制。不允许让任何外国人了解蒋介石病情,防止因此造成岛内外的震荡。

姜必宁就是在蒋介石病危抢救过程中,深得宋美龄、蒋经国信任的。那时,蒋介石的深度昏迷确已到了随时可能大面积心肌梗死的危险边缘。但姜必宁却利用荣民总医院现有的医疗设备,日夜不停加紧对蒋介石实施抢救。姜必宁说:"从发病时起,前两周是病人能否转危为安的关键时期。如果能逃过这两个星期,病人也许能逃脱死神的威胁。"

尽管"特别医疗小组"成员组成临时的抢救班子,所有医生也分班坚守在蒋介石身边,但是在心电图显示仪上,仍然不见标志蒋介石心脏有所好转的电波。这使宋美龄悲哀至极。她已经意识到蒋介石病弱的身体,随时都有走向死亡的可能。蒋介石的体质不错。此前他无时不在为养生奔忙,即便在前列腺手术失误的不利窘况面前,他仍在不遗余力坚持静坐、太极、散步、诵经及其他对恢复身体有益的活动。然而蒋毕竟年逾古稀,又接连遭受外力的残酷打击,老迈之躯再也无法抵挡缠身疾病的困扰。心脏病又在防不胜防的关口发病,对蒋介石无疑是雪上加霜。

就在"特别医疗小组"对蒋介石心脏病束手无策的时候,7月27日下午,一个让宋美龄和医务人员大为振奋的消息传来了:卢光舜率领的小分队已从美国飞回台湾。和卢光舜同机到达的,就有那位被宋美龄称为蒋家"救星"的旅美心脏病专家余南庚博士!

余南庚在关键时候赶到了阳明山,让医疗小组成员都舒了一口气。尤其是心脏科专家姜必宁,对余南庚这位名噪美国的著名专家在此时到来,抱有极大希望与寄托。宋美龄对余南庚的到来如遇救星,她下令在圆山饭店专为余南庚开设单间。还为他配备一辆高级轿车代步上山。几位警卫人员每天护送余南庚从台北前往阳明山中兴宾馆蒋介石的病房诊病。余南庚果然不负众望,他来到蒋介石的阳明山官邸不久,就快刀斩乱麻般地调整了治疗方案,重新配备跟班医生,并使用美国的最新心脏病药品。但是,尽管余南庚煞费苦心的进行调治,蒋介石却一直不能从深度昏迷中清醒过来。

这时,宋美龄和蒋经国面对危机,已在开始准备蒋介石的后事了。

一份由宋美龄亲自主持起草的《蒋介石遗嘱》已经草拟完成。蒋经国等一批国民党中常委们,那时已对蒋介石身后可能发生的动荡局面都进行了周密布控。他们甚至设想蒋介石一旦死去,如何在台澎金马地区部署兵力,加强战略,还有,他们对蒋介石死亡后的祭灵、移灵路线等等,也都一一作出周密安排。一时间,阳明山上风声鹤唳,草木皆兵。

宋美龄面对昏迷不醒的蒋介石,自然会想起 1969 年夏天那场车祸。她清楚在那场车祸发生之前,蒋介石身体一直很好,所以她把全部怨恨都无端集中在阳明山! 她认为阳明山虽是蒋介石一度倾心的地方,也是让蒋介石终身难忘的痛心之地。如今这阳明山分明已和蒋介石的生命安危紧密联系在一起了。笃信基督的宋美龄,这时忽然提出一个要把蒋介石尽快移出阳明山的动议!

这是个让人吃惊的决定。

但宋美龄作为台湾的第一夫人,她说话自然一言九鼎。就连蒋经国对她的意见也敢怒而不敢言。不过,让蒋介石在尚未从危险中脱离之前下山,前往数十里外的石牌荣民总医院,确让医疗小组全体成员倍感为难。当然,包括姜必宁在内的所有医生,都希望蒋能到医疗设备相对完善的荣民总医院入院治疗,到医院去治疗对病人肯定更有益处。从医治抢救的角度考虑,宋美龄的动议当然无可非议。可他们谁也不敢保证像蒋介石这么严重的心脏病患者,在下山转移半路上会不会发生可怕的意外。因而,这些医生对宋美龄提出把蒋氏转移到荣总医院的主意,既不表示赞同,也不敢表示反对。

就在这欲前难前,欲罢难罢的僵持局面中,德高望重的余南庚开口了,他的意见当然举足轻重。余南庚认为:"我同意把蒋先生从阳明山转移到荣民总医院继续接受治疗。不错,在向城区移动的路上,病人难免发生意外。不过,只要大家把可能遇到的事情想得充分一些,准备得周到一些,那么,意外是完全可以避免的。"宋美龄的主张因有余南庚的支持,所以,把重病中的蒋介石转移下山的动议,很快就变成官邸人员的一致行动。

8 月 4 日,宋美龄亲自指挥的下山行动进入到最为紧张的准备阶段。次日傍晚时分,天色昏暗下来以后,整个阳明山区都布满荷枪实弹的军警。尤其是从阳明山中兴宾馆通往城区石牌的仰德大道两旁,在夜幕刚刚笼罩群山的时候就开始悄悄地戒严。宋美龄要求这次进城,一定要接受前次蒋介石在阳明山遭遇车祸的惨痛教训,必须要在天黑以后,仰德大道上的车辆行人逐渐稀少的时候才能启动。她这样小心谨慎,在于不要让外界人士察觉蒋介石在阳明山病重的任何迹象,以免引起台湾不必要的波动。

当漆黑夜幕开始降临的时候,阳明山宛若一尊巨大的野兽静静蹲伏在漆黑之中。只见一列由警车、吉普车、轿车和各种救护车辆组成的浩浩车队,沿着那条被军警严密控制的仰德大道缓缓驶下山来。阳明山处于前所未有的可怕岑寂之中。把蒋介石的病榻抬上救护车,并在夜色掩护下向台北市区缓缓转移的时候,整个喧嚣的台北正是一片华灯初上的灯海车河,光怪陆离的夜生活帷幕已经悄悄拉开了,一幢幢大楼都亮起璀璨灯盏。可是谁也不会知道就在这美酒伴随歌舞的时刻,宋美龄正策划一个自蒋介石生病以来最大的转院行动。

数千名军警宪特都被紧急调往从阳明山至石牌地区必经的 20 多公里路两旁,他们严密控制着所有可能在夜间经过这条大道的行人和车辆。但由于宋美龄把蒋介石这次下山行动称之为"一号特别行动",蒋经国又是当时台湾情治机关的最高负责人,所以即便这次行动调动的军警人数过多,外界也不可能知晓内幕。即便那些直接参加这次行动的军警们,也不知道这次行动的真正缘由。他们更不会知道蒋介石这时的病情,已处在生死攸关的时刻了。

石牌地区驻有重兵。荣民总医院附近的各个路口均布有哨兵和军警。为让蒋介石的第六病区成为与外界隔绝的特护病房,荣民总医院连夜调集大批先进的医疗设备,在中正楼六病房为蒋介石和随行人员开辟一个专项疗区。"特别医疗小组"成为这个疗区的主要工作人员,凡进入该病区的人员一律须持特殊通行证,否则休想进入病房。台湾保安司令部还派来便衣警卫人员,在此日夜守候,一时荣总医院内外戒备森严,气象肃杀。

夜色如墨,山风凛冽。黑压压的转院车队开始缓缓下山了。前面有十余辆警车开路,后面则有数十辆坐满便衣警察的轿车随行。医生和护士们乘坐的车辆也紧随其后,他们随时准备进行抢救。为让蒋介石在转院过程中不发生任何意外,宋美龄还下令从台湾"三军总医院",调来一辆从美国刚买进的新式救护车,蒋介石的病榻就移放在这辆安有空调设施的救护车里,内中设有心电图等新式电疗器,随时可以为昏迷的蒋进行检测和救护。蒋介石的救护车由各种大小车辆前后簇拥,车辚辚马萧萧地从阳明山上直向台北市石牌地区缓缓驶来。

从前,蒋介石的车队曾经无数次在这条公路上的往返来去。自从1949年蒋氏逃台以来,他几乎每年都要经过这条公路前往阳明山行馆休假。每一次在经过这条路时,只需十几分钟即可到达,可是这一次,车队经过时却足足用了一个多小时的时间。因为宋美龄根据"特别医疗小组"和余南庚博士的意见,蒋氏转移时必须缓行,不能让蒋介石在救护车上有任何震感。宋美龄因此命令这只浩浩荡荡的特殊车队,必须在超低速情况下驶往台北。任何剧烈的震动,都可能给昏睡在救护车中的蒋介石带来不可救治的意外。

所以,那些前后簇拥救护车的大小车辆,必须以慢如牛步的速度缓缓向前行驶。在行进的途中,宋美龄、蒋经国和余南庚等人就跟随在大救护车的后面,医疗小组成员们更不敢有丝毫懈怠,他们大多亲自守候在救护车里,护士们准备好随时抢救的药品和器械,整个移动过程几乎到了如临大敌的紧张地步。当然,任何人在那时都不会知道,这次下山就是蒋介石最后一次经过阳明山的仰德大道。从此以后,他便再也不可能上山了!

夜9时半,这个神秘的车队终于驶进侍卫林立,一派森严的荣民总医院。就是从那一天夜里起,第六病区成为蒋介石和随行人员的特殊住地。其间,蒋介石的心脏病虽然时有波动,但由于有余南庚、姜必宁和医疗小组所有成员,日夜监控着蒋介石的病情发展,所以蒋介石的病情不久就开始从危险期趋向稳定。终于,蒋介石有惊无险的心脏病急性发作期熬过去了!不过,蒋介石的心脏病并没有因稳定而彻底的医治。虽然他身边有当时世界第一流的心脏科专家余南庚,还有荣民总医院和"特别医疗小组"的精心医护,但由于蒋介石此次心脏病发作突然,且老迈孱弱的体质在经过车祸后的两年多时间里,始终处在靠药物维持生存的状态。

这是宋美龄、蒋经国和医疗小组成员最为忧虑的事。余南庚在美国虽然对心脏病的疑难病例屡见不鲜,可是像蒋介石这样时而苏醒时而昏迷的患者,还是有生以来第一次经历。在近半年的时间里,余南庚和医疗小组成员始终处在可怕的危机中。这种难熬的日子,一直持续到1974年的元旦。新年过后,蒋介石的神智开始清醒了,当他睁开那双紧闭多时的眼睛,这才发现面前是一个陌生世界!白色的粉壁和白色的吊灯。虽然他并不知道发生在阳明山上那些惊险抢救的场面,可他在历经长达半年的时昏时醒以后,马上就回忆起心脏病发作之前在阳明山上的一些事情,这说明蒋介石在经历一场重病后仍然还有较强的记忆力!

蒋介石的病情好转,让荣民总医院第六病区出现了少有的欢悦气氛。尤其是宋美龄更显得比别人兴奋。因为在半年多时间里,这位第一夫人几乎为丈夫的结局作过最坏的打算。她多希望蒋介石能出现起死回生的奇迹。半年多的病危绝境,已让她深深感到离开权力与失去蒋介石是何等可怕。如今当她发现蒋介石终于苏醒过来,真想当众高兴地大哭一场。只有宋美龄知道,在蒋介石陷入时昏时醒状态的时候,她心情何等恐慌?她甚至担心蒋介石从此这样昏睡不醒,会不会成为一个木乃伊般的植物人!

5.蒋介石以88岁高龄过世

1974年2月,中国旧历春节即将到来的前夕,宋美龄在荣民总医院小餐厅举办一个小型宴会。她这样做的原因,一是为即将返回华盛顿的余南庚博士饯行,二是为了答谢荣民总医院在蒋介石病危期间在抢救蒋氏时所作的努力。

天气渐渐转暖以后,蒋介石病情也随着日渐升温的气候出现了明显好转。他甚至可以不再依靠胶管供给流食,支撑病躯坐起来进一些肉类食物了。有时他还可以在护士搀扶下到卫生间解便。不过,尽管蒋介石出现了染病以来的回光返照,但他再也不可能恢复到心脏病发作前的健康状况,更不能像宋美龄希望的那样,再到介寿路"总统府"去处理公务和接见来宾了。因为蒋介石的身体在经过几年的折腾磨难以后,早已变得十分脆弱。在这病弱无力的体质面前,任何人想让他的生命发生新的奇迹,都只是不切实际的奢想!

1974年12月22日,也就是一年一度圣诞节即将到来的前夕,久住荣民总医院的宋美龄忽然心绪烦躁起来。她再也耐不住医院里的生活,处处感到不适和烦闷。这天上午,她终于决定劝蒋介石尽快离开医院,返回久违的士林官邸。

宋美龄清晨起床后,还像往常那样走进蒋介石的特护病室。对这个特护病室宋美龄是再熟悉不过了,几年前,蒋介石因医治前列腺肥大症曾经在此住院。后来查出心脏病又长期在此下榻,让宋美龄心中生烦的是,虽然荣民总医院有先进的医疗设备和医疗技术,可是蒋介石的病情,在此医治竟始终不见明显好转。宋美龄对此忧心如焚,她耳中灌满了来自民间的种种猜测与议论。外国电讯也开始纷纷发表猜测蒋介石可能不在人世的消息。各种压力一股脑儿向她袭来,让宋美龄心中倍感沉重,她不想继续住在这令人气闷又始终见不到希望的医院了。当时只有孔祥熙的女儿孔令伟每天来这里陪她,其余人她是难以见到的。所以,宋美龄已经几次向蒋介石提出尽快返回士林官邸的要求,但又总也下不了回官邸的最后决心。蒋介石自生病以来,对宋美龄更是言听计从,而今他正处于病中,早没有从前凡事按自己意志行事的能力了。

对夫人要求蒋介石回士林官邸过圣诞节的意见,没想到却受到来自荣民总医院和"特别医疗小组"的反对。尤其是医疗小组召集人王师揆和负责蒋介石心脏病治疗的医师姜必宁,对宋美龄急于让蒋介石返回士林官邸的做法略有微词。但宋美龄毕竟是宋美龄,她说出的话可谓一言九鼎。正因为宋美龄的坚持,王师揆等人不得不采取妥协。姜必宁更不敢坚持让蒋介石继续留住医院治疗。最后,经与荣民总医院院长彭芳谷的最后协商,宋美龄决定蒋介石在圣诞节当天至 12 月 24 日离开医院,回到他已经离开两年多的士林官邸作疗养性治疗。

在过去两年多,蒋介石的病情始终不见彻底好转。但是他与医疗小组的配合较好,蒋经国在其父病殁后的《日记》中曾经有这样的描述:"忆父亲每自荣民总医院回士林后,多次重病复发,皆能渡过难关,到最后终于不起。父亲自得病以来,母亲与我几日夜服侍在侧,父亲病中所受的苦痛,实不堪设想。但是在治疗过程中,却充分看出父亲高度的耐心、坚强的意志、冷静的态度,以及与医生合作的精神,实非人之所能。"

回到士林官邸以后,以疗养性治疗为主。可是因为蒋介石的病情并没有明显好转,尽管他已经回到官邸,可是荣民总医院仍然不敢大意。由王师揆负责的"特别医疗小组"所有成员,也同时随蒋介石返回士林官邸。因蒋介石的病情需要,荣总医院还把一批必需的医疗器械也搬往士林官邸。如此一来,就等于在士林官邸另设了一座小型的心脏病医院。

1975 年的早春寒意料峭。

士林官邸的中正楼一楼内,现已经变成蒋介石的特护病房。这里不仅有医疗小组值班医生们下榻的房间,也设有护士们的休息室、药局、处置室和 X 光化疗室等等。蒋介石的病情自从回到官邸以来,确实略有好转。在春天的和煦微风中,天气好时他甚至可以在侍卫们的搀扶下到室外去呼吸新鲜空气了。在此期间,蒋介石曾对一位来访的国民党人士严家淦叹息:"不要小看这一场阳明山车祸,至少让我减寿二十年!"这是蒋为大半生养生付出的心血,顷刻付诸东流发出的沉痛唉叹。如今蒋介石虽然终于从一场无边灾难的阴影中挣扎出来了,但只要想起车祸给他造成的致命伤害,仍然忍不住发出沉重的感叹。

蒋介石只要身体略有好转,他就想起从前的往事。官邸那片绿茵茵的大草坪上留有他多年晨起散步和锻炼影子。他会因此忆起大半生恪守的养生习惯,只是他目前的体质仍然衰弱,既不能散步也不能打太极拳了。早春的绚丽阳光,让蒋介石看到了再生的希望。从 1975 年 1 月由主治医师姜必宁亲笔记下的《病中日志》中可以看出,蒋介石的病情在那时确有一些明显的转机。例如 1 月 3 日的《病中日志》写道:

> 昨夜,蒋公睡眠安稳,故精神颇佳。血压、脉搏均已正常。只是小便略有不畅,已服用少量利尿剂。清晨利尿少许……

回到士林官邸后的蒋介石,生活起居似比荣民总医院时略有改变。不过他还像从前没患病时那样,五更天的时候,就必须要求起床。这是蒋介石几十年来坚持的习惯。即便到疾病缠身的暮年晚景,他仍然坚持始终。蒋介石醒来以后,他想做的第一件事,就是由侍卫和护士们搀扶着,到卫生间里洗漱。然后,他坐着轮椅来到一楼宽大的大厅,然后再由护士把他推到楼前的花园里,在霞光中蒋介石先在轮椅上(蒋在荣民总医院治病时就已经坐上轮椅),依照从前的习惯,作一套简单的柔软体操。接着,他要面对东方升起的太阳,哼哼唧唧地唱那支他已经唱了半辈子的《圣歌》。这时候,宋美龄一般正在另一卧室里睡着香甜的早觉。

尽管蒋介石的病情在回到士林官邸后一度出现了好转迹象。可是宋美龄仍然感到病势的好转过于缓慢。她所以如此焦虑,和台湾最近有人制造"蒋已死去"的谣言有关。为了辟谣,此前宋美龄已让蒋介石有意在媒介上四次公开露面。然而,尽管宋不时让蒋介石以新闻照片的方式出现在众人面前,毕竟不能让那些怀疑蒋介石是否控制台湾局势的人信以为真。

宋美龄对蒋氏疾病长期不愈持有难以忍耐的焦虑,她对医疗小组墨守成规的医疗方针无法相容,她甚至认为治疗办法有些保守。为了让蒋介石尽快地从轮椅上站起来,1975 年春节刚过不久,宋美龄决定采取大胆的医疗手段,以期让蒋介石早日康复。3 月初的一天上午,一辆别克轿车驶进士林官邸,一位黄发碧眼的美国医生来到这座戒备森严的院落。

这位美国医生是约翰森·哈克·泰勒。他原本是孔令伟创办振兴医院时从纽约聘来的胸外科医师。他此前曾在美国东部行医多年,又在哥伦比亚大学附属医学院担任过胸外科副主任。1968 年孔令伟在美国意外发现这位年届四十的美国人,在治疗肿瘤等疾病方面很有独特见解,尤其对胸外科颇有建树。他先后做过几起难度较大的胸外手术,行事又果断大胆。泰勒的性格和孔令伟有某种惊人的相似,因此,她决定聘请泰勒到她台北的振兴医院,进行为期一年的坐诊。泰勒恰好也想来台湾一游,所以他欣然从命。当年二月下旬,宋美龄前去振兴医院检查乳疾,和侄女孔令伟谈起三年来始终不见痊愈的蒋介石时,孔令伟向宋建议最好抛开荣民总医院和"三军总医院"组成的专家班子,请美国胸外科医生泰勒前去诊视。宋美龄刚好也有此意,两人于是一拍即合,当即和孔令伟商由泰勒前去官邸为蒋介石诊视的时间。泰勒是一个趾高气扬的人。他来到士林官邸以后,看过医疗小组为蒋介石记下的《病中日志》,又听罢姜必宁等医生的汇报之后,马上向宋美龄提出一个大胆的建议:"夫人,何不给蒋先生做一次胸肺穿刺呢?"

"胸肺穿刺?"当时,宋美龄和所有在场医疗小组成员,听罢泰勒医生的话都大吃一惊。尤其是熟知蒋介石病情的姜必宁,对这位美国年轻胸外科大夫提出的建议,感到有些不可思议。他当即将一年前蒋介石如何因心脏病陷入昏迷,又经过何种手段进行抢救,最终才维持现有状况的来龙去脉,一一陈述清楚。姜必宁希望初进官邸的美国医生不要凭一眼所见,就断然作出带有冒险性的医治结论。

但泰勒又是一个固执己见的人,根本听不进医疗小组成员的意见。他向宋美龄振振有词地表示:"夫人,蒋先生长期卧病在床上,他的病情不能立竿见影,主要病因已经不是什么心脏病作祟。而是他肺部存有大量积液啊!您看,医疗小组的《日志》里不也清清楚地记载着,蒋先生的肺部积水已经多达三分之二了。您想,任何一个人的肺里积存这么多积水,他的心脏病又怎么能够治愈呢?"

宋美龄早对医疗小组过于保守的医疗方案心怀不满,她始终认为蒋介石久病不愈的原因,多半在医疗小组不敢大胆对蒋介石的疾病实施根除式治疗。在听取泰勒医生的建议以后,宋美龄耳目一新,当即表示赞成:"同意泰勒先生的建议,大家可以对蒋先生胸肺穿刺做准备工作了。"

姜必宁很快将这个情况转告医疗小组召集人王师揆。所有小组成员也对美国医生这近乎荒唐的建议难于接受,在激愤之余大家又毫无办法。因宋美龄已经当着泰勒面表示了同意,这当然源于宋美龄急切为蒋治病的心情,同时也有对美国医疗技术过于迷信的因素在内。王师揆作为小组召集人,当然不能坐视。他亲自求见宋美龄,陈述他反对泰勒胸肺穿刺的主张。

王师揆认为："夫人不可轻信美国医生的建议,更不能对'总统'实施胸穿。现在'总统'的肺部虽然有三分之二浸泡在积水中,可是当把肺部的积水一旦抽了出来,以'总统'现在的身体状况,又怎么能承受得起?如夫人同意泰勒医生对'总统'实施胸肺穿刺,后果将是十分严重的。"

宋美龄对王师揆的话根本听不进去："有什么严重的后果?"

王师揆冒死进谏："如果同意他作胸肺穿刺手术,虽然表面上看来,'总统'的肺部没有了积水威胁,可是肺部大量细菌仍然存留在肺部,细菌很快就会把'总统'健康的肺部统统包围,要知道健康的肺部也都会受到感染的。到那时我们就更不能有效控制'总统'的病情了!"

不料,王师揆的意见马上遭到宋美龄的反对,她固执地认为："哪有那么严重?既然美国专家有这么好的建议,何不就请他实施一下?你们医疗小组不必担心,如果因为穿刺发生什么意外,责任就由我来负就是了。"

医疗小组成员们都对宋美龄批准美国医生对蒋实施胸穿暗存疑虑。因为自 1974 年圣诞节过后,负责监视心电图的主治医师们,就不断从屏幕上发现一种特别让人心惊胆战的迹象。有时蒋介石正在睡眠中,心电图上的曲线竟会忽然变成了一道平直的白线。那是蒋氏心脏突然停跳的显示!虽然每次停跳的时间都十分短暂,甚至连 5 秒钟也没有。可这些偶尔发生的停跳早已引起姜必宁、王师揆等医生的格外注意。这间歇性的停跳现象,昭示蒋介石心脏病势的渐渐转危。姜必宁和王师揆等人所以反对美国医生的穿刺方案,就是担心万一在穿刺过程中,发生意想不到的停跳,蒋介石随时都可能当场昏死而去。到那时医疗小组也怕难以逃脱责任。宋美龄对此置若罔闻,仍然坚持为蒋介石做胸穿手术。手术的结果是,美国医生泰勒当场确实从蒋介石的肺部抽出了一碗脓血残液。可是,严重的后果也随之而至,蒋介石当夜即发生高烧,而且再次进入昏迷状态。

蒋介石经过这次折腾以后,本来就十分虚弱的身体,变得更加弱不禁风。1975 年 4 月初,医疗小组成员在监视器上忽然发现蒋介石的心脏出现了可怕的"偷停"。这是一个非常危险的信号。但是,在给蒋的输液管中加上一些药剂以后,他的心脏马上又恢复了跳动。正如医生熊丸所说："当时我们应该立即在他的心脏旁边加装一个心脏调节器,假使当初装上那个东西,说不定他还可以活下去。……而老先生当时身子太弱,年龄也大,余教授一直在美国迟疑不决,我们也都不敢替他做那样的手术,只能任他的心脏跳跳停停,不断地替他打药进去。……"这就是当时不能真正解决蒋氏心脏

"偷停"的主要原因。

就在蒋介石病逝的前几天,一度出现过回光返照的假象。他的气色忽然好转,脸上也现出了久违的红颜。他虽然再也不能像从前那样在床上"静坐"了,可是病情转轻的时候,蒋介石还请身边的护士为他读唐诗。而护士选中的竟然就是杜牧的《清明》:

> 清明时节雨纷纷,
> 路上行人欲断魂;
> 借问酒家何处有,
> 牧童遥指杏花村。

谁也不会想到,蒋介石临终之前听读的这首唐诗,竟然与他的病逝时间不谋而合。宋美龄梦想蒋介石从轮椅上再站起来、重新执掌国民党军政大权的愿望,终于在当年4月5日化为永远不能实现的泡影。蒋介石正是在心脏的不断"偷停"之中,不知不觉走入了冥冥世界。翌日黎明时分,台湾各大电台和电视台的新闻节目,几乎同时发表了一条让台湾震惊的讣告:

"国民党总裁、中华民国第五届'总统'蒋公介石先生,因罹患心脏病久医无效,于民国六十四年四月五日下午十一时五十分,在台北经抢救无效,不幸崩殂。……"

接下来分别公布《蒋介石遗嘱》及各种治丧号令。蒋介石去世以后,台湾一片混乱。因为此前台湾当局严格封锁蒋介石病危的消息,所有媒体在宋美龄授意下仍然不时制造蒋介石身体康健的假象,所以公众对蒋介石的突然病逝感到意外。蒋介石的去世各界议论纷纭,甚至还有人怀疑蒋介石的死亡原因。为此,蒋介石"特别医疗小组"在蒋介石治丧安葬期间,为平息舆论风潮,还曾以《"总统"蒋公介石治疗休养及逝世经过的报告》为题,在台湾报纸上公布了蒋介石几年来患病及逝世的大概经过。这份文件这样写道:"……'总统'蒋公介石,平时身体素质,少有不适,此因蒋公平日生活极有规律,烟酒不沾,养生有道所致。惟自五十一年起,蒋公介石时有小便不畅之感。经医生查后,断为摄护腺肥大症,此乃长者常见之疾病,唯必须施行手术始级治愈。嗣经决定于是年三月间在荣民总医院接受外籍泌尿科专家手术,割除肥大部分之摄护腺。不意于手术后发生尿道炎、便血、尿道狭窄等并发症。此后虽经医生悉心医治,各并发症渐次痊可。以后数年蒋公介石已体健如常,但因慢性摄护腺炎不时发作,虽屡经医治,但无法根除。……"

该文件又说:"蒋公介石于民国六十一年五月二十日就任中华民国第五任'总统',在蒋公介石就任后一个月,因慢性摄护腺炎复发,医生乃建议蒋公介石应多休息。惟仍日夜辛劳,公而忘私,因之蒋公介石亦自觉体力不支之感。于是移住阳明山官邸,预备在此处作短期之休养。惟阳明山官邸四周环山,气候常多变化,蒋公介石于七月中旬,感染感冒,当经医生授药后,感冒已渐好转。惟七月二十二日午后,蒋公介石突发高烧,经医生应用 X 光及其他检查,证明蒋公介石因感冒而转为一种抗药性葡萄球菌所引发之肺炎,左右肺下端全被浸润,右胸膜且有积水现象。

"五月二十二日蒋公介石在阳明山第一次发生昏迷之后,遂于八月六日从阳明山中兴宾馆移往荣民总医院之第六病区。住院之后,蒋公病情日渐好转。但体温仍未恢复正常,肺炎亦尚未痊愈,右胸膜内仍有积水。经医生作细菌检查发现,原有之抗药性葡萄球菌已不存在,但取而代之的则是一种颇为顽强的革兰氏阴性杆菌。医疗小组一度使用先进的抗生素进行治疗,无奈仍旧无法有效控制肺炎的进一步发展。"

这份在台湾报界公开的文件继续指出:"当年九月,蒋公身体再感不适。经医生检查乃为摄护腺炎再次复发。经过尿液之细菌培养,证明摄护腺炎是革兰阴性杆菌造成。医疗小组发现之前所使用的各种抗生素对革兰阴性杆菌的治疗效果不佳,遂改用美国产新药——类半合成青霉素,实施静脉注射。使用这种新型抗生素之后,蒋公的病况始有明显好转,多日居高不下的体温亦开始恢复正常。脉搏也降至每分钟 90 跳以下。尿液检查证实摄护腺及膀胱炎皆已控制,以 X 光检查肺部时,发现肺炎征候亦完全消失,胸膜腔内的积水也已消退。医疗小组认为蒋公介石之肺炎及并发症俱已痊愈。

"自民国六十一年九月二十五日至民国六十二年十二月二十二日,蒋公介石始终在荣民总医院六病区接受治疗,其间蒋公基本是进入平稳恢复期。此间其肺炎亦基本痊愈。但蒋公之身体仍存在两方面问题,一为蒋公长期卧床,完全仍靠点滴及高单位营养针剂存活,一是其体重大幅下降。而蒋公之肢体关节变异及肌肉萎缩,直接影响其行走运动。……"

这份由医疗小组起草的《报告》还说:"蒋公介石返回士林官邸以后,心情极为愉快。食欲增加,体重亦随之增加至 110 磅左右,每日在官邸庭园中游览数次。在返回士林官邸休养的一年之间,每日仍接受物理治疗,但蒋公介石之慢性摄护腺炎仍不时发作,每次赖服各种抗生素药剂始能控制,因血管硬化所造成之心脏肥大,虽经休养及医治,偶仍有心律不规则发作。

"医疗小组因感蒋公介石之慢性摄护腺炎时发时愈,此对蒋公介石之健康有极不良影响,又蒋公之血管硬化及心脏肥大症,亦可随时产生并发症,因此曾邀请国内外泌尿、心脏等科专家会诊,几经商讨后,咸认为不宜施用过激之治疗方法,只有增加营养,增进体力,随时施用药剂,控制发炎等保守疗法。……"

《报告》继续指出:"民国六十三年岁末,台湾发生流行性感冒,蒋公介石亦受到感染,医疗小组当即建议蒋公应多作休养。十二月一日午间,蒋公突发高烧,经检查后,发现蒋公介石之肺左上叶肺炎复发,两胸膜腔且皆有积水,细菌培养证实肺炎为一种抗药性之革兰阴性杆菌所造成。……十二月二十七日,蒋公介石之慢性摄护腺炎复发,同时发现膀胱内出血,脉搏增快。当即为蒋公介石实施输血急救。……

"民国六十四年一月九日晚十一时,蒋公介石已行熟睡,在值班之医生发现蒋公之脉搏突然转慢,瞬即降至每分钟不到二三十跳。于是立即施行刺激心脏、药剂注射等急救。数分钟后心脏即恢复正常跳动。……肺部炎症,终无法完全治疗,因此蒋公时有轻度之寒热,所有之抗生素,对造成肺炎之细菌,皆不发生作用,医疗小组只能采用支持疗法。期能增进蒋公之体力,使其体内产生抗力,而自行控制传染。……"

这份《"总统"蒋公介石治疗休养及逝世经过的报告》最后说:"民国六十四年四月四日,蒋公自午后二时许,腹部稍有不适,同时小便减少。医疗小组认为,蒋公心脏功能欠佳。因之血液循环不畅,体内可能有积水现象。于是授以少量利尿剂,以后使蒋公排出5000CC小便。下午四时许,小睡片刻,渐趋安稳状态。……至夜里11点30分许,蒋公双瞳已行放大,急救工作继续施行。曾数次注入心脏刺激,最后乃应用电极直接刺入心脏,刺激心脏,但回天无术。……"

蒋介石死后几年间,台湾各界对他的猝然去世仍然疑窦重重。为此,当时蒋介石医疗小组成员,荣民总医院副院长姜必宁教授,曾经接受台湾《自立晚报》的采访。这位被人称为"御医"的著名心脏科专家终于道出内幕。该报记者这样写道:"晚上九点多钟,值班医生忽然发现88岁的蒋介石心脏已经停止跳动,姜必宁等马上去做心脏按摩、打强心针等急救工作,急救了一小时,毫无效果,姜必宁报告宋美龄说,可能没有太大希望了。宋美龄还是要求他们再试一试，他们只好再抢救一番。其实，人早就死去了，但正式宣布的时间是半夜 12 点多，变成了 4 月 5 日去世。后来把尸体移到荣民总医院的冰库，已是凌晨 1 点多钟。那时正下着倾盆大雨。姜必宁由于照顾蒋介石有功，曾获得宋美龄颁授的景星勋章，并得到蒋经国亲笔手书致谢。……"

　　蒋介石以 88 岁过世，虽然称不得长寿，但已经属于高龄。蒋介石病逝以后，台湾一位史学家曾有这样的评价：依蒋介石多年养生之法，如果没有一九六九年的那场车祸，他很可能活到九十岁。如果那样的话，"台独势力"也不能甚嚣尘上，台湾的历史也许就会重写。

2009 年 5 月改定于北京

图书在版编目（CIP）数据

破译蒋介石养生密码/窦应泰编著.－北京：作家出版社，2009.9

ISBN 978－7－5063－5064－8

Ⅰ.破… Ⅱ.窦… Ⅲ.纪实文学－中国－当代
Ⅳ.I25

中国版本图书馆 CIP 数据核字（2009）第 157482 号

破译蒋介石养生密码

编著：窦应泰

责任编辑：唐杰秀

装帧设计：张晓光

出版发行：作家出版社

社址：北京农展馆南里 10 号　　　邮码：100125

电话传真：86－10－65930756（出版发行部）

86－10－65004079（总编室）

86－10－65015116（邮购部）

E－mail：zuojia@ zuojia. net. cn

http://www. zuojia. net. cn

印刷：北京汇林印务有限公司

成品尺寸：152×230

字数：286 千

印张：17.75

印数：001－20000

版次：2009 年 9 月第 1 版

印次：2009 年 9 月第 1 次印刷

ISBN 978－7－5063－5064－8

定价：32.00 元